伊坂幸太郎 作品集 08

沙漠
さばく

目錄

導讀

奇想・天才・傳說

張筱森

雖然是篇談論伊坂幸太郎的文章，不過請先讓我稍微離題談一下二〇〇六年的第一百三十四屆直木獎。這屆的大事當然是東野圭吾在五度鎩羽而歸之後，終於以《嫌疑犯X的獻身》獲獎；可說是了卻他一樁心願，也替其出道二十年錦上添花一番。東野連續五度提名五度落選的事蹟，讓日本大眾文壇和讀者之間開始悄悄地流傳著一個聽來有點辛酸的名詞「東野圭吾路線」，意指不斷被提名、不斷落選，然後過了該得直木獎年紀的作家。而東野總算在第六次的提名擺脫了這個看似不太名譽，不過差一步就會變成傳說的不幸陰影。但是在東野終於獲獎的這樣可喜可賀的事實背後，其實也存在著一名極為有力的「東野圭吾路線」候選人，那就是本文主角——伊坂幸太郎。

伊坂幸太郎，一九七一年出生於千葉，畢業於位在仙台的東北大學法學部。小學時和一般小孩一樣閱讀各式各樣的兒童讀物，年紀稍長之後開始看當時流行的國產娛樂小說，如：都築道夫、夢枕獏、平井正和等人的作品，高中時因為看了島田莊司的《北方夕鶴2／3殺人》後，成了島田書迷。而在高中時，因為一本名為《何謂繪畫》的美術評論集，啟發伊坂認為能使用想像力生存是件非常幸福的事情，而小說恰好可以一人獨立從頭開始，自己應該也辦得到；因此他決定在進入大學之後開始創作，再加上喜愛島田的作品，便選擇了寫推理小說。進入大學之後則開始閱讀純文學，尤其喜愛諾貝爾文學獎得主大江健三郎的作品。

也因為他將對運用想像力的憧憬著力於小說創作上，於是各項具有想像力的元素都漂浮在其作品中，如法國藝術電影、音樂、繪畫、建築設計等等，使得讀者在閱讀推理小說的同時，也彷彿看了一場交織著奇異幻境寓言、生命哲思與青春況味的文藝表演。

巧妙地融合脫離現實生活的特殊經歷以及不可思議的冒險活動，一向是伊坂作品的創作主軸，這種奇妙組合，正是伊坂風靡了無數熱愛文學藝術的青年讀者的重要原因。

這樣的他，在一九九六年曾經以《凝眼的壞蛋們》獲得山多利推理小說大獎佳作，不過一直要到二○○○年以《奧杜邦的祈禱》獲得第五屆新潮推理小說俱樂部獎後，才正式踏上文壇。奇特的故事風格、明朗輕快的筆觸，讓他迅速獲得評論家和讀者的熱烈歡迎，不光是在年度推理小說排行榜上大有斬獲。二○○三年以《鴨與鴨的投幣式寄物櫃》拿下吉川英治文學新人獎，二〇〇四年則以〈死神的精確度〉獲得日本推理作家協會短篇部門獎，更在二〇〇三到二〇〇六年間以《重力小丑》、《孩子們》、《死神的精確度》、《沙漠》四度獲得直木獎提名，可以看出日本文壇對他的期待和重視。

伊坂到目前為止總共發表了八部長篇、四部短篇連作集和一篇短篇愛情小說。因為喜歡島田，而決定創作推理小說的伊坂，打從一出道就以推理小說新人獎得獎作《奧杜邦的祈禱》獲得各方注意；然而《奧杜邦的祈禱》卻長得一點都不像讀者們所熟悉的推理小說模樣。伊坂曾經說過，「寫作的時候，我並不喜歡描寫真實的現實生活，而是想寫十分荒唐無稽的故事。」《奧》正是這樣特殊，有著前所未有的奇特設定的一部作品。一個因為一時無聊跑去搶銀行的年輕人伊藤，意外來到一座和日本本土隔絕一百五十年的孤島，孤島上有個會說話、會預言未來的稻草人優午。優午告訴伊藤，自己已經等了他一百五十年，而伊藤這個外來者將會帶來島上的人所欠缺的東西。留下這般謎樣話語之後，優午就死了，而且還是身首異處、死得相當悽慘。這短短幾句描寫，就能夠看出伊坂作品最顯而易見的特殊之處「嶄新的發想」，我想很難有讀者在看了這樣奇異至極的開頭，而不繼續往下翻去，畢竟「會講話的稻草人謀殺案」實在太過特殊。而這種異想天開、奇特的發想，就成了伊坂作品中一個非常重要而且難以模仿的特色，在他往後的作品當中都可以看到這樣的特色，以死神為主角的《死神的精準度》便是個好例子。

然而空有奇特的發想，沒有優秀的寫作能力也無法讓伊坂獲得現在的地位。第二作《Lush Life》便是讓讀者更認識伊坂深厚筆力的作品，畫家、小偷、失業者、學生、神、心理諮商師等等眾多人物各自在五個故事線中登場、彼此的人生互相交錯。如何將這五條線各自寫得精采絕倫，而在彼此交錯時又不落入混亂龐雜的境地，最後將所有故事線收束於一個點上。伊坂在敘事文脈構成上展現了高超的操控能力，就像不斷地在本作出現的艾雪的畫一般地令人目眩神迷。複雜的敘事方式中包含著精巧縝密的伏線，並且前後呼應，而此極為高明的寫作方式，在第四作《重力小丑》、第五作《鴨與鴨的投幣式寄物櫃》中也明顯可見。

筆者和大部分的台灣讀者一樣對伊坂最早的認識來自於《重力小丑》一作，對於本作中那幾乎只能以毫無章法來形容、或者可說是某種文字遊戲的章節名稱印象深刻。但在閱讀了伊坂的其他作品之後，便能夠理解日本文藝評論家吉野仁所指出的伊坂作品的一種極為另類的魅力來源——「將毫無關聯的事物組合在一起」，像是「鴨子」和「投幣式寄物櫃」明明是毫無關聯的東西，卻成了小說。或是書名為《蚱蜢》內容卻是殺手的故事，這樣的奇妙組合讓伊坂的作品乍看書名就能吸引讀者的目光一探究竟。而更引人注意的是，這樣看似胡鬧的作法，也散見於每部作品的內容和登場人物的言行之中。

在《鴨與鴨的投幣式寄物櫃》中，主角的鄰居甫一登場就邀他一起去搶書店，而目標僅僅是一本廣辭苑!?在《重力小丑》中，春劈頭就叫哥哥泉水一起去揍人。然而在這些登場人物的異常行動，或是令人不由得笑出聲來的詞句背後，其實隱藏著各種人性的黑暗面。《奧杜邦的祈禱》中，仙台的惡劣警察城山毫無理由的殘虐行徑、《重力小丑》中的強暴事件、《魔王》中甚至讓這樣的黑暗面以法西斯主義的樣貌出現。伊坂總以十分明朗、輕快並且淡薄的筆觸，描寫人生很多時候總會碰上的毫無來由的暴力。如此高度的反差點出了一個伊坂作品世界中的重要價值觀，在面對突如其來的暴力時，該如何自處?該怎麼找出最不會令自己後悔的生存方式?

如果將毫無理由的暴力推到最極致，莫過於「死亡」了，只要是人難免一死，那麼人類該怎麼和終將來臨的死亡相處?從《奧杜邦的祈禱》中的稻草人謀殺案起，這個問題意識就一直在伊坂作品的底層流動，筆者想隨著此次伊坂作品集出版，讀者在全部讀過一遍之後，應該也都能得出屬於自己的答案。

而在熟讀伊坂作品之後，讀者便會發現伊坂習慣讓他筆下所有人物產生關聯，先出現的人物一定會在之後的作品登場。像是深受台灣讀者喜愛的《重力小丑》兩兄弟，也會在之後的某部作品出現，這樣的驚喜也十足地展現了伊坂旺盛的服務精神。

在文章開頭提到伊坂是極有力「東野圭吾路線」候選人，如實地反應出日本讀者和評論家對於伊坂遲遲不能獲獎的難以理解。但是筆者忍不住想，就這樣成為直木獎史上的傳說，似乎無損於伊坂的成就。畢竟就像日本推理天后宮部美幸說的：「伊坂幸太郎是天才，他將會改變日本文學的面貌。」作為一名讀者，能夠和一位不斷替我們帶來全新小說的天才作家相遇，就是一種十足的幸福。

作者介紹

張筱森，某私立大學日文系畢業，推理、恐怖小說愛好者。

08 春

Spring

1

四月，大學生活揭幕，沒有裝腔作勢的開場白，也沒有「從這條線以後就是大學生」的明確界線。總之，大學的第一年開始了。

我坐在離居酒屋入口最遠的位子，靠著牆壁，環顧四周。香菸散發的淡淡煙霧在天花板附近繚繞，空氣中瀰漫著一股啤酒氣味，不曉得是誰弄倒了酒瓶，或是酒液早就滲進榻榻米。我望著同學們手持酒瓶在席間穿梭，或激動地聲嘶力竭，或使勁地附和對方的話，我帶著一種冷然的心情，心想，大家會不會太拚命了？

一個男生在我身旁一屁股坐下，我轉頭一看，首先被他的髮型吸引，髮梢朝上及後方擴散的造型，讓人聯想到鳥類。

「我姓鳥井。」

「冠魚狗（註一）？」我反射性地問道。

「那是啥？」鳥井用一種「嘎哈哈」的刺耳笑聲笑道。

「你的髮型跟冠魚狗很像。」我指著他那頭精心雕塑的髮型說。「頭髮像這樣一根根豎直，就像冠魚狗一樣。」

「那是蟬嗎？」

「是鳥。」

「明明是鳥，卻叫冠魚狗啊？」鳥井的身材比我高一點，體格卻不怎麼壯碩，看起來頗清瘦，一盤坐起來，修長的雙腿格外引人注目。「我姓北村。」我自報姓氏後，他便望著幹事說：「宴會亂得一塌糊塗，自我介紹也不了了之呢。」

一群吵鬧的男生在前方聚攏，其中一名長髮男就是幹事。這個名叫「莞爾」（註二）的男生，戴著花俏的眼鏡，以矯揉造作的姿勢抽菸，笑鬧著。名字雖然與策劃滿洲事變（註三）的「石原莞爾」（註四）相同，看起來卻沒什麼遠見，也沒有決策力，只有放蕩與輕浮特別引人注目。身為幹事的莞爾一開始還宣告：「等場子炒熱以後，大家就來自我介紹吧！」然而，他現在卻自顧自地跟女孩們玩鬧，完全把這回事拋在腦後。

「北村，你幹嘛一臉無趣地坐在這裡？」

「沒什麼啊。」

註一：冠魚狗學名*Megaceryle lugubris*，屬於翠鳥科的食魚鳥類，頭上有醒目的羽冠，背羽有黑白橫斑。

註二：「莞爾」（kanji）的發音與「幹事」（kanji）相同。

註三：即「九一八事變」。一九三一年九月十八日，日軍炸毀中國滿洲南部鐵路，宣稱為中國軍隊所為，進而發動侵華行動。

註四：石原莞爾（一八八九～一九四九），日本帝國時代的陸軍中將，為日軍侵略戰爭的策略、理論家。

「騙人。」鳥井斷定說：「你在想，每個人都好拚命，簡直像白痴，對吧？」

我目不轉睛地望著鳥井。

「猜對囉！」鳥井的嘴角上揚，開始述說了起來：「學生可以分為短視型與鳥瞰型這兩種。短視的傢伙，不是只看得到眼前嗎？也就是近視，至於遠處則事不關己。鳥瞰指的是鳥瞰圖的鳥瞰，那叫俯瞰嗎？從上方往下眺望全體，傲視萬物。反正北村你就是屬於鳥瞰型的吧？」

「什麼反正……」

這裡是位於仙台鬧區的一家全國連鎖居酒屋的二樓，門口閃爍著華麗的燈飾。法學院一個班級的學生聚集在這裡，約有八十人。我們就讀的國立大學所開設的課程多半都在大教室上課，所以班級這種單位或許沒有意義，不過似乎也算是「一種緣分」。而四月的第一個星期，課程幾乎還沒上軌道，許多人才開始獨居生活，還沒交到新朋友，所以幾乎全班都到齊了。

鳥井自稱來自橫濱。我對此沒什麼興趣，只「哦」的應了一聲。「你好像沒興趣喔。」鳥井間不容髮地指出。「一般人應該會接著問『橫濱的哪裡』，還是『中華街很讚呢』之類的話題吧？」

「中華街很讚呢。」

鳥井「嘎哈哈」地又笑了。「北村你呢？」
「我來自岩手縣盛岡市。」
「噢，我去過小岩井農場唷，小學的時候。」
「怎麼樣？」
「有牛跟羊呢。」鳥井說著，把筷子伸向小碟子裡的燉牛肉。
「那種感想，沒去過的也會講。」
「北村，你這人真的很有意思。」鳥井拍拍我的肩，站了起來。「好，走吧。不跟女孩子熟悉一下，算什麼大學生呢？」
不，就算不跟女生熟絡，也一樣是大學生啊——我想。

2

鳥井走到稍遠處的兩名女生對面，坐了下來，態度親暱得只差沒說：「讓妳們久等了，本大爺終於駕到。」
桌上的菜沒怎麼減少。店員走過來，放下一大盤乾燒辣蝦。比起上菜，女店員似乎更熱中於把大盤子擺進沒什麼空間的餐桌上。原則上，眾人被指示「年滿二十歲以上才可以飲酒」，不過每個人都在暢飲啤酒。

「人家是關西人喲。」染了一頭棕髮的女生這麼說。她的自我介紹有一種外星人自稱「吾等是外星人」的滑稽。可能是因為化妝，她的眼睛和眉毛分明，紅色唇膏也很亮麗。相反地，左邊的女生留著一頭及肩的烏黑長髮，臉上也沒有化妝。

「我來自東京都練馬區，我姓南。」她自我介紹說道。

「我們倆剛剛才認識的。」關西腔的女孩說：「可是，這個女生話有夠少的，真傷腦筋呢。」

南幾乎不太說話，不過並不冷漠，她把裝了啤酒的酒杯像捧茶杯似地用雙手捧著，笑容不絕。或許是因為這樣，儘管置身於夜晚的鬧區大樓裡，卻只有她一個人宛如沐浴在陽光下。

此時，一旁的鳥井高亢地「咦」了一聲。「南？妳是那個小南？」他近乎不客氣地伸出食指，「喏，國三的時候，」他說出東京都內某所公立國中的校名，邊說邊逼近，「二班，三年二班。」這傢伙突然怎麼了？我感到詫異，被逼問的南卻笑得更深，點了點頭：「果然是你啊。」

「什麼？原來妳早就發現啦！北村，這個小南是我國中的同班同學，家裡開車行的小南。」

「你還記得我們家是經銷商啊？」她臉紅了。

「記得，當然記得啦。不過我高中的時候就搬到橫濱了。真的好巧喔。」不是當事者，也不了解箇中緣由的我，沒辦法為這個「真的好巧」感到驚訝，不過我拖長了尾音說：「也會有這種事呢。」

「我在教室看到你的時候，曾想過會不會就是你，」南一副害羞的模樣。「又想說可能不是。」

「唉，小南，妳還會那個嗎？」鳥井問。

「啊，會啊。」

「還是會彎曲跟移動？好棒！」

我不明白這段對話的意義。只是，鳥井想要進一步追問這件事的時候，關西小姐插嘴了：「喂，你們看那個東堂，有夠厲害的。」或許話題的焦點逐漸遠離她，使得她焦躁了起來。

我轉向她以目光示意的方向，馬上看到她說的「東堂」。在離入口最近的座位上，有一名纖瘦的長髮女孩。那女孩的眼睛很大，鼻梁高挺，下巴尖細，如果有人說她是雜誌模特兒或女演員，比起被嘲笑說「騙人的吧」，應該會有更多人表示「果然沒錯」。東堂小姐的身邊聚集了一些人，全部都是男生，以幹事莞爾為首，約有六個人。

「人氣真旺。」

「她好漂亮。」南深受感動地說。

「可是，」我說。「感覺她好像很無聊。」

東堂面對桌上的啤酒杯和雞尾酒杯，正襟危坐，面無表情，她露出一臉等待暴風雨或惡靈經過的表情，對於接二連三地過來搭訕的男生相應不理。

「美女在忍耐魔鬼的呢喃。」鳥井也說出和我一樣的感想。「無耳芳一（註）式的。」

「鳥井你不去嗎？」南問道。「你不是從國中開始就很喜歡漂亮女生嗎？」

「妳怎麼會知道？」鳥井誇張地後仰，接著很快地回答：「還是算了。那樣只會被當成魔鬼的一份子。我會找其他機會，等芳一放鬆戒心。」

「北村，你餓了吧？」關西小姐貼心地問。「哦，是啊。」我回答，把眼前的豆花挪到前面，尋找湯匙。「沒有湯匙嗎？」

「啊，有。」南立刻將手中把玩的湯匙遞了過來。「這個還沒用過。」

謝謝——我接下湯匙，正要舀豆花，卻「嗯」了一聲，把湯匙湊近瞧。

「怎麼了？」鳥井問。

我握著湯匙柄，秀給大家看。很奇怪，匙柄歪七扭八的。我看看桌上其他支湯匙，每一支都是直的。

「啊。」南叫了一聲。「我不小心……」

「怎麼了？」關西小姐轉過頭來。

「啊。」鳥井望向湯匙，然後對南投以別具深意的視線。「妳果然還會呢。」

「還會什麼？」我摸著湯匙問，就在同時，包廂的紙門被粗魯地打開了。

發生了什麼事？每個人的視線紛紛投射過來，眾人的對話聲中斷，現場鴉雀無聲。

一名遲到的男生進來了，他的臉龐渾圓，腹部有些贅肉，戴著一副黑框眼鏡，頭髮理得很短，一雙濃眉的線條剛硬有力，但是若要比喻的話，感覺像是漫畫裡出現的熊或豬。至於他與漫畫裡的動物不同之處，並非因為他是人類，簡單來說：他不可愛。

「啊、啊……」那個男生一走進來，就站在包廂入口處的卡拉ＯＫ機台旁，拿起麥克風。一陣朝高音域迴響般、震耳欲聾的聲音響起，在場者紛紛感到吃不消。「抱歉我遲到了。首先自我介紹一下，我姓西嶋，西嶋喔！」

「喂，還沒開始自我介紹啦！」有人插嘴，不過西嶋沒聽見。我冷眼旁觀，心想，

註：無耳芳一是日本流傳的一則怪談。擅長彈琵琶的盲僧芳一遭到平家一族的亡靈糾纏，住持遂在他全身寫上般若心經以避禍，獨漏耳朵部位。前來帶人的平家使者遍尋不著芳一，只見兩隻耳朵飄浮在半空中，便將兩隻耳朵硬摘回去交差。這件異事流傳出去，自此芳一被喚做無耳芳一。

真夠丟臉的。

「我前幾天才從千葉縣來到這裡，今天會遲到，是因為我在隔壁大樓的麻將館打麻將，脫不了身。」

「你在說什麼啊？」奚落聲響起。我也在內心說著同樣的話。

「可是，請大家聽我說。」此時，西嶋突然換了一種聲調，有如傾訴般異常熱情的語調。「我啊，想要創造和平，大家卻來阻撓我。」雖然是「請大家聽我說」的客套話，卻充滿了壓迫感。他一開口說話，語調就變得急促。「我先來為不懂麻將的人說明，麻將裡有個平和（註一）的牌型。寫做『平和』，唸做『pinhu』。我拚命想湊出那個平和，我祈求和平而湊平和，儘管它的點數很低，我還是很努力；然而，周圍的大叔卻不斷地妨礙我，把我打得落花流水。明明我是要為世界帶來和平的，這不是很沒有道理嗎？」

透過麥克風傳來的話，讓我目瞪口呆，其他人也張口結舌。

「等一下，大家幹嘛這樣啊？說起來，世界各地都在打仗，我們卻在這裡做些什麼呢？我可是在談論和平耶。大家怎麼都愣住啦？」說到這裡，他更加興奮，內容也益發偏激了。這家在仙台鬧區大樓裡的居酒屋，和戰爭是距離最遙遠的兩碼子事，所以我完全搞不懂他在認真個什麼勁兒。「你們看了上個星期的新聞嗎？美國又要攻打中東了。

那個國家在很久以前，攻擊沒有核武的伊拉克，卻耍賴說『我哪裡做錯了』，那是有不良前科的國家耶，現在又說要攻打別國了耶。目標是石油啊。自由的國家在剝奪別國的自由，日本的年輕人卻不生氣，為什麼呢？因為我們是流氓國家的囉嘍嗎？」

說到這裡，其他學生總算開始有些反應，他們對西嶋雖客氣卻斷定的諷刺口吻啞然失笑，而且顯露不快。「你是誰啊？」有人出聲。這句話彷彿成了導火線，「小肥仔。」「你喝醉了嗎？」「滾回去啦！」「白痴啊？」「噁心。」「把麥克風拔掉啦！」嘲笑聲越來越多。「他在幹嘛？」關西小姐一臉不愉快，我卻怎麼樣也無法從那個西嶋身上移開視線。

「我說啊，你們或許無法相信，可是喬・史楚默（註二）和喬伊・雷蒙（註三）都已經死了耶。」西嶋揮舞拳頭說道。

「那是誰啊？」有人叫道。雖然我認得這些歌手，卻也覺得「那又怎樣？」

「失去了這兩個龐克搖滾歌手，這個世界將何去何從？身為學生的我們，不也只好

註一：「平和」相當於台灣麻將的「平胡」。另外，日文中麻將牌型「平和」（pinhu）的漢字與「和平」之意的「平和」（heiwa）相同，西嶋在這裡把「平和」當作一語雙關之用。

註二：喬・史楚默（Joe Strummer，一九五二～二〇〇二），英國搖滾樂歌手，衝擊樂團的主唱。

註三：喬伊・雷蒙（Joey Ramone，一九五一～二〇〇一），雷蒙合唱團的主唱。

挺身而出了嗎？龐克搖滾樂的精神，不也只能由愚笨的我們來繼承了嗎？」

「笨的人是你！」有人這麼叫道，全場一陣爆笑。但是西嶋不以為意，「我說啊，只要我們有那個意思……」他說道，然後停了一拍。

莞爾打岔，有人故意打呵欠，而我卻不知為何，無法不去傾聽他的話。「只要我們有那個意思……，然後呢？」我很好奇接下來的內容。

西嶋大大地張口，「只要我們有那個意思，要讓沙漠下雪也是輕而易舉。」他很明確地斷言。

3

「你們雖然覺得掃興，」西嶋又開始演說。但是他越說場面就越冷。「覺得像這樣保持距離、獨善其身，過著普通人生就好……。但是，這樣的人生怎麼可能會好呢？尼采不是也說過嗎？『縱然與孤注一擲的劍士及滿足的豬保持同等的距離，也不過是平庸罷了』。」

一旁的鳥井嘻笑著。「尼采講過那種話啊？」

「不曉得。」我聳聳肩，卻覺得這很像尼采會說的話。

莞爾總算站了起來。「知道了、知道了，別再演講了，很無聊喔。」他應對著，並走近西嶋。四周充滿了冷笑。

「我究竟想說什麼？」西嶋手上的麥克風就要被奪走，儘管身體被架住，卻依然說個不停。「我想說的是，為什麼那些麻將館的大叔們，拚命想搶走我的生活費，我努力創造和平，卻要搶走我的錢，把我祈求和平所湊成的平和，用滿貫及跳滿（註）打得一塌糊塗，這樣到底有什麼好高興的？」

「原來是想說這個喔？」鳥井笑了出來，然後拍打我的肩膀。「那傢伙好奇怪。」

「鳥井，他是哪一種？」我目不轉睛地盯視抓著麥克風抵抗的西嶋，問道。

「什麼哪一種？」

「短視？還是鳥瞰？哪一種？」

「或許是近視的鳥。」鳥井說完，嘎哈哈地笑了。

我望向左前方的南，她杏眼圓睜，卻依然面露陽光般的燦爛笑容。接著，我望向入口附近，看見被男生團團包圍的東堂，她那張標致的臉孔別向一旁，注視著嚷著「我啊」

註：日本麻將，胡牌時完成的不同牌型各有特定的「番」，番數五番以上即稱為「滿貫」，六～七番稱為「跳滿」。而「平和」只有一番。

的西嶋。

此時的我，有一種說不出是預感還是期待的感覺，這些人或許會為凡事冷眼旁觀的我往後的大學生活帶來戲劇性的變化。

開玩笑的。

4

轉眼間到了五月。親戚說「學生生活一眨眼就過去囉」，或許所言不假。他說，春季起始，夏季來臨，秋去冬來，一年馬上就過去囉。

該上的課和上不上都無所謂的課、嚴格的教授和放任的教授、有益的事物、無聊的事物——虛實參半的情報自然而然地傳進耳中，而四月時擠得水洩不通的校門前公車站，現在也變得一片冷清。

我盡可能出席每一堂課，眼看著早上第一堂課的教室裡空位與日俱增，備覺耐人尋味。

說到耐人尋味，東堂的周遭也是如此。果然不出所料，不只是一年級生，她幾乎吸引了同一個校區的所有大學生的目光。在短短一個月之內，主要是透過鳥井，我也聽說了一些傳聞。

可能是因為成為大學生以後，大家多少也會判斷，似乎沒有人猴急地這麼表白：「開學典禮當天，我對妳一見鍾情，我們倆一定很速配，我們交往吧！」不過，好像有不少男生開口約她，像是約她去看電影、逛遊樂場、動物園，還有人約她去遠一點的日本三景（註）之一的松島。不過，兩、三下就被拒絕了。「……所以不行！」據說，他們都被這種既曖昧又冷淡的藉口回絕了。要把這視為美女高不可攀的傲慢行徑，或是鄉巴佬自不量力地挑戰挫敗，那就看個人的觀感了。不過，我也可以理解為什麼有那麼多人堅信「就算其他人被拒絕，也只有我沒問題」。

那天，我預定去上第二堂的民事訴訟法，早上九點半就到校，在停車場鎖上腳踏車。此時，傳來一聲叫喚：「發現北村！」我放下背包回頭一看，鳥井正站在那裡。他穿著藍色POLO衫和米色長褲。「你的冠魚狗髮型還是老樣子呢。」我這麼一說，鳥井又回答：「那是一種蟬嗎？」就跟你說過是鳥了。

「北村還是一樣冷淡呢。」鳥井笑道。他已經決定「只上絕對需要的課」，所以我很少在教室裡遇到他。所謂「需要」，指的是人生需要，還是畢業需要？我這麼一問，鳥

註：指日本三大風景名勝——天橋立、松島與嚴島三地。

井就「嘎哈哈」地笑了，爽快地回答是「畢業需要」。

「既然不上課，你何必唸大學？」

「當然是為了玩啊。」

「這理由太露骨了，所以大家才說不出口吧？」

「我啊，打算畢業以後成為超級上班族。」

「在超級市場上班的上班族？」

「不是啦！啊，那樣也不錯啊……，反正，我要比同期的同事表現得更好，領更多薪水，然後以公司的頂端階級為目標——我想成為這樣的上班族。拚命應酬，週末也上班，幾乎沒時間跟家人相處。要是成為這樣的超級上班族，不就不能盡情玩樂了嗎？所以只能趁現在啊。在這四年之間，我要做上班族沒辦法做的事。」

「沒辦法做的事……，譬如說？」

「跟很多女生交往、打麻將、隨便唸書。」

「我想，就算成了上班族，這些事還是可以做吧。」

「普通上班族可以，但是超級上班族就沒辦法了。」

「你不運動嗎？」

「把汗水耗費在運動上的傢伙，恐怕不懂得利用時間吧。」

或許是因為我交友的意志和努力不夠，或者是我身為人類的魅力不足，進入五月之後，我的朋友還是只有鳥井。身為我唯一朋友的他說：「我來邀你囉。」

「邀我幹嘛？」

「學中文和機率。」

「打麻將？」我這麼回答，鳥井便彈了一下手指：「你很瞭嘛！」

「昨天西嶋也這樣約我。」

休息時間，我在座位上整理筆記時，西嶋走了過來，說：「北村，走吧。」自從四月的班聚那場爆炸性的登場與演說之後，西嶋便成為我掛心的傢伙。但是在這之前，我一直沒機會跟他說話，所以，首先我很驚訝他知道我的名字，接著他那有如老友般自然親近我的態度，讓我退縮。

「走？去哪裡？」

「四方會談，研究機率跟中文。」

「那是啥？」

「麻將。」西嶋豎起三根手指。「已經找到三個人了，剩下一個非北村不可。」

「根據西嶋的堅持，沒有北村還是不行。」鳥井背對著教室，筆直地看著我。太陽躲在建築物後方，不過從旁邊溢出的光線彷彿瞄準這裡似地直射過來。那光線反射在鳥井的左肩上，一瞬間我看不見他的左手。

「可是，我昨天也跟西嶋說過了，首先，我不會打麻將，再來，我不想蹺課。」

「首先，我教你怎麼打。」

「咦？」

「再來，今天的民事訴訟法停課，下午的課也停課，正好碰上學會。」

「哦……」我嘆了一口氣。「何必這麼熱心邀我？你說要教我，意思是你也是其中之一？」

「我沒辦法參加。」

「什麼意思？你不是會打麻將嗎？」

「因為我不符合條件。」

「條件？」我反問，瞬間靈光一閃。「我記得麻將是四個人玩的吧，然後不是還分成東西南北嗎？」

「真敏銳。」

「不會是因為我的姓氏裡有個北字吧？」

「猜對了！恭喜你！」鳥井展開雙手想要擁抱我，我躲掉了。

我們共騎我的腳踏車，前往鳥井的公寓大樓。「不是在麻將館裡打麻將喔？」我這麼問，卻被鳥井嘲笑：「初學者說什麼大話。」他說，一開始在家裡練習就夠了。

抵達目的地之後，我看到建築物的外觀，忍不住大吃一驚。這兒的風格和規模跟我住的木造公寓實在有天壤之別。我忍不住問：「鳥井是資產階級嗎？」

那棟建築物看起來時髦堅固又新穎，目測約有七層樓高。

「只是我爸媽不缺錢啦。」鳥井若無其事地回答。我覺得很像姦情曝光的丈夫辯稱：「我只是跟別的女人睡而已。」

進去以後，我又吃了一驚。這一戶有四個房間，每間都是木質地板，洗手間裡有免治馬桶，還有空調。這已經是無庸置疑了。「鳥井是資產階級呢。」我這麼認定。雖然這好像不是分售而是租賃大樓，不過也夠豪華了。

「只是我爸媽錢太多啦，這不重要……」鳥井說，在我坐的桌前擺上箱子，打開上面的金屬扣具，掀起蓋子。裡面裝滿了麻將牌。

「三點的時候，西嶋他們會來，在那之前，我先教你一些基本規則吧。」

我以視線搜尋時鐘，隨即在牆上發現一面掛鐘，現在是早上十點。

「這是什麼？」我拿起表面有黑點與紅點的白色細長棒子，那感覺像是用象牙做成的牙籤。

「那是點棒。玩撲克牌的時候不是會使用籌碼嗎？這跟那個一樣。」鳥井補充說明：「這個是一千點，這個是一萬點。那，先從牌型開始記好了。」

「什麼叫牌型？」

「這是什麼問題啊？」鳥井苦笑。「你連這個都不知道嗎？」

「所以就說我不想玩嘛。」

「知道了，教你就是了，別那麼不高興。麻將的基本型啊，就是一顆頭加上四個胴體。」

「頭？胴體？」

「所謂頭，就是同一種牌的一對。比如說像這樣。」鳥井說，抓起從箱子裡取出的牌，排成（牌型參見P.130）。「然後，接下來湊出四副三個一組的胴體。胴體的形式有……」這次他迅速組合三張牌，排成。我覺得這很像撲克牌裡的順子。鳥井接著做出的組合，雖然有點不同，不過感覺有點像三條。「這就是胴體？」

「胴體部分是四副。因為有頭與一截一截的身軀，所以看起來很像彎彎曲曲的龍吧。」

確實，被他這麼一說，看看🀎🀎 🀙🀚🀛 🀔🀔🀔 🀍🀎🀏 🀞🀞🀞排在一起的形狀，也像是頭部在左端，後面連著四個節的蛇。

「胡牌時喊的『榮』（註），好像本來是『龍』的意思。」

「噢。」這對我來說無關緊要。

「然後啊，一開始先從四張麻將開始玩會比較容易懂。手牌四張，然後摸一張來完成一副牌。」鳥井說著，排出🀎🀎🀚🀛🀜。「以這樣的形式為目標，或🀚🀚🀎🀎🀎也行，用四張麻將來練習看看吧。」

「麻將沒有必勝法，或是理論之類的東西嗎？」

「沒有、沒有。」鳥井馬上揮揮手。「麻將啊，說穿了就是說服自己接受的遊戲，找藉口的遊戲。」

「什麼意思？」

「你玩了就知道了。」

此時，響起一陣嗚笛聲。仔細一看，窗邊吊了一只鳥籠。「這裡有的全是我家沒有的。」

註：相當於中式麻將所喊的「胡」。

「這是文鳥。很可愛吧？」鳥井不知不覺走到鳥籠前，把手指伸進籠裡。「牠叫一索。」

「伊索？」是「伊索寓言」的伊索嗎？

「麻將牌裡有個叫的，那張牌上面有鳥的圖案。從這裡取的。」鳥井說，找到一索的牌，把圖案翻給我看。的確，上面畫了一隻鳥，這是孔雀嗎？然後，鳥井說「我去泡咖啡」，就要走向廚房，卻突然想起什麼大問題似地停步，轉而向我說：「這麼說來，北村你啊，有跟女人睡過嗎？」

「這是什麼問題？」太直接且唐突的問題讓我有點生氣。

「處男？」

「什麼叫處男？」我不高興地回答，於是鳥井「嘎哈哈」地笑了。「問這什麼問題啊？」

5

前前後後兩個小時以上，西嶋一直拚命在湊「平和」。他湊到一半被摧毀，快要完成時又被阻撓，然後哀聲嘆氣。儘管點棒逐漸減少，他卻不改方針。

「真奇怪。平和沒那麼簡單搞定嗎？」他嘀咕著。

「接下來半莊就結束了？」我回望著站在後面、充當指導員的鳥井。「沒錯，南場結束。」鳥井答道。麻將是四個人玩的遊戲，如果半莊的話，就是每個人各輪兩次「莊家」——聽說是這樣。

第一巡稱東場，第二巡稱南場。南場結束時，「半莊」好像也同時結束。我學到的大部分都在這時候確認點數，決定高下。

「北村真的是剛背的嗎？」坐在我右邊的東堂一面堆牌一面問。

「今天上午才學的。」

當我知道因為姓氏裡有個「北」字而被召集時，瞬間想到東堂小姐會不會也是牌搭子之一，沒想到她真的來了。

「在同一個班裡，恰好湊齊了姓氏裡有東西南北的四個人耶。這當中若沒有特別意義，那就太沒道理了吧！怎麼能夠忽視它呢？」西嶋一定是這麼對南還有東堂說的。我們雖然覺得這種理由很奇怪，但是就這麼毫不在乎地跟來，也沒資格說什麼。

東堂在我的右側——用麻將術語來說的話，記得是「下家」——觸摸著牌。肌膚光滑得就像假人似的她說：「可是北村打得真好，都沒輸，判斷也很快，一點都不像初學者。」

「我從以前做事就深得要領。」

「只要想做就做得到，卻不會沉迷其中的類型？」東堂窺看我。

「是啊，只要想做就做得到，討人厭的傢伙。」

「唉，西嶋為什麼這麼在意平和呢？」南低聲問西嶋。她的坐姿端正，一副正在參加茶道會的模樣。一如往常，只有她的位置陽光和煦。

西嶋停下手，以一貫的口氣說：「因為我相信啊，就算是這麼微不足道的小事，就算沒有科學根據，只要有強烈的信念，一定可以實現。」

「相信可以用平和胡牌？」我問。根據鳥井才剛傳授的知識，寫做「平和」，念做「pinhu」的牌型點數最少。根據鳥井的說法，似乎是「因為沒什麼點數，所以很和平吧」。

最後的莊家是西嶋。他拿著骰子，卻遲遲不甩。反之，他說：「我啊，擔憂得不得了呢。美國不是又要攻擊石油國家嗎？表面上說什麼消滅恐怖份子，實現世界和平，說穿了根本只為了掌權。然而，日本年輕人卻漠不關心，或者認為不關己事，身為旁觀者，這與自己的人生無關。我實在沒辦法接受。所以，我至少要為世界著想，創造和平。像這樣，我置身於這個以學生來說太過奢侈的大廈一室……」

「這麼奢侈，真不好意思啊。」鳥井看起來並沒有不高興。

「我相信只要努力湊出平和的牌型，像這樣愚蠢地不斷累積，不就可以過關了。」

「不可能啦……」鳥井立刻回答，還發出熟悉的刺耳笑聲。「就算西嶋再怎麼用平和胡牌都沒用啦。」

「雖然連一次都沒成功過。」東堂聳聳肩。

「沒錯、沒錯。」鳥井繼續說。「就算你用平和胡了幾百次牌，美國總統還是會派兵的。雖然聯合國決議說要怎麼樣，但是最後還是會順著美國的意思進行的。一定會這樣的。核子武器快要襲擊中東了。搞不好……，不，就算搞得好也一樣，日本的自衛隊又要被派出去了。」

「喏，就是這樣。」西嶋握著骰子，停下動作。

「怎樣？」

「鳥井，你忘了喬・史楚默的話嗎？」西嶋觸摸臉上的眼鏡框。

「史楚默？誰啊？」

「衝擊樂團（註）的成員。」我回答。

「噢，北村也聽衝擊樂團嗎？」西嶋就像發現同志一樣，眼神閃閃發亮，我立刻揮

註：衝擊樂團（The Clash）是活躍於一九七六～八六之間的龐克搖滾樂團。與「性手槍樂團」同列為英國龐克搖滾樂的代表樂團。

揮手，辯明說：「聽是聽過，可是沒那麼熟，所以我不可能跟你一起討論龐克搖滾。」

「喬・史楚默在衝擊樂團的曲目裡不是有這麼一段歌詞嗎？」西嶋豎起食指，彷彿深信會有來自天上的電波對準那根手指，送來史楚默的重要訊息。「『你們受人支配嗎？還是發號施令？你們在前進嗎？還是在後退？』他不是這麼說嗎？對於這個質問，我們能夠斷然回答正在前進嗎？」

雖然在場的人沒有受到感動，卻噤口不語。半晌之後，我帶著一種代表眾人意見的心情回答：「這很難說呢！」

你們就是這樣才不行——西嶋嘟囔著，甩出手裡的骰子。五點。他開始從面前的牌山中取牌。這一局是西嶋做莊，南場的四局開始了，如果西嶋胡牌，就是「連莊」，牌局還會繼續；如果是其他人胡牌，牌局就算結束。「現在誰領先？」

「南吧？」東堂說。

「咦，我嗎？」南望向自己的點盒，擺在她腰旁的盒子裡堆滿了點棒。她只有東場胡了兩次牌，但是那兩次的點數異常高，一次叫滿貫，另一次叫跳滿。而牌型的名稱就像長長的咒文，我已經忘光了。總之，她受到這些咒文的守護，得到了將近五萬點。第二名是東堂，第三名是我，西嶋是堂堂第四名——也就是吊車尾。

「西嶋吊車尾呢。」鳥井一說，西嶋便「我說啊」地皺起眉頭。「我說啊，這種事大家都知道，你故意拿出來講又能怎樣？就像天空是藍的，大海很遼闊，我吊車尾這種事，也沒必要特地說出來吧！」

「天空蔚藍，大海遼闊，西嶋吊車尾。」鳥井吟詩般地說，一副興高采烈的模樣。

西嶋的眼神閃爍。「勝負還未定喔，接下來是我做莊，人被逼到絕路，才會發揮真正的實力。等一下我就要連莊了，我要前進了，前進！」他邊說邊洗牌。

結果，這一局東堂在第八巡自摸六萬便結束了。「斷么平和一盃口自摸寶牌一（註）」。她這麼唸出一長串牌型，而西嶋就像個孩子般摀住耳朵，「啊、啊——」地假裝聽不見。

6

鳥井拉上厚重的窗簾，這時候我才注意到天色已暗，我和東堂幾乎同時望向牆上的時鐘，超過晚上七點了。半莊結束，點數也計算完畢，我們把玩著牌，望著室內，邋遢地坐著。

註：寶牌又稱作懸賞牌，是可以在胡牌時增加得分的特定牌，與「立直」同為日本麻將中獨特的規則。

隔壁傳來「咚」的聲響，牆邊的我望向牆壁，詫異地問：「發生了什麼事？」。鳥井說：「隔壁住著一對年輕夫婦，老是在吵架。」還說：「他們老是敲牆壁，一開始我也很擔心，不過感覺上老婆比較強悍，所以我就放心了。」

「不用擔心老公嗎？」

「我才不想替男人操心哩。」鳥井說著便站了起來。「總之，先去吃飯吧。」

從大樓前的馬路往後走上約兩個街區，有一家小店，店門是橫拉式老門，店內擺了幾張四人座的桌子，較裡面的座位坐著三、四名像是學生的男生。

招牌上寫著「賢犬軒」三個字，應該唸成「kenkenken」嗎？這也太愚弄人了吧，雖然招牌上還有「中華」兩個字，不過感覺比較接近定食屋。店內的餐桌並不會旋轉，「賢犬軒」這種名稱也像是日本人才會取的店名，而且我覺得菜單上的薑燒豬肉不是中華料理。我們在靠近入口處的大桌前坐下。

「每一樣都很好吃喔。」聽到鳥井這麼說，我掃視貼在牆上的菜單。右邊的學生們有幾個望向這裡，他們看見東堂，瞬間睜大了眼，然後又裝作若無其事地別過臉。確實，東堂與這家骯髒小店格格不入。

「小哥，今天帶好多朋友過來呢。」一個身穿日式圍裙的女人走過來，對鳥井說道。看樣子鳥井是這裡的常客。我們一個個依序唸出菜名，像是豬肝炒韭菜定食、炸雞塊定食、拉麵套餐、薑燒豬肉定食等等。女店員折返廚房之後，鳥井一臉高興地說：「薑燒豬肉不怎麼樣說……」

「你不是說每一樣都很好吃嗎？」我當然抗議。

「除了薑燒豬肉以外。」

「這種事要先講啊。」

「對了，東堂是哪裡人啊？」鳥井無視於我的憤懣，改變話題。

「我是仙台人，當地人。」東堂一邊回答，一邊望向西嶋。我們也跟著看西嶋。

西嶋把一隻手肘撐在桌上，歪著頭，以嚴肅的眼神望著店內，他正在看電視。在播什麼有趣的節目嗎？我朝電視一看，畫面只出現了新聞播報員呆板的臉孔。一會兒之後，西嶋喝了水杯裡的水，我們四個人也跟著拿起杯子喝水。「你們看到剛才的新聞嗎？」

我望向電視，已經進廣告了。「什麼新聞？」

「仙台出現了路煞。」

「啊，那個我知道。」南提高聲調。「在深夜出沒吧！狙擊中年男子。」

我們點的菜送上來了，每個人的料理擺送到面前，我們拿起衛生筷開始享用。

「路煞是什麼樣的人？」鳥井用筷子指著西嶋問。西嶋露出不滿的表情說：「不要拿筷子指人啦！」接著又說：「犯人會狙擊中年老頭，問對方：『你是總統嗎？』然後毆打人家，搶走對方的錢。」

「總統？」我和東堂、鳥井異口同聲。

「你們真的不知道喔？」西嶋露骨地表示失望。「我的想法是，這個犯人正為世界的現況憂心。他為了美國不顧聯合國的制止，攻打遠方國家的現況感到憤怒。」

「你是說那個犯人嗎？」如此深刻了解犯人心情的你才是犯人吧——我忍不住想這麼說。

「大概吧。他坐立難安，所以用自己的方式採取行動，他覺得美國會這麼恣意妄為，都是那個猴臉總統害的。」

我想起最近只要一開電視，就可以看到那個瘦削黝黑的男人。那個總統的眼睛總是滴溜溜地轉個不停，一旦語塞，就會莫名其妙模仿巨星微笑。他應該也有自己的苦衷，而且比我更了解種種社會問題，可是每當目睹他的言行舉止，我就會忍不住想：「這傢伙是白痴嗎？」連我這種沒見過世面的黃口小兒都會出言侮辱，這個總統還真可憐。

「所以那個路煞才會襲擊長得像總統的人？」

「你真是一語道破啊，北村。」西嶋的眼神閃閃發亮。「他應該是很認真地在仙台的車站前尋找總統，打算消滅對方。」

「不管在仙台等上幾年，美國總統都不會出現吧。」鳥井笑道。

「這個事實對於我們的總統男而言，是無關緊要的。他深信只要打倒總統，就可以避免戰爭，所以不斷地在路上遊蕩。因此，他才會到處問人：你是總統嗎？你是總統嗎？——不對嗎？」

「那個犯人叫總統男喔？新聞是這麼報的嗎？」鳥井再次望向電視，但畫面上正在播報其他新聞，是一則偽裝公益節目進行街頭募款，騙到近數千萬圓的詐欺犯遭到逮捕的消息。

「不是，是我剛才取的。」西嶋蠻不在乎地回答，彷彿想起似地伸筷挾豬肝炒韭菜。「反正，我支持那個犯人。」

「他是個犯罪者耶？」南擔心西嶋似地小聲說道。

「比起只對生活周遭的芝麻小事感興趣，不管世上發生了什麼事、哪裡發生戰爭、孕婦及幼兒在內戰中被槍殺、動物數量不斷地減少，都覺得與自己無關，置身事外地看著電視的學生，這個憑一己之力扭轉乾坤，拚命尋找總統的總統男，你們覺得哪一個比較糟糕？」

我們面面相覷，只能這麼回答：「當然是總統男啦。」

西嶋嘆了一口氣。「我說啊，你們有沒有聽過那句話？那句名言。」

「什麼話？」我感興趣地問。於是西嶋「嘶」地吸了一口氣，說：「『人類這種生物，會為了與自己無關的不幸而煩憂！』」

「那是啥？」

「『看到人們在遠方遇難，就無法袖手旁觀！』你們沒讀過那本精采的書嗎？」明明這麼說，西嶋卻不肯說出書名，只說：「如果我們的總統男有一天真的和總統對決，或許世界會因此而改變喔。」

「什麼『我們的』，別亂說啦。」

「我啊，巴不得自己有特異功能。」西嶋感慨道，動著筷子。「那樣一來，不只可以在麻將裡用平和胡牌，還可以做更多事。」

「說起來，你根本沒用平和胡過牌嘛。」鳥井笑道。然後彈了一下手指說：「啊，這麼說來，」接著，又拿起湯匙喝了一口湯，舔了舔嘴唇，「說到特異功能，小南很厲害喔。」

「咦？」我們紛紛把視線集中在南身上。「什麼意思？」西嶋說，伸出筷子。「不要用筷子指人啦。」這次換鳥井做出揮手的動作。「小南，弄給他們看。」

南有點難為情，不過依然溫和地微笑。鳥井把湯匙遞給南。「這是……」東堂低聲說。「難道這是……」我也隱約這麼想。「不會是彎湯匙吧？」西嶋說了出來。

「你們看著吧。」鳥井笑道，卻完全沒有要啟蒙我們，或是向我們傳教的興奮情緒，也不像是要用精巧的魔術來欺騙我們。

「那麼……」南說，她把手放在桌上，用拇指和食指捏住匙柄離杓面約一根手指寬的位置。

「騙人的吧？」

「鳥瞰型的北村或許無法接受吧。」鳥井對我說。

我看著南的臉。她並沒有皺眉或太陽穴青筋暴露、手指顫抖之類的表現。

「這是在做什麼？」我才忍不住這麼說完，湯匙就出現了變化。雖然只有一點點，不過那支不鏽鋼舊湯匙從南的手指觸摸的部分往下彎曲了，就像塑膠被火烘烤以後，彷彿沒有主見的窩囊年輕人一般彎曲蜷縮。

接著，南把湯匙垂直豎立，重新握住匙柄，用右手觸摸湯匙的上半部。儘管看起來不像在使力，湯匙卻從脖頸部位呈直角彎曲。看起來就像在鞠躬說：「我這麼軟弱，真是對不起。」鳥井「嘎哈哈」地笑了。

喂，這可不能隨便一笑置之吧！──我心裡這麼想，卻說不出話來。東堂也一樣，她那張標致的臉蛋變得更像洋娃娃，靜止不動，注視著南的手。西嶋無法信服地發出「唔」的一聲。他從南的手中搶走湯匙，親自摸弄它，好幾次使力彎折，卻完全無法彎曲。他又「唔」了一次。

忽地，我想起約莫一年前，在盛岡的老家和父母一起觀賞的電視節目。那是上越地方（註一）某個村落的老婦人表演彎折湯匙的節目。在村落，那種能力似乎被視為神力，還引發了軒然大波。在攝影棚內現身的老婦人姿勢端正，站姿優雅。她靦腆地說「希望可以成功」，便把湯匙弄彎了。然而參加那個節目的落語家（註二）和廣告文案人卻指出，老婦人的動作有可疑之處，藉此證明彎折湯匙只不過是一種操弄詭計的魔術。「超能力這種東西果然不存在呢。」母親遺憾地說，我的心情也和母親相同。但是，我不認為現在看到的彎湯匙是魔術。

「就算彎了湯匙，又能怎樣？」西嶋說道。

「西嶋真是不服輸。」鳥井笑道。「小南從小就會這個了。」

「在學校沒有引起大騷動嗎？」東堂問。

「可能是因為我們唸的國中在鄉下地方吧。」鳥井插嘴。

「不是在東京嗎？」我問。

「就算在東京，鄉下地方就是鄉下啊。反正，當時大家都很吃驚，可是也不怎麼轟動。」

「沒有電視台之類過來採訪嗎？」

「每個班級不是都會有人跑得特別快，或是轉鉛筆轉得特別順、很會青蛙倒立嗎？感覺就跟那些人一樣，所以小南不會引人注目，對吧？」

南點點頭。

「你說的完全是兩碼子事吧？」我感到難以置信。

「就是這樣，意外地。」鳥井搖頭晃腦地說。「喏，北村也不會想要馬上打電話通知電視台吧？」

「是這樣沒錯，可是……」

「喂，什麼是青蛙倒立啊？跟一般倒立不一樣嗎？那是什麼啊？」

西嶋一個人重複著無聊的問題，我們不理他，繼續問南。「除了彎湯匙以外，妳還會其他特技嗎？」東堂問，南難為情地「嗯」了一聲，點點頭。「我也不太清楚，不過其他東西好像也……」

「可以移動？」東堂不曉得是不是半信半疑，有些客氣地問道。

「嗯。」南說，默默地將視線移向桌上，注視著鳥井手邊的大碗公。

「碗公。」鳥井說。緊接著，碗公朝南的方向滑了過去，就像一隻具有碗公形狀的

註一：上野與越後地方的總稱，為現今群馬縣與新潟縣的大半。

註二：日本的落語類似中國的單口相聲。

小動物，一邊警戒一邊前進似的。我們全都倒吸了一口氣，然後慢慢地吐氣。「騙人的吧？」我說出這句不曉得說過幾次的台詞。

「就連鳥瞰型的北村也大吃一驚嗎？」

「看到這個還不驚訝的人，反而奇怪吧？」

「移動東西的時候，會叫名字吧？」鳥井向南確認。

「叫名字？」

「移動東西的時候，若是意識到那東西的名稱，會比較容易成功。」南一臉難為情。

「什麼意思？」

「總之，移動湯匙的時候，在腦中默念，我要動的是湯匙喔，是這支湯匙喔。所以，如果周圍的人也喊那物體的名字，會比較順利。所以我剛才幫她說『碗公』。」

「如果是車子，那只是車種。」南的頭垂得更低了，彷彿賠罪似地說：聽起來很假，對不起。

「車種？」

「小南家是賣車的經銷商，如果只提到車子，對她來說太籠統，得註明車種才行。」

「鳥井，你記得好清楚喔。」南睜大了眼，高興得羞紅了臉。

「因為印象超深刻嘛，想忘也忘不了。」

「妳真的能夠移動車子？」我停下挾著豬肉的筷子。

於是，鳥井開始述說國二時，參加一場名為林間學校的團體旅行。大家在岸邊用鐵飯盒煮飯時，鳥井跟南一起去河邊汲水。結果，對岸停了一輛稍大的轎車，鳥井見狀，臨時起意說：「妳能移動那個嗎？」

「結果就動了？」我揚起眉毛。

「一開始完全動不了。」南微笑。

「我在她旁邊拚命說：『車子』、『車子』，結果車子一動也不動。沒辦法，只好試著說出車種『Crown』。」

「結果車子就飛起來了？」東堂皺眉說道。

「車子飛進河裡。」

半晌之間，我們只是張口結舌。

「後來沒有造成騷動嗎？」東堂也不知該如何回應。

「唉，是有一些啦。」

「什麼有一些！你們那是什麼學校啊？是現代的日本學校嗎？」我說。

「你是瞧不起練馬嗎？」

「不是啦……」

「好。」西嶋的眼神變得銳利。他扶著眼鏡，明明沒喝酒，卻一臉老頭子吹毛求疵的表情。「那，現在到外面去弄給大家看啊。口說無憑，去把Crown弄起來看看吧。」

可是，南歉疚地搖搖頭。她說自從那一次以後，就只成功過一次，並且把那次的狀況說明給我們聽。南在唸高三時，某天深夜從補習班回家的途中，看到自動販賣機前面停了一輛大車，她覺得很礙事，又正好看到車體上的字，便在腦袋裡唸出車種「是HIACE啊。」結果，那輛廂型車便輕飄飄地飛了起來，掉在數公尺以外的地方。

「聽起來好假。」西嶋抗議道。

「現在已經不行囉？」鳥井問。

「不行了。我偶爾會試，可是不行。除了那次林間學校的旅行，還有去年的那一次，我沒辦法移動大型物體。」

結果，東堂屈指一算。「搞不好是四年一次呢。」她開口說道。嫵媚的嘴唇柔軟地動著。

「啊，或許呢。」南的表情變得開朗。「可能需要充電期吧。」

「哪有這回事？」西嶋一臉不滿。「又不是奧運還是世界盃。而且，妳剛才彎的是這家店的湯匙耶！」

「啊，對喔，等一下得跟人家道歉才行。」南縮起肩膀。

「西嶋就是不相信呢。」鳥井笑，點點頭說「不過這也沒辦法吧」，然後他指向我面前的杯子，說：「小南，杯子。」

南望向杯子，裝了水的杯子緩慢地往右邊移動。

「為什麼這樣還不會引起騷動？」我茫然地指著在前方移動的杯子。

「你是瞧不起練馬嗎？」

7

回去公寓大樓的路上，西嶋一看到停在路邊的車，就唸出它的車種，然後看著南。

Skyline！Odyssey！西嶋的聲音空虛地迴盪著。

「本人都說辦不到了，你這是何苦呢？」我勸著西嶋。南可能是個性太好，絲毫沒有生氣的樣子，每當西嶋一有指示，她就停下腳步，彷彿享受交響曲的演奏般，閉上眼睛，靜默不語，但最後還是搖搖頭。

「北村，你相信了嗎？」鳥井拍拍我的肩。「很多人會嘲笑這種事呢。」

「這種事是指哪種事？」

「異常現象啊，像是超能力或ＵＦＯ之類的。」

「這種事對我來說無所謂。」我老實說，「我不喜歡否定，也不會深入探究。」

「這才是真正的鳥瞰型呢。」

「要是我有這種能力的話……」西嶋走近。他一走過來，就倚著我的肩膀。一旁的東堂問：「有的話要怎樣？」

「首先當然是燃燒囉。」西嶋當下回答。

「燃燒？」我重複他的話。

「燒啊！燒掉無能政治家的房子，燒掉愚蠢學生的寶貝電腦。這樣一來，或許學生會熱心投入世界上的重大事件呢。」學生最寶貝的就是電腦和手機喔——西嶋斷定道。

我們回到大樓，本來已經沒有心情打麻將了，卻敗在西嶋的苦苦哀求。

「半莊就好，半莊就好嘛！」

我們將全員的點數恢復成兩萬七千點，重新開始打麻將。才剛玩過幾局麻將的我，說這種話或許還太早，不過我已經愛上麻將牌的觸感、翻牌時的期待感以及洗牌的聲音，還有排列作業等等。我也覺得重複擬定策略、確認狀況，構築又摧毀的這些作業很適合我。有好一陣子，只有抓牌、換牌、丟牌、製作龍身的聲音持續著，也沒有「吃」或「碰」等等叫喊聲。

結果，這一回也和晚餐前的那一場一樣，又是以南領先，西嶋吊車尾這種固定狀態接近終盤。

「西嶋喜歡龐克搖滾是嗎？」南場的第二局，全員默默無語，在淡淡地丟牌、吃牌時，東堂這麼問道。

「喜歡啊。」西嶋瞪著牌，彷彿快咬下去，心不在焉地回答。

「龐克搖滾是什麼？」東堂問。

輪到西嶋，他一面煩惱一面拿牌，然後臉上綻放光芒，叫了一聲「立直」（註一），把要丟掉的二索放到一旁。

「立直啊，真可怕。」南低語著。

「龐克搖滾的定義，老實說無關緊要。」不曉得是因為喊出立直而放心，還是怕自己聽的牌曝光，西嶋突然變得饒舌了起來。「The Pretty Things（註二）初期和 Dr. Feelgood（註三）初期也都是龐克啊。」

註一：在日本麻將中，在「門前清」的狀態下，捨牌前喊「立直」，可使「立直」牌型成立。若胡牌，點數可加倍。

註二：The Pretty Things為一九六三年成立於倫敦的樂團，在六八年所發行的短篇搖滾歌劇專輯，為搖滾樂帶來了嶄新風貌。

註三：Dr. Feelgood是一九六七年成立的英國搖滾樂團，為七〇年代的重金屬音樂潮流先驅。

「初期、初期的，真囉嗦。」鳥井調侃道。

「可是啊，我喜歡的還是衝擊樂團跟雷蒙合唱團（註）。」

「在那場班聚上你也說過啦，什麼史楚默啊、喬伊・雷蒙的。」我說道。

「那是誰？」東堂問。

「衝擊樂團的主唱跟雷蒙合唱團的主唱。」我說明。

「不過說真的，他們音樂的單純和窮極無聊，才正是龐克……，不，搖滾的力量。」

西嶋點頭同意自己的話，從牌山裡抓出一張牌，然後說「不是啊，不是這個」，便丟掉一筒。

「那樣好嗎？」東堂問。

「一筒？這種牌我才不要哩。」

「不是，我是問那個叫雷蒙合唱團的樂團。」

「每首歌聽起來都一樣喔。」我以忠告的心情插嘴說道。

「我說啊，就是這樣才好啊，這樣不就始終如一嗎？重要的事物都是永恆不變的。你知道喬伊・雷蒙的名言嗎？名、言。」

「名言？說來聽聽。」鳥井高興地說道。

「他說了什麼？」我也很感興趣。

「就是啊，喬伊・雷蒙被記者問道：『你的樂團活動為什麼可以持續這麼久呢？』對於這個問題，他做出了完美的回答。」

「什麼？」東堂抓著牌，看著西嶋。

「什麼？」南也面露微笑，好奇萬分地問道。

「他說了什麼啊？」我跟著問，鳥井也順口問：「說了什麼？」

「喬伊・雷蒙這麼說：想要長久持續樂團活動……」西嶋說到這裡，用力閉上嘴巴，依序望著我們四個人，然後說：「『就不要在舞台上亂動。』」

我和鳥井同時爆笑出來，因為笑得太激動，我的牌差點倒了下來。南也瞇起眼睛笑了。東堂呢？我在意地往她那裡一瞧，她的臉頰也放鬆了，嘴角揚起，雖然不到爆笑的地步，卻也在忍耐湧起的笑意。

「為什麼？你們幹嘛笑啊？搞不懂。這個回答明明很深奧。」

「哪裡深奧啊？」鳥井說。

「可是，他已經死了吧？」南露出有些寂寞的表情說。「明明都沒動啊！」

過了大約三巡，一陣聲響傳來。我詫異地往窗戶一瞧，鳥井站在鳥籠旁正在餵鳥，

註：雷蒙合唱團（Ramones）是一九七四年在美國組成的四人樂團，團員藝名皆姓「雷蒙」，故名之。於一九九六年解散。

東堂和南望向鳥籠，西嶋則專注在自己的手牌。

「啊。」鳥井叫了一聲。「喀鏘」一聲，一陣宛如輕輕拍手的振翅聲。好像是籠子門沒關好，文鳥飛出來了，牠輕巧地飛到房間角落。

「快點，接下來換北村了。」只有西嶋一個人專心看牌。或許是因為喊了「立直」，想要的牌卻遲遲不出現，他焦躁了起來。

我丟牌，輪到東堂結束，接著就在西嶋把手伸向牌山的時候，文鳥飛過來了。牠滑降到我們圍坐的麻將桌正中央，就像飛機遵循引導燈著陸一般，牠拍著翅膀，降落在桌子中央。可能是自覺受到眾人矚目，牠東張西望地轉動脖子。

「榮！」就在這時候，西嶋出聲。「榮、榮、榮了！」

「咦，我的牌嗎？」東堂不解。

「鳥啦，鳥。是一索啦，加上那隻鳥就榮了。」西嶋口沫橫飛地翻開自己的手牌，全部都是索子的漂亮牌面。「因為是一索，所以點數比較高，還有一氣通貫（註）喔。門前清一，一氣通貫，再加上寶牌一，倍滿喔。莊家倍滿。」他急促而滔滔不絕地說道。

「你說鳥，是指用這隻鳥胡牌嗎？」南一臉錯愕，指著文鳥。

「這還用說嗎？當然囉。」西嶋陶醉在勝利裡，面色潮紅。看樣子西嶋是想用一索胡牌，但是牌卻遲遲不出現，而一索上畫著鳥的圖案，所以他打算用真正的鳥來代替。我們瞬間陷入啞然，卻馬上做出反應。

「太無聊了，根本不管規則嘛。」我板起臉來。

「那，這隻文鳥算是誰丟的牌？」南指著問道。

「可是，那個牌型不是平和吧。」東堂指責道。

站在後面的鳥井「嘎哈哈」地笑了。「這種我喜歡。」

「這種是指哪種？」我仰望他的臉。

「硬、拗。用這隻文鳥來代替鳥的牌，既無聊又差勁，可是你不覺得硬拗只有人類才辦得到嗎？」鳥井說。「這是無聊的聯想，類似『四』這個數字是『死人』的號碼，備受排斥。這種事對動物並沒有意義，但是對人類來說卻有意義吧？」

「我覺得不一樣耶。」我說。

「反正趕快給我點棒啦。」只有西嶋一個人不為所動……，不，是厚著臉皮地繼續催促。

「太可笑了，讓人精神大振。」只有鳥井一個人在笑。

註：一氣通貫這個牌型，胡牌時牌面須有一至九同花色的順子。

8

我們在晚上九點過後離開了鳥井的住處。西嶋荒唐的胡牌法當然不被接受，在一般的情況下，這種胡法——也就是「誤榮」，好像必須支付點棒做為懲罰；不過「把文鳥當成牌來胡」的做法，對於初學者的我以外的三個人來說，似乎也是破天荒頭一遭，因為愚蠢到家，反而營造出一種「怎麼樣都無所謂」的氣氛。

偶然的是，我回去時跟東堂同路。南和西嶋往另一個方向離開後，只剩下我們倆並肩走在夜晚的大馬路上。

「我說啊，」此時我說，「東堂妳覺得南怎麼樣?彎折湯匙那件事，應該更值得大作文章吧。」

「我也這麼覺得。現在我還是難以置信，可是，南不像是那種……」東堂說到這裡，沒了下文。

「……會說謊的人。的確。」我接下去說。

在山毛櫸並列的馬路邊，公寓大樓櫛比鱗次，算得上店家的只有小型蛋糕店和服飾精品店，不過現在也都拉下了鐵門，路上有點陰暗。「已經很晚了，不要緊吧?」我覺得這麼問似乎是一種禮貌，東堂則發出一種聽起來像是肯定的「嗯」，也像是否定的「唔嗯」那種曖昧應答。

經過一個小的十字路口，放眼望去所有路口都擠滿了計程車，那景象懾人。

「那個……」我們經過圍上鐵鍊、已打烊的加油站時，東堂開口了。她的口氣聽起來有些苦惱，或者說充滿了堅決，這讓我有點畏縮。

「咦？」我反問。

「等一下可不可以陪我去ＣＤ店？」東堂冒出這樣一句話，真是出人意表。「我記得商店街那邊還有二十四小時營業的店家。」

「可以啊，妳要買什麼？」

「我很少聽ＣＤ，所以不習慣去那種店。我的高中老師很喜歡爵士樂，讓我留下厭煩的回憶。現在我光是看到爵士兩個字，心情就會變差。」

「可是，妳今天卻特地要去？去買什麼？」

「就是剛才……」隔了一段猶豫的空白，東堂說話的聲音變小了，她說：「西嶋說的那個。」

「雷蒙合唱團？」

「對，那個。」

9

抵達夜晚的ＣＤ店之後，我們直接尋找西洋音樂區的賣場，不斷地往店裡面前進。東堂看起來真的很少買ＣＤ。

她站在「Ｒ」的賣場前，半晌之後問我：「欸，這樣很帥嗎？」她拿著一張應該是雷蒙合唱團首張專輯的ＣＤ，把封面轉向我。言外之意像在問：「我覺得一點都不帥呀？」「還是我的感覺有問題？」一群男人穿著類似機車騎士外套的外衣和骯髒的牛仔褲，留著一頭宅男漫畫家的髮型，邋遢地站著。

「帥嗎？」我也不懂。

結果，東堂挑了幾張雷蒙合唱團的ＣＤ，往結帳台走去。

我看看手上的ＣＤ，望著東堂的背影。抬頭挺胸打開錢包的她，光是站姿就與眾不同。結帳台的店員是個知性的眼鏡男，他交互看了看東堂和櫃檯上的ＣＤ好幾次，令人忍不住發噱，很想對他說：「你也確認得太露骨了吧？」不過，這也難怪。在深夜的ＣＤ店裡，一個漂亮美眉購買三十年前的龐克搖滾專輯的景象，或許相當蠱惑人心。沒想到美女也會聽雷蒙合唱團呢——就算店員說出這種充滿偏見的話，我也不驚訝。

「難道……」離開店裡，走了一陣子之後，我對東堂說。

號誌燈轉綠，我們穿越斑馬線，喝醉酒的年輕人——肯定比我年長，超越我們向前走，接著，有幾個行人裝作若無其事地轉過頭來。很明顯的，他們正在看東堂，那模樣一點也不像若無其事，不過東堂一點也不介意。早就習慣成為焦點的美女就是這個樣子啊——我感到佩服。

「如果是我誤會，那很抱歉，不過妳是不是對西嶋有意思？」

一瞬間，氣氛陷入尷尬。遠方傳來了電車聲及微弱的引擎聲，不算寂靜，不過依然是個寧靜的夜晚。

「北村，你還記得那件事嗎？半個月前的保齡球賽。」在按鈕式紅綠燈前停下時，東堂開口了。

以此為開頭，我的腦袋就像上了發條般開始回轉，不斷地將記憶倒帶，找到了符合的場面之後，開始播放。我看見了「仙台保齡球館」的招牌以及滿臉不悅的西嶋。

半個月前，我們隸屬的法學院企劃了一場新生盃保齡球大賽。雖然標榜「全體新生」，不過並不是強制參加，主辦單位僅包下保齡球館的十個球道，算是一場小型比賽。每個球道有五個人，以簡單的抽籤方式決定分組，進行三場賽局，再以個人的合計分數決定勝負。一如往例，主持人是我們班那個戴著花俏眼鏡、留著長髮的莞爾。「我是無時無刻都是幹事的——莞爾是也。」他這麼自我介紹，讓參加者掀起了一陣小小歡呼。

我和鳥井在同一球道，剩下的三名成員當中，一個是同班女生，兩個是別班男生。那個女生看起來弱不禁風，卻揚言：「我會投出平均一八〇的分數，大家別太驚訝哦。」分不出是玩笑話還是認真發言，頓時讓我們臉部痙攣；而實際上，她也投出了相當不錯的分數，讓我們抽筋得更厲害了。

我和提著CD店購物袋的東堂為了過大馬路而走進地下道。地下道以階梯連繫四方，中心設置了一座小型噴泉，幾張長椅圍繞在四周。一些男人以紙箱當棉被，肆意佔據了幾張長椅，所以我們尋找空位，坐了下來。

「那天，東堂在左側的球道對吧？」

「你記得真清楚。」

那場活動當天，我旁邊的鳥井不滿地頻頻抱怨：「東堂怎麼會在那麼角落的地方？根本沒機會靠近嘛。」所以我記得。

「西嶋在我們隔壁的球道。」
「這我也記得。」我馬上點頭。「西嶋的保齡球打得糟透了，他是初學者嗎？」
「雖然他自豪地說不是。」

連在遠處的我們都對西嶋的球技啞然失笑。「那個人好遜喔。」我們這隊的平均一八〇小姐笑道。鳥井還特地跑到左側觀看，再回來報告說：「分數也爛透了，我看連九〇都拿不到吧。」一旁有人說：「那傢伙看起來沒什麼運動細胞呢。」西嶋的笨拙模樣一定會成為每一隊的笑柄。

球道的後方有幾名正在等候的男客，那些男人身穿頗高級的西裝，嘴裡叼著菸，一邊觀賞我們的球技，而他們也在嘲笑西嶋擲球的模樣。

「那些是牛郎喔。」平均一八〇小姐告訴我們。
「牛郎跟保齡球好像不太搭調吧？」我率直地說出想法，她便點點頭說：「聽說現在很流行。仙台的特種行業正流行打保齡球喔。」
「好健康的牛郎。」鳥井苦笑。「妳怎會知道這些，妳常去牛郎俱樂部嗎？」

平均一八〇小姐說聲「還好啦」並點點頭。「跟你們說，也有很多牛郎是好人喔。溫柔又努力。」

該不會是中了牛郎的毒或詐術吧？我這麼揣測，不過好像也並非如此。「有人健全誠實，也有人心術不正。」她說，然後斷言：「職業不分貴賤。」

既然她這麼說，我也只能說聲「確實如此」，並表示同意。

「只是，好像也有很差勁的人。」總覺得平均一八〇小姐開始散發出「牛郎活字典」的氣勢。「滿腦子只想賺錢，開始賭博，或者被危險集團利用。」

「危險的集團，具體來說有多危險？」我這麼一問，她便說：「好像也有人變成強盜或竊盜集團的成員。」

「強盜和竊盜集團，跟牛郎不是更沒有關係嗎？」我愣住了。

「有一個很大的共同點，他們的目的都是錢。」

我看見西嶋投完球，轉身走回來的瞬間，還絆了一跤。牛郎們哄堂大笑。

「那時候，我真的覺得好不可思議。西嶋就算被嘲笑，也絲毫沒有羞恥的樣子；明明打得很糟，卻一點也不在乎。」

「一點也不在乎？」

「我想那是因為他有自信。」東堂有些難為情地說出「自信」。「西嶋有自信啊？」我也跟著說。

「西嶋不怕。」東堂說。

「的確如此，西嶋不怕呢。」

「其實，隔了一天，我又去了那家保齡球館。」

「妳迷上保齡球啦？」

「只是忘了拿錢包。」她冷淡地回答。那雖然是個不怎麼特別，也沒裝什麼重要卡片的錢包，不過在向保齡球館詢問之後，對方表示的確有一個錢包，並請她過來領取。東堂接下來所說的內容充滿了異樣的臨場感，讓我有種彷彿也在隔了一天以後拜訪那家保齡球館的錯覺。

下午兩點，星期天的保齡球館客人很多，球落下球道的聲音此起彼落，在一段滑行的寂靜之後，球瓶輕巧地倒下，發出清脆的碰撞聲。隔了一陣子，再次重複，偶爾會傳來歡呼聲或不甘心的嘆息。東堂從櫃檯的女店員手中接過錢包後，正想邁步離去，此時卻發現了西嶋。他站在左邊算來第二個球道，正拿著球預備。那個球道的椅子上空無一人，可以推測只有西嶋一個人在打。當東堂注意到時，自己已經一步、兩步地朝那個球道走近了。

「妳對他很好奇？」我在途中發問。

「因為這種人很少見。」

「是吧。」

東堂說，她看到西嶋擲球的姿勢，感到詫異。似乎是因為與前兩天的姿勢大異其趣，擲球的模樣變得很穩定。東堂在附近的椅子坐下。椅子的位置很高，可以看遍球道。

西嶋擲出去的球從球道偏右的位置漂亮地回轉前進，超過一半的時候，緩緩地朝左側彎去。雖然不清楚那是曲球還是勾球，反正球就是轉彎了，還畫出一道令人期待的弧度。結果，球超越了一號球瓶，撞到旁邊的瓶子，左側像是被挖空似地，球瓶卻還留在原地。西嶋一臉納悶地回來了，露出「好奇怪」的慣有表情。東堂正好奇他會怎麼做，只見他拿起椅子上的書，開始仔細研讀。

東堂馬上發現那是保齡球參考書了。

西嶋一臉嚴肅，空手做出丟擲動作好幾次。他踏出右腳，同時把右手往前伸，在跨出左腳的時機放下右臂，隨著重力，像擺盪鉛錘般，在第三步把手往後甩。最後的第四步，他踩穩向前踏的左腳，甩出手臂。

姿勢蠻不錯的——東堂這麼覺得。

空擲之後，西嶋拎住球，以同樣姿勢丟擲。球滾進球道，雖然位置比剛才更偏中央一點，卻還是沒有打中一號瓶，最後只打倒了三支瓶子。

「我猜西嶋大概早上就來了，還有他前一天應該也來了。」東堂說道，那張標致的臉蛋始終面無表情。

「他連日來看書練習？這又是為什麼？」

「會不會是不甘心？」

「因為被嘲笑？」

「與其說被嘲笑，倒不如說是氣自己不會打保齡球。」

「因為他相信自己？」

「要是北村你的話，就算不甘心，也絕對不會這麼做吧？」

「我應該不會不甘心吧，就算保齡球打得再糟，我也不會在意。」

「我也是。可是，什麼事才會讓我們拚命？你不好奇嗎？追根究柢，誇口說該做的時候就會做的人，就算真到了那個時候，還是什麼都不會做的。」

「或許真是這樣。」

「我想，跟那些人相比，西嶋對於一決勝負無時無刻都是認真的。他不會找藉口，也不會逃避，而是努力克服。」

「就算是保齡球也一樣？」

「打麻將時用平和胡牌也是。」

我看著東堂的側臉，她面朝前方，我看見她高挺的鼻梁和左眼魅力十足的眼皮。她的薄唇忽地張開：「結果，我在球館裡待了兩個小時。」

「兩個小時？」我忍不住大聲複誦，噴泉配合這個時間點噴出水來，水柱一副「嚇一跳」似地高高濺起，接著又回過神說「啊，其實也沒那麼嚇人」似地停了下來。

東堂說，只是隨意望著在各球道滾動的球，就覺得很有意思。有些球流暢地滾動；有些球慢吞吞地前進，讓人擔心它會不會停下來。還有一種球剛開始朝著與球瓶位置完全不同的方向前進，滾到某個點之後，突然像是「騙你的」似地畫出一條大弧線，再衝向球瓶，發出清脆悅耳的撞擊聲。東堂說，感覺好像球瓶在肚子裡舞動。

「結果，西嶋打出多少分？」

「那時候，他連一次STRIKE也沒有。」

「真教人不甘心。」

「真的很可惜，他一直很努力。」東堂的口氣與其在擁護不在場的西嶋，不如說更接近陳述事實。「感覺只差一步了。最後……」

那一局的第十投，東堂緊張地望著西嶋拿著球，目不轉睛地瞪著球瓶。時鐘指示的時間，還有西嶋每投出一球就撫摸右手的表情，給人一種這可能是今天最後一局的預感。至少最後給他一次STRIKE吧——東堂祈禱。縱然不可能在短短一天的特訓裡有戲劇性的進步，就算在最後出現一次STRIKE，也不會有人盯著他看吧。

東堂意識到的時候，自己已經起身往左側走去，站在西嶋的球道正後方。她在球架前凝視著西嶋的背影。

西嶋踏出右腳，同時手臂也動了。場內寂靜無聲，至少東堂聽不見任何聲音。西嶋緩緩地舉起黑色的球。「一～二」，東堂也在心裡揮動著手。可能是因為疲倦，西嶋踏緊的左腳看起來在發抖，不過姿勢沒有偏離，他擲出了球。

「『衝啊！』我忍不住在心裡大叫。」連自己都覺得不可思議——東堂呢喃著。「我的個性是不太會為這種事情激動的。」

「我也是。」

「要是北村你也在場的話，老早就大叫『衝啊』。」

從球道偏右的地方滾出去的球，與球溝平行，像是享受走鋼索的樂趣似地筆直前進，滾過地板的球不一會兒就像突然放鬆肩膀似地改變方向，往左彎去。

一時之間，它露出就要停止旋轉的跡象，卻又往直線方向——也就是球瓶正面前進，彷彿有一條鋪好的軌道似地，球被吸入一號瓶與三號瓶之間。

撞上了！球撞飛瓶子，自己也彈開了，喊叫般的聲響從球道前方傳了過來。東堂不知不覺右手握拳，差點大叫：「成功了！」

「STRIKE的時候，我想起那件事。」

「哪件事？」

「西嶋在新生班聚的自我介紹。」

「令人印象深刻呢。」我深深地點頭同意。

「就像慢動作一樣，我看得見每支倒下來的球瓶，那時候，我心想或許……」

「或許什麼？」

「或許，」東堂聳起肩。「或許真的可以讓沙漠下雪。」

「這不合邏輯。」

「我就是這麼想，沒辦法。」

「所以，妳被西嶋深深吸引，還跑去買了雷蒙合唱團的ＣＤ？」

「不要跟別人講喔。」東堂看起來不像是害臊，也不像在懇求。

10

隔天早上，我為了第一堂的哲學課，早上八點便到了教室，裡面都是空位，令人神清氣爽。這不是一間大教室，不過還是一片空曠。

有人在我隔壁的座位坐下，我轉頭一看，是莞爾。他的長髮蓋在耳朵上，身上穿著一件織有許多彩色細線的薄毛衣。他搔著鼻頭，湊近我說了聲「嗨」。

「莞爾也修這堂課？」

他做出一臉「說什麼蠢話」的表情。「我是來找你的。」

「找我打麻將？」

「你在說什麼啊？是那個啦，昨天啊，我聽朋友說你跟東堂一起走？」

「咦？」

「有人在ＣＤ店看到你們，你跟東堂正在挑ＣＤ。」

我了解狀況了。「只是偶然間一起去。東堂要買CD，所以……」

「你跟東堂很熟嗎？」

「沒有，昨天第一次認真跟她說話。」

「喔……」莞爾露出得意揚揚的表情，恐怕是解讀成我對東堂有好感，所以費盡心機認識她。我想起昨晚電視上的深夜節目說，人們會在別人身上看到自己的心。

「我說啊，因為是北村我才講的，」莞爾壓低聲音。「我想追東堂喔。那，如果是我跟你，當然是我比較好吧！」

我眨眨眼，想知道他說「好」的基準在哪裡，但是又覺得麻煩，所以只好點點頭附和。「是啊，我覺得你比較好。」

「所以，沒有勝算的仗還是別打了，你明白我的意思吧？」

「非常明白。」我誇張地表示同意，費了一番工夫才忍住笑。莞爾的腔調好像在演戲，這是啥米啊？

教室門「喀啦」一聲地打開，白髮教授出現了。莞爾彎下腰，準備離去。此時，他「啊」的一聲。「北村，你跟鳥井很要好吧？」

「算吧。」

「你最好小心點，那傢伙好像到處把高中生、短大生，搞得有些人很不爽。」

不爽的是鳥井把的那些美眉，還是跟那些美眉有關係的男人？我還來不及問。同時，鳥井從橫濱來這裡才不過短短一個月，就已經這麼活躍，他的行動力讓我驚訝無比。

「對了。」臨去之際，莞爾又說了。「東堂喜歡聽哪種音樂啊？」

我想了一下，姑且這麼回答：「爵士吧。」

11

隔天，我和鳥井還有西嶋又見面了。這麼一寫，或許會讓人覺得我的大學生活只有跟他們倆有交集，不過實際上，我在自己的公寓裡看電視、看租來的片子、聽音樂，或是與推銷員周旋，最後還是訂了報；或是找洗衣店、在教室裡抄筆記、在課堂上發問、到書店買德文字典、閱讀剛買的書——這類的時間當然也很多。

只是，我會省略說明一些麻煩或無聊的事，於是與鳥井他們有關的事就成了重心，這也是事實。

下午三點過後，我上完政治學的課，在前往停車場的途中，被他們堵住了。一頭冠魚狗髮型的鳥井，以一身淺紅色襯衫的清爽打扮舉起右手。「我們要去逛街，北村也一起去吧。」

「與其在這種地方等我，去上課不是更有意義嗎？」我試著這麼提議，但鳥井不理會，他說：「我們要去買聯誼用的衣服。」

「聯誼？」

「這個星期五要聯誼啊，聯誼。」

「那是啥？」我語氣中帶著「那跟我有什麼關係？」的意味反問。「你們去不就得了？」

「有四個人啊。女生好像會來四個，所以我們這邊也要有四個人。」

「那樣的話，去找其他人不就得了？像是莞爾啊。莞爾那夥人最喜歡這種活動了。」

說到這裡，我也反射性地想起前天從莞爾口中聽到「有人對鳥井不爽」這種火藥味濃厚的情報。

「莞爾那夥人？呃，我不太喜歡。那些傢伙，怎麼講……，充滿了『混進大學，好想泡妞玩翻天喔！』『好想變成花花公子喔！』的企圖心，毫不遮掩。比起那些人，我有一種清爽的氣息。」

「我想是沒有。那，聯誼的對象是我們學校的女生嗎？」

「不是、不是。」不知道為什麼，鳥井興高采烈地揮揮手。「是短大生喔。」他說出市內一所我也聽過名字的短大。「是一年級生，有個我最近才認識的女生，是她邀請的。」

「你們在哪裡認識的？」

「我是被對方搭訕的，半夜在路上。」鳥井一臉得意地笑開了。

「女生主動跟你搭訕嗎？」

「是長谷川跟我搭訕呀。」

「她姓長谷川啊？」

「對，跟那個長谷川選手一樣，都姓長谷川。」

「我不知道你在講哪個長谷川選手。」我說。這使得鳥井大表不滿：「北村不知道？騙人吧！就是那個有名的游擊手長谷川啊，攻守兼備的那個。」看樣子是鳥井特別喜歡的游擊手，隸屬於以關東為據點的職業棒球隊。

「知道了，以後我會多多注意長谷川選手的。」明明沒這個意思，卻胡亂打包票。

「反正，我們現在要去買聯誼穿的衣服，北村也一起去吧。」

「為什麼還要特地買衣服？」

「我說啊，聯誼是以第一印象決勝負。你也知道人的評價取決於最初的兩秒吧，剛買的衣服雖然很遜，可是一身土樣更是要不得。這是我一貫的主張——靠衣服包裝外表很難，靠衣服摧毀外表卻易如反掌。」

「所以才要去買新衣。」西嶋點點頭。反正他一定是被鳥井慫恿的吧。我正這麼想，不出所料，西嶋說：「聽到鳥井這麼說，我才注意到。」

我也不是被他們的熱情說動，只是出於「一時找不到理由拒絕」這樣的理由，便同意了。決定會合地點之後，我騎上腳踏車。

會合地點在大時鐘前。或許是因為路上車多，鳥井他們遲遲不出現。儘管是平日的白天，在這個以會合場所著名的大時鐘前卻站了好幾個人，光是觀察這些人，也意外地相當有趣。

有身穿西裝、板著臉的中年男子，也有裙子極短的長腿女子。還有兩、三個學生模樣的男生聚在一起，感覺比我年長一些。

我還看見一群中年男子舉著旗子，呼籲路人捐款。我看到「孤兒」等字眼，卻不知道是哪裡的孤兒。他們在脖子上掛著募款箱，招呼路上的行人。我想起之前在新聞上看到的假募款真詐欺案。或許是因為這則新聞令人記憶猶新，一直沒有人肯捐款。要是慷慨解囊，錢卻落入壞人手裡，捐款者一定很不甘願，也會有種被耍的感覺。我自己則完全不打算掏錢出來。

等了十五分鐘，鳥井他們才到。

這棟大樓的牆壁大部分是玻璃帷幕，外型相當時髦。似乎有各種時尚品牌商店進駐，難怪各樓層的店面有許多年輕人流連忘返。

「我第一次來這裡呢。」我們進入大樓，在一樓走著走著，我老實招認，鳥井一聽便笑道：「也是吧，盛岡出身的北村只認得牧場嘛。」

「對於這番侮辱感到憤怒的全體盛岡市民，現在一定開始從國道四號南下。」我生氣地回嘴，可是鳥井一點也沒有愧疚的樣子，又笑道：「走國道喔？開高速公路啦，高速公路。」

我們搭乘角落的電扶梯上樓。「這種地方賣的衣服不是很貴嗎？」我踩上電扶梯後，轉頭問站在下一階的西嶋。從鳥井住的那棟大廈來看，他應該出手闊綽，不過西嶋怎麼樣呢？多餘的擔心掠過腦海。

「錢這種東西，只要工作總有辦法弄到。」西嶋意氣風發地說道。

「西嶋說要去打工。」鳥井從上面的階梯俯視著說。

「大樓警衛。」西嶋隨即回答。

「警衛？負責警備工作？」

「是夜間的，負責巡視大樓內，還有簡單的清掃工作。」西嶋說得很曖昧。簡而言之，他自己似乎也不明白具體的工作內容。

「那種工作可以僱用打工的學生嗎？」再怎麼樣，不是也該由更有責任感、更專業的人來負責嗎？

「是碰巧的，」西嶋的聲音興奮起來。「前陣子在麻將館一起打麻將的老伯在辦公大樓做這種工作，我一去打聽，他們竟然肯僱用我，真是good timing, good news。」

「有趣的是，那棟大樓就在我家正對面耶。」鳥井從上面說。「有八層樓高，不過是棟舊大樓，搞不好我還能看到西嶋喔。」

「鳥井今天先幫我墊錢，我再用那份薪水還他。」西嶋信心十足地說道，「只要開始打工，我就不愁沒錢了。」

我覺得西嶋似乎太相信只要兼差當警衛，就能夠買下所有東西，一輩子不愁吃穿。但是我自己也沒做過警衛的工作，所以沒糾正他。

五樓全部都是年輕男性的服飾精品店。我們下了電扶梯，順時鐘繞了一圈。第二家店看起來格外高級，鳥井在這裡買了一件外套，臉上的表情好像買齊了防盜用品般，他說：「這下子就萬無一失了。」但是，西嶋遲遲找不到中意的衣服。

接著，我們走進第六家店，它位在整層樓幾乎逛過一圈的地方。這家店以雪白牆壁為基調，氣氛比其他店家更簡素俐落。我們進去之後，各自探索。

不一會兒，一個身穿黑色套裝的女店員走近我身邊。她的身材纖瘦，留著一頭及肩的卷髮。可能是因為五官的輪廓渾圓，看起來頗稚氣。我的視線移向她左胸前的名牌，上頭寫著「鳩麥」，心想這個姓氏還真罕見。

「很奇特的姓氏，對吧？」她搶先猜到我的想法，面露微笑。「請問您要找什麼樣的衣服呢？」

「我是陪朋友來看的。」我轉身。

只見鳥井不知不覺地走到附近，大方地說：「沒錯，今天是來找我跟他的衣服。」

「聯誼要穿的。」我補充。

「真的？」鳩麥似乎很高興地說道。

西嶋目不轉睛地盯著牆邊的人檯（註），往這裡走了過來，他走到鳩麥面前，開口說：「那個模特兒身上的，我穿怎麼樣？」

可能是因為他的說法很怪異，鳩麥瞬間無法理解他的意思，不過她回答：「可以試

註：展示服裝用的立體假人，依用途有各種不同類型。

穿喔。上面的外套就行了嗎？」

「我是說全部。」西嶋的表情不變，看起來一臉不高興的模樣。「很奇怪嗎？」他問。「像這樣買走模特兒身上的整套衣服，很丟臉嗎？」

我望向那具人檯。深藍色外套搭配白色綿褲，裡面是一件淺咖啡色襯衫，雖然不搶眼，整體搭配卻很好看。

「我覺得一點都不丟臉呀。」鳩麥自然地微笑。「而且穿出去也不會有人發現這是模特兒身上的衣服。」她說。「相反的，一般人像這樣要買走模特兒身上的衣服，在面對店員時多半會覺得不太好意思吧。」她笑了出來。

「一般來說是這樣吧。」鳥井也同意。

「可是像你這樣大大方方地問『買走模特兒身上的整套衣服，很丟臉嗎』，我還是第一次遇到呢。」

「這就是西嶋了不起的地方。」我說。

西嶋進入試衣間後，鳩麥瞇起眼睛對我說：「你的朋友真有趣，坦蕩蕩的。」

我覺得她的評價說中了西嶋的本質。

「雖然很遜，卻坦蕩蕩。」鳥井很驕傲的樣子。「難看歸難看，卻一點都不丟臉。只要看著西嶋，就覺得什麼事都辦得到呢。」

「西嶋之中無邊無際——感覺就像這樣。」我把想到的說出來，鳩麥便「哦」的露齒微笑。「坂口安吾（註）的作品裡有這麼一句呢——櫻花樹下無邊無際。」

「服飾店的店員也讀坂口安吾啊？」我的說法沒想到有點挑釁。

「那學生也讀小說這玩意兒囉？」鳩麥露出諷刺的表情，這麼回答。

雖然不是什麼大不了的對話，不過鳩麥接下來敞開心房，遣詞用字也變得坦率多了，還跟我們閒聊了一陣子。一問之下，才知道她是比我們大一歲的打工族。「我看起來比實際年齡年輕……，或者說是幼稚，很傷腦筋呢。」她說。

她天真率直的個性令人覺得很舒服，渾圓的輪廓甚至給人一種安心感，相當可愛。雖然這種感覺與一見鍾情有點不一樣，不過我有一種不知是自負或妄想的預感，覺得今後我將會數度拜訪這家店，然後慢慢縮短我與她之間的距離。我不知道是哪個時機，不過遲早會開始與她交往。換句話說，我開始萌生一種可以稱之為戀愛的情感。

（開玩笑的。）

片刻之後，西嶋從試衣間裡出來。「噢……」我和鳥井異口同聲。西嶋從剛才的牛仔褲裝扮搖身一變，頓時散發出成熟穩重的氣質。儘管看起來有點拘謹，不過感覺還不

註：坂口安吾（一九〇六～一九五五），小說家，以描寫戰後混亂期的《白痴》一作成為暢銷作家，其他作品亦有推理小說《不連續殺人事件》等等。

差。「很棒，很適合。」鳩麥拍手讚嘆。

「不錯耶，那就買這套吧。」我也在一旁鼓吹。鳥井偷偷確認外套上的價格標籤。

「很帥是嗎？」西嶋看起來一點也不害臊，抬頭挺胸地問道。

「不，並不帥。」我跟鳥井同時回答。

「這樣一來，聯誼就萬無一失了。」西嶋以深信不疑的口吻斷定。然而包括鳩麥在內，我們三人雖然說法各異，卻都以「不敢擔保」來回答他。西嶋生氣了，我們卻都笑了出來。

12

在回程的路上，我們在仙台車站附近的小巷裡不經意地發現一家搏擊館，因為我和鳥井正要經過時，後面的西嶋停下腳步，高聲說：「噢、噢，好厲害。」

我後退幾步，站在他旁邊，朝同一個方向看過去，在玻璃窗另一邊有一群躍動的男人頓時映入眼簾，嚇了我一跳。在不甚寬廣的室內，這群男人們穿著短褲及T恤，或赤裸著上半身，正在蠕動著。「蠕動」這個形容詞雖然很奇怪，不過當這個情景躍入眼簾時，我的眼睛遲遲無法對焦，他們看起來真的在蠕動。

我漸漸明白這裡是搏擊館，裡面有一座拳擊台，還有沙包從天花板上垂吊而下，總共有十個人左右，裡面有小孩，也有看起來比我們年長的男性。每個人都氣喘吁吁，四處走動。既然是搏擊館，不是應該揮舞拳頭，或是確認姿勢正不正確嗎？我這麼想，不過，他們只是默默地四處走動，調整呼吸而已。

「是搏擊。」鳥井說。「這家搏擊館很有名喔。嘿，原來在這裡啊。」他確認招牌上的名稱。

「這樣啊？」我訝異地說道。西嶋似乎也是第一次聽說。

「你們不知道喔？阿部薰啊，我記得這是阿部薰隸屬的搏擊館，原來在這裡喔。」

「你說的是自由爵士的薩克斯風手嗎？」我馬上接口。那個叫阿部薰的中音薩克斯風樂手，吞下約一百粒安眠藥「Brovalin」，年僅二十九歲就過世了。他曾經說過：「我想吹得比誰都快。」我忘了在哪裡讀過這則逸聞，阿部薰連續四個小時不間斷地吹奏薩克斯風，吹到口角流血。「是那個阿部薰嗎？」他還活著嗎？

「不是他啦。」鳥井不高興地否定。「什麼薩克斯風，那是誰啊？同名同姓不同人啦。我說的阿部薰啊，是那個搏擊冠軍啦。電視上的綜合格鬥技比賽，他不是表現得很活躍嗎？」鳥井說著，望進搏擊館，指著裡面的牆壁說：「喏，那裡有照片。」

那面牆在較遠處，不過看得到照片裡有個穿著短褲、渾身肌肉發達、雙手握拳的男人。「不認識。」我老實說。

此時，「噹」地傳來一記響亮的聲音，那是拳擊比賽的鈴聲——我這麼發現的時候，原本在搏擊館裡蠕動的男人們一反剛才的模樣，激烈地動了起來。配合男人們輕快地在地面上彈跳的腳步，整棟建築物彷彿也晃動了起來。

有人捶打沙包，有人朝著像是教練的人所拿的軟墊飛踢。磅！磅！磅！與其說是撞擊聲，更接近震動——重疊在一起；也有人對著鏡子確認握拳的姿勢。剛才或許是鈴響前的中場休息時間。

不一會兒，裡頭的門打開，一名體型格外結實的黝黑男子走了出來，場內瞬間充滿了緊張。——看起來像是這樣。當然，每個人都專注於自己的練習，並沒有盯著那個男人，不過全員彷彿在內心呢喃「他來了」，同時用力吞嚥口水，四周瀰漫著緊繃的氣氛。

那男人往拳擊台走去，彎身鞠了躬之後，以異常響亮的聲音說：「請多多指教。」他有著濃眉大眼、厚實的嘴唇、粗獷的外型。接著，他舒展筋骨似地動起手臂和腰。

「那個人就是阿部，阿部薰。」鳥井轉頭對我和西嶋低語。聽他這麼一說，確實和照片上那張自信滿滿的臉孔一樣。而且，眼前那活生生的姿態，遠比照片上更有壓迫感，充滿了一種堅硬礦石般的重量與銳利，那是一具緊實的肉體。

「他很強嗎？」

「很強。」鳥井一臉不屑，露出一種「你們連這種事都不知道喔」的誇張表情。「他是個喜歡說大話的人，不過他說到做到。這種人算豪放不羈嗎？喏，那邊不是有個拿軟墊的人嗎？藍色軟墊。」鳥井以右手指著拳擊台旁邊的一個中年男子。那個人身材中等，穿著不起眼的T恤，正在指導小學生。「那個人是會長。阿部薰曾經是個沒人敢惹的不良少年，會長當時還跟他幹過架，結果贏了。」

「所以阿部薰開始來這裡學搏擊囉？」

「這很像牛若丸和弁慶（註）吧？」鳥井笑道。

「是唐三藏和孫悟空吧。」我也回答。「然後他就成了搏擊冠軍？」

「大概在半年前吧，差不多快進級到防衛戰了。總之他很厲害，強得不得了。」

「為什麼來自橫濱的鳥井對仙台的格鬥家這麼清楚？」

「阿部薰可是全國知名的。」鳥井苦笑。

等到我們發現，大夥兒已經坐了下來。在搏擊館前面有一張顯然是從公車站偷來的

註：傳說中，怪力僧弁慶在京都立誓奪取千把刀，在蒐集到九百九十九把時，在五條大橋遇見吹笛而來的牛若丸，挑戰未果，反遭擊敗，自此追隨牛若丸，成為他忠實的部下。牛若丸即為平安末期的武將源義經之乳名。

長椅，或許是參觀練習的路人弄來的。

我一坐下來，視線便不聽使喚地被阿部薰的動作吸引，他的站姿不同於其他人，他那褐色肌膚散發出不該有的蒸氣。他的表情冷漠，渾身卻迸射熱氣。

不久，阿部薰緩步走近我們正前方的沙包，有個年輕人正在使用，不過阿部薰默默地伸出戴手套的左手，便把對方趕走了。

鈴聲響了。

剎那間開始搖晃，嘎吱作響。整座搏擊館震動，吊著沙包的鐵鍊叮噹作響，沙包發出沙沙聲，教練架著的軟墊搖動，踢腿的人抖動著撐地的腳，揮拳的人甩動手臂。砰碰聲四起，地面晃動，窗玻璃跟著震動，越過牆面，使得我們所坐的長椅嘎吱作響，連帶地撼動著我們的身體。不止是皮膚和腳底感受到震動，連我們的精神支柱也搖動了。

不久，炫目的紅在我們眼前出現。

即將西沉的夕陽從我們背後映照在搏擊館的窗玻璃上。在豔紅的光線中，男人們隨著韻律搖擺身體的情景，有一種彷彿在細霧迷濛的密林中，望著肉食性的野生動物狩獵般的絕妙之美。

阿部薰的動作格外美麗。

他背對著我們，也就是以背部向著夕陽，不斷地出拳打進沙包中。他那連續的拳法，甚至讓人擔心他會不會因此而窒息。每當他扭動身體，大腿肌肉便隨之隆起；踏出腳步的同時，汗水淋漓四散，彷彿每滴汗水反射著夕陽的光芒。

鈴聲響起，中場休息時間到了，阿部薰及其他人停止練習。而鈴聲再度響起的同時，阿部薰的lowkick又震動沙包，重擊聲反射在皮膚上，我看得出神。鳥井和西嶋不再說話，但也沒有起身離去的跡象，恐怕他們也和我一樣有著新鮮的感動。

天色已昏暗了呢——我心想，慢慢地望向手錶，吃了一驚。「我們竟然在這裡待了一個小時。」我忍不住叫道。「差不多該走了。」

「搏擊這種東西啊，來自泰拳喔，泰、拳。」鳥井在回程時說道。或許是因為參觀過搏擊館而感到興奮，他的語調比平常更急促、激動。

「泰拳，是泰國國技嗎？」

「對。泰拳很厲害喔，我聽說以前的泰王被緬甸軍俘虜的時候……」

「國王被俘虜喔？」西嶋皺眉。「被俘虜不就慘了？」

「一般人會這麼想吧？可是沒有喔。緬甸的國王給泰王一次機會，要他跟緬甸的士兵戰鬥，要是他贏了，就可以重獲自由。」

「後來怎麼樣？」

「泰王獲勝了。帥吧！那時候泰王用的就是泰拳呢。」

「噢，這個故事真不錯。」西嶋用力地——真的很用力地表示同意。此時，我們已離開搏擊館，正走到車站附近的大馬路。

「呃，也不是那麼好的故事啦。」說出這個故事的鳥井顯得困惑。

「一國之君啊，若不表現出這點程度的英勇是不行的。美國總統也是，至少親自到中東打仗，展現氣勢嘛。與其說是氣勢，更應該說是政治家的精神吧。日本首相也一起去。有時間在這裡跟記者辯解，倒不如深入戰地，親自加入戰爭嘛。國家元首應該學習泰拳。」

「呃，那樣子就不是政治家，而是藍波吧！」我試著安撫，西嶋的亢奮情緒遲遲不退，他握拳說：「我們不能忘記總統男的勇氣啊！」

我不想回應，因為很麻煩，我反而舊話重提：「剛才搏擊館的練習令人很感動呢。」

「鳥瞰型的北村也被感動啦？」鳥井笑道。「我渾身酥麻呢，那種緊張氣氛。」

「是啊，那才是活著的真實感。」西嶋口沫橫飛地說，「跟我們這群吊兒啷噹的學生相反，他們運用身體，以衝撞來折磨肉體，不那樣不行啊。這和電腦或網路世界不同，以肌膚碰得到的部分才是世界啊。我真是太感動了，感動的狂潮席捲了我。」

「席捲了你啊。」烏井輕浮地說。

「就算嘴裡這麼說，烏井和西嶋也不會去那家搏擊館學拳的。」我壞心眼地指出。

「那種事我辦不到哩。」西嶋不高興地說。

「我也搞不懂那些傢伙在想什麼。」烏井笑道。天已經黑了。

13

隔天早上，我去上了第二堂課法學Ａ。戴眼鏡的中年教授似乎想測試學生的聽力更勝於智力，講課時不用麥克風，音量小、說話速度又快。由於這是大教室，學生根本聽不清楚，便逐漸往前方座位移動。說不定那種說話方式是一種策略，是為了填滿前方的空位。我忍不住佩服，拚命豎起耳朵，埋頭寫筆記。

這堂課一結束，東堂便叫住了我。她本來好像坐在我右後方的角落，我正把筆記本和筆收進包包裡，她走過來聳聳肩說：「好難。」

「的確很難。要把那個教授所說的聽清楚，再整理成筆記，簡直難如登天。」

「我不是說那個，是上次那張ＣＤ。」東堂指著皮包裡露出來的耳機說。「每首歌聽起來都一樣，彈得也不怎麼樣，感覺好像卯起來亂唱。」

「妳了解這一點就夠了。」老實說，我也不覺得龐克這種音樂有世人說的那麼真摯。不管是演奏的樂團還是在演唱會上胡鬧的觀眾，說穿了都是有錢人家的小孩為了排遣無聊，聚在一起吵鬧罷了——由於這種印象很強烈，我對龐克並沒有好感，不過我沒有必要澆別人冷水，所以並沒有說出口。

「這麼說來……」東堂說話的音調有些改變。我正在想「她有什麼事嗎」，她很快地問：「聽說你們要去聯誼？」就算妳一本正經問我，我也無從回答——我感到困惑。

「聽說北村也要去？」

「還沒決定。」

「西嶋好像買了新衣服呢。」東堂的表情一如往常，沒有變化。

「妳很清楚嘛。」我打從心底吃驚。「那是昨天的事，而且是傍晚發生的。」

「昨天晚上南打電話給鳥井，從鳥井那裡聽到的。我跟南聊過天，後來就知道了。」

「聯誼對象好像是短大女生。我也不知道詳細情形。」

「一定很可愛吧。」

「應該不會比妳可愛吧。」

「什麼意思？」東堂的眼神好像閃了一下。「奉承嗎？」

「我說啊，」我忍不住確認。「妳擔心西嶋在聯誼會上大受歡迎，跟可愛女生變得很親密嗎？」

「也不是這樣……」

「那是怎樣？」

「只是有點擔心。」

「不，沒什麼好擔心啦。」我琢磨著字句。「對於西嶋，這方面不需要擔心。」

「你知道大意失荊州這句話嗎？」

「要是妳對他有意思，先告白不就得了？」

「告白？告白什麼？」

「妳對他的愛意。」我一臉認真地攤開雙手，於是東堂露出前所未見的恐怖表情，喃喃道：「愛意……，嗎？」她做出雙手投降的動作。「我根本不懂怎麼做。」

等我回過神時，東堂已經迅速離開了教室。

「喂，北村，真的什麼都沒有嗎？」從旁邊冒出一個聲音，我還以為是誰，原來是莞爾。這可不是說曹操，曹操就到，大部分情況是連提都沒提，莞爾就無聲無息地出現了。由於光線的關係，他看起來像個影子。

「什麼？」

「你跟東堂啊。你們剛才不是很親密地聊天嗎？」莞爾臉上的表情與其說在恫嚇對手，還不如說是父親害怕女兒徹夜不歸的不安，這令我感到同情。

「我們又沒聊什麼。」

「像是什麼話題？」

莞爾意外地囉嗦又難纏哪——我這麼覺得，於是隨便編了一個理由「我們剛才在討論論文」。我們唸的法學院，不只畢業時要交論文，一年級的期末也必須提交論文。雖然有人質疑「到底要剛進來的新生寫些什麼」？不過，這似乎是出於大學方面「別以為進了大學就可以鬆懈」的考量。反正，我認為這是適合新生的我和東堂交談的話題。

「哦，入論的事啊。」因為是入學論文，有些學生把它稱為入論。

「我們在討論題目要寫什麼，這一點都不特別吧！」

「哦，原來如此。」莞爾雖然不甚信服，卻還是這麼回答。然後他突然想起什麼似地說：「對了，北村，之前我也說過吧，鳥井很危險喔，他不是搞上了短大女生嗎？」

「長谷川選手？」

「選手？不是選手，是短大生啦。反正，那個女的好像挺有一套的。」

「挺有一套？那不是很好嗎？」

「聽說她到處跟男人交往，還特別迷戀像是跟特種行業有關的男人之類的。」

「像是……，之類的。」那種曖昧的說法很可笑，我忍不住複誦。跟特種行業「有關」的這種形容還真是抽象。

「不對，相反吧，像是包養男人之類的。」

「像是……，之類的。」

「我是說鳥井搞上人家，把人家惹毛耶。」

「根據我聽到的，主動搭訕的不是鳥井，而是那個女生，而且我想他們的關係還沒有親密到那種地步。」

「證據呢？」莞爾的眼神變得犀利。

「證據？只是從鳥井那裡聽說而已。」

「那樣不行。沒有證據的話，不會有人認同。」

「像是有人認同，有人不認同之類的。」我唱歌般唸誦著，便離開了教室。

我獨自在學校餐廳吃過午飯，看到告示欄上貼著「停課」公告，心想「又來了」。民事訴訟法前陣子也停課，我有種忍不住想要控告教授的心情，「枉費我特地跑來學校的辛勞！」不過，槓上民事訴訟法專家也不可能會有勝算。

鳥井和西嶋會不會又在附近？我在停車場四處張望，所幸沒看到他們。相反地，南站在那裡，她高興地眼尾上揚，渾身洋溢著溫暖氣息。「鳥井今天會來學校嗎？」

一瞬間，我在腦中回想課表。「應該不會吧。」

「這樣啊。」南好像很失望。

「妳找他有事？」

「也不是什麼重要的事，這個星期五是鳥井的生日，所以……」

「星期五是鳥井生日啊？」

「對啊，要是跟國中一樣都沒變的話……」南這麼一說，害羞地低下頭。我無法判斷她的這番話是在開玩笑還是認真的。

「慶祝他生日，約他一起去吃飯怎麼樣？」我自覺不負責任，但還是對南這麼說。儘管沒有其他意思，我覺得還是適時推她一把。

「果然還是這樣嗎？」南的眼神突然亮了起來，一副想靠過來的模樣。

我覺得啦——我正要這麼說，卻想起重要的事。「聯誼。」

「什麼？」

星期五，不正是那場聯誼的日子嗎？我朝著眨眼睛的南不自然地補了一句：「或許鳥井會有其他事呢。」然後逃也似地……，不，根本就是為了逃跑，跨上了腳踏車。

14

星期五，順利地舉行了聯誼。

我上完第四堂課以後，直接前往集合地點。參加者一如先前聽說的，總共有四男四女──男生有鳥井和西嶋、我，還有一個姓山田的經濟系一年級生。我和山田是第一次見面，他的外表看起來很老實，一副唸書唸過了頭的書呆子模樣，戴著黑框眼鏡，體型瘦削。

「你們怎麼認識的？」我這麼一問，鳥井回答：「他住在我家附近，我在『賢犬軒』遇到他的。山田想點薑燒豬肉定食，我建議他點別的，然後我們就認識了。不過他這個人不怎麼開朗，所以也聊不起來。」

「等一下。」薑燒豬肉的事不告訴我，為什麼偏偏提醒山田？我立刻責怪鳥井，但是他不正經回答。

男生們先抵達居酒屋的包廂，裡面有一張橫放的長桌，底下有空間，很像暖爐矮桌，所以我們把腳伸進去，期待女生們的到來。

一陣腳步聲和笑聲傳來，心想「她們就要到了」，一聲「讓你們久等了」的輕快嗓音響起，那就是長谷川。她留著一頭及肩長髮，穿著短裙。

四個女生在對面坐下的同時，我差點「啊」的叫出聲來。不是因為興奮或感動，而是出於嘆息。若要問原因，坐在對面的她們實在長得太可愛了，若只看外表，顯然等級比男生高出許多。

若要比喻的話，就像在打撲克牌的時候，彼此激烈對戰，最後攤牌時，「一、二、三！」自己的手牌是一對3，而對方竟然是葫蘆——類似這樣的尷尬局面。「那樣子也敢來？」要是對方這麼埋怨的話，也是可以挺胸主張「打牌就是這樣」，不過目前的情況並不是打撲克牌，而是聯誼。

她們的視線飛快地掠過我們面前，我察覺「被品頭論足了」。不過，她們並沒有露出失望的表情，這令我頗感意外。我忍不住想確認一下，「唉，我們的牌只有一對喔？」

自我介紹從女生開始，一個個依序進行，每一個講完就拍手，鳥井和長谷川以熟練的口吻加上短評和感想，炒熱氣氛。

跟我預測的相反，該說是白擔心一場嗎？總算出現了蠻像樣的氣氛。我原本就沒有「聯誼應該怎麼樣」這種先入為主的觀念，現場氣氛也很融洽。這完全要歸功於女生們——特別是長谷川和鳥井。例如，他們一個接一個尋找「炸蝦是淋上醬油還是醬汁？」

或「唸小學的時候，紅帽子與白帽子怎麼戴？」「上廁所的擦屁股方式？」這類話題雖然無聊，不過一般人很容易加入，因此在場者都被拉進對話圈，再加上三杯酒下肚，臉色潮紅的山田就像變了個人似地饒舌起來，而且很會撒嬌，也大受女生青睞。

至於我，還是老樣子，懷著一種客觀的心情加入對話，望著鳥井，觀察長谷川，想起從莞爾那裡聽到的流言，我百思不解，長谷川包養的特種行業男人，對鳥井很不滿，那是真的嗎？我留意長谷川的言行舉止，卻沒發現可疑之處。

「我果然不適合戴眼鏡嗎？」山田唐突地大聲說，並用力舉起手。很明顯地，他醉了。

「啊，如果拿下眼鏡，說不定意外是美男子喔！」長谷川興奮地說。結果其他女生也嬌笑四起，鼓譟著說：「就是那種型、就是那種型！」

「好，山田，把眼鏡拿下來！」鳥井下令，而山田好像深信自己是「一拿下眼鏡就會變成美男子的類型」，他抬頭挺胸，吊足了眾人的胃口，然後拿下黑框眼鏡。

「啊……」女生們的慘叫聲四起，那叫聲一聽就知道是有備而來。「不是那種型嘛！」

「可惡！」山田生氣的模樣有一種認真對決之後敗退的乾脆。接著，有人問：「你的興趣是什麼？」他還反問：「這麼想知道我的興趣呀？」眾人皆揚聲說：「跟你客套啦！」不過山田已經開口了，「我的興趣是電腦喔。」

「興趣是電腦，這很模糊呢。」我這麼指出，鳥井也問：「是蒐集古董那樣蒐集電腦嗎？」

「不是啦，胡說什麼啊？」山田一副高高在上的模樣。「我會把照片掃進電腦，再用其他照片加工。像是把自己貼在歷史性的照片上。例如，把自己加進卡帕（註一）那張有名的照片裡。」

「卡帕——你是說那張士兵被射殺的照片？（註二）」我問，他便回答「對對對」。

「把自己放進那種照片裡，有什麼好高興的？」女生們一副莫名其妙的樣子問道。

「可以親身參與歷史呀。跟總統握手，或是跟領獎的運動員站在授獎台上。」

「不過是合成照片嘛。」鳥井簡潔地表示。「一點都不新潮啊。」

「精密度不同。」山田用一臉醉醺醺的表情連珠砲似地說道。「總有一天，我要用影像合成，而不是用照片加工。我要把自己融入過去的新聞影像中。」

「早就有電影這麼做了。」鳥井不當一回事地說道。

「我去一下洗手間。」長谷川在鳥井講完之後起身說道。「我也要去。」坐我對面的女生也站起來，她們倆繞過餐桌離開包廂。

此時，鳥井叫我。「帶西嶋去洗手間吧，他喝太多了。」

難怪這麼安靜。

西嶋好像醉得很厲害，一開始還逞強，但是一來到廁所前，他就把我留在門口說：「你在這裡等我。」然後自己進去了。我無所事事地站著，聽到從旁邊的女廁裡傳來說話聲，有人站在洗手台前交談，一定是長谷川她們。這種感覺好像在偷聽，真討厭——儘管我這麼想，但是離開又好像落荒而逃似地，一樣討厭，結果我就這麼待在原地。

「那些男生都好怪喔……」我聽到剛才坐我對面的女生說。「真失望！」長谷川說道，「失望的聯誼。」

原來如此，在這種地方交換感想啊。我一面佩服，一面在內心道歉，「抱歉，讓妳們落空了。」

「那個奇怪的男生，幹嘛板著一張臉啊?有夠差勁的。」

無庸置疑，她們應該在說西嶋吧。就算聽見朋友被別人貶得一文不值，我也不會不高興。因為，第一次見到西嶋是不可能了解他的好，連我自己也不見得多了解他，再者，沒有證據顯示西嶋有什麼優點。總之，我覺得眼見為憑的人，就算不了解西嶋，那

註一：羅伯特‧卡帕（Robert Capa，一九一三～一九五四），二十世紀著名的戰地攝影記者。

註二：卡帕隨軍報導西班牙內戰時所拍攝的成名作〈*Death of a Loyalist Soldier*〉。

也是無可奈何。東堂，放心吧，西嶋不會受女生青睞，他會平安回家的。

「不過，坐我對面那個男生還蠻不錯的。」

「啊，那個人不錯耶，很不錯，長得蠻帥的。」

一時沒有會意到那是在說我，嚇了一跳，或許這是我生平第一次被女生說帥。雖然曾有在盛岡的理髮店被歐巴桑拍著肩膀說「很帥喔」的經驗，不過，那一定是為了討好我這個客人所說的客套話。

「那個叫鳥井的看起來也不像壞人嘛，而且人又風趣。」女生說。「嗯，是啊。」長谷川回答。但那是一種欲言又止的口吻。可是？——我想像她接下來要說的話。

「可是，」不出所料，長谷川接著說。「可是，那個人到處把妹，稍微弄他一下也沒關係吧？」

「也是啦。」

什麼叫「稍微弄他一下」？什麼又叫「也沒關係」？我無法想像，不過，我推測得出這不是一場單純的聯誼，被稱讚「很帥」的喜悅頓時消失了。此時，西嶋開門走了出來。「復活了，西嶋復活了。」他以銳利的眼神向我宣示。

長谷川等人也陸續回座，重新展開和之前沒什麼兩樣的閒聊。但是，剛才在廁所前聽到的對話已化為一團黑霧，籠罩著我的腦海，怎麼樣都揮之不去。

即使如此，表面上還是一團和諧。但由於重新振作的西嶋開始演說，現場明顯地出現掃興的氛圍。

首先，他以一如往常的態度說：「現在，仙台市內有個總統男很跋扈喔。」理所當然地，女生們的反應糟透了。「跋扈是哪門子形容啊？」長谷川挑剔說。「什麼總統男啊？」一旁的女生嘲笑那幼稚的措詞。至於其他兩個女生，只是不屑地「哼」了一聲。

鳥井沒輒，只好補充說明：「就是仙台市內最近一再發生的路煞事件啊。西嶋對這件事很有興趣。」

「嗯，的確，深夜走在路上會覺得蠻恐怖的。」坐我對面的女生抱怨說。「最好快點抓到，反正不就是哪裡的變態男！」

聽到這種話，西嶋不會善罷干休吧——我感到不安，果然不出所料，西嶋沒有沉默。「為什麼要抓他？總統男可是為了世界才這樣做的啊。」

女生們被他的氣勢壓倒，明顯地面露嫌惡的表情，而我和鳥井則面面相覷。鳥井可能發覺再這樣下去不行，以不自然的語氣大聲說：「說到事件啊，最近不是也發生過詐騙事件嗎？」他提到假借慈善節目行詐騙之實的詐欺案。

可是也帶來了反效果。

「要是我遇上那樣的事，一定會被騙吧。」鳥井這麼說，其他人也表示「真的很過分呢。」「好心捐的錢，卻沒有被正當使用，感覺真的很差呢。」有人這麼說。「就算我們捐那麼一點錢，也幫不了什麼忙嘛。」也有人這麼說。「感覺很偽善，我不喜歡。」還有女生一臉不悅地說。「可是，要是捐給一個團體，卻不捐給其他團體，這不是很奇怪嗎?前後不一致，感覺只不過是自我滿足罷了。」有人笑道。

此時，西嶋猛然起身，高聲說：「你們說這是什麼話啊?」接著說：「像那樣假裝聰明，是得不到任何好處的。這個國家絕大多數的人啊，都怕被當成傻瓜，所以什麼事都不肯做，全都是一些怕被當成傻瓜的傻瓜。」

西嶋的激動模樣嚇壞了女生們。我和鳥井見怪不怪，所以早就知道「他又來了」。「何必懷疑拿著捐款箱的人是個騙子呢?捐錢就是啦。說什麼討厭偽善，說這種話的人為了自己，撒謊更是毫不在乎。」

「西嶋，知道啦。」鳥井伸手制止，不過西嶋不可能就此罷休。

「譬如說！」西嶋伸出手指，鏡片底下的眼睛發出銳利光芒，豐腴的臉龐彷彿更膨脹了。「譬如說，你們穿越時空好了。」

「什麼、什麼?」長谷川顯得很興奮，身體前傾。

「穿越時空?還真老套呢，這個名詞好古老喔！」喝醉的山田搖著黑框眼鏡這麼說。

「你們回到一百年以前，在日本好了。來到日本的某個鄉鎮，然後在那裡生活。」西嶋講得口沫橫飛，在座的女生們目不轉睛地確認那些飛沫落在桌邊。

「然後，你們在那裡遇到的村民病倒了，那是一種神祕的疾病，高燒不退，感覺快死了。」

「那又怎樣？」坐在我對面的女生露骨地皺起鼻子。

「現在才要進入正題啊。」西嶋不為所動，繼續說下去。我喜歡西嶋那種不知是旁若無人還是我行我素，不顧周圍人嫌惡或輕蔑的反應，果敢地匍匐前進的態度，所以我聽他說話，其實覺得很暢快。

「這時候，你們身上帶著抗生素，那是穿越時空之前從醫院領到的藥。你們想把藥送給村民，不過注意到一件事，那個時代應該還沒有抗生素這種東西，所以你們擔心要是用了抗生素，或許會改變歷史。」

「哦，電影跟小說裡經常出現這種情節呢。穿越時空，然後改變歷史。」

「不可以那樣，嗯。」山田用充血的眼睛盯著西嶋。「這種事不可以隨便做，不能為了眼前的小事影響歷史大局。」

「就是這樣！」西嶋的音量變大了。「跟剛才說的募款一樣，這跟歷史或世界完全無關嘛，重要的是眼前的危機啊。把抗生素送給人家就好了嘛，就算結果會改變歷史，那又怎樣?把抗生素通通給人家就是了嘛。大家一起散播就好啦。我告訴你們，一個人若是沒辦法救助眼前的人，怎麼可能解救更大的危機呢?歷史什麼的，去吃屎吧!只要能夠解救眼前的危機就好了，一個人若沒辦法幫助在眼前哭泣的人，明天怎麼可能救得了全世界?」

再明白不過了，場子急速冷卻，不過我愉快得不得了。「把抗生素通通給人家就是了嘛!」這麼斷定的西嶋實在太痛快了。

「你以前還說要多為世界著想哩。」鳥井指責道，不過看起來也沒有不愉快。

15

西嶋的發言嚴重打擊了女生陣營的士氣，如果用海洋來比喻聯誼的氣氛，那麼鳥井和長谷川正努力地激起波濤，將海面推上沙灘。然而，這些努力卻因為西嶋的「管他會不會改變歷史，反正把抗生素通通用掉就是了」論調，一口氣全毀了。好像指著乾涸的地面，懷念著「這裡以前是汪洋大海」一般，我們甚至可以對著自己的座位，緬懷「別看現在這樣，這場聯誼也曾經熱鬧過」。

或許察覺場中氣氛有異，是這類活動老手的必備條件，鳥井迅速開口說：「這家店也吃得差不多了，我們去第二攤吧。」

我猜女生們都想盡快逃離這場聯誼，所以當她們並未表示「我不去」，甚至還積極討論「第二攤要去哪裡」時，我大感意外。鳥井一臉「真是想不到」的表情，一面掃視女生們。「去唱卡拉ＯＫ嗎？還是去可以安靜喝酒的地方？」

「去打保齡球怎麼樣？」這麼提議的人是長谷川。我和鳥井反射性地斜瞄了西嶋一眼。「啊，保齡球不錯。」長谷川旁邊的女生高聲表示贊同。於是，其他兩人也跟著起鬨：「打保齡球！打保齡球！」那感覺就像在國會裡，事先被籠絡的同志們紛紛同意某人提出的臨時動議，一齊起立說「贊成！贊成！」表現得過於順暢。

「不要，我不想去。」西嶋像個鬧脾氣的小孩般表示反對，但是坐我對面的女生立刻開口：「好啊，那想去的人就去啊。」她以帶有輕蔑的語氣回嘴。「不想去的人就回家啊。」

「北村怎麼樣？」坐我斜對面的女生問我。她臉上的妝很濃，看起來比實際年齡成熟。

「我……」我窮於回答。「怎麼辦？」

「走啦，北村。西嶋跟山田也去吧。啊，對了，其實今天是我生日喔，十九歲生日，就當作保齡球慶生大會好了。」鳥井表現出只要上了方舟就能拯救動物，只要到了保齡球館就可以得到幸福的積極，決定說：「總之，大家一起去打保齡球吧。」

居酒屋的電梯很狹小，而且客人很多，因此讓女生先下樓，我們在門口等候。

「怎麼樣？」鳥井對我說。西嶋去洗手間，山田好像醉得很厲害，垂著頭坐在長椅上。

「什麼怎麼樣？」

「有沒有哪個中意的女生？」鳥井笑開了嘴。「北村或許可以喔。」

「可以？」

「女生啊。像是坐在你對面的女生，看起來很有希望吧？」

「人只要活著，總是有希望的。」我回了一個無聊的答案，不過這種答案的本身，或許表現出我內心的動搖。

「山田好像中意坐西嶋對面的女生喔。」鳥井用拇指比著後面的山田，低語道。

「你們什麼時候聊這種事？」

西嶋從廁所回來了。「西嶋，要是你真的很討厭打保齡球，那就回去吧。」

「不要，只有我一個人回去，不是很寂寞嗎？而且那些女生一定會認為『那個笨蛋逃走了』，不管怎樣我都要去。」

西嶋似乎也很明白自己的立場和目前的情況，儘管如此，卻還是主張「一個人回去會很寂寞」，真是堅強。電梯來了，我們扶起山田，走了進去。

抵達一樓時，我分別看到了……，應該說是眼神散漫嗎——有兩件事令我介意。

一是長谷川背後的女生，她舉起手說聲「喏，走吧」。那個女生剛才坐在我對面，她正在講手機。打電話這件事本身並不奇怪。或許她打電話回家，跟家人說「我會晚歸」；或許她已經有男朋友了，正在向對方報告「我還要再玩一會兒，不過你放心，這些人很安全」；也有可能是打給朋友，確認明天的課表。不過，她說話的表情好像在向誰回報狀況，有一種間諜氣息，看起來也別有居心。一瞬間，她和我四目交接，隨即尷尬地別過視線，掛斷電話，這也讓我介意。

另一件事是在更後方，隔著一條窄巷的另一側，那裡擺了一塊拉麵店的長型招牌，我發現有人躲在後面，那個人顯然是看到我們之後才躲進去的。但是，想不到有人會跟蹤或觀察我們，我以為是自己多心，於是跟上鳥井。鳥井像個領隊般揮揮手說：「那，我們出發去保齡球館吧！」

為了慎重起見，我再次回頭，結果看到一個女人從招牌後面探出頭來。除此之外，還有另一個人。她們可能在居酒屋前面等我們出來吧。而且不用懷疑，她們等一下也會跟上來。

幹嘛啊！我回頭，愣住了。幹嘛啊，南和東堂，妳們這麼在意這場聯誼的發展嗎？

16

「山田好厲害！」女生大笑地指著。山田在隔壁球道，因為酩酊大醉，腳步蹣跚糾結，沒想到卻擲出了STRIKE。

「醉成那樣，還真有一手。」鳥井誇張地喝采。他自己的分數也不錯，平常喜歡誇口自己在異性面前總能夠創下超越實力的成績，或許不全然是唬人的。照這樣下去，他似乎可以打到一六〇分以上。

場內，球落下球道的單調聲音「咚」，與撞擊球瓶的清脆聲不規律地重複著。遠方的球道傳來尖叫與歡呼。我不喜歡喧囂，不過在深夜的城市裡像這樣活動筋骨，讓人產生一種錯覺，彷彿這裡的活動產生了供應城市的電力一般。

西嶋也勉為其難參加了。東堂說的應該是真的。他的投球姿勢與保齡球大賽時的表現有天壤之別，分數也不壞。或許西嶋沒有使出全力，雖然不到「分數高得難以置信」

的地步，但也進步到足以讓鳥井以吃驚的眼神對我說：「西嶋怎麼變得這麼厲害？」

第一局結束，分數最高的是鳥井，一六五分。女生陣營約在一二〇到一四〇分之間，成績相當不錯。我的分數也差不多，西嶋則是一二〇分。或許是我想太多，我總覺得他放水。

大家決定再玩一局。但是在那之前，先休息一下，各自前往洗手間或尋找自動販賣機，或咒罵分數不好都是球害的，去更換保齡球等等。附帶一提，咒罵保齡球的人是山田。我心想，照理說，該罵的不是球而是酒吧！

這時候，有兩名陌生男子出現了。我們準備開始打下一局，正坐在椅子上時，那兩名男子靠了過來，說道：「你們看起來很高興嘛，在做什麼？」親暱而輕薄的寒暄，讓我一開始還以為是莞爾，我回過頭去。

站在那裡的不是莞爾，而是將「莞爾式輕薄」以更誇張方式呈現的兩名黑西裝男子。其中一名留著淡褐色長髮，另一名則是短髮，這兩人還修過眉，鼻梁高挺，體格不錯，身高有一八〇公分以上，肩幅很寬。

是鳥井的朋友嗎？我望向鳥井，他也往我這裡看，訝異地擠眉弄眼。誰啊？他張著嘴唇，無聲地問我。

此時，他們倆彷彿參加聯誼遲到似地，卡進女生的座位當中，硬是坐了下去，說道：「好啦、好啦，讓我們也參一腳。」

「幹什麼？我們在打保齡球耶！」鳥井生氣地回嘴，還說：「滾開啦！」

「我們只有兩個人，超寂寞的，可以教教我們嗎？怎麼樣才可以跟女生玩在一起？」長髮男說道，便矯揉造作地放聲大笑。

不曉得鳥井是被他們的厚臉皮嚇到了，還是覺得不愉快，此刻他沉默不語。黑衣男雖然年輕，約莫二十出頭，但比起我們這種未滿二十歲的人，渾身散發出一種成熟的氛圍，不過看起來不像上班族。

「保齡球，你們還要繼續打吧？」短髮男對一旁的女生問道。

「嗯，還要打啊！」她快活地回應，然後暗自竊喜地笑開了。一開始我以為那是因為和打扮入時的型男交談感到興奮，不過我很快就從他們的對話裡感覺到一種契合的節奏，頓時緊張了起來。我將視線移向長谷川，而坐在對面左邊的她也正看著我，我們對望了一下，她尷尬地別過臉去。

越來越奇怪了，真可疑——我警戒了起來，一一觀察長谷川和其他女生，還有那兩個優雅地蹺起長腿的男人之後，我發覺不對勁。他們的態度有一種演戲般的偽裝，雖然不到露骨作戲的地步，卻有一種生澀的感覺。

「唉，禮一，我們也加入他們吧。」短髮男搖晃著長手臂，這麼提議。

「這主意不錯耶。」被喚作禮一的男子揚起嘴角，撩起長長的瀏海，撐大鼻孔；就連這些動作，看起來也只有型男才會做得好看，真是不可思議。「跟我們一起打保齡球吧。」

「為什麼我們非得跟你們一起打球不可？」鳥井生氣了。「對不對？」他問我和西嶋。無法掌握狀況的我，只是曖昧地點點頭，但西嶋嚷著：「廢話，你們幹嘛插進來？」

喂，鳥井，不太對勁，我們是不是被捲進什麼可疑的陷阱？我努力想把這個訊息傳出去，鳥井卻完全沒注意到。

「真冷淡。」禮一輕鬆自在地說。「純，那我們去另一邊玩吧。」他向短髮男表示，然後掃視女生們並說：「唉，與其跟這些人，倒不如跟我們一起玩吧！」

「啊，不錯喔。」有人這麼說。「就這麼辦，就這麼辦。」另一個人跟著附和。這一氣呵成的發展散發出重重疑雲，讓我有種巴不得如此的心情，暗想，請請請，全部請便吧，那樣不是更安全，更痛快嗎！但是鳥井不接受。「等一下，你們不要擅自決定好嗎？」八成是賭氣或自尊心作祟吧。

「好，既然你這樣說，就這麼辦吧。」禮一一副「終於等到了」的模樣，他改變說話的語氣，探出身體。

「什麼？」

「用保齡球來一決勝負吧。就你跟我，用保齡球決勝負。」

「什麼意思？」這意料之外的提議，讓鳥井不由得退縮了。

「用保齡球來做賭注，一定很好玩。」禮一的語氣很隨意。不過，那種不由分說的輕蔑口吻很刺耳。「沒問題吧！」

鳥井不屑地冒出「別開玩笑了」，這句話與女生們叫嚷著「好像很好玩」的聲音幾乎同時響起。「喏，玩嘛、玩嘛，鳥井上嘛。」她們異口同聲地鼓譟。那種事先串通的氣氛令我不知所措，我再次望向長谷川，只有她尷尬地低下頭。

「喂，藍子，怎麼不說話？妳不是也很喜歡賭保齡球賽嗎？」禮一這麼說。一開始我不知道他在說誰，接著想起第一攤在自我介紹時，長谷川熟練地自我介紹說：「我叫藍子，藍是藍天的藍。」而這個名字竟然從禮一的口中冒出來，讓我有些吃驚。

長谷川也嚇了一跳。她抬起頭，一副罪行敗露的前科犯模樣，臉部痙攣著。她的眼神游移，一次又一次看著鳥井和我。

「咦？」鳥井困惑，交互望著禮一和長谷川。「你怎麼會知道她的名字？」

「鳥井，他們可能彼此認識。」我慎重地說道。

「什麼意思？」

「對對對，我跟藍子是朋友，我們倆的關係匪淺，對吧，藍子？」禮一說。「今天是碰巧遇到的。」他強調「碰巧」兩個字。

「牛郎？」我連自己都還沒意識到，就脫口說出這兩個字。因為我想到以前從平均分數一八〇小姐那裡聽到的傳聞，也就是「特種營業的牛郎現在很流行打保齡球」。

「是啊，牛郎不好嗎？」禮一一副怡然自得的模樣，開玩笑地說道。「喂，鳥井小弟，你會跟我們一決勝負吧？要是當場落跑，豈不是很難看？」

「嗯，難看死了，這還用說嗎？」女生陣營出聲。

接著，我想起在居酒屋的廁所聽到的對話，長谷川和另一個女生聊起鳥井。「那個人到處把妹，稍微弄他一下也沒關係吧？」換句話說，她們一開始就策劃好了。策劃？策劃什麼？就是眼前這場騷動。

「喂，拿什麼來賭？」女生們發出疑問。她們完全是抱著好玩的心態，一點也不顧我們的立場和心情，單純地以為是在參加一場愉快的慶典。

「說的也是，要賭的話，當然還是賭錢吧。」牛郎純爽快地決定。接著，他以食指對著鳥井轉圈圈說：「鳥井小弟看起來就是一副很有錢的樣子嘛。」就賭這樣吧——他張開五根手指。

「五百圓嗎？」西嶋低吟，我納悶：「五千圓？」鳥井以嚴肅的眼神低語：「五萬。」但牛郎們一臉理所當然地露齒微笑：「五十萬。」

「五十萬。」我不由得睜大了眼，西嶋也倒抽了一口氣。「怎麼可能……」我們同時抗議，卻被女生們以「好厲害、好厲害，一定很好玩」的吵鬧聲給蓋過了。「鳥井，你該上啊、上啊！」完全是想藉由起鬨來影響對方判斷力的策略，她們口口聲聲刺激著鳥井。聽說鳥井是富家少爺呢，這點小賭注一定要答應啦，要不然就遜斃了——她們連珠砲似地說道。

鳥井，這是計畫好的圈套。就像剛才敗露的，很明顯地，牛郎和她們有勾結，這只是他們掌控的餘興節目罷了——我想這麼勸告鳥井，卻沒有立刻說出口。因為我相信五十萬這個數目太大了，毫無真實感，就算是鳥井，也不會接受他們的挑釁。然而，鳥井卻說：「有意思。」我差點從椅子上跌下來。

「鳥井。」

「我最痛恨這種人了。」鳥井英勇地說。

「是啊，一定要消滅。」西嶋嚷道。

17

上就上啊。儘管放馬過來啊——我體會到什麼是你來我往、以牙還牙。於是，我們在球道上展開一場對決。

「那，真的是五十萬啊，事後可別裝傻啊。」牛郎禮一的俊俏臉龐浮現笑容，一副壓根兒不認為自己會輸的模樣。

「你那麼想要錢啊？」鳥井反唇相譏。

「我啊，只要看到不順眼的小鬼，就想把他的自尊心踩碎。反正錢還不是從父母那裡討來的？」禮一說道，和牛郎純對望一眼，並點點頭。

他們的語氣隱含著一種嗜虐的喜悅，令我渾身發顫。這兩個長相俊美的男人看起來就像昆蟲或爬蟲類，令人不寒而慄。

「我啊，就算賭輸的人要被砍掉一隻手也沒問題。」牛郎禮一這麼說，聽起來不像在開玩笑。「賭大一點才能玩得盡興嘛。」

「喂，鳥井，你真的要賭嗎？」我戳戳鳥井的腰。

「廢話，怎能在這時候打退堂鼓！」

「可是又不知道他們的身手。」我在他耳邊呢喃，於是他拉拉我的袖子，把我拖到左側的球道旁，背對其他人悄聲對我說：「其實，我剛才看到他們在其他球道打球。」

「咦？」

「我去廁所的時候看到的。我看到兩個裝模作樣的傢伙在打球，很好奇他們的球技，所以就看一下他們的分數。」

「然後呢？」

「爛死了，爛，可能連一百分都不到。換句話說，他們只會耍嘴皮而已。」鳥井訕笑著，表示發現敵人的弱點和底細，但是我的不安越來越強烈了。如果這是一開始就設計好的圈套，那麼讓鳥井目擊到他們的低分，不也是計畫中的一部分嗎？

鳥井或許會笑說「他們不會這麼大費周章啦」。但是，看到禮一他們那詭異且陰沉的眼神，我覺得他們的目的不是錢，而是在享受把獵物慢慢地逼至絕境、落入圈套的過程。

我阻止不了鳥井，一定是因為我在內心某處覺得，「總會有辦法吧，不會那麼慘吧。」我認為事情不會太嚴重。

比賽就要開始了。後悔莫及，世間險惡，越是不好的預感越容易成真。——真的就是如此。

鳥井輸了。第十格，鳥井以自暴自棄的姿勢擲出球，球以畫出對角線的行進方向掉進左邊的球溝，一下子結束了比賽。牛郎禮一發出做作的笑聲，說：「根本不用玩到最後呢。」實際上，牛郎禮一的得分是一七〇分，而鳥井剛才的絕佳狀態不曉得跑到哪裡去了，勉強只拿到了一三〇分。他的狀況大不如前的原因顯而易見。首先，牛郎禮一打得比想像中更好，這令鳥井大受影響，加上賭金這個重擔，還有絕對是影響最大的因素——在後面觀戰的那群女生三不五時激動大喊「鳥井加油，不要緊啦」，就算他失誤，也會鼓勵他說「鳥井一定可以扳回來的」，這使得鳥井莫名地逞強了起來。每當STRIKE失敗，SPARE落空，女生們就「啊」的發出失望的叫聲，這讓鳥井更焦急。就算是自稱在異性面前能夠創下好成績的他，似乎也是有極限的。

「喏，五十萬拿來。」牛郎禮一像是收票員似的伸出掌心。「唉，鳥井小弟打得還真爛呢。」

我確信這是事先策劃的陷阱，他們盯上到處搭訕短大生和高中生的鳥井，或者看上了鳥井資產階級的身分，計畫從他身上大撈一筆，並對他加以羞辱。一定是這樣的。鳥井一臉蒼白，無力地垂下肩膀。

「可以追加喔。」此時，牛郎禮一說話了。「要是你不能接受的話……」

「追加？」我反問。

「加倍。要是你願意再賭一次的話，我就接受。但是相反的，金額要加倍，一百萬。」

「好！加倍、加倍！」西嶋突出下唇，激動地說道。他一直默默地觀看戰局，或許累積了許多怒氣與窩囊氣。

「不能就這樣輸了。鳥井，只能上了。」

「不，鳥井，還是不要吧。」我搭住鳥井的肩。我不認為聽從對方的煽動會是好主意，最重要的是，牛郎禮一的球技很好。不過，我的想法並沒有傳達給他，「追加。」鳥井宣言。「再一次。」

「這樣才對。」牛郎禮一微笑。他的表情彷彿一位高貴而俊美的演員在微笑似地，詭異極了。「要是就這樣輸了，真的很遜呢。」

「真囉嗦，開始吧。」鳥井可能是想提振士氣，加強了語尾的語氣。

第二局立刻展開了。這次是鳥井先攻，牛郎禮一後攻，在我們的注視下，比賽開始了。

結果，這一場鳥井還是輸了。

分數差距比剛才更小，只差了十分。但是比起表情嚴肅、面如土灰的鳥井，禮一始終表現得游刃有餘，以優雅的動作擲球。相形之下，兩人的實力一目了然。我甚至不安了起來，懷疑這分數差距是在為接下來的發展佈局。

比賽結束後，我走近鳥井，在他耳邊建議：「這種賭注無效，你就說會付錢，今天先回去吧。」應該冷靜下來，暫時徹退，重新擬定戰術。

「鳥瞰型的北村看起來或許是這樣，但是怎麼能夠敗在這裡呢？」鳥井硬擠出笑容，令人不忍卒睹。

「你已經知道長谷川她們跟那兩個牛郎是一夥的吧？這是設計好的，現在還可以抽身。」我漸漸地、非常難得地……，生氣了。「十八歲，五月，我生氣了」。難得到甚至可以記錄在自己的歷史中。

「加倍。」鳥井不聽我的忠告，朝牛郎禮一舉起手。

「噢——」禮一說道，對一旁的純聳聳肩。「鳥井小弟真夠豪邁。兩百萬一決勝負耶，不要緊嗎？」

至於那些女生們，長谷川可能是因為內疚而別過臉去，不過其他三個已經習慣看熱鬧，高聲叫喊：「兩百萬耶，好厲害喔！」她們才這麼說完，又立刻接著喊：「鳥井加油——」並拍手叫好，簡直不負責任到了極點。我感到厭惡，而鳥井的表情僵硬。

第三局，意外地……，雖然這麼說對鳥井很失禮，這是一場名副其實、勢均力敵的拉鋸戰。可能是因為身負兩百萬重擔，或者是手臂逐漸無力，就連厲害的禮一，也被鳥井緊追在後，進入終盤時分數相近。當第九格結束時，先發的牛郎禮一是一四一分，而後攻的鳥井是一四〇分，鳥井呢喃著：「好，這樣可以。」西嶋也興奮地說：「可以，一定沒問題。」

這場比賽開始之後，西嶋只是靜靜地觀看戰局。我覺得這一點都不像他，也可能是事情的發展令他如坐針氈吧。

「禮一，不要緊嗎？」牛郎純首次顯露不安。

「嗯。」牛郎禮一似乎也感受到危機，露出肅穆的表情，準備投出第十格。

他站在球道前，我們在後方注視著，女生們也噤口不語，默默地看他投球。但是，她們究竟支持哪一方，不言而喻，全部是敵方的啦啦隊。

禮一慢慢移動身體。

他伸出拿著球的右手，踏出右腳，走到第四步再擲球，這一連串動作流暢至極。落空吧、落空吧——我在內心默念。「落空吧、落空吧。」至於西嶋，則是實際說了出來。

球離手、落下，以優雅的弧線向前彎曲。我看著球彷彿被有磁力的球瓶吸引，忍不住「啊、啊」的出聲。絕佳的撞擊，對我們來說卻是最糟的結果。

十支球瓶一口氣被撞飛。牛郎禮一做了一個小小的勝利手勢，像是在炫耀肌肉似地彎著手臂走了回來。

只是STRIKE而已——我對自己說。實際上，比賽結果也尚未確定。但是，禮一在那之後連續擊出STRIKE，三次。他在第十格連續擲出三次STRIKE，PUNCH OUT（註）。這能夠相信嗎？我不相信。這當然是牛郎禮一的技術與集中力所帶來的成果，但是比起這些，我更不得不懷疑他的背後跟隨著惡魔般的好運或殘虐的神明。

「鳥井小弟，真可惜啊。」牛郎禮一對自己的成績表現出若干興奮，即使如此，還是沒忘記說笑。

鳥井臉色慘白，雖然從座位上起身，卻站在球架前動彈不得。他的勝算煙消雲散了，就算他和牛郎禮一一樣擲出了PUNCH OUT，總成績也是一七一分比一七〇分。天空蔚藍，大海遼闊，鳥井敗北。

「那，鳥井小弟，兩百萬啊。」牛郎純伸出兩根手指，朝這裡戳了過來。「啊，記得把聯絡地址告訴我啊，要是被你溜掉就糟了。你沒有駕照或什麼證件嗎？對了，我請妳們女生去吃飯，我們拿兩百萬去玩吧。」他朝著長谷川和其他三人張開雙臂。女生們

註：在保齡球賽中，在第十格連續擲出三次全倒，稱為PUNCH OUT。

不再隱瞞，紛紛露出真面目，興奮地大叫「太好了」，拍手喝采，理直氣壯得讓人不敢責怪她們說：「怎麼，原來妳們是敵人啊！」

「等一下。」這時候，鳥井出聲了。「我還沒投完吧？」

「你會不會算數啊？就算你全部都STRIKE，也贏不了我的啦。」

鳥井支吾了一下，豁出去似地大聲說：「再給我一次機會，要是我連續三次STRIKE，可以算我贏嗎？」

「你在說什麼啊？」純笑道。「要天真也要有個限度。」

「在這種情況下也很難擲出STRIKE，讓我用第十格再賭一次吧。喂，拜託啦。」鳥井死皮賴臉地懇求。

「才不要哩。」禮一瞧不起人似地甩甩手。

「不會讓你吃虧的。」

「噢，加倍嗎？要加倍是嗎？」牛郎純探出身體，但隨即改口：「可是那樣還是不合算啊，禮一都已經贏三次了耶。你真是不死心。」

「加倍，四百萬。」鳥井豎起四根手指。

「喂，鳥井。」我開始害怕。

「再加上，」鳥井繼續說。「要是我輸的話，我就休學。」

這句話讓禮一瞬間愣了一下，他和純對望了一眼，接著一臉幸福地說：「這倒有意思。」

「鳥井。」我相當驚訝，頓時陷入了茫然，並虛弱地叫喚他。他應該是開玩笑，不過表情卻很嚴肅。到底是什麼樣的歪理，會讓他想到退學？我只能苦笑了。與其說騎虎難下，說穿了也不過是自尊心的問題吧？即使如此，我還是沒有拚命阻止，或許是因為我還在期待「搞不好」，搞不好鳥井會擲出STRIKE，真是太天真了。同時我也這麼想，看看現在，我連阻止朋友的莽撞都辦不到，當然不可能阻止出兵中東的美國和日本自衛隊了。

鳥井的擲球動作看起來很完美，不過，光是今天就已經投了四局，也差不多快站不穩了。即使如此，球還是以無可挑剔的角度，帶著適度的力道滾了出去。球從中央稍微偏右，往一號瓶與三號瓶之間滾過去，球瓶撞擊在一起。我確信這是個STRIKE，忍不住握緊右手，就要喊出「太好了」的「太」。鳥井可能也深信這是一個STRIKE，緊握拳頭，結果竟然沒有全倒。提出連擲三個STRIKE的鳥井，在這個階段已經敗北了。

「啊、啊……」這殘酷的結果讓我和西嶋陷入茫然。

球道前方矗立著兩支球瓶，彼此遙遙相望，正好是最右邊那支和左邊算來第二支，那是象徵絕望的技術球。

禮一和純發出歡呼聲，女生們也蹦蹦跳跳地分享喜悅。不曉得她們是否還有一絲同情和擔憂，那語氣有點客氣，卻以充滿好奇心的眼神確認道：「欸欸，鳥井真的要休學嗎？」

我深感無力，突然聽不見周遭的聲音了。蹲下去的鳥井看起來那麼樣地渺小。四百萬，該不會真的要付吧？連我也不禁緊張了起來。西嶋因積怨、憤怒與急躁，一臉快要窒息的表情，而山田睡得不省人事，差點從椅子上滑下來。這時候，一個響亮而清晰的聲音插了進來：「追加！」我的背脊倏地挺直了。

發生了什麼事？有人大剌剌地闖進我們的賽局，那個人舉起手來，發出充滿張力的聲音：「我要追加！」是東堂。南也在一旁。「加倍。」東堂說道。

18

牛郎禮一注視著東堂，因她的美貌睜大了雙眼。

「東堂，怎麼這麼巧？」西嶋大為吃驚。那不是碰巧，人家是在意你，才尾隨過來的——這話幾乎到了我的嘴邊。東堂面不改色，說：「真熱鬧，讓我們也加入吧。」

「鳥井。」南一臉擔心地呼喚面如死灰的鳥井。

幹嘛啊？這些女人！長谷川和其他三人雖然沒說出口，卻以眼神如此表示。

「喏，怎麼樣？」東堂再次面向牛郎禮一。

牛郎禮一雖然對於這兩名女子意外登場而感到驚訝，卻看不出很困惑的樣子。「我說啊，就算妳們要追加，也已經回天乏術啦。鳥井小弟輸定了。」牛郎禮一聳聳肩。

「這樣好不好？要是可以打中那顆技術球，就當作沒這場比賽。」東堂表示剛才已和南在某處觀察整場賽局。

「什麼意思？這也太趁你們的意吧！我們已經讓步太多了。」

他說得沒錯，不肯死心、任意更改條件的是鳥井，這一點不得不承認。

「要是沒打到那個技術球，之前的賭注全部成立，而我也任憑你們處置。怎麼樣？」

「這跟東堂無關。」鳥井說道，他的表情扭曲。「別說傻話了。」

「噢——不錯呦！」純大力拍手。「任憑我們處置，這種曖昧的說法真教人心癢。」

他露出潔白的牙齒。「也就是隨我們怎麼做囉？」

「真有意思。」禮一比出大拇指。「好哇、好哇——」女生們紛紛起鬨，或許是敵視陌生美女的心態作祟，煽動得比剛才更熱烈。

「東堂……」南擔憂地喚道。

「相反地，」東堂側頭，挺胸說道。「不要讓鳥井擲球，可以換他嗎？」她指著坐在一旁的西嶋。

這意想不到的條件，讓在場者紛紛「咦」的一聲。當然，西嶋本人也搞不清楚，站起來問：「等一下，東堂，那是什麼意思？」

「要不要用這個條件賭？」

「為什麼指名那個悶騷男？」禮一皺眉，或許他也對這個發展感到懷疑。「那傢伙打得很好嗎？」他很慎重地說道。慎重而不馬虎、異常冷靜。我感到佩服。

「禮一，不要緊啦。我之前看過這傢伙打球。」純突然插嘴。「在車站後面的保齡球館，有一堆學生在打球，他打得有夠爛。」他以下巴指著西嶋。看樣子，之前那場保齡球大賽，這個牛郎也在場。

「怎麼樣？要賭嗎？」

牛郎禮一沒有猶豫多久，便回答：「好，成交。」

「不要做蠢事。」鳥井幾乎陷入恐慌，極力阻止。西嶋也嚷著：「我負不起這個責任，不要擅自決定。」而平息同伴之間爭執的，還是東堂本人。「別推三阻四的，上就是了。」她一臉嚴肅地走近西嶋說道，「你是要前進，還是後退？」她既不興奮，也沒有顫抖，而是不帶半點熱情地淡淡說道。

「就讓沙漠下雪吧！」經過這麼一番慫恿，還不站起來的話，那就不是西嶋了。連剛認識西嶋的我都這麼認為了，活了十八年以上的西嶋一定感受更深。不曉得是否因為如此，他果斷地站了起來。

西嶋把球準備好，用毛巾擦擦手。「這下有趣了。」禮一在座位上大搖大擺地坐著，純則唸著「錢、美女和老子」，已經勝券在握似地放聲大笑。在這當兒，我突然靈機一動，把南拉到後面。

「我們躲在後面偷看，可是我沒想到東堂竟然會說出那種話。」南搖頭，嚇得連身體都在晃。「鳥井和東堂會怎麼樣呢？」

「不要緊。那種錢不必真的付，總會有辦法的。」我冷靜回答，卻不敢保證真的沒事。「我說啊，」我加重語氣說，「先別管那些了，妳可以用那個嗎？移動碗公的那一招。」

「啊！」南可能也了解我想說什麼，僵硬地點點頭。我小聲問：「能不能用妳的力量誘導那顆球？」事到如今，就算半信半疑，沒有科學根據，也顧不了手段了；再加上無法期待敵方大發慈悲，既然如此，唯有仰賴南的特殊能力了。

南以手抵著下巴，回答：「我沒有自信……」

「盡可能試試看吧。」就算動不了車子，或許保齡球沒問題——我抱著一絲希望。但是，這完全是以質量的差距所做的推測，也不曉得影響南的原因究竟是不是質量，所以不能算是根據。

「我盡力而為。」南說道。

西嶋面對球道，抓著球一動也不動。是瞄準目標？還是在想像軌道？他默默地，宛如「保齡球發明人的雕像」般，抓著球站在原地不動。鳥井和東堂站了起來，我則坐在椅子上，要南坐在我旁邊，可以看清楚球道的位置。

牛郎禮一和女生們只是望著西嶋的背影。

西嶋緩慢地活動了起來，在那一瞬間，我感覺背後一陣毛骨悚然，寒毛一根根豎了起來。一方面是因為緊張又害怕，更大的原因是，西嶋在這種狀況下竟然還能跨出堅定的步伐，他的自信和強而有力的動作令我感動。

「只要能夠全神貫注，把我傾注生命的工作完成就行了。」

這時候，我想起坂口安吾某篇小說的一段話。可能是因為西嶋散發出「全神貫注完成工作」的勇氣吧。他踏出腳步，用力揮動右手，把球往前送，球離開了他的手。我想起安吾的小說後續，也就是這一段：「就算得不到青睞，那又如何？只能說那些人有眼無珠吧！」

衝啊——我在心中吶喊，這一點都不像我。讓那些有眼無珠的人見識見識吧！

球從右側以輕輕撫肩般的平緩曲線快速地向前滾動。球道鳴響，那道聲響與我的心跳一致。我想起南在移動東西時，最好替她呼喚目標物這件既非規則也不是訣竅的事，我在南的旁邊呢喃：「保齡球、保齡球。」保齡球、移動保齡球。是誰在喘氣？這麼一想，便發現那原來是我自己的呼吸。擲出球的西嶋維持右手前推的姿勢，站在原地，望著球的去向。

骰子丟出去了，我們只能守望著數秒以後即將造訪的未來。

吞嚥口水聲響起。不只是我，在場也有人同時吞嚥口水，響起了咕嚕聲。

我看見保齡球衝撞左側的球瓶，我右手握拳。

被彈飛的球瓶緊接著朝右飛去。另一支，不打倒另一支就沒有意義了。我看見球瓶以令人心急的緩慢速度一面旋轉一面往後滾去。它與右側的球瓶衝撞，那一瞬間，我站了起來——不，跳了起來。球瓶「咚」的倒下，掉進溝槽裡。球道上什麼都沒有了。SPARE（全倒）！我腦海裡只剩下這個字。無意識中，我的雙手高舉——這裡是室內，上面只有天花板，但我還是以朝天膜拜的心情舉起雙手。我不知道自己在叫什麼。鳥井也一樣揮舞手臂，大吼大叫，他的吶喊聽起來既像「好」，也像是「萬歲」或英文的

「washer」，總之他在大叫。

南雙手掩面，癱坐了下來；至於東堂，她沒什麼大動作，卻全身顫抖，雙手用力握拳。

西嶋靜靜地睨視球瓶倒下的方向，背對著我們。我們眼裡已經沒有牛郎禮一他們了。鳥井又在大叫什麼，我也依然雙手高舉。

南總算站了起來，我湊近她，向她確認：「那是妳做的嗎？真是太好了。」結果南回頭，那張臉依舊血氣盡失，她嘴唇顫抖地說：「那……，那樣就可以了嗎？」

「完美無缺。西嶋贏了。」

「太好了。」南吐出長長的嘆息。「我還以為要讓球從那兩支瓶子中間經過才算贏呢。」

「咦？」我的聲音變了。

「保齡球的規則我不太懂，之前的保齡球大賽我也沒有參加，所以我默唸著球要通過瓶子之間，可惜不成功……」

「那、那是……」我說到一半，不敢相信竟然有人對保齡球如此無知。緊接著我也想到，請她用念力直接弄倒瓶子還比較確實。或許妙計總是在事後才會想到。

「好像還是沒辦法移動重物呢。」接著，南快昏倒似地靠著椅背。

面向這裡的西嶋不曉得是不是害臊，他板著一張臉，擺出很收斂的手勢表示喜悅。

鳥井腳步踉蹌，抱住了那樣的他。

在我大學一年級春天發生的事，姑且不論算不算離奇事件——這麼說來，賞花也蠻有意思的，不過，大概就是這樣的感覺。

日本麻將對照表

寶牌				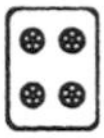					
名稱	一筒	二筒	三筒	四筒	五筒	六筒	七筒	八筒	九筒

寶牌									
名稱	一索	二索	三索	四索	五索	六索	七索	八索	九索

寶牌									
名稱	一萬	二萬	三萬	四萬	五萬	六萬	七萬	八萬	九萬

寶牌									
名稱	東	南	西	北	青發	紅中	白板		

沙漠

08

夏 *Summer*

1

仙台今年的夏天似乎特別熱，七月中旬的陽光灼人地烘烤著皮膚。光是穿著T恤走在路上，都會被曬得發疼。以前聽說仙台的氣候涼爽，現在簡直跟橫濱沒兩樣嘛——每次遇到鳥井，他都如此抱怨。

三天前，課程告一個段落，現在只有暑假張開雙手迎接我們。

「說到夏天，當然就是海邊囉！」這是鳥井說的。至少對於盛岡出身的我來說，提到夏天，不是會想到岩手高原嗎？——雖然我想這麼反駁，但是鳥井一副非去海邊不可的樣子，所以我們坐上他那輛半舊不新的小轎車，前往海邊。我們經過仙台車站，不斷地向東邊前進。

「鳥井，你什麼時候考上駕照，還買了車子？」坐在後座右邊，身穿白色洋裝的南朝著駕駛座問道。

「我打工存夠了補習費，馬上去報名。我上的是最短的課程喔，最短的！」

「學生開什麼車，太奢侈了，奢、侈。」縮肩坐在後座正中央的西嶋不服氣地說道。

「那你下車啊……」

「後面不會太擠嗎？」副駕駛座的東堂轉過頭來看向我們，回答的卻是鳥井：「不要緊、不要緊。」這種話不是坐前座的人該說的吧？「這是五人座的車子嗎？」我掃視狹窄的車內，提出單純的疑問。鳥井卻毫不在乎地說：「我是不知道法律上怎麼解釋，不過現在證明它可以容納五個人。」「安全嗎？」南問道，卻得到這樣的回答：「現在正在證明中。」

車內音響可播放CD，這時聽的卻是廣播。一開始是鳥井挑的流行音樂，但是西嶋激烈抗議，「不可以聽這種沒有靈魂的音樂，這無法感動人心啊，聽這種音樂要怎麼打仗呢？」我們四個人早就習慣西嶋的這種主張或政策或執著，也不認真地回答「沒必要打什麼仗吧」，而是用一種哄嬰兒的心情說：「這樣啊，果然不行啊。」然後停止播放CD。

出發之後，過了三十幾分鐘，廣播傳來路煞的新聞。當地廣播電台的整點新聞有一段報導——「昨晚深夜十二點過後，仙台車站地鐵接駁口的入口附近，發生一起連續襲擊三名上班族的事件。」

「是總統男耶。」西嶋把身體探進駕駛座與副駕駛座之間，面露興奮。「是我們的總統男。」

廣播緊接著說明，嫌犯揪住被害人衣領，詰問：「你是總統嗎？你是總統嗎？」——「嫌犯是一名體格壯碩、年約四十至五十歲之間的中年男子，戴帽，帽簷壓得很低，警方目前正在搜查中。」

「還沒抓到喔？」鳥井厭惡地說。「就是啊。」我也點點頭。經過這麼長的時間，路煞還沒落網，在仙台街道四處偷襲，令人聞之喪膽。他該不會在我們畢業前還要繼續為非作歹吧？

「抓他做什麼？我們的總統男要做的事還多著呢。」

「可是，美國已經出兵啦！」南悄聲發出不平之鳴。事實上就像南說的，美國已經派出最強的軍隊前往中東，展開那場「不知為誰而打」的戰爭，這是美國最擅長的混戰。

「正因為如此，總統男才不能鬆手啊。他不是正在努力尋找總統，賜與制裁的鐵槌嗎？」

「誰去跟他說，總統不在仙台啦。」鳥井打開方向燈。

「日本的自衛隊差不多該出發了。」西嶋變得激動。「一定跟上次被派到伊拉克的情況一樣——不，比那時候更容易被派往前線。然後，日本國民一如往常，說什麼這也是沒辦法的，默認這件事，默、認，然後又說沒有其他更好的替代方案，這也是無可奈何的。和這些人相比，總統男偉大多了。」

「美國去中東，我們去海邊。」鳥井高聲說道。

這一天是海水浴的好日子，不過可能因為是平日，海邊沒什麼人。幾家小攤販並列一旁，皮膚曬得黝黑、身穿泳裝的女孩正在炒麵。監視塔台上插著表示可以游泳的白旗，旗子迎風飄盪，沙灘上插著陽傘。

我們鋪好海灘墊，大家已事先穿上泳衣，只要脫掉身上的外衣，就算著裝完成。灼熱的沙子燙著光腳丫，鳥井興奮地瞇起眼睛，戳著我的胳肢窩，我還以為有什麼事，原來，他似乎對東堂與南的泳裝打扮著迷。的確，她們倆的身材很好，柔嫩細緻的肌膚令人亢奮不已。總之，腳底燙得要命，我們就像剛出生的小海龜，朝著海水飛奔而去。

2

「喂，北村，我發現一件很厲害的事。」坐在海灘墊旁的西嶋說。

我們在海裡互擲塑膠球、坐著租來的兩艘筏型小舟，互相推擠，把對方推落水、打水仗等等，結束了一連串的遊戲，我們回到沙灘上，泡過海水的皮膚被烈日曬得發燙。東堂和南去買午餐，鳥井去上廁所。

「很厲害的事?」

「你知道ononoku的漢字怎麼寫，北村?」

「ononoku，嚇得發抖的那個ononoku嗎?不曉得耶。」我這麼回答，西嶋便咋舌說：「真是的。」他拿著木棒在沙灘上寫下「慄」這個字，「或者是……」他又在底下寫了「戰」字。

「又怎麼了?」我問。「換句話說，」西嶋搖頭晃腦地說道。他的身材就算恭維也稱不上精實，胸部和腹部的贅肉跟著顫抖。「如果寫成『戰妹子』(tatakau imoko)，就會變成『小野妹子』(onono imoko)。(註)」他一臉嚴肅地說，用木棒寫下「戰妹子」三個字。

「哦。」

「很厲害吧?」

「很遺憾，一點都不厲害耶，西嶋。」我由衷地說道。

「吶，北村，你為什麼不告訴我啊?」鳥井一屁股坐在我旁邊，我轉頭望著他，首先看到他的頭髮，平常那頭像冠魚狗的髮型，現在濕答答地服貼在頭上。

「告訴你什麼?」

「鳩麥的事啊，你們在交往吧？」他這麼出招。

「哦。」我吃了一驚，連連退縮。「你從哪裡聽來的？」

「我啊，對這種消息最敏感了。之前你打麻將打到一半就回去了，也是為了找鳩麥吧？」

「你怎麼知道？」

「說中了吧？別人談戀愛啊，我可是一清二楚。我具有這方面的超能力。」

我苦笑道：「你說的超能力，是指像南那樣的？」他則蠻不在乎地回答：「對對對，這種人在練馬很多喔。」

「其實是因為我們跟蹤你。」西嶋把挖出來的沙子堆成小山，意興闌珊地揭穿了超能力的底細。

「你們跟蹤我？」

「在商店街閒晃、上咖啡廳、逛逛生活雜貨店，簡直就像高中生的約會嘛。」

「怎樣才叫做不像高中生的約會？」

「當然先去賓館囉。」鳥井理所當然地說。「咦，馬上去賓館？」我露出苦笑，他

註：小野妹子是日本飛鳥時代的政治家，曾兩度以遣隋使節身分前往中國，並致國書給隋煬帝。另外，日文的漢字「戰」可讀為ononoku或tatakau，有幾種不同的讀音，西嶋利用這點說了一個冷笑話。

大力主張：「當然要馬上去囉。約會這檔子事，還是得從彼此擁抱開始吧。」

「那樣子比較像高中生吧。」

「其實我們本來打算等你們進賓館時偷拍照片，事後讓你嚇一跳的。」鳥井做出按下快門的動作。

「我沒去過那種賓館。」我老實說。

「意思是都在賓館以外的地方做囉!你們已經是那種關係啦？」鳥井的聲音高亢了起來。

「呃，唔。」對方興奮的模樣讓我不安。

「怎麼，北村的手腳很快嘛。」鳥井別開臉，雙手交抱，誇張地搖搖頭。

「你沒資格說我，我可是按部就班來的。」我的腦中瞬間浮現鳩麥美麗的裸體——這裡說的美麗含有主觀成分，請別太挑剔——反正是白皙無瑕的肌膚。

「就算按部就班，也太快了吧，不是才剛認識嗎？」

「才不是呢!」我堅決否定。

「可是，不是不久前才在那家服飾店認識她嗎？」

「才不是不久前咧。」我斬釘截鐵地說，「我有一步一步慢慢來。至少鳥井你沒資格說我。我才不想被一開學就忙著聯誼，然後被奇怪牛郎盯上，吃盡苦頭的人說。」

烏井彷彿被一支無形的箭射中似地，按住了胸口。「西嶋，你聽到沒？太毒了，竟然拿我悲慘的過去來說嘴。」他呻吟。

「不，烏井那時候真的很差勁，算你活該。」

烏井誇裝地放聲假哭。我心想，這個人真夠吵的。

我們就這樣丟著烏井不管，於是他的聲音丕變，說：「可是啊，我也在想要重新展開活動，反省期差不多該結束了，應該重新開始聯誼了。」他笑顏逐開地說。「而且我已經充分反省過了。」

「反省。」我複誦，並與西嶋面面相覷。

「你們不相信喔！我啊，自從那場保齡球事件之後，就跟女生保持距離了。」烏井這麼主張。歹勢啊，我和西嶋都知道那是騙人的。我們有好幾次在街上看到烏井跟女生同遊的場面，像是烏井離開居酒屋，或是烏井走進電影院。每次看到那種情景，我們總是佩服他，「真是學不乖哪。」

「先不管這個，你為什麼不告訴我啊？」烏井固執地舊話重提。「鳩麥的事。」

「因為我不覺得講了你會高興。」

「你以為不講我就會比較高興嗎？我好寂寞喔。」烏井哀嘆了好一會兒。

「這麼說來，」我轉移話題。「烏井家隔壁那吵鬧的鄰居最近怎麼樣了？」

「那是什麼時候的事啊?人家早就搬走囉。」鳥井笑道。「現在住了一個好安靜的老爺爺。」

「你們在聊什麼?」背後傳來聲音。回頭一看,東堂拿著一疊裝有炒麵的塑膠盒,南抱著罐裝果汁,正要坐在海灘墊上。她們倆穿著不算花俏的泳裝,但是泳裝就是泳裝,裸露的部位比平常還多,令我看得眼花撩亂。鳥井的表情似乎放鬆下來,我也覺得難為情。至於西嶋,雖然像平常一樣板著臉,卻毫不在乎地說:「東堂,妳的胸部蠻大的耶。」我和鳥井嚇得一臉慘白,接著羞紅了臉。

「竟然可以若無其事地說出這種話,西嶋真了不起。」南指出,我也點點頭,然後偷窺東堂的反應。她一如往常,頂著那張洋娃娃般毫無表情的美麗臉孔,俯視自己的胸部。「是嗎?很大嗎?」

東堂對西嶋還有好感嗎?怎麼樣呢?——我思考。

實際上,我只有在那次陪她去買雷蒙合唱團的CD時,聽她訴說對西嶋的愛慕之情。所以,她的心情很可能從當時到現在的某個時間點改變了——或者是恢復理智。只是,東堂目前還沒有疑似男友的男性友人,這也是事實。而想追她卻被拒的殘兵敗將,數目依然不斷地向上攀升。

「鳥井好像又要開始活動了。」西嶋把話題拉回原點。「明明活動沒有停止,卻說要重新開始喔。」

「什麼意思？你講得一副我根本沒在反省的樣子。」

「不是聽起來你有在反省嗎？」我譏諷道。

「啊，說到聯誼，」東堂開口。「我們剛才看到了。」

南也「對呀、對呀」興奮地說，「我們剛才在攤販那邊看到了，我想對方沒有發現。」

「看到誰？」我和鳥井同時反問。

「那次聯誼的女生。」南低聲說。我側頭看鳥井。

「長谷川嗎？」

「嗯。」鳥井心不在焉地回答。

「名游擊手長谷川選手。」我想起以前從鳥井那裡聽來的。但是，鳥井立刻義正詞嚴地說：「長谷川不行了啦，連金手套獎（註）都拿不到，已經沒用了。」我大感吃驚：「職棒選手的高峰期那麼短嗎？」對於不久前才被評為名游擊手的長谷川，我深表同情。

註：金手套獎（Golden Glove）為日本職棒表揚選手的獎項。

「那人跟幾個女生在一起喲，穿著這樣的泳衣。」南在腹部做出挖空泳衣的動作。

「鳥井，去打個招呼怎樣？」我半認真地說。「自從那場保齡球賽之後，你們就沒見過面吧？」

「也是。」不知道鳥井有多認真，他一臉嚴肅地點點頭。「去跟她說：『託妳的福，我差不多要重出江湖了，要不要再跟我聯誼一次？』」

「你是說真的？」南的眼神變得嚴肅。

「騙人的啦，騙人的。」鳥井揮手。

我望著這副景象，不可思議地想，鳥井為什麼沒注意到南的心意呢？明明一看就知道。練馬區特有的戀愛超能力，對於自己的愛情起不了作用嗎？

「我到現在還會做惡夢呢。」鳥井繃起了臉。「夢到我在保齡球館比賽，拿自己的手當賭注，最後走投無路，被長谷川跟那個牛郎逼迫：喏，把錢交出來，把手交出來。」

鳥井說著，誇張地抖動身體。但是，越是敬而遠之的嫌惡事物，似乎越會自己找上門來，不到一個小時，我們就與長谷川重逢了。鳥井同學，真是遺憾呀。

3

一雙修長、栗色肌膚的美腿穿著拖鞋從坐著的我們面前經過，我看見拖鞋揚起的沙子飛到海灘墊上，我抬起頭，發現經過的三個女生當中有一個是長谷川。

我正在煩惱該不該忽視她，已經走過去的長谷川卻「咦」了一聲折返。「這不是鳥井嗎？」她站在我們前面。

「嗨！」鳥井仰望著長谷川，不自然地打聲招呼。

「啊！」西嶋伸出手指。「妳在這種地方做什麼？妳找我們有什麼事？妳跟蹤我們嗎？那個可疑的男人，用保齡球設計我們的人在哪裡？」他一股作氣，連珠砲似地說道。

這些土里土氣的傢伙是誰啊？長谷川的朋友露骨地表現出一臉狐疑，但是長谷川要她們先離開。然後，不知是出於難為情還是遺憾，她板著一張臉說：「我跟那個牛郎已經沒關係了。」我覺得她的頭髮留得好長。

她的長腿就豎立在我們面前，使得蹲坐的我們視線不知該往哪裡擺。她的泳衣款式也很大膽，年輕女孩的健康魅力，讓我一陣心癢難耐，我像是要安撫野獸般，把體內那股衝動壓抑下來。

「那個，」坐在後面的南用手撐地，把身子探進我和鳥井之間，對她說：「請妳不要再招惹鳥井了。」

「那時候真的對不起。」長谷川低下頭來。由於她的道歉很意外，我突然覺得她這個人很乾脆。西嶋低喃：「拿什麼臉說這種話。」

「我想我那時候沉迷於牛郎俱樂部，才會迷失自己。」

「那場保齡球比賽的目的是鳥井？」我問道。

「嗯。」長谷川歉疚地點點頭。「鳥井到處把妹，在當時很有名。禮一他們看不慣鳥井『才大一就這麼囂張』，所以想羞辱他，也順便弄點錢。」羞辱這個字的發音聽起來雖然幼稚，卻有種駭人的感覺。總之，長谷川為了幫那些牛郎，才會接近鳥井。「可是，我也因此而清醒了。那兩個人不是什麼好東西。」長谷川這麼說道。我猜這會不會跟上次一樣，又是事先準備好的劇本。「現在，禮一也不幹牛郎了，處境好像蠻危險的。」

「危險？」鳥井反問。長谷川一副不小心說溜嘴的後悔模樣，嘴巴緊閉著。

「怎樣危險？」我追問。

「他缺錢，好像加入什麼奇怪的幫派。」明明自己表示已經跟禮一沒有瓜葛了，卻還是一副藕斷絲連的態度。「總之，我一直想跟鳥井道歉。」她這麼鞠躬之後，踏出一步，又突然想起什麼似的，對西嶋低聲說：「可是，那時候你真的很帥喔。」

「哦！」西嶋皺眉。

「那次的SPARE真的帥呆了。」她說完，便踩著拖鞋往後面匆忙離去。

「喂，你們聽見了嗎？」隨即開口的西嶋真是吵死人了。「她剛才說我很帥耶。她說了吧？你們聽見了嗎？都聽見了吧？」

「沒聽見耶。」鳥井以認真的眼神納悶道。「她說了什麼嗎？」我也裝傻。南也傾著頭說：「剛才海浪聲很大。」這使得西嶋更加意氣用事，露出一臉被冤枉求助於目擊者的迫切表情說：「東堂聽到了吧？她剛才說我很帥。」但東堂也聳聳肩說：「有嗎？」她那白皙的肌膚反射著陽光，炫目極了。

「你們怎麼這樣！」西嶋嚷嚷，用拖鞋踢亂了面前的沙子，接著又鬼叫：「啊、啊，我的小野妹子被弄掉啦！」哀嘆起這種雞毛蒜皮的小事。

4

「完全沒想到會在那種地方碰上她。」我們去海邊的三天後是星期日，我在「賢犬軒」的餐桌前與鳩麥對坐著。傍晚六點過後，店裡的電視正在播放週日晚間闔家觀賞的節目，店裡還有三名學生模樣的客人。鳩麥用筷子靈巧地挾起沾滿醋汁的高麗菜，放進嘴裡，一面咀嚼一面發出聲音。「高麗菜有一種藥味呢。」她斷定地說道，卻又滿足地點點頭說：「可是真好吃，總算來到這家店了。」

「既然遲早都會曝光，應該早點帶妳來這家店的。」

由於「賢犬軒」是鳥井經常光顧的店，要是隨便跑來，或許會遇上他。所以，至今為止我都很小心，不敢帶鳩麥一起來。

「可是，你為什麼不把我們交往的事告訴鳥井他們？」

「因為他們會很煩。」這是我的真心話。「而且很難為情。」

「哦、哦！」鳩麥發出揶揄小孩般的聲音。

總之，我在這裡要強調，我不打算說明一些麻煩或無聊的事情，像是我怎麼樣跟鳩麥變得親密、什麼時候在哪裡是誰先約對方、坂口安吾的小說這個話題是否派上用場、她第一次到我住的地方是什麼時候、我是在什麼樣的情況下看到她的裸體、我當時的感覺以及我做了什麼、做愛的成敗、從邂逅到交往這段期間的做愛次數夠不夠——諸如此類的事，我不會多費唇舌說明。因為我不陳述不必要的事，所以七月的接下來也有可能是九月的事。我的戀情對我來說雖然很特別，但是以一般人的眼光來看，肯定再老套不過了，所以我覺得沒有必要陳述；而且把私事大剌剌地拿出來講，實在太沒品了——不，太可惜了。所以我和鳩麥裸身相擁，或一起泡澡、一起去剪頭髮的情景等等，也同樣割愛。

店裡的電視節目不知不覺換成了棒球轉播。體型瘦削的投手，讓大塊頭的外國打者揮棒落空。「球路看起來是筆直的，不過在中途轉彎了。球像扭曲般地往下墜，總之是很不可思議的變化球。」解說員的聲音傳來。這樣啊，在中途轉彎啦。我心不在焉地聽著。

鳩麥開始聊起打工的事。她現在換到另一家女性服飾店工作，她抱怨在試衣間裡待兩個小時的女客、看到標價便哭出來的女生，以及在店裡跟男友吵架，把展示架上的衣服拿起來亂丟的惡客。

「還有啊，我總是忍不住笑出來。」她接著說道。「陪女友逛服飾店的男生，大家都一臉無趣的樣子呢。」

「是嗎？」

「全都一臉絕望。他們興味索然地跟著女友，當女友問：『這件怎麼樣？』他們就以一臉了無生趣的表情回答：『不錯啊。』」鳩麥很奇怪地掩嘴說，「然後，你知道那些男生最怕什麼嗎？」

「什麼？」

「就是女友猶豫了老半天，最後說：『去逛逛其他店再決定吧。』」

「我可以了解。」

「打折的時候，店裡不是人滿為患嗎？女生在挑衣服的時候，男友們只能站在遠處等待。那種手足無措，一副期盼主人歸來的忠犬模樣，實在是有夠可憐的。」

「我覺得妳不是同情，而是在看好戲。」

「話說回來，你曬得好黑呢。」她伸出白皙的手摸摸我的鼻頭。有點刺痛啦——我回答。

我和鳩麥離開「賢犬軒」，在夜晚的山毛櫸大道上走著，前往我的公寓。新聞說今年盛夏的時間比往年更長，不過仙台的情況沒那麼糟，走在夜路上，偶爾也能邂逅涼爽的風。

「七夕的煙火大會快到了呢。」我們走到橫亙公園旁的天橋口時，鳩麥指著看板說道。仙台的七夕祭從八月六日開始，為期三天，前一天會舉行前夜祭的煙火大會。那裡豎了一塊看板，公告當天將會進行交通管制。

「我還沒看過仙台的煙火大會，去年我還在盛岡。」

「盛岡就沒有煙火嗎？」鳩麥以一種神氣的口氣問道。

我覺得老實回答「有啊」也蠻蠢的，所以沒有回應。

「把鳥井他們約來，大家一起去看煙火怎麼樣？」她說。

「噢，不錯喔。也把東堂跟南找來好了。」

「是啊，我也想跟大家認識一下。」鳩麥的表情變得開朗。我也覺得既然大家都知道我跟她的關係了，乾脆大家一起熱鬧出遊。

我們一回到我的公寓，就像算準了時機似地，電話響了。我經過正在脫鞋的鳩麥身邊，快步進屋，接起電話。彼端傳來了西嶋的聲音。「噢，這不是北村嗎！」明明是他打來的，卻劈頭這麼說。

「西嶋，怎麼了？」

「北村，救我。」

「咦？」

「帶南過來，馬上！我現在在打工的地方。」

西嶋一直在之前提過的大樓擔任警衛的工作。那是一棟八層樓的辦公大樓，位於仙台市區西北方的偏僻場所，從鳥井住的大廈也看得到，記得叫做……「曼紐大樓嗎？」

「勞勃狄尼洛（註，見P.151）有部電影叫『蠻牛』呢。」西嶋說完，便笑個不停。我聽著他的笑聲，心想狀況似乎不怎麼嚴重。

「把南帶去那棟大樓就是了？」

「沒時間了。北村，拜託你了。」西嶋說明警衛室的位置，不是拜託而是指揮似地說：「那裡有扇窗子，你到了就敲窗。」然後掛斷電話。我轉向鳩麥：「事情就是這樣。」我把西嶋的來電內容告訴她，並說：「難得妳來玩，我現在卻得趕到曼紐大樓。」

「走吧、走吧。」她立刻點頭，又說：「呃，是蠻牛大樓嗎？」我決定不說西嶋也講了同樣的冷笑話。「妳也要來？」「不行嗎？」「不是不行。」「那就走吧。我也想見見南。好嘛、好嘛！」

我立刻打電話到南的住處，但是只有電話答錄機，我掛了電話。

「我從以前就覺得很不可思議了，你的朋友們為什麼都不用手機呢？」鳩麥這麼問。

「鳥井有啊。」

「可是其他人沒有吧？」

「直截了當的說法是，因為沒有必要。」

我簡單說明「行動電話非行動」的理由。如果是我，首先我認識的朋友不多，也沒有必要迅速和誰取得聯絡；第二，在為數不多的朋友當中，行蹤最難掌握的西嶋害怕電磁波，又覺得浪費錢，所以沒辦手機，就算我有手機也沒有意義。至於東堂，沒有手機以及與父母同住這兩個原因，成了阻擋異性邀約的防波堤；南則是說沒有勇氣在大庭廣眾之下講手機。

「我打給鳥井。」我說，再次拿起話筒，幸好響了兩、三聲就接通了。更棒的是，我得到了這樣的回應——「我在學校餐廳吃飯，碰巧遇到南，現在我們兩個在一起。」

「南在那裡？真巧。」我佯裝吃驚，心想這或許不是偶然。鳥井就算不去上課，也經常在學校餐廳出沒，南一定是想遇到鳥井，才跑去學校餐廳的。聽到我的轉述，鳩麥也在我背後笑說：「不會是巧合吧。」

我請南聽電話，把西嶋的要求告訴她。南驚慌失措地問：「發生什麼事？西嶋怎麼了？我去了可以幫什麼忙嗎？」

「雖然不了解到底是什麼情況，不過既然是西嶋，一定是很無聊的事。」我說明。南好像也知道「曼紐大樓」的地點，我們決定在正門會合。「鳥井也要來嗎？」掛電話之前我問鳥井。「不了，我等一下有事。」他以奇妙的聲音回答。聯誼？我克制想這麼

註：勞勃狄尼洛（Robert De Niro，一九四三～），美國演員、製片人，曾兩度獲得奧斯卡金像獎等，是當代極具影響力及代表性的演員。

問的衝動，因為我覺得應該沒猜錯。

抵達「曼紐大樓」數分鐘之後，南跑過來了。她發現我身邊的鳩麥，掩住嘴巴說：「啊，北村的女朋友。」

「我常聽說妳的事，很高興見到妳。」鳩麥向她打招呼。

「我也很高興認識妳。北村好好喔。」南看看我，笑開了臉。

「什麼好好？」

「一對戀人。」南用雙手指著我和鳩麥。鳩麥迅速湊近我耳邊說：「她真的好陽光喔。」「就說吧。」我應道。

因為南一直「好羨慕喔，北村好好喔」地說個沒完，我催促著：「快走吧，西嶋在等妳。」我們前往警衛室。

敲敲警衛室的窗戶，門朝裡面打開，西嶋出現了。往裡頭一看，那是一間八疊大(註)左右的和室。一群男人圍著桌子，摸弄著麻將牌。

「太好了！總算趕上了，你們好慢喔。南，快點來幫我打。」西嶋調整眼鏡，板著一張臉說道。

「你找來的小姐真可愛呢。」在和室裡背窗而坐的男子露齒笑道。他的個頭很小，頭髮花白，眼角還有許多皺紋，一張闊嘴很有特色。看他穿著和西嶋一樣的深藍色制服，應該也是這棟大樓的警衛吧。

「嗳，可以說輕鬆話也只有現在囉，古賀先生。」西嶋一把我們帶進和室，就變得像個獻計的智囊團，露出把敵人逼到絕境的自信表情。

「你只有一千點吧？只剩兩局而已啦，兩、局。事到如今，就算搬來救兵也沒用啦，我也差不多要回去了。」這麼說的，是一個理著五分頭、身材魁梧的男子，一張國字臉，或許年近六十了，不過皮膚還蠻有光澤，嘴邊的鬍子看起來充滿威嚴。「快來不及了吧？」他詢問坐在左邊的男人。

「早就來不及了，社長。」四十歲左右的眼鏡男子苦笑道。

「現在是什麼狀況？」我望向西嶋。「你的工作呢？」

「我在做警衛啊。接下來一直到早上，要睡在這裡，到處巡邏。」

「如果我沒搞錯，這可不是警衛的工作，你們在打麻將吧？」我指著散落一堆牌的桌子。

註：一疊約為半坪大小。

於是，西嶋以外的三個人笑著跟我們解釋。大樓的警衛工作從晚上開始，有時候大家會利用上工前的時間打打麻將。被稱為社長的人好像是這棟大樓裡當地企業的社長，也是大樓的所有人。他和西嶋在大樓內聊過好幾次，曾經相約要一起打麻將，今天總算如願以償。儘管社長必須去東京辦事，已經錯過好幾班新幹線，卻還是坐在這裡玩得欲罷不能。

原來如此——我點點頭，同鳩麥與南面面相覷。「換句話說，西嶋快輸了，所以向南求救是嗎？」

「大概是這個樣子。」西嶋一副高高在上的模樣。

「小西是個怪人。」那位古賀先生的話充滿了真實感。

「雖然麻將打得很糟。」社長露出豪邁的笑容，望向這裡說：「最近的年輕人都這麼怪嗎？」我立刻否認：「他與眾不同。」

「也是。」社長回答，疑似下屬的另一名男子也露出笑容。話說回來，西嶋和這些大人如此熟絡，令我吃驚。與其說他融入其中，更像是佔了一席之地。

「就像我剛才說的，換南小姐來接棒，可以吧？她是我的代打喔。」西嶋把手放在南的肩膀上，對桌旁的三個人說。

「跟這麼可愛的小姐對打啊，那邊的那位怎麼樣？要不要打？」古賀先生指向我。

但是西嶋搶在我之前否決了：「不行啦，不行。這個叫北村的啊，根本不了解麻將的奧妙，他只有腦袋聰明啦。」

「你也打麻將嗎？」社長先生看著我問，我「嗯」地回答。在鳥井的住處第一次體驗麻將之後，我玩過的次數也不算少，自認為打得還可以。

「打得很差嗎？」社長先生追問。

「不是啦，不是那樣的，這個北村啊，根本就不懂麻將。例如，如果有人碰了（註一）[ ]與[發]，不是不能扔掉[中]嗎？以禮節來說的話。因為有大三元（註二）的可能性嘛。可是啊，這個北村卻會在這種時候立刻丟掉[中]，毫不在乎。」

「那樣做不是比較聰明嗎？」我表示。那時候我應該也說明過了。「以機率來說，碰了[ ]與[發]的人，幾乎不可能會有兩張[中]嘛。你不認為嗎？那樣的話，最好還是趕快把[中]處理掉。因為越到後面，對方越有可能拿到兩張[中]。其他人也會把[中]留在手邊，不會丟掉。所以手裡若留著[中]，風險就越高。在這種狀況下，有[中]的人所能採取的最佳選擇，就是立刻把它扔掉。不管從機率還是邏輯來想，都是這樣。」

註一：當自己想得到對手丟掉的牌時，可以喊「碰」來取得，並組成刻子（同花色三張一組牌），然後自己再丟掉一張牌。

註二：大三元為麻將的一種牌型，以白、發、中三種牌湊成刻子或槓子（同花色四個一組）。

「要是因為這樣被別人鳴牌了（註）怎麼辦？」

西嶋根本不懂。「那種機率太低了。相反的，立刻扔掉中所帶來的壞處，也只有那時候被鳴牌而已，機率跟風險相較之下……」

知道了、知道了——西嶋表情扭曲，摀住耳朵。

「原來如此。」社長開口了。「確實有道理呢，在那種情況下丟掉中，或許會被視為門外漢，但是經你這麼一說，或許風險真的很低。」

「不是啦。」西嶋變得意氣用事，發出那充滿迫切與熱情的聲音。「那種時候，就算沒用也要忍著把中留到最後，等到那一局結束之後，再鬼叫：『早知道就把中給扔了。什麼嘛，原來丟掉也不會怎樣嘛。真是抓到爛牌了。啊、啊！』這樣才是麻將啊。考慮什麼可能性和風險，說什麼『好，這張牌我不要』，這樣根本就不是麻將了。不是麻將，只是計算罷了！」

「小西的心情我明白。嗯，很重要，這很重要，這種想法真的很重要。」古賀先生以一種好好先生的表情揮揮手，他好像很了解該怎麼安撫西嶋。

「社長，不快點不行了。」眼鏡先生低聲說。南聽到了，可能是體恤對方，於是在座墊上坐下，說：「那我就不客氣了。」

我簡單扼要地說明接下來的兩局。首先南三局，南以立直平和三色自摸寶牌二（以🀀🀀🀈🀉🀊🀑🀒🀓🀚🀛🀜🀌🀍這樣的手牌自摸🀎。寶牌是🀀。）胡牌，獲得了跳滿一萬兩千點。其他三人雖然搔著頭，面露苦澀，卻還有心情喝采：「真有一手！」

南四局的時候，首先社長先生在序盤喊出立直。他把🀝放倒，宣言：「這樣就結束了。」莊家古賀先生說了一聲「糟了」，一臉愁容。社長先生可能聽牌分數相當高，面露些許興奮，臉上潮紅。接著還唐突地閒話家常：「這麼說來，最近很多闖空門事件呢，聽說很多有錢人都被盯上了。」想必是為了掩飾自己的興奮，卻表現得極不自然，這讓我覺得他有點可愛。「闖空門嗎？」我問。

「還是說強盜？聽說是侵入豪宅，搶奪財物。我的朋友也有人受害。那傢伙的太太被摀住眼睛，綁住手腳，因為驚嚇過度，到現在還不敢一個人待在家裡。」

「那社長家也很危險吧？」古賀先生一面抓牌一面應和。

「我在院子裡養了一隻杜賓狗。」社長先生回答。

「杜賓狗可不是保全系統呀。」南笑道，接著默默凝視手牌，說：「我要立直。」

「噢噢，真可怕，被追上了。」社長先生顫抖著說道，卻依然確信自己穩操勝算，那語

註：把別人丟掉的牌變成自己的牌。即吃、碰、槓。

氣就像在哄孫子般溫柔。

在數巡之後，南一臉溫和地說出「自摸」，並放倒眼前的牌，社長先生那張國字臉僵掉了。南的聲音彷彿在說早安似地悠哉，現場包括我在內的每一個人都無法立即反應。南屈指算著「立直自摸三暗刻南寶牌三」（以這樣的手牌自摸，寶牌是。）並望著三人說：「倍滿一萬六千點。」

社長先生面部痙攣，低吟：「敗給妳了。」古賀先生也發出呻吟。眼鏡男好像因為這場牌局總算結束，而鬆了一口氣。

「好了、好了，怎麼樣啊？我的實力如何呀？」西嶋拍手，從三人手中回收點棒。

「只是運氣。」南微笑。「這下子正好三萬點，不輸不贏呢。」她對西嶋說。

「感覺像是走運，卻又不像。」社長先生雙臂交抱，望著南的手牌說。沒有將之視為外行人碰巧走運，實在很了不起。他一邊站起來，一邊重新繫好領帶。

「南，妳可以胡牌胡得更厲害啊。」不曉得西嶋在不滿什麼，他數著點棒，對南說道。不過南瞇眼笑道：「沒有輸贏最好吧！『雖然過程曲折，但最後大家都不相上下』。這樣不是很好嗎？」

我望著這樣的南，想起以前在鳥井的住處讀到的麻將指南書。上面有一句話，是一位稱霸麻將圈的傳奇人物說的——「進入最後一局，彼此也只有千點左右的差距，四個人幾乎都是以東一局的心情邁向終點。我覺得這才是最棒的麻將賽局。」

我不知道這究竟是不是真理，也不清楚麻將不敗這個頭銜有多少可信度，同時，我認為賭注或比賽的目的就是獲勝，既然如此，努力搶分就是了；但是說這句話的人沒有半點傲慢或狂妄，反倒有一種溫和與慎重，甚或是靜謐柔和的印象。而它與南說的「不相上下不是很好嗎」有著相同的旨趣。或許所謂的強韌，比起自信或實力、技術，更重要的是具備這樣的溫和——我不由得這麼想。

「那，小西再見啦。小姐，有機會再來玩吧，下次要來正式的，還有小哥也是。」社長先生急急忙忙地依序向西嶋、南和我打招呼，隨著催促「社長快點」的眼鏡男一起離開了警衛室。

室內突然靜了下來。「南好厲害，打得真好。」鳩麥把雙手放在坐著的南的肩膀上。「只是運氣。」南難為情地羞紅了臉。

「啊，這麼說來，鳥井怎麼了？他怎麼沒來看我反敗為勝？」

「鳥井好像跟誰約好要見面，去居酒屋了。」南說。

「女人，一定是女人嘛，不是把妹就是去聯誼了。」西嶋一本正經、連珠砲似地說道。

「女人嗎……」南發出沮喪的聲音，低下了頭。

「不，一定是去辦些無聊的事情。」我慌忙說道。「嗯，一定是的。」鳩麥也在一旁打氣。

5

隔天是星期一，早上九點我一醒來，電話就響了。我坐著接起電話，鳥井的聲音從彼端蹦了出來：「北村，集合了、集合。」

「打麻將？」

「不是啦，啊，是喔，既然這樣乾脆來一局吧，反正到我家集合啦，輪到我們出動了。」

「我們在等什麼嗎？」

「昨天晚上，我跟長谷川去喝酒……」鳥井說。

「你幹嘛又跟她見面？」我在擲骰子前，質問鳥井。「你不是得到教訓了嗎？」

下午兩點，我們在鳥井家的客廳圍著暖爐矮桌而坐，麻將牌已經排好，接下來就等我這個莊家擲骰子。

「就是啊！你最好不要再去見那個人了。」南的抗議在我聽來真令人心急，就算她斬釘截鐵地命令鳥井「不要見她！」也行，不過她一定覺得自己沒有這個權利吧，這明明就不是權利或權限的問題。

「可是啊，人家低聲下氣、彬彬有禮地打電話來，若說有事要找你商量，你還是會想說至少見個面，聽聽人家的問題吧。」

「我想，惡劣的不動產商、婚姻詐欺師，或是企圖發動戰爭的總統，一開始都是說『我有事想找你商量』。」東堂面無表情，卻語帶諷刺地說道。鳥井聳聳肩。

「反正我跟長谷川在居酒屋見了面。」

「一點都學不乖。」我插嘴道。

「去讓人家騙。」東堂尖銳地說道。

「絕對沒好事啦。」南悄聲呢喃。

「反省結束了嗎？」西嶋堅持。

「好，了解了。」鳥井為了奪回主導權，開始發動三寸不爛之舌。「反正，她說有事希望我調查。」

「調查？」我反問。

「青葉區有一條若菜路吧，在市公所及縣政府更偏北的地方，後面是高級住宅區。

那條街是老街。」

「或許吧。」我曾經騎腳踏車經過幾次。

「她希望我去調查某戶人家。」鳥井用一種「可以丟了吧」的眼神看我，於是我翻手，擲出骰子。一陣清脆的響聲，出現了六的數字。我從下家東堂的牌山裡取牌，接著每個人依序取牌。

「調查是什麼意思？」南不解地問道。

「該從哪裡說起呢？」鳥井賣關子似地。不，他分明在吊人胃口。「長谷川好像希望我去監視那戶人家。」

「監視？」我又重複他的話，並從手牌中丟出不要的🀡。

「這個星期四晚上，去監視那戶人家的男主人。」

「不能說得更明白一點嗎？」西嶋面露不快。

「喂，西嶋，」鳥井憋著笑說，「要是我說總統男住在那戶人家，你會不會嚇一跳？」

不曉得是不是真的被嚇到了，西嶋突然「砰」地弄倒了牌。巧的是，倒下來的牌是五索，也就是🀔。五索，🀔，騙人（註）的吧？

6

「長谷川有一個唸短大的朋友，上個星期四晚上被總統男襲擊。」

「什麼?!」西嶋驚愕地張大了嘴。

「她喝酒喝到半夜，在回家的路上，突然冒出一名中年男子，把她拖進巷子裡。」

鳥井似乎憋了很久，因此暢所欲言。「她拚命掙扎，總算甩掉那男人，雖然逃走了……」

「難道又去跟蹤那個人？」我望著自己的牌說。

「沒錯，你猜得真準。」

「真的？」南驚呼。

「太魯莽了。」東堂也隨即附和。「胡來也該有個限度。」我也跟著說。

「結果發現那個男人穿越若菜路，回到高級住宅區裡的那棟豪宅。」

「不可能。」西嶋把不要的牌砸在桌上，如此斷定。「我告訴你，這種事絕對不可

註：日語中「五索」（usou）與「騙人」（uso）的發音相近。

能。」

「怎麼說？」

「總統男不可能襲擊年輕女孩。他偷襲路人是為了消滅總統，現在的美國總統不管從哪種角度看，都是個老阿伯嘛。」

「原來如此……」我、東堂及南同時回答。「不愧是總統男專家，說得有理。」的確，根據新聞報導，應該只有中年男子遇襲。

「可是，本人說被襲擊啦，新聞八成是亂播的，電視台只想把事實簡略成趣聞罷了。」

「為什麼在這個星期四？」我發問。

「好像是，」鳥井說了一聲「吃」，拿了東堂丟的牌鳴牌。「總統男事件大多發生在星期四深夜。呃，這是真的嗎？」鳥井的話尾上揚，向一旁的西嶋確認。

我們窺看西嶋，等候這位權威發言。但是仔細想想，哪有什麼權威，總統男本身就是西嶋的創作。西嶋的所作所為，說穿了就像自己捏造一家研究所，自稱是所長一樣。他在潛神默思之後，放下牌表示同意：「嗯，沒錯，的確是星期四比較多。」

「原來如此……」我、東堂及南又同時出聲。

鳥井點點頭。「可靠嗎？」

「不見得吧，只要查查報紙什麼的，馬上就知道事件發生在星期四。而且，對方拜託我們調查不是很奇怪嗎？報警不就得了？」西嶋說道。

「所以說啊，」鳥井一臉懶得解釋的表情，不過也像是被戳到了痛處。「就算告訴警方，又沒有證據，是不會被當成一回事啦。」

「喏，果然還是沒有證據嘛。」

「我是說『確實的』證據。所以，我們去監視那戶人家，掌握到確實的證據就行啦。」

「我說啊，」東堂一臉不可思議地低聲問道，「你那麼想討那個女生的歡心嗎？竟然答應她這種要求。」

「就是啊、就是啊。」南用力點頭。我也目瞪口呆。明明在那次聯誼吃了大虧，竟然還把那女生的話當真，受託監視高級住宅區這種沒有半點好處的怪事。根據鳥井的回答——要是他說出「因為我想親近長谷川嘛」，或是「她有反省，就相信她嘛」之類的發言，我會輕蔑他，對他死心，一陣子都不想再見到他。

但是，鳥井立刻否定了。「不是啦！老實說，長谷川怎麼樣我已經不在乎了。」這樣嗎？——我懷疑。鳥井高興地瞇起眼睛，接著這麼說：「這不是很有趣嗎？搞不好可以揭露路煞的真面目。對於無趣的大學生活來說，這種事正是求之不得呀！」

我一時語塞，其他三人或許也是如此。

「就算搞錯了也不會怎麼樣啦，我們只是去看熱鬧嘛。」鳥井說。「或許吧。」我們也半是同意了。我不否認這麼想，「的確很有趣的樣子」。然而，這是個錯誤。

7

就算在夜裡，高級住宅區看起來也還是很神氣——我旁邊的西嶋說道。「喏，路燈不是也比較豪華嗎?馬路還鋪磚。」

已經入夜了，但距離我們背後數公尺的地方有盞戶外燈，儘管朦朧，但看得見周圍的情況。就像西嶋說的，馬路是石板堆砌而成的，充滿了「景觀步道」惺惺作態的韻味。

我望向駕駛座儀表板上的電子鐘，十一點多了。「我們已經在這裡待了一個小時。」

我想要尋找月亮的位置，從車窗探出頭，轉動脖子，上下左右掃視。天空中有個像光暈的東西，看不到月亮。

「確定是那戶人家吧!」西嶋輕敲駕駛座的椅背。

「剛才看過地圖了，就是那家沒錯啦。」鳥井用左手抓起擱在副駕駛座上的住宅區地圖，晃了晃說道。那是澀澤町的地圖，左側標示著一棟宏偉的房子，那個標示被畫了一個圈，而實際上的房子就位在我們停車的右前方約二十公尺處，四周被高大的圍牆圍繞。根據地圖所示，屋主名叫嶽內善二。

「這個人就是總統男嗎？」鳥井說，西嶋便反駁：「怎麼可能！」

「我們的總統男不可能住在這種城鎮。」

「這種城鎮又是哪種城鎮？」

「他不可能住在這麼豪華的房子裡，名字裡還有一個地獄般的漢字。」西嶋對總統男的名字究竟存有什麼幻想，我難以忖度。

「可是，為什麼這份地圖是copy的？」我以下巴指指鳥井放在那裡的地圖。那個圈印不是直接畫在影本上，而是在地圖上畫了記號再影印而成的。

「因為整本地圖很重，長谷川才用copy的吧。」

「可是，copy之後再畫圈還可以理解，為什麼連圈印都是copy的？」

「copycopy的，你很煩耶，回你的copy星球去啦！」鳥井說著這種無聊話，自己還笑個不停。

「其他地方也有畫圈。」我指出。地圖的其他地方也有圈印，在澀澤町的東北方，旁邊還寫了數字。

「沒什麼關係吧！」

我們一停止聊天，彷彿街上紛紛配合我們停止呼吸似的，沒有行人經過。雖然路上偶有計程車經過，除此之外，沒有人遛狗，也沒有人送披薩，這種情景之下，就算居民抱怨「真是浪費時間，趕快天亮吧」，我也不會覺得不可思議。

「住那種豪宅的人竟然是路煞，誰都想不到吧。」

「所以跟你說嘛，」西嶋忿忿不平地說，「根本就搞錯了，那個人不可能是總統男。」

「那總統男住在哪裡？」鳥井不滿地質問。「就算是總統男也有住處吧？」

「反正，他絕對不會住在這棟屋子或白宮裡。」

話說回來，還真是熱，熱死人了——四十分鐘之後，西嶋這麼開口。他把手伸出車窗，做出搧風的動作。「是你自己剛才說要關掉引擎的。」透過後照鏡，我看到鳥井一臉不服氣的表情。

「當然要關啦。汽車廢氣和空調之類，會造成地球暖化。」西嶋的論調又開始了。

「地球會暖化，不久就不能居住了——儘管每個人都明白，卻不把它當成一回事。不但不關空調，還把冷氣溫度調得更低，甚至一副事不關己地說：就算北極的冰山全部融化也跟我無關，那不是我害的。」

「我們明白。」我安撫說。要是西嶋又開始喋喋不休，這下子會變得更熱。

「暖化問題可不能逃避！」西嶋亢奮地朝車窗外大喊，嚇了我一跳。萬一被發現怎麼辦？

「西嶋，如果可以的話，也請你不要逃避車內的悶熱好嗎？」鳥井用懇求的語氣說道，還裝出狗吐舌頭喘氣的模樣。他那頭冠魚狗般的髮型也無力地垂軟下來。「話說回來，可以打麻將的工作還真不賴呢。」鳥井突然改變話題，提到西嶋的警衛工作。

「你們到底賭了多少？」我問道。結果，西嶋頓時支吾了一下，接著表明：「要是南沒有來，我就要輸掉差不多十萬塊了。」

「十萬！」我和鳥井尖叫。「搞什麼啊，打工還賠錢，在幹什麼啊？」

「打麻將總會遇到很多狀況嘛。不管這個，」西嶋擦擦鼻頭，加重語氣說，「南為什麼那麼厲害？太奇怪了。」

「為什麼？」鳥井隨性地搔搔頭。「真的，她打麻將絕對不會輸耶。還可以彎湯匙、讓車子騰空，打麻將又這麼厲害，真是太羨慕了。」

接著，我們聊起大學的社團活動。

「我已經決定不加入社團了。」西嶋首先說。「事到如今，也不可能找到更有趣的社團，打工就夠了。」

「我一直以為上大學就是要玩社團。」我率直地說道。進大學以前，我一直深信大學生一定隸屬於某些社團，而大學生活的大部分話題——例如談戀愛或超乎常識的活動，都是發生在社團內。

所以，不僅是西嶋，我和鳥井、南及東堂都沒有加入任何社團，這讓我到現在還難以置信。當然，理由眾人各異。東堂好像很討厭那種驚人的招募攻勢；南一開始加入英文會話社，但是裡面沒有人認真學習，所以她退出了。鳥井本來加入網球社和滑雪社這種可以一邊玩一邊接近年輕女孩、非常適合他的社團，不過在那場保齡球事件之後，他也漸漸減少活動，成為幽靈社員。而我則是找不到吸引我的社團，一直到今天。

「不過就算不加入社團，也可以像這樣體驗有趣的事啊。」鳥井高興地說道。

過了一會兒之後，鳥井突然探出身體。「有人來了。」

西嶋靠近坐在窗邊的我。很熱耶，不要靠那麼近好嗎？——我雖然心裡這麼想，但是看到他一臉熱心地問：「是總統男嗎？」也不好意思冷淡以對。

我們屏息注視著走過來的男人身影。對方在經過前方時，眾人紛紛大失所望。「什麼啊！」身穿T恤和短褲，汗水淋漓、氣喘吁吁地跑過來的男人，正是那個格鬥家「阿部薰」。

「白緊張一場。」鳥井吁了一口氣。「話說回來，阿部薰還在玩搏擊啊。」

「他不是冠軍嗎？」我想起鳥井之前這麼說過。還提到保衛戰快到了。

「他在保衛戰輸了。第二回合，一下子就被ＫＯ（註）了，頭部被踢個正著。」

「輸啦！」我想起之前看的那場氣氛緊張的練習。阿部薰那沒有半點脂肪、充滿肌肉的身體，與他震懾周遭人的高壓態度及練習的模樣，實在很難想像他會敗給誰。就像堅固的岩壁不管怎麼敲打都不會崩裂一樣，這就叫做人上有人嗎？

「根據本人的說法，好像是膀胱炎發作，痛得很厲害。」

「膀胱炎？」唐突出現的病名讓我愣了一下。原來不是人上有人，而是人上還有膀胱炎啊。

「聽起來像是打輸的藉口呢。不過，阿部薰在雜誌上毫不在乎地表示是因為做愛技巧不對，所以得了膀胱炎，那種說法也挺好笑的。」鳥井笑道。

「真是個性豪爽的格鬥家。」

「結果，在那以後就沒有他的話題了，沒想到他還在練習。」鳥井扭著脖子，感觸

註：以擊倒對方來結束比賽。

良多地目送阿部薰離開的背影。

那個阿部薰該不會就是總統男吧？我望著阿部薰映在後視鏡上逐漸遠去的背影，瞬間浮現這樣的想法。本來想跟西嶋說，但立刻轉念，心想應該不是。在夜裡襲擊別人的陰險性格，實在不像阿部薰。

「啊！」又過了二十分鐘，鳥井輕聲叫道。這時，西嶋熱得頻頻喘氣。鳥井呢喃：「有車。」

「車？」

「往這裡開過來了，很奇怪，開得很慢。」

車燈從正面進入視野，約在前方二、三十公尺處。好像是一輛大車，把漆黑的夜路照得一片明亮，彷彿要把隱身的我們逼出來似的。可能是輪胎很大，車身異常地高。「停下來了。」鳥井呢喃。我們三個人蜷起上半身，瞪視前方。

車子接近「嶽內邸」的圍牆，停了下來。有三扇車門被打開，各自有人從車內走出。由於車體與地面有一段距離，人影跳著落地。

下車的人影依序走近副駕駛座，其中一個踏上車前輪，攀住圍牆，然後一口氣跳上去，消失在圍牆的另一邊。那個人把輪胎當作墊腳石，翻越圍牆。其餘兩人也用同樣的動作，輕鬆翻過圍牆。

「幹什麼?」鳥井低聲說。「這不是總統男的家嗎?」

車子再度發動,駛近我們的小車。在即將擦身而過之際,我看到對向來車的駕駛座。因為對方的位置高出許多,我只能傾著脖子仰望。靠著路燈的光線,我看到駕駛的臉,頓時發不出聲音。坐在前面的鳥井和把臉貼在車窗上的西嶋也一陣愕然。「這不是那傢伙嗎?」半晌之後,西嶋才吐出這句話。這不是那個人嗎?他怎麼會在這裡?西嶋厲聲說道。

坐在黑車駕駛座上的,正是之前和我們以保齡球一決勝負的牛郎禮一。

8

鳥井首先關上車窗。車窗緩緩上升的那段時間,令人覺得好漫長。「怎麼回事?」等車窗完全關上之後,鳥井爆發似地說道。「是那個傢伙吧!那個打保齡球的。」

由於車窗緊閉,裡面更悶熱了。

「被擺了一道。」我一面揣測,一面以憤恨的心情說。

「被擺了一道?」這麼反問的鳥井,一定察覺到了,只是不想承認罷了。

「我們被長谷川騙了。既然牛郎禮一在這裡出現,就不可能是巧合,他們一定又在打什麼鬼主意了。我雖然不了解狀況，不過一定是這樣的。」

「是湊巧吧！她說她已經跟牛郎斷絕往來了。」

「那是騙你的。」西嶋抓住左側車門，喀喀作聲地想開門，可能不知道怎麼開鎖，就這樣卡住了。「什麼總統男的家，根本是捏造出來的。是嫁禍，嫁、禍。」

「西嶋，你要去哪裡？」我質問他。

「去看看發生什麼事啊，我得阻止那些翻牆的人。」

被他這麼一說，我這才赫然驚覺。剛才看到牛郎禮一，滿腦子都在想他的事情，不過也該研究一下，在那之前有三個人溜進「嶽內邸」到底做了什麼。

「他們到底在做什麼？」我問著，想到幾天前，在西嶋打工的地方遇見那位愛打麻將的社長，在閒聊之間提到最近「強盜變多了」。

所以當西嶋說「那當然是小偷啦」時，我應道：「果然是這樣啊。」

「小偷？騙人吧！」鳥井茫茫然地說道。

「像那樣魯莽地翻牆跑進別人家的傢伙，不是小偷那是什麼？」西嶋說。

「為什麼小偷要跑進總統男的家？」

「所以說那家人跟總統男無關啦，無、關。」

「我搞不清楚啦。」鳥井亂抓冠魚狗般的頭髮。

「報警吧。」我提議。「就說我們看到可疑人物侵入民宅就好了。」我望向帶著手機的鳥井，但不知道他是不是提不起勁，還是很慌亂，他說：「不一定是侵入民宅吧，還不知道有沒有到報警的程度。」

「這種情況，不行動就沒有意義了。」西嶋怒不可遏，加重了語氣。與在那場聯誼中發表「歷史什麼的去吃屎吧」、「只要能拯救眼前的危機就好了」、「把抗生素送給人家就是了」的語氣相同。「我要直接過去。」話聲剛落，西嶋就打開車鎖，跳出車外，我也跟著下車。

可能是突然從狹窄的車內走到外面，或是天色比想像中還要漆黑，我在馬路上站定，突然有一種被扔進漆黑汪洋的惶恐。天空繁星點點，馬路、天色與周圍的住宅陷入一片黑暗，「嶽內邸」看起來異樣遙遠。那棟房子在戶外燈的照射下，宛如在仲夏夜的空氣中升騰著一股熱氣。

「只要大聲吵鬧，小偷就會跑出來。」西嶋彷彿率領了百名衛兵似地堂堂前進，走向圍牆。就像那次的保齡球賽，具備前進、前進、再前進的精神。我慌忙跑到他身邊，眼角瞥見了路燈，蛾與飛蟲群聚在上面的模樣，產生一種莫名的不安與凶兆。這就是所謂的「蟲子報憂」（註一，見P.177）嗎？

首先，西嶋站在門前，想要打開大門。但是門好像從內側上了門閂，動也不動。西嶋抓住門上的鐵欄杆，猛烈搖晃，接著不疾不徐地大聲嚷嚷：「有人在嗎？有人在嗎？」嶽內先生，有小偷喔！——他重複著語意不明的招呼。

「北村，去按門鈴。」西嶋一邊搖門一邊對我說。我朝著對講機的按扭連續按了幾下。透過指尖，我彷彿感覺得到鈴聲在屋內震耳作響。

「小偷，有小偷喔！」西嶋不斷地大叫。不久，左鄰傳來有人打開遮雨棚的聲音。對方一定是被我們驚動了。

「或許嶽內不在家。」我說。因為不在家，所以被闖空門。西嶋表示知道。「只要裡面的小偷聽到我們的吵鬧聲就行了。」他一派輕鬆地說，「只要我們大叫，他們就不敢繼續行竊，一定會跑出來。」他點點頭說，「只要拍打，灰塵就會掉出來（註二）。」

「意思不對。」我指正，繼續按門鈴。但我懷疑，這樣真的有效嗎？

有效！立刻見效！如同西嶋預言的，那些男人從「嶽內邸」中出來了。

靠近大門處傳來一陣慌亂的腳步聲，我才跟西嶋對望一眼，大門就被猛力推開。我們往後摔倒，跌坐在地上，一時之間不知道發生了什麼事，就這麼屁股朝向馬路，雙手撐地，跌在地上。

我們慢了一步，那些男人從裡面衝了出來。

「這些傢伙是什麼人？」陌生男子的聲音揚起。我才在想，就被人踢了一腳，雖然不痛，但是順著那股勁道又滾了一圈。我護著臉和腹部，蜷縮身體。不曉得西嶋是不是跟我一樣也被踢了，他才剛叫出「開什……」，就發出呻吟。難道是想罵「開什麼玩笑」嗎？有東西掉落，在地面上滑過。一定是西嶋的眼鏡。

車子疾駛的聲音傳來，因緊急轉彎輪胎發出尖叫。往這裡過來了，是那輛車，剛才那輛休旅車接到電話通知，趕往這裡。司機是誰？是他，是那個牛郎禮一。

「想逃嗎？」西嶋才剛發出聲音，又立刻「嗚」的發出呻吟，可能又被踢了吧。

我也撐起身體。因為有心理準備，所以戰戰兢兢地放慢動作，不過並沒有遭受攻擊。

休旅車就停在眼前，駕駛座的窗玻璃黑得看不見。三名男子背對著我們，正要返回車上。

該怎麼辦？我很難判斷，不過西嶋反應很快。「等一下！」他叫道，緊接著撲上距離最近的男人。這時候，我才看清楚他們的樣貌。三個體型高大、蓄短髮的男人，年紀在三十五至四十歲之間，身穿黑衣，頭戴毛線帽。被西嶋撲到的男人，有一雙細長的蜥

註一：日本俗諺「蟲子報憂」，有「不祥的預感」之意。

註二：這是一句日本俗諺，意指只要吹毛求疵，不管是什麼人，一定能夠挑出一、兩個缺點。

蜴眼。

蜥蜴眼男激烈地搖晃身體，並抓住西嶋的衣襟，隨即不留情地揮出右拳。他打中西嶋的下巴，西嶋又一屁股著地，可能還沒回過神來，西嶋一臉錯愕，但立刻摸摸下巴，面露受辱的憤怒以及被輕易打倒的屈辱，嘴裡喊著「不可倒置、不可倒置！」這種莫名其妙的句子，又要站起來。

不可倒置是指那個吧——我竟然悠哉地這麼想，宅配的瓦楞紙箱上不是會有「不可倒過來放置」的警語嗎？不知道西嶋為什麼會說這句話。

「北村，不能讓他們逃了！」

可不可倒置暫且擱一邊。我赫然回神，盯著正要坐進休旅車的那些男人，邁開腳步。

只是，我心中的某處確實也有這種想法，就算被他們逃了也沒關係啊，而且，我們又不知道他們是不是小偷——不，從他們凶惡的外貌和舉動來看，一定是小偷。可是就算這樣，他們侵入與我們無關的豪宅，跟總統男八成也沒有關係——不，總統男跟我們本來就毫無關係，所以一點問題也沒有。說起來，我們之所以來這裡，本來就不是為了守護秩序或出於正義感，也不是為了世界和平，完全是基於好玩，沒理由一定要當場逮住他們。

所以，當車門關上，車子緊急發動時，我也沒有半點失望或挫敗感。啊，走了，結束了——只有這種感覺而已。

西嶋撿起眼鏡站起來，在我旁邊茫然地目送車子離去。此時，他突然大叫「鳥井」，嚇了我一跳。

鳥井站在那裡。休旅車背對著我們就要駛離，而鳥井就站在它前方。原本在車子裡的鳥井怎麼會杵在那裡？這個疑問湧上心頭。說不定他是擔心我們，才跑出來看吧，休旅車卻碰巧往那裡衝了過去。

在我看來，這個情景很緩慢。

鳥井看著朝自己直驅而來的休旅車，瞪大了眼。一臉「發生了什麼事」的驚愕表情，他的身體倏地僵直，然後立刻閃避，但是車子副駕駛座的車門卻在這時候打開了。我無法判斷那是刻意的，或只是門鎖鬆開。唯一確定的是，副駕駛座的車門堵住了鳥井的退路。

我看不見鳥井撞上車門的那一刻，只聽見車門與鳥井相撞的聲音。

下一瞬間，我看見倒在地上的鳥井以及從他身邊經過的休旅車背影。鳥井——我以為我叫了他，卻發不出聲音，我的腳在發抖。

我看到煞車燈亮起，休旅車停下來了，車子好像停在二十公尺遠的地方。我以為他們撞倒鳥井也很驚慌。

鳥井雙手攤開，呈大字型倒在地上，或許是撞上車門的衝擊力讓他昏了過去，他就這樣倒在地上。不要緊吧？我想跑過去。

此時，意想不到的事情發生了。

原本背對我們的休旅車不知不覺掉頭轉向，引擎發出殘暴的轟隆聲，朝著這裡挺進。

怎麼回事？前面沒路了嗎？還是他們想從這個方向逃走？我不知道理由，總之車子往回開。危險！鳥井會被輾過。直到休旅車駛近看得見車牌的距離，我才驚覺。

「鳥井！」西嶋大叫。鳥井甚至還沒有爬起來。

為什麼？疑問掠過腦海。車子迫近眼前，那毫無親切感的臉孔宛如冷酷的殺人魔般，我感覺全身的毛孔都張開了，恐怖與焦急的汗水滲出。為什麼要撞我們？連這麼抗議的時間都沒有，我為了閃避逼近的休旅車，無意識地跳向左邊，西嶋也是。

休旅車發出的咆哮聲掠過耳際，強風猛地撲上我們。那時候，我還沒注意到現場響起一個鈍重、不祥的聲音，我當場癱坐在地上。

休旅車消失了。我聽見車上那些男人的刺耳笑聲，這是錯覺嗎？

留下來的只有夜晚的寂靜。心臟激烈跳動得幾乎發疼，我遲遲不敢相信自己還活著，嘴邊濕漉漉的，或許是口水。西嶋跪在地上動也不動。全身血液在血管裡橫衝直撞尋找出口、衝擊全身，有好一陣子視野變得狹窄，周圍看起來一片漆黑，沒有任何光線。得救了，沒被撞——我只是隱約這麼想。

我發現鳥井的左手被輾到時，心想：「幸好只傷到手，沒被撞死。」

不知為什麼，前幾天在「賢犬軒」聽到職棒球賽播報員的話在腦海中甦醒——「球路看起來是筆直的，不過在中途轉彎了。球像扭曲般地往下墜……」

一心以為會筆直前進的學生生活，朝著意想不到的方向逐漸扭曲。我可曾有過如此不祥的預感？

四周的住宅傳來人們騷動的氣息。居民打開門窗，從玄關走出來。不知為何，剛入學的鳥井曾經意氣風發地說著「我啊，畢業以後要當個超級上班族」的模樣，伴隨著空虛與痛苦，在我腦海裡浮現。

9

「欸，聽說鳥井的情況不妙？」

大約過了兩個星期，我在教室裡將智慧財產權的書從袋子裡拿出來的時候，莞爾坐在我旁邊對我這麼說。他剛開學時引人注目的長髮已經剪短，現在戴著一副淡綠色鏡片的眼鏡。我覺得他的下巴變得有點渾圓，但輕浮與時髦的氣息依舊，身上穿著一件花俏的橫紋T恤。

雖然正值暑假，學校裡還是有開設特別課程，我是來上課的。

「也不是不妙啦，現在還在住院。」我曖昧地回應，我知道莞爾想說什麼。

我們在澀澤町晚上捲入的事件，成了轟動當地的新聞。隔天早報也以「深夜強盜？撞傷大學生後逃逸」的標題大肆報導。之所以會有問號，是因為無法確認夜襲「嶽內邸」的竊賊是否真的存在——不，以我們的角度來看當然是存在的，只是苦無證據，所以警方也對我們的證詞半信半疑。

「可是啊，北村你們半夜在那種地方幹嘛？」

「我們坐鳥井的車到處亂逛，只是偶然經過那裡，後來看到一輛可疑的休旅車開到那棟屋子附近……」我重複著對警方的說詞。現在的我和西嶋已經成了老練的解說員，講到很厭煩了，就算如此還是得講。

一回頭，我看見門口站著一個皮膚白皙的高眺女生。她穿著一件無袖上衣，有一雙漂亮的細長手臂，好像在等莞爾。

「那女生是你的女友喔？是我們學校的嗎？」我問道。莞爾雖然發現我在岔開話題，卻還是高興地說：「很漂亮吧？她在牛丼屋打工。」我明明沒再問下去，他又接著說：「因為啊，東堂實在太冷淡了，所以我已經死心，決定去找其他目標。她是我在聯誼時認識的。大學生活的時間有限，老是執著於東堂也沒有意義。有女人，可以做愛，這才算是大學生活吧！」

「或許吧。」我表面上同意。

「鳥井的情況怎麼樣？」他回到老話題。

「住院。好像沒有生命危險。」

「哦，那太好了。可是啊，昨天我跟別人喝酒，聽到不少流言。」

哦？怎樣的？

「鳥井不是到處傷女人的心嗎？所以招人怨恨，被女人撞了——每個人都這麼確信，大家都說一定是這樣的。」

「可是，鳥井最近好像很少去把妹。」

「是嗎？」

「本人說的。」

「我說啊，政治家說自己沒做的時候，幾乎都有做。不管貪污、外遇或是收賄。當他們說一切為了老百姓而做的時候，幾乎都沒在做。」

反正，撞傷烏井的不是女人而是男人，而且肇事者是闖空門的，跟烏井平日的行為沒有關係——我這麼說明。看看牆上的鐘，差不多快上課了，座位上的學生三三兩兩，一想到教授走進這間教室的心情，我深切地感到悲傷。

「闖空門是真的嗎？」

「警方總算相信了。」

一開始警方不相信真的發生闖空門事件，甚至認為是我們和其他年輕人發生糾紛，吵架之後被撞了。但是嶽內邸內有遭到洗劫的跡象，我們與那群肇事者的對話也被附近居民聽到，所以警方漸漸地接受我們的說法。

兩天前，我跟西嶋商量之後，向警方坦承：「現在回想，車上有一個男人長得很像禮一，他以前幹過牛郎。」

當然，警方——特別是負責本案的中村刑警——責備我們為什麼隱瞞這麼重要的情報。他責備我們，也極度懷疑我們。但是，我們只見過牛郎禮一一次，既不知道對方的本名，也不曉得對方是什麼人——我們如此說明，並表示：「我們只是被害人，連朋友都住院了，我們飽受驚嚇，卻還是決定提供情報，希望成為警方搜查的線索，沒想到竟然遭到這種待遇。」這才獲得警方的諒解。

梳著一絲不茍、七三分髮型的中村刑警，個性就跟他頭上的分線一樣一板一眼，或許他還在懷疑我們，不過他還是說：「不好意思懷疑你們了。」

「鳥井會被撞，完全是受到牽連。」

「這樣。」莞爾曖昧地說。「我先走了。」他站起來，留下這句話：「如果你要去探望鳥井，也找我一起去吧。」其實，我打算等一下就去，不過我覺得沒有必要告訴他。

「鳥井現在的情況怎樣？」西嶋抓著吊環看著我們。傍晚五點過後，我們搭公車前往市區北邊的綜合醫院。我和南坐在兩人座的座位上，西嶋和東堂並排站在旁邊。

西嶋身上那件稍大的灰色T恤印有「RAMONES」幾個大字母，還有樂團成員的漫畫式肖像。東堂穿著一件深藍色洋裝，披著白襯衫，有一種清純飄逸的氣質。

「南後來還去看過鳥井嗎？」

「後來」指的是我們四個人一起去探病之後。事件發生的兩天後，聽說鳥井動了手術，我們又去看了他一次。那時候。病房上掛著謝絕會客的牌子，所以我們無精打采地打道回府。「鳥井，我來囉！」西嶋大聲呼叫，卻被院方的員工狠狠地瞪了一眼，鳥井並沒有露面。

「南每天都去吧？」東堂立刻說。

「每天啊！」我只能這麼喃喃自語。「見到他了嗎？」我問了之後，發現她或許是見不到，才會每天都去。

「說是人不舒服，不想會客。」南越說，視線越往下落。「鳥井他媽媽每次都在病房前跟我道歉。」

醫院裡充滿了一種獨特的陰暗與悲苦。至少我是這麼感覺。我們從正門進去，診療時間似乎過了，櫃檯附近沒什麼人，只有空蕩蕩的長椅並排著，我們跟著南，四個人走過陰暗的通道。淡褐色牆壁和地板看起來像是冰冷的磁磚，偶爾有幾個吊著點滴的住院病患經過。明明在室內，卻有一種寒風從腳邊吹上來的感覺。

我們搭電梯往外科的住院病房，一路上，我問南：「鳥井他媽媽怎麼樣？」不知為何，說話聲音自然變低了。踩在地板上的腳步聲聽起來帶有黏性。「很年輕，很漂亮。」南平靜地，但是有些落寞地說。「感覺有點累的樣子。」

「可是啊，仔細想想，」西嶋突然想到似地說，「都是鳥井自己說要去監視那棟房子，才會發生這種事，也算是自作自受吧。」我覺得西嶋說得沒錯。鳥井相信長谷川，才會跑去那裡，整件事最起勁的也是他。但是我叮嚀西嶋：「你最好不要在鳥井面前說這種話。」

「總之，我們得問出那個長谷川的聯絡方式。」西嶋這麼說。「她是整件事的元凶嘛。」

事實上，我們還沒把長谷川的事告訴警方。不是捨不得說，只是覺得要是說出來，警方更不肯相信我們。而且他們應該兩、三下就能查出牛郎禮一和長谷川的關聯，不需要我們特地報告。

只是，一如西嶋說的，追根究柢，這場騷動起因於鳥井把長谷川的請求當真；既然牛郎禮一在那裡出現，那就表示長谷川應該有什麼目的，所以我們才想去見她。為了見到她，我們必須知道她在哪裡——至少要知道她的聯絡方法，而知道的人只有鳥井。

「你們要找鳥井同學？」我們抵達鳥井的病房門口時，正好有一名白衣女子從裡面走出來，便問我們。她拎著垃圾袋，或許正在打掃病房。

南慌忙確認手錶。「難道探病時間已經過了？」

「妳每天都來呢！」這名年近三十、體格結實的白衣女子好像記得南，提高聲音說道。「不要緊，可是他現在去做檢查，暫時還不會回房。」

「檢查？哪裡出了問題？」南的聲音有些激動。

「不是啦，他的左手不是截肢了嗎？醫生只是確認術後傷口有沒有問題，並不是發現什麼新問題，放心。」白衣小姐微笑著，用一種以安心毛毯裹住我們的圓潤聲音說道。

我們四個人在瞬間屏住呼吸。不過，每個人都不想被察覺，爭先恐後發問。

「多久才會回來？」南發問。

「可能還要一個小時吧。」白衣小姐歉疚地回答。

「鳥井不希望有人探望他嗎？」西嶋問道。

「發生那種事，或許精神狀況不太穩定吧。」他得到這樣的回答。

「妳知道他大概什麼時候可以出院嗎？」我也忍不住想問些什麼。白衣小姐說，在截肢部位穩定之前都不能出院，不過鳥井還年輕，傷口痊癒得很快，快的話或許九月下旬就可以出院了。她還說，若是能夠從自家定期返院回診，或許可以更快康復。

這樣啊，那太好了——我們全都露出放心的表情，但是其他三人一定也跟我一樣，困惑與疑問就像龍捲風般侵襲了整顆腦袋。明明心不在焉，卻要裝出一副很專心的模樣，那氣氛尷尬極了。

「我們改天再來吧。」東堂判斷有必要重新整理心情，才會這麼說吧。

「他今後一定會遇到不少困難，大家要好好支持他喔。」白衣小姐對即將離開的我們說道。

在搭電梯之前，我們都沒有交談。電梯門一開，我們走了進去，裡面有一名頭部纏著繃帶、身穿睡衣的中年男子，以及一名拿著香菸盒的年輕女子。女子渾身散發著菸味。我們在他們面前一字排開，一面感覺電梯緩緩下降，一面默默地抬頭望著顯示樓層數字的面板，就在抵達二樓之際，西嶋終於開口了：「左手截肢是什麼意思？」

東堂那張標致的臉蛋朝著正前方，南以右手抓著左臂，低喃：「我不知道。」「左手截肢是什麼意思？」西嶋再問一遍。沒有人答得出來。

10

肘關節的神經受損，所以截肢了——好像是這樣。過了幾天，南打電話過來，說鳥井的左手真的截肢了，好像是從手肘以下截斷。那天晚上，那輛衝過來的休旅車或許無意摧毀鳥井的手肘，但是鳥井的手肘被卡在馬路和車胎之間，造成嚴重扭曲、骨頭粉碎、神經斷裂，雖然醫院盡全力修復，但還是沒能將神經接回去。

我記得曾經在電視上看過，最近的外科手術傾向於保留患者殘肢，不過院方應該有充分的理由，才會決定截肢吧。

「鳥井不肯見我，是他媽媽跟我說的。」南的聲音在顫抖，好像隨時都會哭出來，不過她還是強忍著。「怎麼辦？」

「大家明天再去一趟醫院吧。」我提議，她「嗯、嗯」的表示同意，然後我們約好智慧財產權的課上完之後，在學校餐廳門口集合。「妳打電話給西嶋了嗎？」

「剛才打過了。我把鳥井的事告訴他了。」

「他說了什麼嗎？」

「他說：哦！」南的口氣並沒有責怪西嶋。「說：哦，這樣。」

「我想他沒有惡意。」

「嗯，我知道。」語氣微弱，但南笑了。

第二天，下午四點半集合的有東堂、南和我三個人，換句話說，西嶋沒來。

「他在打工嗎？」

「他說最近在忙別的事。今天中午我也打電話給他了，可是他說現在沒空管那些，所以拒絕了。」南說道。

沒空探望鳥井——他到底在忙什麼？我很介意。「他怎麼了？」我望向一旁的東堂，但她很快地轉過頭，生氣地說：「我怎麼會知道？」

在醫院等待我們的，是鳥井母親那張疲憊的臉和親切的對應。「謝謝你們特地來看他。尤其是南，妳每天都來，卻……」

剛才，我們來到病房，一敲門，門立刻打開，鳥井母親那嬌小的身影輕巧地出現。我東張西望，想說能不能從門縫窺見裡面的情況。或許鳥井交代過，所以他母親只開了一道小縫，門一開，立刻又關上。鳥井的母親有一雙跟他很像的眼睛。她低著頭對我們說：「能不能請你們在樓下的咖啡廳等一下？」意思好像是不能見鳥井。

在咖啡廳坐下之後，鳥井的母親略低著頭說：「那孩子的手變成那樣，好像還有點混亂。」那頭紮著馬尾的黑髮毫無光澤，臉上的粉底斑駁脫落。

「他的身體狀況還好吧？」我問，母親點點頭。「手術很順利，雖然傷口很痛，人很難受，不過接下來就等復原了。」

「鳥井為什麼會這麼消沉呢？」東堂這麼問，鳥井的母親坐在她旁邊，呆然地看了她好一陣子。是東堂不悅地直呼鳥井的口氣讓她困惑，還是東堂冷漠的語氣讓她覺得新奇？「連見我們都不願意嗎？」東堂逕自說道。

對於這個問題，鳥井的母親應該可以簡單回應：「因為他的手變成那樣。」對於這個回答，我們也可以大言不慚地說：「手變成那樣又怎麼樣？」但是，鳥井的母親只是垂著頭，俯視手邊的咖啡杯，好一陣子默不作聲。不久，她低聲說：「我不知道，不過我想那孩子一定也很難受。」在說完的一瞬間，那道嘆息彷彿落入杯中，濺起蒸氣，遮住了她的臉孔。

「我了解。」南說話了。「如果我是鳥井，一定也不想見到大家。」是那種陽光般的語調。臨別之際，鳥井的母親寂寞地說：「文鳥我帶走了。」

11

之後，我有好一段時間都沒見到鳥井，話說回來，也沒有特別為他的事感到苦惱。我去鳩麥打工的服飾店探班、自己跑去看電影、逛ＣＤ店、在租片行閒晃，或是跟鳩麥去海邊玩，再度與報紙推銷員對抗、交涉，結果又延長訂報契約，和鳩麥吵架，當然也認真上暑期課程，此外，還被警方查訪過一次。

異常炎熱的暑氣也轉弱許多。我和鳩麥到市區的電影院，裡面的冷氣太強，我們抱著自己的身體抖個不停。電影中那些愛斯基摩人光著身體在冰河上跑來跑去，讓人冷到受不了。

「幸好煙火大會後來下雨呢。」看完電影後，鳩麥在咖啡廳裡說道。

這麼說或許很奇怪，但實際上的確如此。大約十天前，我和鳩麥為了要不要去看煙火還吵了一架。

說到事情發展，一開始是我提起「煙火大會要找誰去」這個話題。鳩麥聽到我這麼說，眼睛眨啊眨地，驚訝地說：「鳥井變成那個樣子，朋友遇到那種事，你還要去看煙火？」遭到質疑的我有點生氣，便這麼解釋：「不管看不看煙火，鳥井的狀況都不會改變。」結果她責備說：「朋友失去一隻手，正徬徨無助的時候，你竟然還跑去看煙火，讚嘆煙火好漂亮！這種感覺我無法理解。」

我無可奈何，委婉地問她：「那麼，如果說北極的愛斯基摩人因為地球暖化，可能會溺死在融化的冰河裡，或是受到融冰裡的有害物質傷害，妳要為了這種事憂心忡忡地生活嗎？」不過，我這婉轉的語氣聽起來似乎尖酸刻薄，她提高了聲音，回嘴說：「鳥井是你的朋友吧？說起來，你這個人真的太冷漠了，你對我一定也這麼想吧！愛斯基摩人固然也很重要，但是朋友才是你身邊的人吧！」

這時候，我逐漸察覺她打定主意要在這場爭吵中獲勝，所以停止反駁。結果她又生氣了，「你幹嘛不說話？感覺真差。」還說：「你這個冷血漢。」

「沒錯，我就是冷血。」

說無聊的確很無聊，不過人與人之間的爭吵多半都是這樣吧。因此我和鳩麥之間有了漆黑、陰冷的隔閡。仙台市的傳統活動七夕煙火大會正逢不合時節的鋒面來襲，因大雨而中止了。結果，我們又莫名其妙地和好了。

「最後我要強調，我並不是覺得鳥井怎麼樣都無所謂。」我好幾次想這麼說，但又覺得沒必要再挑起好不容易平息的戰火，所以住嘴了。

「昨天警察來過了吧？感覺怎麼樣？」鳩麥問我。

「只是又回答一樣的話。總算被問到長谷川的事。」

「怎樣的問法？」

我腦中瞬間浮現前天來訪的中村刑警。七三分髮型的中村刑警雖然眼神邪惡，卻有一種認真公務員的氣質。

「中村刑警問我：『有一位長谷川小姐，是佐藤一郎的朋友，唸短大，你見過她嗎？』」

「佐藤一郎是誰啊？」

「就是牛郎禮一啊！」

「騙人！」鳩麥會吃驚也是理所當然的。「這名字別說樸素了，根本是極『普通』嘛。」

「反正，我裝作不認識長谷川，因為我覺得很麻煩，現在這樣的說詞剛好。也就是說，我們偶然捲入那起竊案，嫌犯之一剛好是我見過的牛郎。」

根據從警察那裡聽來的情報，嶽內邸遭竊似乎是預謀犯罪。屋主嶽內善二正好和家人出國旅遊，犯人就是看準這個時機。

前幾天，我去警察局的時候，稍微瞄到剛回國的嶽內善二，他的長相凶惡，一副十足壞人的模樣，幾乎教人忍不住想跟他確認：「喂，其實你就是犯人吧？」以四十歲出頭而言，他充滿了老狐狸的氣息。同行的西嶋也湊近我耳邊低語：「他絕對是犯人，偽裝被害人的犯人。」

「他不是犯人啦。」

「他一定是趁家裡沒人時，教唆小偷闖空門，打算詐領保險金之類的。」西嶋更進一步發表這番推理。姑且不論「詐領保險金之類」的具體意義不明，嶽內的長相猙獰，就算說他與犯人勾結也不會有人懷疑。

「『明明不幹牛郎了，手頭卻好像很闊綽，又有點畏首畏尾的感覺。』」

「什麼？」鳩麥問。

「這是牛郎禮一周遭的人對他的評語，像是他朋友等等，好像每個人都這麼說。」一想起那場保齡球對決，我就想到跟他在一起的牛郎純，但是警方沒有提到純。「看樣子，大家多少都察覺到禮一在幹什麼可疑的勾當了。」

「可疑的勾當?」

「在東北這個地區，闖空門竊盜案好像會定期發生，好像有這種竊盜集團。禮一很可能跟那些人是一夥的。」

「司機嗎?」

「或許是跑腿的。」那場保齡球對決的時候，牛郎禮一表現得粗魯又強勢，充滿自信。一想到那樣的禮一加入竊盜集團後，成了小嘍嘍，我忍不住感慨，真是人上有人、天外有天呢，也想起了「寧為雞首不為牛後」這句諺語。

「接下來會怎麼樣?」

「也只能等警察逮捕犯人了。雖然想問長谷川，但是又不曉得怎麼聯絡她。」這得問鳥井才行，問題是我們見不到鳥井。

又過了半個月，在九月中旬過後，南打電話來了。

當時，鳩麥來找我，我們正在看一部結合了奇妙西部劇與怪誕宗教故事的老片。時間是下午四點以後。

「等一下要不要去鳥井家?」南在電話彼端說道。

「鳥井出院了?」這件事讓我先吃了一驚，我拿著話筒站了起來。「什麼時候的事？」

「三天前。」

「鳥井他……」我正煩惱該怎麼問，結果說出「感覺怎麼樣？」這種曖昧的句子。

「他還好嗎？」

「唔……」南語塞。「手臂的傷口好像已經癒合了，所以決定暫時先回公寓看看。」

「怎麼樣？」

「他稍微肯跟我說話了。」

「可是？」

「可是還不肯笑。」我彷彿看到南垂頭喪氣的模樣。「我覺得他可能到死都不會笑了。」這或許不是比喻。「所以……」

「所以？」

「我想要是北村和西嶋，大家一起來的話，或許他會有些改變。對，所以我才打電話給你。」

「我們去了鳥井會不會生氣啊？」我有點介意，無意識地望著自己的左手。我想像自己失去了左手，會是什麼樣的心情？會泰然自若地認為「不過是少了一隻手，沒什麼大不了的」，或是憎恨周圍的每一個人呢？

「放手一搏，總之請大家過來吧。」南很稀奇地以果斷的語氣說道。她一定煩惱很久，現在依然憂心不已。

在結束通話之前，南說聯絡不到西嶋，拜託我直接去找他。「了解。」我掛斷了電話。

我向鳩麥說明狀況，邀她說：「冷血漢要去朋友家，妳要來嗎？」但她溫柔地婉拒了。「不了，只有很熟的朋友去比較好。」

我心想，她的判斷總是這麼適切。

12

西嶋忙碌的理由，遠比我想像「反正一定很無聊」，還要來得更無聊。

我從公寓前的馬路仰望二樓，看到角落的西嶋房間亮著燈。入學以來，我只去過西嶋的住處幾次——其實是西嶋不肯讓我進去，我也不太清楚室內的擺設，不過顯然他在家。

他在忙什麼？我站在門前，一面按門鈴一面想。西嶋從門後探出頭來，對於我突然造訪也沒有生氣的反應，他說：「欸，北村，我得拯救世界才行。」然後馬上折返屋內。我脫了鞋，走了進去。西嶋面對窗邊的電視，抒發自己的憤怒，他說：「北村，我在為大家冒險，但是這些傢伙為什麼不肯送我武器呢？這不是很奇怪嗎？連食物也要錢耶。他們以為我在為誰而戰啊？」

「哦，原來如此。」他正在打電玩。好像是最近新發售的角色扮演遊戲。打倒敵人，深入洞窟，累積經驗，獲得各式各樣的道具與魔法，再打倒最後的大魔王——這一類的遊戲。「你說你在忙，是在忙這玩意兒？」

我的心情很複雜。看到西嶋忙著打電動，甚至不去探望鳥井，我一方面鬆了一口氣，一方面也生氣。

「我跟你說，這世界現在被黑空氣籠罩，沒辦法呼吸了。所以每個居民都戴著防毒面具，只有我不受影響喔。我要找出黑空氣的源頭……」西嶋握著搖桿說道。他的眼睛充血、皮膚乾燥、鬍鬚也沒刮。從這些跡象推測，他應該犧牲不少睡眠時間。

「西嶋，我等一下要去看鳥井，一起去吧。」

我沒有馬上得到回答。西嶋以熟練的指技朝著突然出現的敵人發動攻擊，我沒有動怒，等他戰鬥完畢。

我之所以沒有勃然大怒地質問他「朋友和電動哪一個重要」，然後掉頭離去，這是有原因的。

一方面是因為我屬於不熱中任何事物的鳥瞰型，同時又被鳩麥譏諷為「冷血漢」，所以我沒有資格責備別人。只是，比這些還重要的是，我在這個六疊大房間的床邊，發現了好幾本厚重的醫學系專用書。

那些書好像是從圖書館借來的，主要是關於外科手術與復健的書籍，最上面一本，書名是《與緊閉心扉的人相處之十項法則》。光靠這些下判斷或許太輕率了，但是我察覺西嶋是以自己的方式擔心鳥井。

他沉迷於電玩遊戲，或許也是藉此逃避無力幫助朋友的窩囊吧。

我默默地等待西嶋操作到可以儲存紀錄的階段。「他出院了嗎？」西嶋盯著電視畫面問道。

「好像幾天前出院了。只有南去見過他好幾次，可是他還是很消沉。所以……」

「我們要去替他打氣嗎？」知道了，了解了——西嶋說，然後關掉主機電源。

「那，我們走吧。」他意氣風發地站起來。

「你不先刮個鬍子嗎？」我向他確認。

「啊，不用啦，順其自然不是比較好？」西嶋嫌麻煩地說，但我覺得似乎不是自不自然的問題。

在玄關穿鞋的時候，我問：「那本書有用嗎？跟緊閉心扉的人相處的書。」

「哦。」西嶋回望背後。「那是美國總統寫的啦，內容不值得一提，無聊。」

一想到美國總統面對的全都是緊閉心扉的人，我忍不住同情，真是難為他了。

（開玩笑的。）

13

「雷腦哦、雷腦。」西嶋的聲音在大樓裡迴響著，之所以聽起來這麼空虛，是因為躺在床上的鳥井毫無反應吧。

即使我們來訪，鳥井依然萎靡不振，他只是躺在床上盯著天花板，無視於坐在一旁的我、西嶋、東堂和南。南在電話裡提到「他肯開口說話」，但是根本不是那麼一回事，鳥井一語不發。

我明知不該往那裡看，但是一個不留神，自然而然地瞄向鳥井的左手。包著繃帶的左手，很明顯比沒有包繃帶的右手短。鳥井交疊雙腿，頭靠在枕頭上，望著上方。

只有西嶋在說話。不知是自覺到自己的角色，或只是單純地想說話，他發表了一段無聊的經歷：「我經過那家搏擊館時，發現前面開了一家新的補習班。窗戶上漆有『電腦課程』四個手寫字，可是那個『電』下面的漆脫落，看起來根本就是『雷』，結果變成了雷腦課程，笑死人了。」

「可是、可是，搞不好真的有雷腦這種東西呢。」南勉強應和。雖說是無可奈何，但我有一種待不下去的心情，東堂也默默地聽著。「欸，鳥井你覺得怎麼樣？你覺得有雷腦這種東西嗎？」西嶋問著床上的鳥井。雖然像是察顏觀色那樣地不自然，但我也裝出起勁的樣子說：「才沒有什麼雷腦呢！喂，鳥井，你覺得呢？」

床上的鳥井沒有反應。要是他露出生氣的表情還好，如果他大叫「你們根本不了解我的心情」，然後再把我們趕回去，這樣也簡單多了。然而，鳥井只是面無表情地望著天花板。

「喂，南，來點厲害的吧。」西嶋似乎受不了了，對南這麼說。「什麼叫厲害的？」南一邊回答，一邊指向桌上的茶杯，然後向西嶋確認：「像這樣嗎？」接著說：「茶杯。」

茶杯開始在桌上移動。

流暢而緩慢地滑行。當然，我們不是第一次看到這種情景，卻「噢、噢」的驚叫出聲，並不是為了吸引鳥井的注意力，而是真的吃驚。不管看過幾次，還是驚奇不已。

現場一片沉默，室內安靜得令人窒息。我望向窗邊，那隻文鳥似乎已經被鳥井住在橫濱的雙親收養，連鳥籠也帶走了。我想起第一次來這裡時，還說過「鳥井是資產階級」，對那隻文鳥的存在很訝異等等，更覺寂寥萬分。

鳥井連呼吸都在忍耐嗎？我們面面相覷，低下了頭。

沙漠。

我腦中浮現一片連綿不斷的沙漠風景，那遼闊的地面分不清是紅還是白。我覺得鳥井的心，現在是一片乾涸的沙漠。

路沒有盡頭、精神枯竭、迷失了方向。沙漠裡沒有指示超級上班族之路的路標，也不曉得水源在哪裡，找不到過夜的落腳處。鳥井在床上面無表情地躺著，他同時也頹坐在沙漠中，垂頭喪氣，不知今後該何去何從。

我們——我無法不想——我們真的能夠滋潤鳥井內心的沙漠嗎？

我望向西嶋。他的表情充滿了使命感與好勝，卻還是束手無策。光靠「雷腦」這個冷笑話是沒辦法讓沙漠下雪的。

我們四個就像耐力比賽的選手，默默地坐在那裡長達三十分鐘，然而鳥井沒有看我們一眼。不知道是不是傷口疼痛，他摸了裹繃帶的左手好幾次。

我們離開鳥井的住處，望著天空中殘缺的月亮。「欸，西嶋。」我和西嶋並肩走著。什麼？他一臉不悅地看著我，於是我聳聳肩說：「中東陷入戰亂，地球因暖化現象陷入危機，我們卻連眼前的危機都解決不了。」

結果西嶋一臉意外，回道：「這根本不算危機呢。」意思是，這種狀況算不上沙漠嗎？

14

「那，男人中的男人；冷血漢中的冷血漢——北村青年打算怎麼做呢？」

第三天白天，我站在仙台市區鳩麥上班的服飾店前面跟她說話。

「也沒什麼打算。」我欲言又止，望向她背後的店裡。有名女客正攤開一件水藍色T恤檢視。「客人沒關係嗎？」我小聲問，她理直氣壯地回答：「現在不管那個啦。」

我坦承自己一籌莫展。「我不知道該怎麼做才會下雪。」

「下雪？」

「我想讓沙漠下雪。」

鳩麥的優點是不會在這時候反駁。她說：「你沒頭沒腦在講什麼啊？」不過，她的缺點是喜歡自行想像牛頭不對馬嘴的情境。她默默地凝視我一陣子，指著我說：「北村，你們這些大學生受到城鎮的保護，雖然鎮外是一片沙漠，你們卻在城鎮裡生活。」

「妳說的沙漠，是指所謂的社會？」

「說社會不是很遜嗎？」鳩麥笑道，「意象比較接近在城鎮另一端擴展的沙漠。」

我天真地想像一下，那是一座被銅牆鐵壁圍繞的城鎮，家家戶戶各自擁有神氣活現的外觀，其實大同小異；那是一座無菌狀態、無機質的城鎮。在鎮上，身為居民的學生們一臉經驗老道的表情，得意地批評：「城鎮外就是這個樣子。」「不過就是沙漠罷了。」儘管學生們從未踏出城鎮一步，也不了解沙漠的殘酷。沒錯，我們這些大學生就是城鎮裡的居民。

「或許置身城鎮，拚命思考沙漠，就是你們的工作。」鳩麥指著我，用一種戲劇般的口吻威脅我說：「沙漠是個很殘酷的地方哦！」

鳩麥說的「沙漠」跟我說的含意不同，不過我表示同意：「是啊！」

「邀鳥井去參加聯誼怎樣？」最後她提議。「搞不好他會振作起來。」

事情沒那麼單純。我想這麼告訴她，卻只提醒她一句「妳最好回去顧店」，便離開了。

那天傍晚，我開窗想讓室內的暑氣散發出去。當我正在看電視時，電話響了。我以為是誰，原來是古賀先生。「喏，就是之前在警衛室打麻將的那個啊。」他難為情地說明，於是我想起來了，是那個警衛大叔。我「噢」的一聲回應，古賀先生便說：「其實啊，是小西的事啦，他最近是發生了什麼事？啊，那場交通意外我聽說了，也在電視上看到了，除了這個以外呢？」

鳥井在那場事件失去的不僅是手，連人生都大受影響，但在旁人眼中也不過是一場「交通意外」啊——我想著，納悶地反問：「除了這個以外？西嶋怎麼了？如果他沒去上班，我想是去冒險了，拯救世界的冒險。」

「冒險？那是啥？」古賀先生詫異地問道。「不，他有來上班，很規矩。」

「哦，這樣啊，那到底是……」我問道。

「沒有啦，其實昨天他在大樓裡跑上跑下，到處跟人家交涉一些奇怪的事，很不對勁呢。」

「交涉？」我呢喃，無意識地譯成英文「negotiation」。雖說脫離大考已經很久了，但是我的腦袋似乎還殘留著一些英文單字，這讓我鬆了一口氣。

「而且明天是除蟲消毒日，工作一大堆，小西卻說要請假。」

「我想應該是去冒險吧。」我不是開玩笑，而是說正經的。此時，電話彼端的古賀先生說：「啊，小西來了。」西嶋好像在警衛室出現了。

沒有啦，嗯，我正在跟北村同學講電話——我聽見古賀先生這麼說。只是在想小西明天為什麼要請假啦——古賀先生說。我沒聽見西嶋回答，過了一會兒，古賀先生告訴我：「北村同學，不好意思，小西來了，他跟我說了。嗯，我知道了。」

「知道了？」我複誦著。知道了什麼？又不是猜謎。

「小西真好笑。」古賀先生完全把我拋在腦後，自己恍然大悟地說道。只是，在電話掛斷之前，我至少要弄清楚一件事，於是我問：「請問，古賀先生怎麼會知道我家的電話？是從西嶋那裡問來的嗎？」

然而，古賀先生卻以一種我從未聽過、肆無忌憚的語氣說：「我啊，很擅長調查。」

「擅長調查？」

「以前我在那種機關工作過。」古賀先生笑道。我突然覺得他很詭異，忍不住把話筒拿到眼前仔細瞧。他說「機關」呢。

晚上，西嶋打電話來，一如往常一樣地一廂情願。「這不是北村嗎？」他說完後，連珠砲似地說：「明天晚上要打麻將喔。麻、將。」

「麻將？好啊，在哪裡？」

「當然在鳥井家啦。」他理所當然地說。「反正他右手沒事，應該可以抓牌。」

「問題不在這裡。」說起來，鳥井肯不肯讓我們再去他家都是問題了，怎麼可能跟大家一起打麻將？我這麼說，西嶋便保證「不要緊、不要緊啦」。反正他沒有根據也沒有對策。總之，他只說了「我會聯絡南跟東堂」，就掛了電話。

在電話前的我，拿著話筒茫然了半晌，不經意地聽見公寓附近有人在放煙火。哨音般的響聲飛上天空，一陣短促的破裂聲之後，連續響起下冰雹般的聲音。

一個小時以後，我也接到南和東堂的電話。在短時間內，一個接一個，簡單來說就是詢問怎麼回事。她們問：西嶋想做什麼？「我又不是西嶋的監護人。」我這麼說明，「也是啦！」她們便接受了。

東堂來電時，我下定決心問她：「也不算是順便問，不過妳對西嶋還有意思嗎？」這件事一直讓我掛記在心。

「我之前已經說過了吧。」她以不悅的聲音回應。

「那是很久以前的事了，而且人是會改變的啊。」

「不會改變。」

她斬釘截鐵的回答，讓我害怕地應道「也是」，然後掛斷了電話。這樣啊，沒變啊。唔……，原來如此。我交抱著雙臂。原來如此，真令人佩服。外頭又傳來燃放煙火的轟鳴。

翌日，上完課之後，我騎著腳踏車在街上閒晃。西嶋約定的集合時間是晚上七點，因而下午到傍晚這段時間我很閒。

我騎腳踏車往仙台車站的方向過去，在巷口停下來等紅綠燈時，碰巧看到鳥井，我差點叫出來。

鳥井坐在左車道的某輛計程車上，車子被紅燈攔了下來。他靠在後座的車窗上，好像在看外面的景色，不過並沒有發現我。鳥井再也不能開車了——我陷入寂寥的心情。

車窗裡的鳥井臉色蒼白，眼神分不清是在做夢還是死了心。他凝視著窗外，我尋找他的視線落點。

搏擊館。鳥井的視線前方，是那家阿部薰隸屬的搏擊館。

我想起以前和鳥井、西嶋三人一起觀賞搏擊館內練習的情景。

在夕陽下映照出一片紅光的搏擊館內，男人們鍛練肌肉，在鏡子前揮拳抬腿，踢打沙包，讓我們看得出神。我望向那裡，時間尚早，但裡面已經有兩名學員，一個人在跳繩，另一個人正踢著教練抓的軟墊。

鳥井是以什麼樣的心情看著這一幕？是心灰意冷地想著失去一隻手的自己與格鬥技無緣，或是遷怒每個人都在嘲笑缺了左手的自己？

號誌燈轉綠，計程車前進，鳥井的身影也消失了。我重新踩動腳踏車的踏板。喂，西嶋，真的要打麻將嗎？——我在心裡問。再怎麼樣，我也不認為鳥井肯跟我們打麻將。

15

然而，令人驚訝的是，西嶋果真實現了在鳥井的住處打麻將這件事。

「一開始他連電話都不肯接，可是剛才，他一接電話，就答應了喔。」在大樓門口集合後，西嶋這麼說。「其實我本來也不認為辦得到。」

「你剛開始打電話來的時候，不是還很神氣地表示沒問題嗎？」我責備他，他只是回答：「結果不是沒問題嗎？」

晚上七點，天色已昏暗，仰頭一看，天空是一片淡藍色，純粹而毫無生氣，與前幾天鳥井面無表情的模樣重疊。我覺得這是不祥的預兆。

「鳥井真的說可以打麻將嗎？」進入大門之後，南說。她的眼神很嚴肅，彷彿警告：要是胡說八道，傷害了鳥井，我不會原諒你們的。

「當然啦，我騙妳幹嘛啊？」

電梯門開了。我按下五樓的按鈕，瞄了西嶋一眼。「要是打麻將，鳥井就會振作起來嗎？」

「我自有想法。」西嶋依舊一臉正經。

「我期待。」東堂的口吻很平靜，絕不是諷刺。「我期待西嶋的想法。」

「我也是。」南點點頭。

「我也是。」

其實，我自私地期待著，當我們走到鳥井的住處時，或許他會用重生的笑臉開門迎接，快活地說：「歡迎、歡迎，進來打麻將吧。嗳，雖然我之前很沮喪，不過現在總算調整好心情了。」或是說：「重新打起精神，大家再像以前那樣一起玩吧。」

鳥井開門，我的期待完全落空，那是一張毫無表情、陰沉的臉。這是當然的。「哦！」他發出疑似招呼的聲音，視線卻低垂著，也不對我們說「進來」，就逕自回屋裡。我按著快關上的門，脫了鞋踏進玄關，其他三人也跟著進來。跨上走廊，襪底有一股冰涼的觸感。

進去屋內後，我稍微放心，因為我看到矮桌上擺著麻將盒，這表示鳥井也想打麻將。

「那，我們開始吧，趕快開始吧。」西嶋開口說。我們並沒有事先討論西嶋究竟有什麼好主意，只能順著他說：「是啊，開始吧。」這艘船的船老大是西嶋。

一開始先把東南西北□五張牌蓋起來，各自拿一張。總共有五個人，所以拿到□的人先休息，拿到東的人坐在背對窗戶的東側座位，再從那裡依序決定位置。這是我們玩麻將——在鳥井家打牌的「鳥井家規則」。

各自拿牌時，我瞬間掠過一抹不安，「萬一鳥井拿到□，一開始就休息怎麼辦？」結果一如我所擔心的，鳥井拿到了□，第一局就休息，令我為之語塞。我差點想咒罵這殘酷的巧合，卻又不知該向誰發洩，無奈之餘，只好瞪著西嶋。南和東堂也幾乎同時惡狠狠地望著他。

鳥井什麼也沒說，只是「哼」了一聲，把自己的牌放到桌上，回到床鋪上坐下。

「喂，西嶋，怎麼辦？」我悄聲說。「能怎麼辦？」他回了這句沒用的話。我們在自己的位置坐下，開始打麻將。到了這步田地，也只能這麼做了。

這是一場令人難過到胃痛的牌局，明明是為了鳥井而來，卻把鳥井排擠在外似地，四個人打起麻將。每個人都意識到應該表現得一如往常，所以更不可能保持平常心，過程中不斷地發出不自然的叫嚷與虛假的懊惱聲。我想像鳥井的心情，急著想結束這場無意義的半莊。

「噢，連莊耶，連莊。」西嶋不曉得在想什麼，一個人認真地埋頭於牌局中。我們只想盡快結束這一回，他這個莊家卻自顧自地不斷獲勝。

結果，這場半莊花了將近三十分鐘才結束。坐在沉默的鳥井身旁，背負著罪惡感與焦燥，這三十分鐘好長。在結束的同時，我忍不住嘆了好長一口氣，往旁邊瞄了一眼，南和東堂也一樣。

「喂，鳥井，該你上場了。」西嶋朝著床鋪說。在這場意義不明的半莊進行中，受不了的鳥井會不會消失了？我瞬間感到害怕，回頭一看，鳥井正以三十分鐘前的姿勢坐在那裡，雖然沒有回話，但是他往這裡走了過來。

我望著他包著繃帶的左手，又反射性地別開視線，但是這樣似乎也很失禮，於是我又目不轉睛地盯向他的左手，近乎不自然地凝視。「像平常一樣」，真的好困難。

根據「鳥井家規則」，成績名列第二的人接替鳥井的位置，所以是南。向來穩居寶座的她，今天可能也無心於麻將的輸贏吧。我們又移動座位，然後洗牌。鳥井的右手在桌上移動，我再次別開視線。

鳥井坐在我左邊的上家，他用右手逐一堆牌，因為沒辦法一次排很多，只能將單手拿得到的牌山，慢慢地照順序排好。這時候，我們依然努力保持平靜，適度觀察鳥井的動作，假惺惺地整理自己的牌山，還故意確認：「莊家是誰呀？」

鳥井板著一張臉。

牌全部堆好後，莊家西嶋擲骰子，半莊又開始了。

情況比鳥井坐在床上等候時好些，但依然是一場氣氛尷尬的牌局。我當然想專心注意自己的牌，實際上逐漸湊成分數高的牌型時，也會忍不住興奮，為了拿到的牌心裡七上八下；但是只要一瞄到鳥井的左手，或是他不小心弄掉手中的牌，我又會被拉回現實。

鳥井一臉陰沉地打著麻將，看起來也像在責備我們，「打就是了吧，這樣你們總該滿足了吧！」

南很了不起。她站在鳥井背後，頻頻向他搭話，就算得不到回答，也毫不氣餒，一有什麼就跟鳥井說。鳥井不小心把牌弄倒時，她可能是想轉移注意力，看著窗外說：「天色已經完全暗了呢。」當鳥井撫摸左手時，她便佩服地稱讚他的湊牌功夫：「沒錯、沒錯，鳥井，這時候就要等。」

當然，不能把這種苦差事全推到南身上，我跟東堂也會看時機加入對話。我懷著孤注一擲的心情，偶爾也跟鳥井說說話，卻得不到回答。若要用無意義的話語把這令人窒息的空間填滿，狀況是否會好轉？我這麼想，然後拚命說話。當然，鳥井也會在必要時出聲說「碰」或「榮」，但也只有這樣了。

在這個過程中，只有西嶋表現得我行我素。的確那樣才是自然的，或許西嶋才是對的，但我還是感到不滿，心想：「說要為了鳥井打麻將的人是你，但你那是什麼態度？」

結果，這場半莊也就這麼結束了。第一名是東堂，第二名是我，第三名是鳥井，吊車尾的是西嶋。「怎麼！西嶋，你總算發揮平常的實力囉！」我調侃他，但西嶋只是不愉快地發出呼氣聲，完全感覺不到想要炒熱氣氛的努力，我嘆了一口氣。

還要繼續打下去嗎？我質疑，因此若無其事地問西嶋：「怎麼辦？」我馬上得到回答。「什麼怎麼辦，當然繼續打啊，這還用說嗎？目前只是想要的牌還沒出現，我已經漸入佳境，開始有徵兆了。」

既然西嶋這麼說，我們也只能聽從了，船老大是他。鳥井什麼也沒說。「好，那我要加油了。」南快活地說道。這次，輪到第二名的我休息，我離開矮桌，在後面觀戰。

第三回的半莊開始之後，也和之前的兩次沒有什麼太大的不同。鳥井面無表情，反覆著機械式動作，西嶋認真地看著自己的手牌，其餘兩人陷入尷尬，佯裝自然。我坐在西嶋背後，看著他打麻將。

這一場以較快的步調進行。最早的東一局，南從西嶋手中胡牌，「斷么九平和寶牌一」。接著第二局，鳥井自摸「斷么九寶牌二」。他沒說「自摸」，只是把手牌「啪」地放倒。

「輸了！被超前了。」南誇張地表現得一臉不甘心。

第三局，西嶋丟出時，東堂喊「榮」，便結束了。

西嶋打得很認真，這讓我感到意外。其實，這場半莊在剛開始時，我的腦中閃過「難道……」的想法。

我在想，西嶋是不是又打算湊「平和」了？就像他以前為了阻止美國蠻橫地出兵，祈求世界和平，不斷地想湊出「平和」一樣，這次是不是也為了替鳥井帶來和平，而要以平和來胡牌？這會不會是今天打麻將的原因？我這麼推測。

但是根據我的觀察，西嶋完全沒有這樣的執著。難道他是想要以鳥井的名字做聯想，來湊滿鳥的牌子一索（這個）嗎？——我同時這麼猜測，卻也沒有這種跡象。

西嶋到底想做什麼？我再也按捺不住，就要發問，這時候他卻突然站了起來。「休息一下。鳥井，洗手間借一下。」西嶋說，鳥井的反應當然就跟沒聽見一樣，但西嶋離開了房間。

過了一會兒，他回到房間，這次走到窗邊，舉起雙手伸了個懶腰，悠哉地說：「我差不多要反攻囉。」然後望向窗外，突然「啊」的叫了一聲，把我們嚇了一跳。坐我旁邊的南渾身一顫，她問：「怎麼了？」

「真奇怪，我出去一下。」

「奇怪？」南納悶。

「你要出去？」東堂皺眉。

西嶋低吟：「唉，真糟糕。」他看了我一眼，「北村，你幫我一下，替我打下一局吧，我馬上回來。」他這麼說完，快步走出房間。

我被西嶋單方面的吩咐說得一愣一愣的，雖然不太高興，可是西嶋毫不理會，便跑出了玄關。「會不會是落跑了？」雖然沒有說出口，但是不止是我，南和東堂一定也這麼想。

16

我代替西嶋坐下，又開始打麻將。洗牌聲聽起來有點虛。「西嶋跑去哪裡？」南內心動搖，卻還是裝出開朗的口氣，想打破現場的沉默。「搞不好是想到工作上的事。」我說著，想起古賀先生的話，記得古賀先生說今天大樓有消毒活動，西嶋會不會臨時跑去上班？

東場的四局結束，南場開始。我們已經成了一艘失去船老大的小舟，在漂流到某海岸之前，只能埋首繼續打麻將。第一局，南自摸到分數低的斷么九，便結束了。

一陣忙亂聲響起，玄關門開了。

「讓你們久等了，我回來了。」西嶋回來了。

「到底怎麼了？」

「出了一點差錯。」西嶋摸弄著眼鏡說。「棒子，棒子沒有伸出去。」

「棒子？」我表情扭曲。

「伸出去？」南跟著追問。

「什麼意思？」東堂也問。

噯，別管那麼多啦，呃，現在是南場第二局？好，打得正熱吧，開始吧。西嶋一如往常，自顧自地說了一堆，坐了下來。我把位置讓給他，又開始觀戰。

我之所以沒有再繼續埋怨，主要是因為我已經累壞了，不過還是觀看牌局的情勢。只是，我在途中覺得很驚奇，因為西嶋的打法很妙，他這次的手牌非常好，發牌之後的雛型已經很整齊，接著也順利拿到好牌，不知不覺甚至成了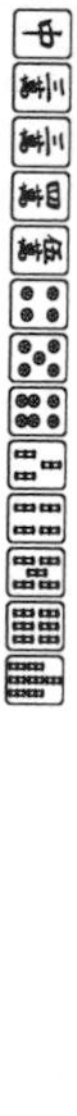這樣的牌面。而且，他還在這時候自摸到，我忍不住在他背後說「太讚了」。接著，

只要丟掉[中]，就可以成為「聽[三萬][六萬]」的情勢，此外還可以期待湊到三色同順（註）——我當然這麼想，但是不知道為什麼，西嶋丟了[三萬]。

「怎麼回事？」這樣一來，聽的牌就只剩下[中]，牌型也不見了。而且，這時候他好像還打算喊立直，抓起千點棒，就要放到桌上。不過，東堂喊了一聲「榮」。[三萬]是東堂聽的牌。

「可惡！」西嶋不甘心地低喃。「太可惜了。」

「西嶋，你幹嘛丟掉[三萬]？」我問。什麼可惜，根本是你自找的嘛。

「因為我不要啊，所以才丟掉啊。」西嶋不愉快地嘟起嘴巴，把點棒付給東堂。

西嶋的牌技不強。或者說，基本上他很少贏。但是根據我的認識，西嶋應該不是打得不好。所以我對西嶋剛才丟掉[三萬]的舉動感到吃驚。單純地想，聽[三萬][六萬]的可能性比較大，分數也比較高，這是常識，西嶋應該也明白這一點。

不管我有多納悶，牌局還是要繼續進行，眼前南場的第三局已經開始了。我也重新打起精神——或者說再深思也沒有意義，所以就繼續觀賞牌局的發展，但是我又看到了西嶋奇妙的打法。

註：以萬子、索子、筒子組合成相同的順子。

【二萬】【三萬】【四萬】【伍萬】【六萬】【七萬】【八萬】【六筒】【七筒】【八筒】【二索】【二索】【二索】。西嶋湊到了很整齊的手牌。寶牌是【二索】，所以這是滿貫級的。我心想應該可以喊立直了，但他卻沒有打算這麼做。

不久，西嶋自摸到【中】。這種牌應該當場丟掉吧，我對它一點興趣也沒有。然而，西嶋連想都不想，就扔掉了【二萬】，宣言「立直」。

「咦？」我出聲。儘管之前一直在聽【二萬】【伍萬】【八萬】，西嶋現在卻把它打亂，改聽【中】，真是令人無法理解。但是西嶋沒有絲毫後悔，他自信滿滿，興奮地說：「等著看吧，我的立直很厲害的。」雖然可能是反過來利用對手認為「總不可能是聽【中】吧」的心理，但是我還是無法理解。

其他三人對於西嶋信心十足的態度保持警戒，各自丟掉手中的安全牌。

然後輪到西嶋，他明明穿著短袖T恤，卻做出捲袖的動作。「來吧，我要自摸了。」他伸手，卻在這時候回頭對我說：「北村，把窗子打開。」「開窗？空氣流通嗎？」我反問。「你想讓空氣流通一些嗎？」

別管那麼多，快點開窗啦——被西嶋不容分說地催促著，我心不甘情不願地起身，繞過桌子，走到窗邊。「開窗簾？還是窗戶？」我徵詢西嶋。結果他加重了語氣說「全部、全部」，又說「快點、快點」。

屋內還開著冷氣耶——我這麼想，卻還是照著他說的拉開窗簾，打開窗戶。但我一開窗，西嶋就高聲宣佈：「榮！」

發生什麼事？我詫異地望過去，西嶋已經放倒自己的牌，嚷著說：「榮，榮了。立直一發寶牌三，滿貫滿貫。」

我們全都愣住了。「榮？」東堂訝異地問。「榮誰的牌？」問得好。接下來輪到西嶋摸牌，就算他自摸胡牌，也不可能榮。現在到底是什麼狀況？我感到困惑。

「窗外啊。中啊。聽中的我拿到了中啊。」西嶋得意地指向我。正確地說，是指向我身後的窗戶。「你們看看窗外啊。」

我轉頭看向窗外的夜景，正想回嘴：「你到底要我們看什麼？」卻發現了那個。

「你是說那個嗎？」

在大樓對面偏右的位置，有一棟大樓，那是西嶋打工的曼紐大樓。那棟建築物呈現縱長形的直立方體，牆面上亮的燈正好排成「中」字。不知不覺間，南與東堂也來到我身邊，她們望向我指的方向之後，呆然張大了嘴。

「怎麼樣？那是我的牌喔。」西嶋得意洋洋地說，然後轉向留在桌邊的鳥井，連珠砲似地說：「喏、喏，喂，鳥井，你快看啊，寶牌三喔。」

大樓各樓層點亮的燈光恰好符合「中」這個漢字，牆面確實清晰地呈現「中」的形狀。而大樓本體與細長的牌相似，看起來也像是一張麻將牌。

我依序望著南和東堂。說穿了，原來西嶋想幹的就是這麼一回事嗎？

今天那棟大樓因為消毒作業，各樓層一定都沒人。所以西嶋拜託古賀先生，或者他可能也說服了那位社長先生，只在這段時間內，打開特定房間的電燈。「唉，真是嚇死我了。我以為準備得很周全，結果剛才一看，發現上面樓層的電燈竟然熄掉了。『中』上面那根棒子不見了，沒有突出來，害我急著跑到外面打電話給古賀先生。」西嶋嘟囔著，表情充滿了成就感。

我說啊——我垂下肩膀，雖然沒有失望，卻有一股倦怠感。

「西嶋，太無聊了，實在是大費周章。」我表情扭曲地說道。

「而且，這要算是誰的捨牌呢？」南指著外面說道。

「再說，也不知道是什麼時候丟的。」東堂嘆了一口氣。

「囉嗦啦。」西嶋生氣了。「這一點都不無聊好嗎？」他嚷著。但我再一次表示：「很無聊啦，西嶋。」

此時，我發現鳥井就站在我背後，我嚇了一跳，退到一邊。他正目不轉睛地望著窗外。南慌忙說明：「鳥井，喏，你看那棟大樓的牆面上有一個『中』字。」我有心理準備，困窘的沉默又將降臨，於是偷偷瞄了鳥井一眼。我在腹肌上使力，以忍住胸口的疼痛。

結果，鳥井開口了：「我……」「咦？」我望著他。這一瞬間，好像正引頸期盼一扇門緩慢地開啟。「我喜歡這種。」鳥井微弱而清楚地說道。

「這種……？哪種的？」我大受震撼，眨著眼睛。

「趕快給我點棒啦。」西嶋依然故我，坐在原位嚷著。

「太可笑了，教人精神大振。」鳥井說完，便像以前那樣「嘎哈哈」地笑了，或許是強顏歡笑。

17

我們覺得當場的氣氛好像也不適合表現得歡天喜地，所以極力壓抑心情，回到各自的座位上。途中，我看見南偷偷擦拭眼角。

不知道是不是看開了，或者自己也決心以此做為契機，接下來的鳥井就像決堤似地開始說話，以他獨特的輕快口吻述說醫院裡的醫師有多冷漠，以及手術有多麼恐怖，還有失去左手的種種不便。傷口的疼痛似乎持續著，他撫摸著繃帶好幾次說：「痛得不得了。」可能一直在忍痛，臉上的表情看不出來。

途中，鳥井的眼睛也微微泛出淚光。那是為了什麼而流的淚水？我不知道也沒有問。鳥井無視於自己在哭，一股勁地說個不停。過了一會兒，他的笑聲就像從咬緊的齒縫間擠出來似地，說：「其實，我今天搭計程車的時候……」

「嗯。」南淚眼汪汪地催著。

「我看到那家搏擊館旁邊，真的寫著『雷腦學習』耶，原來那是真的。笑死我了。想說：什麼叫雷腦啊？」鳥井急促地邊說邊擦眼角，就像剛才的南一樣。「笑死我了。」他又說，流下淚水。

「喔，鳥井，你終於了解了嗎！」西嶋探出身體。是啊，那上面就是寫雷腦——他幾乎要揮拳似地，又開始極力強調。

我懷著一種難以言喻的心情望著這一幕。鳥井雖然笑了，卻在勉強自己。我和南也在勉強自己，像平常一樣表情冷酷的東堂也在勉強自己。所以，儘管無法歡天喜地慶祝「沙漠下雪了」，不過我覺得這種狀況也不怎麼壞。

然後我也認為，就連要恢復五個人的和平都這麼困難了，實在是沒有多餘心力去顧到城鎮外的那一大片沙漠呢。

夏天，發生了意想不到的事，我們的心情一度變得非常沉重；還有我和鳩麥去小岩井農場的愉快遊記，不過總而言之，夏天的情況大概就是這樣。

08 秋

Autumn

1

到了十月，仙台開始颳起冷風，大學已經展開後期課程，我還是老樣子，認真出席每一堂課。

「竟然那麼規矩去上課，你不覺得煩嗎？」雖然我已經習慣被周遭朋友挖苦，不過這種話最近竟然出自我父親口中，令我相當沮喪。你不正是幫我出學費的那個人嗎？

「北村不打工嗎？」旁人經常這麼問，但我幾乎不工作。一方面是因為父親說「工作可以等畢業以後做個夠」，而且我相信比起工作，認真上課更重要。

我們聚集在鳥井的住處。最近，我們五個聚在一起的機會大幅減少，這是因為東堂與南分別在餐飲店及麵包店打工，而西嶋單獨行動的次數也增加了；總之，我們好不容易全員聚在一起。

是鳥井召集大家過來的。「我有事要宣佈，過來吧。」我們被他一廂情願的電話召集，這情況與夏天時他提議「一起去監視總統男的家」的狀況很像，我不禁心生警戒。

雖然一點一點地，不過鳥井慢慢地恢復開朗。當然，失去一隻手的不便與痛苦、憤怒和憂鬱絕不會消失；想要重新振作、看開一切也不容易。只是，至少他在我們面前總是佯裝沒事。

這麼說來，在事件之後，鳥井結束復健，第一次走進教室時，受到相當大的矚目。我們捲入的那起事件在校園內成為熱門話題，而鳥井遭截肢一事，也引來議論紛紛，引起注意也是無可奈何。教室裡，大家的視線都聚集在鳥井身上。但是話又說回來，周遭人既沒有揶揄鳥井的獨臂，也沒有表示同情，只是看到鳥井的大衣左袖輕飄飄地搖晃，確認「傳聞果然是真的」，就這麼結束了。

最近，鳥井會抱怨「在廁所撕衛生紙很不方便」，或是說一些莫名其妙的話，像是「記得有個假面騎士（註）的手可以替換吧？叫什麼電手套的，可以裝上去的手，變換各種超能力」等等，他耍寶的次數也變多了，這種「逞強式的堅強」，令我十分佩服。

「你最近怎麼臉上有傷？」我問他，鳥井回答：「我走動時常常以為左手還在，結果就在意想不到的地方弄傷自己。」原來如此，會這樣啊——我對他更佩服了。

「那，鳥井，你把我們叫來做什麼？」西嶋望著房間裡擺在牆邊的大型音響組合，半認真地憤慨說：「你為什麼老聽這種沒有靈魂的音樂？」

註：假面騎士（假面rider）是日本電視台在一九七一年開始播放的一系列特攝節目，原作為石森章太郎，為日本特攝節目的代表作品之一。

包括我在內的四個人，圍成圓陣坐在木質地板上。

「其實啊，」鳥井可能是無所事事，用右手抓著毛衣左袖，做出握手的動作。南坐在他身邊，兩人簡直就像一對夫婦在迎接我們。我才在這麼想，鳥井就跟大家宣佈：「其實啊，我跟小南從不久前開始交往了。」他「嘎哈哈」地笑了，聽起來有點假。「嚇到了吧？」

我們沒有立即回應。

「我的手變成這樣，我爸媽一直叫我休學，搬回橫濱住，囉嗦得很。」鳥井出院以後，一直持續到復健中心接受復健，不過最近去的次數好像減少了。感覺他瘦削的身體也長出肌肉，整個人變得魁梧多了。是胖了嗎？

「醫生也說，我一個人生活還是有困難，要我暫時待在父母身邊，不然就是跟能夠幫我的人住在一起。基於以上的理由……」鳥井停了一拍，興高采烈地表示：「我決定跟南住在一起！」南在一旁微微低著頭拍手。

「哦！」我和東堂一起回應。「這樣啊！很棒嘛。」「喔！」西嶋也坐了下來。

鳥井露出一臉意外的表情，不過很快地豎起食指說：「而且啊，你們聽了可別吃驚，南好像從以前就很喜歡我了！」說完之後，竟然連耳根子都紅了，這一點也不像他。然後，他納悶地望著無動於衷的我們，生氣地說：「你們為什麼不驚訝？」

「因為我早就知道了。」東堂面無表情地說。

我也表示：「因為我早就知道了。」西嶋則搖頭晃腦地說：「哦？這樣啊。」

「啊，這樣。」鳥井一副落空的模樣，和南面面相覷。「你們早就知道囉！哦，這樣。」

「可是，也不是因為手變成這樣才開始思考，我正在煩惱畢業以後該怎麼辦？回橫濱嗎？」鳥井看起來也像在對缺手的袖子說話。「怎麼樣，大家考慮過將來的事嗎？」

「鳥井，你已經在想這種事囉？離畢業還很久耶。」西嶋以手指推推眼鏡，瞪著他說。「現在不是唸得正熱嗎？接下來才是重頭戲呢。」

「西嶋，告訴你，咱們很快就畢業囉，你再繼續說那種悠哉話，景氣不好，沒有人會僱用你的。」

「咦，真的嗎？北村？」西嶋表現得異常怯懦，我覺得好笑。「北村不會也在考慮畢業以後的事吧？」

「當然有啊！」

「騙人！」

「想是有在想啦。」東堂和南也點頭說道。西嶋顯得很絕望，然後又一臉神氣地說：「我現在總算體會到四面楚歌這句成語。」

稱之為未來藍圖是誇張了點，不過我開始考慮回老家，在岩手縣政府找份工作。我也知道最近因為經濟不景氣，許多人迷信公務員是鐵飯碗，使得入試者增加，錄取名額卻減少了。所以，我並沒有抱多大的期待，只想先努力看看。

「北村該不會已經在準備考試了吧？」

「是啊，不久前開始唸了。」

「喂喂喂，你是說真的嗎？為什麼大家都變成這種學生啊？」西嶋發出遺憾萬分的悲鳴。他提高嗓門說：「我說啊，才沒多久耶，我們進大學才沒多久耶，就已經要畢業了嗎？拚命唸書考進大學，連休息的時候都沒有，就得煩惱接下來的事，這算哪門子制度啊？」

這跟制度又沒有關係——我心想，卻也覺得好久沒聽到他的長篇大論了。

「就是這樣，學生才會不關心世界，光是生活周遭的事情就管不完了，反正進公司以後也是一樣。滿腦子都是將來，不管到了什麼階段，想的都是將來，一點餘裕也沒有。我說啊……」接下來，西嶋又一如往常，開始說起美國在中東發動的戰爭。

西嶋應該也只能從新聞或報紙上獲得資訊，表情卻宛如置身現場，負傷流血，站在苦惱與痛楚的最前線般。「大家都說『不管哪裡發生戰爭，都是無可奈何』，無論遠方死了什麼人，也不以為意，用眼不見為淨這種歪理，齊聲合唱：這與我無關。」

美國一如既往，持續在中東打仗。身在日本的我，已經完全搞不清楚那是與誰作戰、為何而戰了。直到現在，那場戰爭甚至就像急性胃炎轉變成宿疾，固定發作似的。

「可是啊，西嶋，」鳥井以安撫的口吻說。「就像之前說的，不管我們做什麼，情況都不會改變的。戰爭不會停止，國民年金的權益被剝奪，消費稅依舊上漲。這麼一來，我們也只能認真思考自己的將來吧？」

「不，應該有方法吧。」從西嶋那不甘願的表情來看，我並不認為。「像是連署活動？」南解圍似地說。「那不行啦。」西嶋懊恨地搖搖頭。

2

不久前，我曾經慫恿西嶋，對他說：「你也像那樣對大眾呼籲就好了嘛。」當時，我們看到有人在街頭拿著麥克風和擴音器，吶喊著政治訴求。

我不是認真的，但是我真心認為，比起叫囂「必須立刻阻止自衛隊出兵」、「阻止日本右傾」，「讓沙漠下雪」這個訊息不是可以更明瞭地傳達給學生嗎？

西嶋呢喃著「三島由紀夫（註，見P.235）」，撕下麵包屑丟到地面。對了，當時我們坐在公園的長椅上，正在餵食聚攏而來的鴿群。

「三島？」

「你也知道三島由紀夫之死吧？」

「當然了。」我回答。「他在自衛隊的市之谷駐防地結束演說之後，切腹自殺死了。對吧？」

「三島由紀夫這麼說：『你們這樣還算武士嗎？』『為什麼諸君執迷不悟？』他大聲疾呼。」

「那是什麼感覺？」

「我沒看過當時的錄影，不過一定很吵。之前我讀過當時的演說紀錄，上面寫著他叫大家『安靜！聽我說、聽我說！』等字眼。」

「真心酸。」

「『沒有人願意和我一起挺身而出嗎！』他這麼叫，卻沒有人站起來。」

「真寂寞。」

「是啊，很寂寞啊。孤獨的極致呢。」

就算我當時在場，恐怕也會遠遠地看著，一面佩服「這個人真勇敢」，一面暗自嘲笑。「可是，他也有所覺悟吧，難道他真以為會有自衛隊員站出來嗎？」

「他還事先把遺照送去報社，也有人說他已經有所覺悟。可是，我認為他到最後應該還是相信的。他期待只要自己有誠意行動，或許就可以影響世界。」

「可是行不通。」

「我想他最後還是認為『果然行不通啊』，然後自殺了。」

「你能了解三島由紀夫的心情？」

「我沒辦法與他的思想產生共鳴。但是到了那種地步，他還是極力想傳達自己的理念，這讓我受到很大的衝擊。而且最後竟然不成功，更讓我衝擊加倍。我對那起事件也不是很清楚，不過事後諸葛的學者和文化評論家一定很不屑，把它視為是一場精心設計的自殺，認定那只不過是自戀狂天才發瘋罷了。可是，更令人震驚的是，一個人真心想要傳達的理念竟然傳不出去的這個事實。那些把三島由紀夫定位為傻子、與他劃清界線的傢伙，內心深處應該也相信只要有誠意，想表達的事情就能夠傳達出去。絕對是這樣的。在網路發表意見的人也深信只要拿出誠意，對方就感受得到，只不過現在還沒有認真看待罷了。可是，連三島由紀夫都做不到了，就算有了切腹的心理準備，聲音還是傳不出去，所以，就算在那種地方拿著擴音器吼叫，也很難達到目的吧。」

註：三島由紀夫（一九二五～一九七〇），小說家與劇作家。以《假面的告白》出道文壇，著有許多充滿古典主義、唯美主義的作品。後期傾向於國粹主義。

我想，三島由紀夫的心聲無法傳達給任何人，這種情況相當於聯合國再怎麼反對、全世界輿論再怎樣撻伐，還是阻止不了大國發動戰爭的無奈。「所以，你才想用平和胡牌？」我想起西嶋為了實現世界和平，老是在打麻將時拼湊平和牌型的舉動。

「是啊。」西嶋點點頭。「既然向人們呼籲也起不了作用，只能用其他行動來讓他們了解了。我要藉由不斷地用平和胡牌，讓大家了解我的心意有多堅定。」

雖然偏離前題，不過這裡交代一下那起案件——奪走了鳥井左手的；夏季的闖空門案件——目前的狀況。

就結論來說，案情沒有任何進展。儘管已經過了為數驚人的時日，警方卻沒有任何連繫；此外，在約莫一個月前，鄰縣的山形縣也發生了闖空門竊案。我是從報上得知這消息的。因為有目擊者證實犯人不止一人，所以我認為這跟我們遇到的竊賊同屬於一個集團。被害人又是當地企業的經營者；也就是富商，當時全家正外出旅遊。西嶋憤慨地說：「不知悔改，又下手了。」

然後……，這是更久以前的事了。我們和長谷川見了一次面。我們從鳥井那裡問出長谷川的聯絡方式，我和東堂去見她。

長谷川跟我們約在車站前的簡餐店，一見面她就拚命道歉。「真是對不起、對不起。」她低下頭，不斷地重複說真的沒想到會發生那種事。她還說，被警方盤問了許多關於牛郎禮一的事情。

「那，牛郎純在哪裡？」儘管並不知道純與這次事件有沒有關係，不過他應該知道禮一的下落——這麼推測應該不算突兀。

長谷川歉疚地搖搖頭。「我聯絡不到純，跟他本來就不熟。我還問過牛郎俱樂部，他們也不曉得純去了哪裡。」

「那天晚上，去嶽內邸行竊的那夥竊賊，其中有一個是牛郎禮一，這不是巧合吧？妳為什麼要拜託鳥井監視？」

「嗯，那不是巧合。我想禮一那天或許會去那個地方，所以才拜託鳥井想辦法阻止他。」

「妳跟那個牛郎還是很要好喔？妳在海邊時，不是說已經跟他斷絕關係了嗎？」

「斷絕關係是真的，只不過我還是在意，也很擔心他。」

「擔心？他又不是妳的男友或朋友。」那根本不算斷絕關係，反倒是關係匪淺。

「他辭掉牛郎工作以後，好像加入什麼非法集團。」長谷川吞吞吐吐的，卻還是講了出來。

「什麼集團？」東堂問。

「我也不知道，好像是被迫加入的。」

「那些人不正派？」我苦笑著問。「說起來，如果只是想阻止他們闖空門，妳也不用跟鳥井說，直接報警不就得了？事先報警啊！不對嗎？」

「因為幾乎沒證據啊。」長谷川一臉愁苦。「我知道他手上有那附近的地圖，跟誰在計畫什麼，可是只有這樣，警方也不會採取行動吧？」

「對了，住宅地圖。」我想起來了。「那份地圖是影印的，上面還有記號，那是他們畫的？」

「那是禮一的地圖。」長谷川說到這裡，視線又低垂。「我偷偷拿去影印的，我發現他們可能盯上那戶人家。」

「可是，妳到底是要鳥井……，要我們怎麼做？」

「我想，如果你們在現場，一定會引起騷動。」

「那種事，很難說會變成怎樣吧。而且妳為什麼要騙我們，說那裡是總統男的家？」

「之前聯誼時，那個西嶋不是很興奮地講這件事嗎？我以為只要那樣說，他可能會感興趣。」

我們終究沒辦法從長谷川那裡問出更重要的情報。簡而言之，就是她懷疑牛郎禮一與偷竊計畫有關，想要設法防患於未然，所以向鳥井撒謊，把他騙到現場。只是這樣而已，她並沒有特別具體的預測。事實上，我們雖然在途中阻止了禮一等人的犯行，卻沒能防範他們入侵。

我本來想問：為什麼妳不親自阻止？為什麼不去現場？然而我打消了念頭，理由我也明白。她不希望妨礙禮一，使得自己被討厭，所以想把這個差事推到其他人頭上。其他人——例如交情不深、整天遊手好閒又沒見過世面、目前就讀於某國立大學、髮型像冠魚狗的某人。

「可是如果那樣，一開始告訴鳥井不就得了？直接講明牛郎禮一要闖空門，拜託鳥井阻止他。」

「因為我也不確定，只是很不安，懷疑有這個可能性。為了預防萬一、為了慎重起見，請鳥井……」

我嘆了一口氣。「結果妳的預感成真，他們真的跑去闖空門了。」

此時，東堂也開口了。「然後，一如妳所期待的，鳥井和西嶋大吵大鬧，把竊賊嚇了一大跳。」

「他們情急之下想開車撞死我們。禮一嚇得逃跑，而鳥井失去左臂。」

「左臂？」長谷川反問。好像還不知道這件事。「什麼意思？發生了什麼事？」

「沒事。」我和東堂同時回答。「拜託妳不要再把我們捲入任何事——像是打保齡球或監視別人了。」我們留下這句話便告辭了。

3

西嶋彷彿如魚得水，又像個被挑釁的激進份子，在我們面前主張「連署活動的無力」。他憤慨地表示就算達成幾萬人連署，政治家收下連署，也只是說「我們會重視這個問題」，然後就這麼結束了。

「乾脆準備一塊大石板好了。」

「然後呢？」鳥井表示興趣。

「請幾千人、幾萬人在那塊石板上署名。把名字刻在上面，然後把它扔進首相或總統的家。」

「你說扔，是指物理性的扔？從上面扔？」東堂反問。

「是啊，物理性的。這樣一來，至少他們會稍微『重』視這個問題。」

「那樣不叫連署活動吧？」我指正。

「裝傻就好了。」

「裝傻？」我們愣住了。

「像北村和鳥井這種聰明人都想得太遠，只要裝傻就行了。例如說……」

「例如說？」

「假設眼前有個小孩哭了、假設有人快被槍斃了。這時候，如果還在思考正義是什麼，又能怎麼樣呢？救人就是了嘛。」

「救人就是了嗎？」我被他的氣勢壓倒，回答道。

「例如，有一頭受傷的鹿，牠的腳骨折了。這時候，一頭饑腸轆轆的獵豹出現了，眼看那頭鹿快被襲擊了。事實上，這是之前我在電視上看到的節目。當時，置身現場的女主持人淚眼盈眶地說：『這就是大自然的殘酷，雖然我很想救這頭鹿，但是這麼做會破壞大自然的法則。』」

「她說的沒錯啊。」鳥井說。

「這時候，去救就是了嘛。她以為自己是誰啊？她又知道大自然有什麼法則？這只是藉口，藉、口。要是換作她被攻擊，就算開槍也會把獵豹幹掉，結果卻對鹿見死不救。」

「原來如此。」儘管不信服，我卻這麼回應。「原來如此。」其他三人也點頭表示同意。我們都學乖了，這種時候反駁西嶋是沒有意義的。不過東堂說：「但是，該救獵豹還是鹿，倒是一個很困難的問題呢。」

西嶋稍微煩惱了一下，回答說：「要看哪一邊的處境比較可憐。」

「這太主觀了。」我笑道。結果得到了「很遺憾，驅使我行動的就是我的主觀」這種分不清是豁出去還是賴皮的回答。

「原來如此。」儘管我們不接受，卻又如此應道。

「反正啊，這國家有越來越多一副什麼都懂的賢者，把愚笨的老實人逼得痛苦不堪。」

真是胡說八道——我目瞪口呆，想起前幾天有一次聚餐時，聊到中東戰爭的話題。那是暑假結束後的班聚，某人提到某村莊遭美國空軍誤炸，村民慘遭橫禍時，表示「雖然很慘，不過也沒辦法」，結果觸怒了西嶋。

「我說啊，有人死了，卻可以一派輕鬆地表示這也沒辦法，實在令我難以置信。」他一開始就這麼說。「在這個遙遠國家的居酒屋裡，學生們喝著啤酒，把某處有人死亡的事情，用一句話帶過，真是差勁透頂。我們雖然無能為力，卻也能夠不感到心痛、不祈禱戰爭早點結束嗎？描述這種事時，應該要感到更慚愧啊。」他嚷著。「談論戰爭的心情，必須更痛苦、更苦悶啊。」

「西嶋，跟你相較之下，我們的想法實在太膚淺了。」鳥井說，然後笑道：「可是，你最好還是考慮一下畢業以後的事喔。」

隔壁房間傳來「咚」的聲響。我們轉過頭去，鳥井說：「之前那個安靜的老爺爺搬走了，這次是一對年輕夫婦。」他指向牆壁。「又是每天吵架。」

「隔壁搬家搬得很頻繁呢。」我說。「還好吧！」鳥井不當一回事地回答。

4

「我覺得想法和西嶋一樣的人應該很多。」坐在我前面的東堂一邊喝啤酒一邊說。

我和東堂在鬧區巷子裡的一家小居酒屋對坐著。已經過了晚上八點，桌位和吧檯幾乎坐滿了。我們離開鳥井的住處後，東堂在回家的路上唐突地邀約：「北村，要不要去喝一杯？」於是發展成目前這種狀況，但是，周遭的客人頻頻望向這裡，讓我介意。那種眼神像是在打探著：「喂，那美女是你女朋友嗎？」

「可是，我覺得西嶋在那些人當中也算特別。」她說道。

我一面嚼著炸豆腐，一面表示同意。西嶋有點與眾不同，而且特別。

「我想是因為西嶋不只是出一張嘴，他會努力做出成果。」我想到他在保齡球場特訓，以及後來那起死回生的SPARE擲球。或許拚命湊平和牌型，以及鳥井事件之後那可笑的「靠中胡牌」，也算是其中一環。

「我覺得西嶋恐怕最了解自己的無力感。」東堂說道。

真敏銳——我心想。「妳現在在打工嗎？」

「是啊。」可能是因為那宛如洋娃娃般的長相，東堂的言詞聽起來冷冽。「一個月前開始，星期一、三、五，在這附近的小酒館，你下次也來看看怎樣？」

「怎樣的店？」

「我穿著領口微敞的緊身襯衫，迷你裙底下露出修長的大腿，然後坐在客人身邊調酒。」

「騙人！」

「真的。」東堂的表情不變。

「這又是為什麼？」我心想，像東堂這樣的美女在那種店工作，一定非常適合吧。

「妳說是小酒館。我一直以為是居酒屋還是酒吧，原來是酒廊嗎？」

「店裡的氣氛也像酒吧，不過酒廊薪水比較好。你對這種店有偏見嗎？」接著，她說明酒廊也分成許多種，有氣氛高雅、服務周到的老字號酒廊，也有輕佻熱鬧、較大眾化的酒廊，形形色色。

「妳在哪一種酒廊打工？」

「若要分的話，算是輕佻熱鬧的那一種。」東堂乾脆地說道。

「我也喜歡看女生穿迷你裙，不過這真令人意外。」說起來，我根本沒想過東堂能夠勝任服務業。「可是，妳賺錢要用在哪裡呢？」

「我只是覺得當人生沒有特定目標時，存錢或許是最有意義的。」

「打工有意義嗎？」

「我才開始工作一個月而已。」她聳聳肩。「既沒有挫折，也沒有收穫。」

「接下來才要學習、得到許多東西吧！」

「總之，我了解到中年色老頭也分成可原諒與不能原諒兩種。」這應該是開玩笑的，不過東堂的語氣很嚴肅，聽起來像是正經八百的報告。不知是否我多心，總覺得後面的上班族正豎朵偷聽，他們幾乎脫口這麼問：「請務必告訴我們可原諒的條件。」

「可是啊，妳今天為什麼會想找我喝酒？」我看看時鐘，我們坐在這裡已經有一個小時。

「沒什麼大不了的事，只是沒跟你說。」

「沒跟我說什麼？」

「前一陣子，我被西嶋甩了。」

「什麼？」

「前一陣子。」或許是不願意記起正確日期，東堂曖昧地說：「我問西嶋：你要不要跟我交往？」她若無其事地把筷子伸向生魚片。

「西嶋怎麼回答？」

「他一開始很驚訝，然後很快回答：還是不要好了。」

「還是不要好了——真勁爆的答案呢。」我很驚訝。「輕描淡寫。那，妳怎麼說？」

「我說：哦，這樣啊。」

「好清淡的對話喔。可是，你們倆今天也沒有尷尬的氣氛啊？」

「嗯，不會啊。這是兩碼子事。」

「是這樣嗎？」或許是因為東堂與西嶋異於一般年輕人，所以才會有這種情況吧。

「話說回來，妳花了好長的時間才告白呢。」

「是嗎？」

「倒不如說，經過這麼長的時間，妳對西嶋的好感度竟然沒有減少，這才令人驚訝呢。」雖然不是讚賞，但我一這麼說，她便回答：「嗯，這麼長的時間，我已習慣了西嶋的怪異。」

她說的沒錯。我也開始習慣西嶋的言行舉止和嘮叨，比起漫長的梅雨或酷暑、暖冬這一類異常的氣候還容易習慣。

「妳還是一樣聽雷蒙合唱團嗎？」
「嗯。」東堂回答，「那也會習慣呢。」是「習慣」而不是「聽膩」，真令人敬佩。
「像〈*Blitzkrieg Bop*〉，很可愛，我很喜歡。」
「那妳打算怎麼做？」我不具深意地問她。「放棄西嶋、轉換心情，和其他男生交往之類的？」
「我也考慮跟各種男人交往。」
我猜也是因為這件事，東堂才開始打工。
此時，一個至今從未想過、令人覺得不可思議的陳腐問題突然掠過腦海。也就是東堂究竟有沒有跟男人交往過、有沒有跟男人上過床等等一連串低俗的疑問。既然機會難得，我格外小心遣辭用句地詢問東堂。結果她一如往常的面無表情回答：「北村，我可是意外地受歡迎喔。」答案可想而知。

5

「真厲害。」鳩麥在電話另一頭笑道。我把東堂的事告訴她之後，她說：「東堂真的好酷喔。」

鳩麥見過鳥井、西嶋、南和東堂，跟大家都很熟。這麼說來，鳩麥頭一次見到東堂時，她說：「妳會不會是因為姓東堂，所以記憶力特別好？」我聽不懂她的意思，不過東堂好像了解，回答說：「嗯，我絕對不會說『忘記了』。」她們可能在說某部電影或小說裡的人物，不過我並不知道那是什麼。

「可是，妳不覺得西嶋也很厲害嗎？東堂主動跟他告白，他竟然拒絕了。」

「嗯，西嶋也很酷。」

「他酷嗎？」

「啊，你是在嫉妒嗎？」

「才沒有。」其實，我不可能嫉妒西嶋。

這時是晚上十點多，每天一到這個時間，鳩麥就會打電話給我，多半是閒聊。「這麼說來，北村你要不要聽一件難過的事？」我們聊了大約三十分鐘，鳩麥這麼說。

「不要。」我當下回答。

鳩麥開始說：「其實啊，」我就說不要聽了嘛——即使我抗議，她也不理會，好像覺得說出來會比較輕鬆。這就像變成僵屍的人追著其他人一樣。來變成我的同伴吧！

「你知道動物收容中心的網站嗎？」

「動物收容中心這名詞，我還是頭一次聽到。」

「應該是動物衛生檢驗所的其中一個單位，它是收容走失狗狗的機構。」

光是聽到這裡，我就有一種陰暗的預感。「然後呢？」

「那個網站上刊登走失狗狗的介紹。上面有照片，還寫有特徵，希望能夠藉此找到原飼主。」

「我覺得這主意不錯。」

「嗯，我也這麼覺得。應該有很多狗狗因為那個網站找到了主人。狗狗很可愛，我一直注意上面的訊息，後來發現了一件事。」

「什麼？」

「照片是依照收容的先後順序排列的，所以，最後一隻狗的收容日期最早。」

「這樣啊。」我回答。還是不知道她想說的重點。

「我今天看的時候，排在最後面的是一隻狼犬，體型很大。」

「然後呢？」

「收容期限只到今天。」

過了收容期限以後，究竟會發生什麼事？我沒有問。

「真令人難受呢。」

「我不想聽。」我回答，接著說：「可是，這不是那個機構的錯。」

「我知道，可是總覺得好難過。要是真的，就算勉強也應該收養牠吧。」

「什麼叫做要是真的？」

「要是真的覺得難過的話。」

「可是，」我用一種辯護的心情說，「可是這樣會沒完沒了。就算養了一隻，過了收容期限的狗還是會不斷地冒出來。如果有心理準備打算拯救所有的狗，那就另當別論，這樣子是沒有辦法的。」我一邊說，一邊對西嶋吶喊。西嶋，我們不但無法改變世界，就連一隻狼犬都救不了，不是嗎？

「怎麼樣？覺得很難過嗎？」

「嗯，我也變成了僵屍。」

6

翌日，我在大學教室整理筆記時，有一個男生坐到我旁邊。我心想，是莞爾嗎？果然不出所料，真的是莞爾，他可能算準了下課時間過來找我的。

「北村，你等一下有空嗎？」

我望向教室裡的時鐘，下午兩點半，接下來沒課，晚上也沒有計畫。我這麼告訴莞爾，他便湊過來說：「那，你要不要過來看看？」他的頭髮稍微留長了些，看起來有點像剛開學的模樣，一雙眼睛四周泛著一層陰影，不曉得是不是黑眼圈。

「你那個牛丼屋的女朋友還好嗎？」

「那已經是很久以前的事啦，我們早就分了。」莞爾撇嘴說。「現在是天天換喔，天天換。」

「天天換？」

「晚上在街上跟女生搭訕，然後一起去喝酒，再帶回公寓，最近習慣這樣，我身邊的朋友都是這樣，也不來上課，只顧著打工和聯誼。」我不懂他是在吹噓還是抱怨。「不管這個，等一下有校慶的會議喔。」

「校慶？下個月的？」我們學校會在十一月的文化紀念日（註）前後舉行校慶。「莞爾會參加嗎？」

「身為幹事的莞爾，怎麼可能不參加這種活動呢？親身體驗一下，還蠻有趣的呢。基本上是由三年級主導，一、二年級也有幾個人。從今年夏天開始慢慢準備。」

「為什麼校慶的會議要找我？」

註：這是日本的國定假日，每年的十一月三日。

「我們想聽聽第三者的意見。」莞爾站起來，我也跟著起身。

「會議是要討論什麼？」我問道，想像是各社團設攤的規劃，或樂隊演奏的時間表等等。所以，當莞爾笑著說「超能力」的時候，我嚇了一大跳。

我跟著莞爾，在各教室建築物之間的通道穿梭。我們上樓，在走廊上經過一間閱覽室。在那間教室裡可以閱覽報紙及雜誌，或利用電腦上網。這時候，我突然想起昨晚和鳩麥聊天的內容，於是跟莞爾說了聲：「等我一下，一秒鐘。」便走進閱覽室，找了一台閒置的電腦，搜尋仙台市動物收容中心，然後找到網頁。

「你在幹嘛？」莞爾從旁插嘴。「有點在意一件事。」我開啟刊登走失小狗的網頁。「噢，這不是狗嗎？」「對，是狗。」

我逐頁瀏覽上面的照片，看到最後一頁，卻找不到昨天鳩麥提到的那隻狼犬，那就表示期限已過。我嘆了一口氣，胸中彷彿壓了一塊大石頭般很不舒服。

「怎麼了？」

「沒事，好了。走吧！」我離開閱覽室。

「莞爾，你想聽難過的事嗎？」

「不要，我不想聽那種的。」

莞爾帶我去教室棟最北側的一間小會議室。裡面有幾張長桌並排成長方陣形，我和莞爾坐在入口處的角落。

「好厲害，怎麼做到的？」我周圍的學生面露佩服與困惑，驚叫連連。

剛才，一名坐在左前方長桌前的男子，把手裡的湯匙弄彎了。

那名男子留著一頭淡褐色的飄逸髮型，額前有瀏海，感覺很年輕，斯文的長相帶點陰柔。他的個子很高、鼻型纖細、眼睛的雙眼皮深邃，看起來像是氣質清新的演員。不過在我們來到會議室之前，莞爾告訴我對方好像是個有名的社會文化人類學者。

「麻生晃一郎——這名字你至少聽過吧？」

「沒聽過。」社會文化人類學者是做什麼的？我發問。什麼社會、文化又是人類的，真是曖昧加三級的名稱。

「社會文化與政治如何影響人類——聽說是從事這種研究。我也不是很清楚啦。以前好像是哪所大學的副教授，現在在各種專欄執筆，也參加過談話節目。長相英俊、談吐風趣，所以很受歡迎。明明已經四十出頭了，看起來卻像二十幾歲。北村你不常看電視吧，所以不認識他。他在一般人眼中很有名耶。」

「麻生老師，這是怎麼回事？」麻生面前有一名戴眼鏡的女同學客氣地發問。「這不是超能力嗎？」她指著麻生手上彎曲的湯匙。

其他同學「是啊、是啊」地點點頭。我也一樣，忍不住湊近一旁的莞爾，低聲問道：「這個人是否定派的吧？」

今年大學校慶的重頭戲之一，好像是「超能力者VS.麻生晃一郎」的企劃。把所謂具有超能力的人邀請過來，由麻生晃一郎判定真假。

「有超能力的人是誰？」我在路上問莞爾。他說的應該不是南吧。「你聽過一個姓鷲尾的人嗎？」莞爾回答我。「一個白髮大叔，以前因為彎湯匙或預言能力轟動一時，不過最近已經退燒了。」

「有這號人物嗎？」我回溯記憶，感到納悶。

「喂喂喂，什麼『有這號人物嗎？』不要擅自抹煞別人的存在好嗎？有啦，從以前就有了。」

「那他的超能力是騙人的嗎？」

「當然是騙人的啊。」莞爾理所當然地回答。「麻生的立場是否定那種超能力的。電視只要播出那一類節目，他就會一個個揭穿。」

儘管如此。在短短幾分鐘以前，麻生英姿煥發地出現在會議室裡，把自己的名片發給每個人，當他笑容可掬地向在場者打過招呼之後，便從容不迫地詢問執行委員長——某個雷鬼髮型的學生，「請問這裡有沒有湯匙？」然後，他拿起那支銀色湯匙，兩、三下匙柄就彎了。在場者紛紛陷入困惑。

「這只是把戲啦，是魔術。」麻生微笑著聳聳肩，眼角堆滿皺紋，表情親切和藹。這種人很討女人歡心呢——我也明白箇中道理。幽默風趣，又富有知性。這與西嶋以前告訴我「暢銷小說的條件」奇妙地不謀而合。幽默、輕鬆、知性。雖然俏皮詼諧，卻沒有內涵。

這種情況令我們無法理解，麻生拿起彎曲的湯匙，用蠻力把彎折的部位扳回原狀，然後將匙柄變色的部位依序展示給大家。「請看這裡，這裡有個凹進去的部分吧？」

「嗯，的確有點凹進去。」莞爾指著彎曲的部位說道。

「有這種工具。」麻生展示戴在右拇指一個款式簡單、像戒指的東西。戒指的指腹有點凸，呈現平緩的突起。「這枚戒指可以製造好幾十倍的力量，只要像這樣用力捏住匙柄……」他說著，抓住手邊另一支湯匙施力。「就可以像這樣弄出一道傷痕，凹下去了。」的確，他並沒有多用力，湯匙就出現痕跡了。「然後只要一碰，湯匙就會軟趴趴地彎曲。」

「可是，我們一開始檢查的時候，並沒有那種痕跡，都是一般湯匙。」有人提出反駁，在場者紛紛點頭。

「那是因為……」麻生溫和地微笑，從袖口取出另一支湯匙。

「咦？」

「你們剛才拿的湯匙是這一支。」他搖晃著從袖口跌出來的湯匙。「我剛才彎折的是事先準備的湯匙。我掉包了。」

「原來如此啊。」校慶執行委員會的人紛紛讚嘆不已。「原來是利用這種物理性原理啊。」戴眼鏡的女生不滿地說道。

「超能力者全都是這樣做嗎？」嚴格來說，我的立場比較像是局外人，卻還是忍不住發問。「都是使用這種便利的道具嗎？」

「每個人都會使用不同的技巧，或者說策略。我這次也是，如果這個方法行不通，我還有其他方法，我準備了好幾種。」接著，他喝了一口咖啡。

「可是，也不是所有人都耍伎倆吧？」我想到南，繼續追問。

「不。」麻生臉上柔和的表情第一次變得有些緊繃。「到目前為止，我所遇到的人，每一個都用了某些手法。雖然大家都想用超能力這種曖昧的詞彙來混淆視聽，但是它既沒有科學根據，也缺少邏輯上的解釋。」

我窮於回答。就算缺乏科學根據或邏輯上的解釋，南的確展現了奇妙的能力。那麼她的力量該怎麼說明？我覺得沒有必要現在講出來，我也沒有熱心到要訴求這種事。

「可是，」那個雷鬼頭委員長探出身子。「這次請來的鷲尾先生，不是要做記憶透視嗎？那也是有手法的嗎？」他的表情帶著詭異的笑。那笑容像在嘲諷不在場的鷲尾。

「記憶透視？」我插嘴。

「就是把對方昨天的生活狀況正確地講出來之類的。」莞爾回答。

「那種能力根本不值得一提。」麻生以不怎麼起勁的表情說。「這跟算命的沒什麼兩樣嘛，說的不外乎『你不滿現在的工作』，或是『你在為感情煩惱』這一類誰都可能會遇到的狀況。那些內容絕大多數都是能夠擴大解釋的，什麼記憶會化為意像浮現啦，這些模稜兩可的話，不管怎麼樣解釋都行。接著，他們會暗示一些事先取得的資訊。像是『你有小孩』、『你胃腸不好』，而這些事只要稍微調查就知道了。對了，試試這個怎麼樣？」麻生豎起手指。「下次你們若無其事地把我的預定行程告訴鷲尾先生，說我會在校慶前天上午抵達仙台，在車站內的牛舌料理店用餐，然後去參觀青葉城。我想他一定會被這個訊息牽著鼻子走，說出類似『我腦中浮現騎馬的獨眼俠，是青葉城的政宗（註）呢。』的話。」

註：青葉城為仙台城的別稱，為戰國時代晚期的武將伊達政宗的居城。伊達政宗因幼時罹患眼病，單眼失明，因此被稱為「獨眼龍」。

「原來如此。」有幾個人說道。但我總覺得哪裡想不通。

會議持續進行，確定當天的座位安排與流程，沒人理會還在想不通的我。此外，用攝影機拍攝的方法也被提出來討論，大家計畫要瞞著鷲尾，用針孔攝影機拍下他彎湯匙的手。與其說這是超能力者與學者的大對決，我覺得更像是針對超能力者的批鬥大會。

最後，麻生也這麼說：「世界上沒有超能力。不，就算退一百步，假設有超能力好了，拼命推崇它是很危險的。就算會彎折湯匙，那又怎樣呢？如果彎了湯匙能夠讓人生更豐富，拿鉗子扭彎不就得了？」從正面窗戶灑落的陽光，彷彿在為麻生的話打包票似地，閃閃發亮。

我看著學生們重重點頭表示同意，內心感到一股不暢快。所以，和莞爾道別之後，我打電話給西嶋。

「西嶋，現在能不能見面？」

「哦，好啊。我也有事要找你商量。」

7

我以為西嶋要商量的事，一定跟東堂向他告白有關，結果猜錯了。

依西嶋的要求，我們約在距離市區有點遠的廣瀨川附近公園見面，但是看到西嶋之後，我呆住了。

「不好意思遲到了。」西嶋板著一張臉，為遲到的事道歉。他的態度一如往常。至於有什麼地方不同、我為什麼要吃驚，是因為他牽著一隻狗出現了。他握著一條款式新穎的鮮紅色牽繩，繩子另一端繫著一隻垂著長舌頭的狼犬。狼犬的毛色像極了烤焦的草皮，野性十足，光是坐著就充滿了氣勢。

「唉，我正在傷腦筋呢。」西嶋說。「我住的地方不是公寓嗎？不能養寵物耶，我正煩惱該怎麼辦，所以想找你商量一下。」

「問題不在這裡，這是哪來的狗啊？」

「我的狗啊，從今天開始。」

「難道……」我看到那隻高齡狼犬，直覺地想到了，不，應該不可能。「那是動物收容中心的狗嗎？」

「怎麼，你也知道啊？」西嶋若無其事地回答。「是偶然的，我偶然得知那個網站，在學校裡上網一看，結果發現這隻狼犬處境危險。」

「收容期限到昨天為止。」

「對啊、對啊。所以啊，我今天一早就去把牠領回來了。那個地方蠻遠的，累死我了，不過幸好趕上了。」

「什麼領回來，那根本不是你的狗吧？」

「幹嘛講得這麼難聽，現在是我的啊。」

「不是啦……」

「或許你不知道，其實那個機構也很為難，過了收容期限的狗，只能被安樂死吧。」

「這我知道。」我的語調變得有點強硬。「你為了救那隻差點被安樂死的狗，所以跑去領回來？」

「意外地簡單呢，我堅持說是飼主，也沒被對方刁難。」

「我說啊，」不知為何，我的語氣像在訓話。「你啊，做出這麼衝動的事情，怎麼能夠說服自己呢？」

「說服自己？衝動？」西嶋訝異地皺眉，接著淡淡地說：「可是，要是沒有人去領牠，這傢伙不就有生命危險嗎？大危機耶。」接著，他大力主張危機就是要解除的。

「可是，今後只要出現收容期限快到的狗，你都要去領養嗎？」

「怎麼可能？」西嶋理所當然地聳聳肩。「為什麼我非得救所有的狗？」

「呃……」

「只是偶然啊。這次我看到了，所以耿耿於懷，而且我決定今後不再看那個網站了。」

該說是對牛彈琴嗎？總之，我和西嶋之間的想法有著莫大的鴻溝。儘管我無法理解，卻對西嶋身體力行「要是眼前有人遇難，出手相救就是了嘛」這個主張，感到敬佩。

「可是，只救那一隻，對其他狗卻視而不見，這不是很矛盾嗎？」我不死心地追問。西嶋完全不以為意，他說：「法律有規定不可以嗎？」他的眼神在鏡片下閃爍著。

「沒有。」我回答。

「你到底想把牠養在哪裡啊？」

「我就是想跟你商量這個啊，北村。」

這是我們自入學以來，第一次去東堂家。東堂家位於仙台市東方，是個近似老街的地區，稍遠處有一大片水田。

「蠻安靜的呢。」西嶋四處張望之後，悠哉地說道。我們按下「東堂」這個門牌下的電鈴，等待東堂出來。

「如果在這裡，狼犬雷蒙也會住得很舒適吧。」西嶋滿足地點點頭。

我立刻指出兩點。第一，就算東堂家屬於獨門獨棟，他們未必願意養狗，反倒是生氣的可能性比較高。第二，那隻狼犬為什麼叫雷蒙？本來我還想再提一點，也就是「你都拒絕了東堂的告白，竟然還好意思麻煩人家」；可是看看西嶋，他絲毫沒有畏縮或猶豫的模樣，害我忍不住懷疑那或許是東堂為了要我所捏造的。

「雷蒙合唱團的成員，每一個人的名字裡不是都有『雷蒙』兩個字嗎？」西嶋連珠砲似地說，「喬伊・雷蒙、喬尼・雷蒙，還有迪迪・雷蒙。」

「可是，那隻狼犬又不是雷蒙合唱團的成員。」

眼前的東堂家，雖然沒有豪宅般的門面，但廣大的庭院受到仔細的照料，極為潔淨。每扇窗戶平整地掛著蕾絲窗簾，牆面以牆磚做為裝飾。一旁還有車庫，卻沒有車。喏，那裡有狗屋——西嶋隨口說道。

過了一會兒，東堂從玄關走了出來。我半吊子地舉起手，西嶋則輕浮地打招呼：「喂！東堂，我難得過來，妳也讓我等太久了吧。」

東堂開門，走到我們面前，俯視著坐在西嶋身邊的狼犬，問道：「這隻狗是什麼？」或許是察覺到眼前這位美女可能是自己的下一個主人，狼犬的舉止似乎變得比剛才更有禮貌了，看起來像是在參加面試。

「你們好，午安。」東堂背後傳來招呼聲。「哦，媽。」東堂回頭。現身的婦人與東堂長得很像，若是沒有東堂這聲招呼，很容易讓人誤以為又出現另一個東堂。她比東堂稍矮，嘴角的皺紋明顯，頭髮似乎摻雜了一些白髮，但兩人還是長得很像，而且她比東堂還親切。她微笑著說：「這孩子難得有朋友來呢。」

伯母好，初次見面——我和西嶋一起打招呼，不料東堂的母親緊接著說：「那，是哪位拒絕跟我女兒交往呀？」害得我們說不出話來。

「哦，那是西嶋。」東堂還是面無表情，指著西嶋，這讓西嶋也不禁結巴了。「妳、妳想幹嘛，突然這樣……」他後退了幾步。

「哦，是你啊。」東堂的母親高興地瞇起眼睛。「別看我女兒這樣，她可是很受歡迎的哦，就跟我年輕時一樣。」她半開玩笑，誇張地抬頭挺胸說道。

「一定是吧。」我雖然困惑，仍這麼回答。

「竟然拒絕和她交往，你的膽子真大呢。」她佩服地點點頭。「嗯，我就說吧？」東堂應聲。她們倆站在一起，看起來也像一對姊妹。

西嶋難得手足無措，交互望著東堂和她母親，卻還是發揮天生「前進、前進、再前進」的精神，重新振奮自己，開始說明來意「其實……」。雖然西嶋有點自暴自棄，不過他從動物收容中心的網站說起，簡述了一下經過，他說：「我在想，東堂家能不能收養牠。」

下一瞬間，東堂母女愣了一下。想必這個請求大大出乎她們的意料。但是，東堂的母親隨即放聲大笑，笑聲持續了好一陣子。東堂默默地望著西嶋與狼犬。然後，她們母女倆調整好呼吸，異口同聲地說：「可以啊。」

「可以嗎？」一瞬間這麼反問的是我。

8

我們走到離東堂家約一百公尺遠的地方，在河堤上坐下。這裡有一大片寬闊的草地，在右邊稍遠處的堤防上，有一群孩子正在用紙板滑行，狼犬則趴在東堂身邊。

「妳真的要養？」我忍不住再次確認。就這樣當場決定真的沒問題嗎？

「對啊、對啊，我也很在意耶。」閉眼假寐的狼犬彷彿這麼說，然後豎耳傾聽。

「我媽如果說好，多半沒問題。」東堂回答，然後像是想起來似地，眼神閃爍這麼說：「或許我可以好好折磨這隻狼犬，來發洩被西嶋甩掉的怨恨。」她面無表情地說，聽起來一點都不像開玩笑，西嶋用力「喂」了一聲，狼犬彷彿在說「真的嗎」似地微微睜眼。

「騙你的啦。」「那就好，牠就拜託妳囉。」「但是相反的……」「什麼？」

他們倆夾著我交談，每當有人開口，我就忙碌地轉向說話的那一方。

「相反的……，怎麼樣？」西嶋的表情沉了下來。

「讓我聽聽西嶋你悲慘的回憶。」

「悲慘的回憶？」東堂的話讓我忍不住出聲。

「沒錯。因為我被西嶋甩了，太難過了。」

「妳真的很難過嗎？」我忍不住加強語氣問道。雖然不是在懷疑，可是我到現在還是難以相信坐在右邊的女生被坐在左邊的男生吸引，以致一點真實感也沒有。

「哼！」不曉得是不是詞窮，西嶋不悅地哼了一聲，噘起嘴巴，做出思考的表情。我本來以為他打算就這樣不管了，沒想到他終於開口。「若要說悲慘，我到目前為止過得都很悲慘啊。」他難得地以這種自嘲的口吻說。「尤其是國中到高中那段時期，我被欺負得很慘。」

這我倒是頭一次聽說，不曉得該如何回應，但是東堂漠不關心地「哦」了一聲。

「我被人家說很笨，還被批評愛講歪理，真的很慘。」

「可是，真的就是這樣。」我應和。東堂也說：「真的是這樣。」

「雖然很少受到肢體暴力，卻老是被排擠。」

「原來如此。」我可以想像。

「原來如此。」東堂也可以想像吧。

「我當時精神衰弱，沒辦法依靠父母和老師，悲慘得很。連學校都不想去，整天在街上遊蕩，偷CD什麼的。」

「你做過那種事啊。」在西嶋來說，言行舉止古怪並不稀奇，但他竟以順手牽羊如此平凡的行為抒發滿腔的鬱悶，真令人意外。就像一流的棒球選手宣稱自己在高中時代連二壘安打都沒打過似地新鮮。

西嶋一開始述說，當時的記憶就像衝破堤防般橫溢而出，他的語氣越來越激動。「雷蒙合唱團的CD和衝擊樂團都是用這種方法蒐集的。換句話說，是喬伊・雷蒙和喬・史楚默拯救了我。」

「別把順手牽羊講得那麼了不起。」

「我知道，所以我後來也被抓了。」西嶋忿忿地說道。看樣子，他在高中時代曾因偷竊被捕，送進家庭裁判所（註一）。「可是也沒接受什麼大不了的處罰，害我大失所望。」

「你沒有反省嗎？」東堂問。

「算是反省嗎？那時候我的想法確實改變很多。」西嶋回答。「家裁的調查官是個怪人，他教了我一件事。」

「什麼事？」我反問。「什麼事？」東堂也追問。

「越有才華的人，越會被打壓。」

「說得好。」我對那名家裁調查官感到敬佩。「例如什麼？」

「例如，義經（註二）和伽利略也是這樣。」

「原來如此。」東堂又這麼說，接著問：「還有呢？」

「義經與伽利略。」簡而言之，家庭裁判所的人或許只講了這兩個例子。「還有，他也告訴我，不可以為了逃避找藉口。」

「原來如此。」

「他還給我一本書，一本書呢。家裁的調查官給了我一本聖艾修伯里（註三）的文庫本。」西嶋說出那本書的書名，但是我和東堂都沒看過。

「那本書怎麼了？」我忍不住問。

註一：日本的基層法院之一，負責審理與調停家庭及少年事件。簡稱「家裁」。

註二：源義經（一一五九～一一八九），平安末期的武將。義經助其兄源賴朝討伐平氏，戰功顯赫，卻反遭猜忌，最後被迫自殺。後人將其描寫為命運多舛的英雄，並留下許多傳說。

註三：安東尼・聖艾修伯里（Antoine Saint-Exupery，一九〇〇～一九四四）生於法國里昂，以飛行與寫作為畢生最愛，作品中往往展現一位飛行員、戰士對冒險活動和危險事業如詩歌般的描述。作品中最著名的首推《小王子》，其他重要作品有《南方信件》、《夜間飛行》、《風沙星辰》、《戰鬥的飛行員》等等。

「什麼怎麼了！沒看過的人可以這麼無憂無慮，真好。我啊，看過那本書，又領悟到一件事。書上有一句話：『我不是為了自己而哭泣！』這句話讓我有如當頭棒喝。」

「什麼意思？」我這麼問，西嶋便咋舌，感覺好像在說「誰要說給你聽」、「反正我已經看開了」。他搖搖頭，彷彿正在回首別人的半生似地說：「我的悲慘遭遇大概就像這樣，還要聽嗎？」

「不，夠了。不過，是我多心嗎？前半段先不管，後半段聽起來像是在自誇呢。」東堂的聲音彷彿融入從右邊吹來的秋風中，拂過我們身上。

「這麼說來，」西嶋像是想起什麼似地看著我。此時，玩紙板雪橇的孩子們早已不見蹤影。「北村找我有什麼事？」

「我差點忘了。」說起來，是我先打電話找西嶋的。「其實是關於校慶的事。」

「校慶？」西嶋與東堂異口同聲道。那語氣像是「這麼說來，是有這個活動呢」。

「今天，我陪莞爾參加執行委員會的會議，今年校慶好像要以超能力當作噱頭。」

「超能力？」西嶋瞇起眼睛。

「是南嗎？」東堂納悶地說。

「我一開始也以為在講她，其實不是。你們聽過一個姓鷲尾的大叔嗎？聽說他要表演彎湯匙和透視記憶之類的。」

西嶋擊掌。狼犬以為有人叫牠，忽地坐起上半身。東堂安撫似地撫摸牠的背。

「我知道，一個姓鷲尾什麼的中年男子，感覺很懦弱。他以前在電視上表演過彎湯匙，搞得滿頭大汗。看他流汗流成那樣，比起超能力，感覺更像在表演超勞動呢。累成那樣，還不如不要表演。」

「我沒聽過。」東堂說。

「聽說那個鷲尾要來參加校慶，還有一個叫麻生晃一郎的男人。」

「這個我知道。」這次換成東堂擊掌，狼犬又睜開眼。「他還寫過書，是個學者吧，我好像在電視上看過。」

「這我就不知道了，這個人也有超能力嗎？」西嶋問。

「不是，這個麻生好像不相信超能力。」

「不相信超能力。」東堂玩味似地呢喃。

我曖昧地點點頭。「反正，校慶企劃了一個活動，打算讓麻生揭穿鷲尾的超能力。」

「哦。」西嶋的反應比我預期得更不帶勁。「又怎麼了？」

「剛才那個麻生來開會，他還這麼說：世界上沒有超能力，即使有也沒有意義。就算會彎折湯匙，那又怎樣呢？」

「說的很有道理啊。」西嶋點頭。

「可是，」東堂說。「就這麼斷定也不太好。」

就是啊——我加重了語氣。「麻生這個人很有禮貌，看起來不像壞人，不過他不分青紅皂白地否定超能力沒有意義，會讓我心生抗拒。」

「或許那個姓鷲尾的傢伙很糟糕呢。」西嶋說道。

「雖然有這種可能，」我說著，卻不曉得自己在拘泥什麼，我無法理解自己為何對麻生這麼排斥。我一邊將感覺化為言語，一邊探索內心。「我總覺得否定超能力的人，也會否定超能力以外的事物。」

「超能力以外的事物——例如什麼？北村。」西嶋問。

「例如，彎湯匙的人的一生。」

「這下子又提到人生啊。」東堂回嘴。

「還有，看過彎湯匙表演、拍手叫好的人……。我覺得那些人也都會被否定，而否定者本身好像自以為很了不起！」

「可是啊，若是吹捧那些唬人的超能力，還是會受騙。」

此時，我想起第一次看到南彎湯匙時，西嶋說：「就算能夠彎湯匙，那又怎樣呢？」

搞不好他的意見和麻生很相似。

「比如說，從某村來了一個溫吞有禮的老婆婆。」我一邊說明，同時發現自己之所以一直耿耿於懷，是因為很久以前在盛岡老家看到的電視節目。「那個老婆婆表演彎湯匙，電視台卻在節目中尋找破解手法，群起而攻——總讓我覺得哪裡不對勁。他們有必要打壓別人，甚至做到這種地步嗎？」

「哦？」東堂發出有些吃驚的聲音。「真意外。」

「意外？」

「我還以為北村是崇尚邏輯的呢。邏輯至上，對人心這一類不感興趣。」

東堂說的一點都沒錯，我也對自己感到意外。

9

沒多久，西嶋對麻生的態度就為之一變。起因於第二天，當我和西嶋坐在圖書館飲食區的沙發上時，麻生出現了。

對我和西嶋而言，與其說圖書館是唸書場所，更像是喝便宜咖啡兼聊天、避雨或會合的好地點。這天，我們也是為了第二個目的——避雨而來的。西嶋用手帕擦拭鏡片上的雨滴，不服氣地說：「現在才十月，真是冷得不像話。」

「是啊。」我一面搭腔，心想要是雨一直下個不停，或許把腳踏車留在學校，改搭公車回家比較好。雨勢相當大。

此時，一名瀟灑男子飄忽出現，彬彬有禮地問：「請問我可以坐這裡嗎？」別張沙發都坐滿了，他可能想坐在我們旁邊吧。我說了聲「請」，望著對方，才發現是麻生。我忍不住「啊」的叫出聲來。

麻生一面坐下，一面望著我，可能早已習慣旁人突然驚叫，他冷靜地回答：「你好，我是麻生。」

「你昨天住在仙台嗎？」這麼問雖然有點不客氣，我還是開口了。

「哦，你是昨天一起開會的同學嗎？」麻生溫和地微笑，並表示昨晚跟校慶執行委員會的幾名同學一起去吃飯。今天預定與其他教授在仙台舉辦對談。

「我從北村口中聽說了。」西嶋忽地湊近。「我也有同感。」

「同感？」

「關於超能力什麼的，沒有意義。」

由於事出唐突，麻生瞬間露出吃驚的表情，但立刻配合地說：「嗯，是啊，那種事不太好。」他看起來很年輕，連一根白髮也沒有。

「這個北村說，那種冒牌超能力才重要。」西嶋指著我說。

「這樣啊。」麻生也沒有輕蔑我的模樣，反倒是高興地瞇起了眼睛。「你相信超能力？是有什麼契機嗎？」

我懶得回答，無言地挑眉，但西嶋多管閒事地插嘴：「他看到了，他看到彎湯匙什麼的，結果被感化了。」

麻生咧嘴笑了。

「仙台也有這種人啊！只要學會技巧和表演手法，手巧的人都辦得到。」

「不，可是那看起來就像真的。」對我來說，圖書館是避雨或休憩或集合的地方，而不是爭論的場所，所以我不想反駁什麼，不過還是姑且說明：「在居酒屋，那個女生也會移動東西。」

「連那個裝生魚片的船型容器也動了。」西嶋一邊雙手交抱一邊說。

「咦？」麻生把視線移向西嶋，表情像是在說：咦，你不是不相信超能力嗎？

「我並沒有懷疑超能力啊。」西嶋板著臉說。

「咦？」

「因為我也看到啦，所以不得不相信。明明沒有人碰，船型容器卻在桌上前進。這麼說來，有一部這種電影呢，裡面有一艘船在叢林裡移動。」

「那是韋納・荷索（註）的電影。」我指出。

「對，就是那個。」西嶋豎起手指。「就像那樣，裝著生魚片的船移動了，大移動喔。所以我不得不承認真有這種能力，我想說的是：那又怎樣呢？不過是超能力罷了，也沒什麼了不起啊。」

「南一點都不囂張。」

「雖然不清楚你們在講什麼，」麻生第一次臉上的表情變了。「但世界上是沒有超能力那種東西的。」他的語氣像是在責備。

「不，有的。」西嶋蠻不在乎地說，「我要強調的是有沒有意義。」

麻生揮手。他顯得很困惑，那是一種類似不知該如何處置笨學生的困惑。真麻煩，真難應付，你們根本不明白——這樣的感覺。「等一下！你們很認真主張有超能力嗎？」

「也不是主張，」我邊想邊說。「只是，超能力或彎湯匙這種能力，是真的存在的。」

「在哪裡？」

「什麼哪裡，我同學就有啊。」西嶋說。

「你那位同學在哪裡？」

此時，我吞吞吐吐，把南的名字說出來很容易，但是我可以想像麻生接下來會說什麼——「讓我見她」或是「把她帶來」。總之，可能給南添麻煩，所以我煩惱地交抱雙臂。

我不知道麻生如何看待我的沉默與舉止，但是他露出整齊的齒列說：「果然！每個人都是這樣，只要被深入追問，就說不出來。一被要求提出證據，就說現在不行，不能給你看。如果測試失敗，就推說是環境不好、條件不夠。學生特別容易沉迷於這種非現實的事物，很容易受騙，所以你們最好也小心一點。」

「什麼叫做容易受騙？」西嶋一口氣喝光紙杯裡的咖啡，問道。

「大學生的時間多得用不完，腦筋又靈光，而且自認為『我應該跟別人不一樣』。毫無根據，相信自己是某某人物。」

「的確。」我同意他的話。西嶋皺眉。

「所以，大學生大致上可以分成兩種。」

「兩種嗎？」西嶋說。

「一種是懂得及時行樂、快樂就好的學生。」

註：韋納・荷索（Werner Herzog，一九四二～），德國導演，在電影界享譽極高，作品有〈陸上行舟〉（*Fitzcarraldo*）、〈灰熊人〉（*Grizzly Man*）等。

聽到這裡，我腦中浮現莞爾的臉孔。

「另一種學生則是拚命探索自己究竟是怎樣的人。他們認真思考，獲得各種知識與資訊，藉此確定自己不同於其他人，並感到安心。」麻生繼續說，「根據我的想法，『及時行樂』型的學生，其實不用擔心，他們對社會不感興趣，但最後還是會融入社會。若要下結論，那就是他們深得要領。相反地，另一種學生很危險。他們獲得資訊之後，自認為比其他人聰明，因而對社會上產生的矛盾與異常感到擔憂。他們認為只有自己聰明，周遭的人都是笨蛋，所以會產生一種使命感，自認為必須改變眾人的觀念。這與環保人士很類似，他們以為只有自己察覺到環境遭受破壞，並急切地設法挽救。這麼說可能有點難聽，不過這只是一種傲慢而幼稚的善意。」

表面上我雖然點頭，卻無法苟同他的想法。熱心於環保問題的人不一定都是傲慢的傢伙，若要這麼說，那麼大放厥辭的小說家或大學教授，豈不是更傲慢？「大學生具有社會意識，難道不對嗎？」我這麼問，麻生搖搖頭說：「也不能說不對，只是年輕人懷有使命感，繼而身體力行是沒有意義的。」

這種從容不迫的語氣肯定刺激了西嶋。「那，」他開始了。「那，毫無自覺、完全不思考任何社會問題，只會說『那也沒辦法』，這樣比較好嗎？像是中東戰爭、美國的蠻橫、日本的怯懦，對於這些問題視而不見的人比較了不起嗎？」

麻生被西嶋激動的模樣嚇到了，不過可能是習慣與學生辯論，他再度溫和地回答：「這種想法很危險喔，嗯。」然後，把手中的紙杯湊近嘴邊，呼呼地吹氣，微笑著說：「好燙喔。」聽起來也像是對於西嶋的熱情嗤之以鼻。我差點回答：「沒錯，他很燙！」

「我認為個人的力量有限，學生更是如此，學生獲得的資訊和經驗都很匱乏。這麼說或許有些語病，不過這樣的年輕人不管發什麼牢騷，世界都不會改變。反倒令人想問：你們自以為是誰？」麻生靜靜地說道，「我認為，真正重要的不是政治或環境，而是更樸拙、更單純的事物。我深切地感覺利用詐術行騙的超能力，與這類事物完全背道而馳。它花俏、易懂又簡便，感覺就像在嘲笑認真工作的人。而世界是沒有必要改變的。」

西嶋說「我不懂」，但我回答「我懂」，然後我問：「可是，麻生先生，如果你眼前發生了千真萬確的超能力現象，你該怎麼辦？」

「我不想回答假設性的問題，不過首先當然會懷疑。可是，萬一我不得不承認這是一種神祕力量，我既不會感動，也不會驚訝。因為就算湯匙彎了，社會也不會改變。」

「可是，這樣不就很矛盾嗎？」我依循談話的脈絡指出。「麻生先生剛才不是說，世界沒有必要改變嗎？換句話說，也就是社會不需要改變。然而你卻批判，由於彎湯匙不能改變社會，所以並沒有意義，這樣不是很奇怪嗎？看到彎湯匙而覺得很厲害、很有趣，甚至為此感到高興，這與麻生先生剛才提的『樸拙而單純的事物』，不是一樣嗎？我想，彎湯匙的人其實並沒有什麼偉大的目的。」

噢——西嶋稀奇地看著我。「北村竟然會滔滔雄辯，真新奇。」

我想起在盛岡看到的那個電視節目，在節目中表演彎湯匙的農村老婦，一定不是為了影響世界吧。她本人也不傲慢，只是想取悅周遭人才這麼做吧。而糾舉她的動機究竟是什麼？只是嫉妒大家為此高興嗎？或者是嫌惡她備受矚目呢？我認為「真相大白才是正義」的這種說詞，只是場面話，純粹是籍口。

麻生聽到我這麼說，也沒有動怒。或許他是心胸寬闊的成年人吧。「不是的。」他只是微微地受不了似地搖搖頭。言外之意是：多說無益。「謝謝你們！聊得很愉快。」他瀟灑地離開了。

留下我和西嶋面面相覷。

「雖然這場對話有點燒不起來，不過也算是一次寶貴而有趣的經驗。」

「根本就是不完全燃燒嘛。北村，我們讓那傢伙跌破眼鏡吧！」

就這樣，西嶋對麻生燃起了敵意，突然充滿了幹勁。

10

「讓他跌破眼鏡？怎麼做？」鳩麥期待地說。她一臉興致勃勃的模樣，很好奇我們這次又要做出什麼怪事來了。

晚上九點，我們在「賢犬軒」吃定食。鳩麥下班後，我們去看電影，回程時順便吃了有點晚的晚餐。她點了豬肝炒韭菜定食，我則點了餛飩麵定食。不知道這段時間到底發生了什麼，薑燒豬肉定食不知不覺從菜單上消失了。

「西嶋只是想到什麼說什麼，反正他也沒有特別的主意。不過，麻生那副自以為無所不知的模樣，實在教人不敢恭維。」

「喔？」鳩把手裡的筷子像指揮棒般耍弄。「北村也變了呢。」

「變了？」前幾天東堂也這麼說。

「比起剛認識的時候，變了不少。是啊，該怎麼說呢？」鳩麥的眼神四處游移，那舉動彷彿答案藏在牆上貼的手寫菜單裡。「不像以前那麼冷淡了。」

「不像以前那麼冷淡？」我苦笑。「不過，我自己也這麼覺得呢，覺得有點接近地面了。」說完之後，我吃起餃子，韭菜碎末的香味與絞肉的口感在嘴裡擴散，美味極了。只是，我發現餛飩麵的餛飩和餃子有點像，有一種「啊，重複了」的損失感。

「地面？」鳩麥反問。

「我啊，是從上空俯視眾人的類型。剛開學時，鳥井這麼說過我。可是，我現在的視線稍微接近地面了。」

「也就是說，鳥類逐漸變成人類嗎？」

「我覺得只是被地面上的西嶋用大竹竿或什麼的拽下來而已。」我苦笑。「可是，妳怎麼想？否定和肯定超能力的人，哪一邊才是正確的？」

「我想，」鳩麥以溫柔的聲音說，「有一種陷阱，越聰明的人越容易掉進去。」

「陷阱？」

「越是聰明自大的人，越喜歡歸納事物。」

「意思是？」

「像是『所謂的超能力就是這樣』，『相信超能力的人就是怎樣』。例如看一場電影，也會說『這部片子的主題是魚干』，什麼都可以歸納。他們把所有東西放在一起，想看透本質。事實上，我覺得本質其實都不一樣，而且因人而異，這種人卻想把它歸納、分類。或許這麼一來，就可以表現自己的聰明吧。」

或許真的如此呢——我把餃子浸在醬油碟裡，點點頭。心想：以魚干為主題的電影是什麼片？
「乾脆在校慶當天叫南走進會場，移動麥克風或菸灰缸不就得了？」鳩麥表示這是最簡單，也是最有效果的方法。
「這我們想過了，」我和西嶋聊天時，也提到這個方案。姑且不論鷲尾是不是真正的超能力者，總之請南登場，讓麻生看看貨真價實的超能力。「可是，西嶋說那樣太普通了。」
「普通？這是超能力，當然神奇了。哪裡會普通？」
「請南過來，然後要她彎湯匙，這實在有點……」
「對南過意不去？」
「不，是西嶋會覺得無聊吧。」
「說的沒錯。」鳩麥笑了出來。
「話說回來，又不能叫西嶋代替南使用超能力。」
「那個姓鷲尾的超能力者會哪些把戲？」
我想起校慶執行委員開會時的對話。「彎湯匙，還有……，對了，聽說他還會透視別人的記憶，像是猜出對方昨天做了什麼、去了哪裡之類的。」
「聽起來好假。」

「是啊。」我也老實說。

就在這時候，鳩麥靈光一閃，「啊」的叫了一聲。「這樣子如何？」

「哪樣子？」

「跟蹤麻生，調查他在特定時間內的行動，然後佯裝透視，事後再猜給他看。如果順利的話，他應該會嚇一跳吧。」

「不過，馬上就曝光了吧。」

「或許可以讓他跌破眼鏡喔。」

我在腦中研究這個作戰計畫——或者說是惡作劇，然後對鳩麥說「不壞」。當我們要離開時，我突然想到西嶋前天提到的那本書，便問鳩麥：「妳看過聖艾修伯里的書嗎？」我說出依稀記得的書名，鳩麥回答「我看過喔」，然後笑道：「原來西嶋的根在這裡啊。」

「很像他嗎？」

「詳細內容我忘了，不過我還記得一段文字。」

「怎樣的？」

「『有人在遙遠的彼方遇難了，我不能對這眾多的災難袖手旁觀，再忍耐一下吧，我們現在就趕過去了！』

「哦？」

「只是隱約記得。可是，這像不像西嶋？」

我聽到這個，想起西嶋拼命想在麻將裡湊平和的認真態度，以及對於大國出於私利不斷地在遙遠的中東發動無意義戰爭感到焦急，總覺非得做點什麼。同時，我也感覺得到儘管他英勇地吶喊「等著吧，我現在就趕過去了！」卻無法真正趕過去的遺憾。「很像！」

「對吧？還有一段文章——『身為人類，會為了看似與自己無關的不幸感到羞慚。』」

「我聽過跟這個很像的。」我回溯記憶。在剛開學的那場班聚，第一次開口的西嶋說過類似的話。「我也來看看這本書好了。」我這麼一說，鳩麥便潑我冷水：「我不確定那本書以小說來看算不算有趣喔。」

兩天後的平日午後，我一早就到學校，不過下午停課。沒辦法，我只好在書籍部站著看文庫本，結果遇到了南。「啊，鳥井呢？」

「哦，他沒來，今天只有我來上課。」

「你們的同居生活過得怎樣？」我這麼一問，南便羞紅了臉。「還好吧。」她笑著說：「還在摸索中。」我不曉得他們究竟在摸索什麼，不過南的臉更紅了，縮起下巴說：「不斷地摸索與嘗試。」

「唉，北村你知道西嶋的狗嗎？」

「妳是說東堂的狗嗎？」

「對了，北村當時也在現場嘛，你們去了東堂家吧！昨天我在電話裡聽說的，東堂她媽媽也很漂亮吧？」

「她們母女倆就像同一個模子印出來的。」我回答。「東堂怎麼形容那隻狗？」

「她說很可愛啊。那是什麼狗？吉娃娃還是迷你臘腸狗？」

「狼犬。」我說出正確答案，南眨著眼睛。「警犬的那種？」她低聲說，此時，傳來一陣聲響，我知道那聲響來自於南肩上的皮包，她也開始帶手機了。南取出手機接聽，「啊，怎麼了？」她的聲音亮亮的，從她的表情和聲音可以猜到對方應該是鳥井。現在嗎？哪裡的？來得及嗎？——很明顯地是鳥井叫她去哪裡。我事不關己地聽著，不過南在掛斷之前，竟說「我知道了，那我拜託北村看看」，嚇我一跳，為什麼會冒出我的名字？

「鳥井說現在正在麻將館，跟西嶋一起。他想換手。」

「那就換啊。」

「他希望你也去。」

「為什麼？」

「他說這樣比較好玩。」

麻將館位於市區的商店老街，這是一家歷史悠久且傳統的——簡而言之就是老舊的店。門口裝飾著第一代館長在著名麻將大賽中獲勝的照片，不過那張黑白照似乎年代久遠，令人不禁想確認：「那時候的麻將規則和現在一樣嗎？」我進入大學，學會打麻將之後，也好幾次被西嶋以「我們來學中文和機率吧」這種理由，硬拖到這家麻將館。

「北村同學，好久不見。」

我們一走進麻將館門口附近的座位，古賀先生便舉起手來招呼。「啊，古賀先生也在啊。」

因為菸味，麻將館內的空氣混濁不堪。每個人都一臉不悅地盯著自己的手邊，那氣氛有點陰沉，實在難以說是和樂融融，然而古賀先生的風采卻完美地融入其中。這個人究竟以前是做什麼的？會不會是職業麻將師，或是等同於這種行業的賭棍？

「趕上了。我差不多要回去了，咱們換手吧。」正前方的鳥井說。

此時，坐在西嶋和鳥井之間的男人說「我也要回去了」，便站了起來。那個人一頭褐髮，戴著淡色眼鏡，一副典型的輕浮年輕人模樣。是古賀先生的朋友嗎？我漠不關心地想著，不料被那個男人指名「北村，跟我交換」，令人不安。

鳥井「咯咯咯」地強忍笑意。西嶋也點點頭說：「果然認不出來呢！」

到底是誰啊？我重新看著那個年輕人，我盯著鏡片底下那雙正經八百的眼睛，半晌之後，才眨著眼睛說：「騙人，不會吧？難不成是山田？」

「是啊，就是那個山田。」鳥井雀躍不已。「前陣子我在『賢犬軒』被他叫住時，也認不出來呢。」

對方就是開學後不久，曾與我們一起去找長谷川等人聯誼的那個山田。在那場聯誼之後，我們曾經在校園裡擦身而過，也聊過天，僅止於此的交情，但沒想到他竟然會有如此大幅度的變化。

「總覺得跟以前不一樣……」我說出這句話之後，想了一下措詞，用「感覺很新鮮」來形容。內心的口白是「劣質的新鮮感。」

「山田說交了女朋友，所以變了。」

「我不是因為那樣才變的啦。」

「一定是啦。」

「就是那個啊，那次聯誼的女生不是有個叫什麼選手的嗎？」西嶋說。

「長谷川?」

「好像是她朋友,一起來的女生。」

說到這裡,山田明顯面露不悅,卻略帶傲氣地撐大鼻孔,從提包裡取出照片——儘管沒有人要求。他說:「給你們看看也行喔。」

「山田他啊,從剛才就一直秀照片。他在炫耀喔,真是有夠詭異的。」我聽著鳥井的調侃,望著那張照片。

那是一張遊行的照片,有一對男女坐在大型禮車的後座,男的就是山田。「這是什麼?」

「這是總統遊行的場面。」山田的鼻孔張得更大。「我把我和她的臉放進去。」他驕傲地說道。

聽他這麼一說,我想起許久以前那場聯誼的對話。山田的興趣是電腦合成。

「很普通的合成照片。」鳥井說。「他說成果就是這個。可是,這張照片裡的總統後來就被暗殺了吧!很不吉利耶,你的品味怎麼這麼怪啊?」

「坐在旁邊的女生就是山田的女朋友?」我說,目不轉睛地看著照片,感覺像是見過又像沒見過。「可是那場聯誼以後,你是怎麼跟她混熟的?」

「我們只是後來在圖書館碰巧遇到而已。」山田可能為了掩飾害羞,露出一種苦不堪言的表情。

「他就是不肯說他們在圖書館裡到底聊了什麼、如何開始交往、他又怎麼會變成這副德性。」鳥井笑著拿出錢包，準備結帳。

「什麼叫這副德性？」山田怒道，可是又很快地瞇起眼睛說：「我等一下就要去約會。」

「約會？去哪裡？」西嶋問。「打保齡球啊。保齡球真不錯呢，很有意思。」他回答。

「這麼說來，鳥井的保齡球最近也越打越好了。」南一邊坐下一邊說。

「我抓到單手擲球的訣竅了。」鳥井用右手搔搔頭。「我會雙腳站穩、保持平衡，也可以打到相當高的分數了。西嶋，下次我們來一決勝負吧。」

「不了，我已經不玩了。」西嶋冷淡至極。

「話說回來，麻將真不錯，就算只有一隻手，拿到的牌也是公平的，沒有什麼不利。」鳥井的口氣很自然，接著又露出有點嚴肅的表情，湊近我耳邊說：「用一隻手跟小南親熱實在很不方便，做愛也是很深奧的學問呢。我想好好研究單手搞定的技巧。」

幹嘛突然跟我講這種事？——我驚慌失措，南問：「你們在說什麼？」害得我只能別開視線說：「沒什麼。」

「一起回去吧。」山田說著，便站了起來，鳥井拜託他：「對了，下次把我和小南的照片合成到超激情的片子裡。」

「你是認真的嗎？」與昔日模樣截然不同的山田目瞪口呆地說道。

「認真的。」鳥井回答。「我跟小南的，激情一瞬間。」

「絕對、不要。」南紅著臉回答。

鳥井輕快地笑著，即將走出門口之際，他又靠過來對我說：「北村也差不多該買支手機吧，有急事的時候很不方便耶。」

「不會有什麼急事的。」我回答，並抗拒地表示手機是奢侈品。

「有手機比較方便啦。」鳥井留下這句話，便與山田一起離開了麻將館。

留下來的我們，以全新四人的組合展開牌局。西嶋一按下按鈕，堆好的牌山便從桌底下浮現。我打從心底覺得自動桌真方便。

「鳥井真了不起呢。」古賀先生說。「他一定遇到很多困難，卻沒有半句怨言。」

「嗯，他很了不起。」南像在誇讚親生兒子般地誇著鳥井。「他一開始老是訴苦，不過也會鞭策自己。最近總算能夠用一隻手弄出那個髮型了，他很高興呢。」

「這麼說來，的確是冠魚狗呢。」

「鳥井說自從出事以後，他發現了很多事。」南接著說。

「很多事？」

「雖然是很普通的事……，像是只用單手不容易打開洗髮精瓶蓋，或是單手炸雞塊也很困難。他說，這世上真是困難重重。」

我聽著，想像用一隻右手洗頭或使用倒滿熱油的煎鍋，好像非常辛苦。「鳥井真了不起呢。」

「不過我看到他肩膀上有個像痣的東西呢。」古賀先生有些客氣地探問。

「那是……」南不好回答似地，欲言又止。

擲出骰子，西嶋是莊家，我們順序抓牌、理牌，開始打麻將。

「而且，他還說是自己以半玩鬧的心態監視別人，才會發生意外，這是自作自受。他說，一定還有很多人連壞事也沒做，遭遇卻比他更慘。」

鳥井真了不起——我不得不再度唸道。

「那，北村怎麼樣？有什麼好主意嗎？」進入第十巡的時候，坐在上家的西嶋問道。

「讓麻生跌破眼鏡的主意？」

「哦，在說什麼呀？」古賀先生興致勃勃地探出身子。

「其實啊，」西嶋開始滔滔不絕地聊起麻生這個人，以及「麻生晃一郎的真面目」。就算是真面目，也是西嶋主觀看到的真面目，也就是「那個人以條理分明、貶損人的口吻發表言論，實際上什麼都不懂」，或是「他是那種以為知道真相就可以獲得幸福的典型笨蛋」。

「如果知道真相，不就能得到幸福嗎？」南首先提出疑問。她拿起牌，放進手牌中，丟掉六萬。顯然地，她的牌型已經逐漸構築完成，我有點緊張。

「我說啊，真相什麼的根本無所謂。」西嶋口沫橫飛。

那些口水在空中畫出漂亮的弧線，「答」地落在南在序盤丟掉的上。南說「我不想碰這個」，我和古賀先生也附議。西嶋不理會，繼續說：「拜科學之賜，現在的確變得很方便。可是啊，這與因真相而大肆宣揚是兩碼子事。相反地，由於揭穿真相讓人很掃興，揭穿者應該表現得更歉疚呀。」

「西嶋不能原諒那個姓麻生的人嗎？」南這麼回應，盯著自己的手牌。差不多要來了嗎？我的肚子開始使力。不出所料，「那，立直！」她把牌放倒了。

話說回來，南的麻將功夫真的很高強。說到我在大學裡學到的第一件事，或許就是「厲害的人真的很厲害，而且厲害得毫無道理」這個事實。

妳為什麼這麼厲害？以前我這麼問的時候，南的回答很曖昧。「我爸很喜歡打麻將，我從小學就被逼著學會了。」她這麼說，卻也不是因為這樣的經驗累積，才變得很厲害。「其實理論什麼的，還有怎樣讀捨牌、該丟哪張牌，我完全不懂。」她若無其事地回答，更教人有如墜入五里霧中。

「那妳為什麼會這麼強？」

「不曉得從什麼時候開始，只要心裡想著，我要的牌就會出現。」

「只要妳想？」

「丟牌的時候，我的牌也不會讓對方胡牌。」她瞇起眼睛，露出一種平靜的表情，有如在走廊上打瞌睡的貓。

「那很像心裡想著『彎吧』，湯匙就彎了呢。」

「你這麼說，真的很像。嗯，或許是一樣的。」南點點頭。我聽到她的回答，在感到失望的同時，也鬆了一口氣。想要贏過這種人，根本就是錯誤。

我吟味著南的捨牌，卻找不到一張安全牌，正陷入苦惱中，古賀先生說：「[一萬]或[二萬]或許不要緊。」本來，像這樣公然推理或提出忠告是違規的，不過在面臨強大的敵手時，也需要互相出主意。「不要緊嗎？」我看著自己手牌裡的[一萬]。

「這是理論啊，理、論。南一開始的三張捨牌不是[西][中][三索]嗎？在剛開始的巡──像這次就是第三巡——就把[三萬]丟掉，那麼在它旁邊的牌，像[一萬][二萬]就沒問題。這是常識啊。」

「是根據什麼？」

「假設[一萬]是南聽的牌，那表示她有[二萬][三萬]。如果她在單騎聽（註），那她就有[一萬]。換句話說，她在第三巡丟掉[三萬]時，手牌不是[二萬][三萬][三萬]，就是[一萬][三萬][三萬]。所以才會丟掉[三萬]。」

「一般思考模式是那樣。」

「但是，不太可能那麼早就從[二萬][三萬][三萬]的牌裡扔掉[三萬]。」

「為什麼？」

「一般來說，不可能那麼早就把[二萬][三萬][三萬]決定為[二萬][三萬]。」

「沒辦法狠下心嗎？」

「沒錯，因為也有可能再來一張[三萬]呀！所以我們可以推理，她會在第三巡丟掉[三萬]，那就表示她的手牌不是[二萬][三萬][三萬]。」古賀先生平常予人一種「悠哉享受退休生活」的氛圍，有時候會像現在這樣，眼裡閃爍著妖異的光芒，以充滿說服力的口吻說話，讓人搞不清楚他到底是怎麼樣的人？

註：單騎聽意指聽牌時四個面子已經完成，只差一張雀頭的情況。

「或許只是因為牌型已經完成了，沒有其他牌可以丟，才決定了[二萬][三萬]的型式啊！」

「也有那種可能。所以早期立直的情況，這個理論是不通用的，但是這次的立直並沒那麼快。」

「原來如此。」我點點頭，把手上的[一萬]擺到桌上。

這樣啊！像這樣逐一檢討可能性，或許就算以南為對手，也能夠繼續纏鬥下去。我大感讚佩，心想就像古賀先生說的，只要好好分析，麻將一點都不可怕。

（開玩笑的。）

幾乎在我丟牌的同時，南喊了一生「榮」，把牌「啪」的放倒了。「對不起，那就是我要的牌。立直一發三暗刻。」她說。

「古賀先生，饒了我吧……」我發出悲鳴。「咦？真奇怪？」古賀先生苦笑。

「我是[一萬][一萬][三萬]，所以想說[三萬]不要，就丟掉了。」南說。接著，她低頭說：「我沒想太多，真對不起。」

「理論什麼的，就是這樣啦。有個理論這麼說，理論是不會說中的。」未蒙受其害也未獲利的西嶋倒是輕鬆。

我嘆了一口氣，乾脆支付了點棒。我為了振作，向大家宣佈前幾天和鳩麥聊到的竊聽計畫。「我有個讓麻生跌破眼鏡的方法。」

「聽起來很有意思耶。」「有意思。」西嶋和古賀先生異口同聲說道。以我的標準來看，這兩人都有點偏離現實，所以他們興致勃勃地說「有意思」，就好像是味覺崩壞的人稱讚「好吃」一樣，那種情緒還蠻複雜的。

「如果是跟蹤，我們還辦得到。」西嶋說道。

「那樣不算超能力吧？」南笑道。

「無所謂啦。我啊，只想看看那個人嚇得一臉蒼白的模樣。當我說『我要透視你的記憶』，然後通通猜中，他一定會大吃一驚吧。」

「這點小事就能唬住他嗎？」南半信半疑。「一下子就會被揭穿吧！就算說中他前一天的行動，或許他會認為只是湊巧被看到了。」

「那樣的話……」此時，古賀先生眼神閃爍地說，「把那個麻生小弟到仙台前一個星期的行動調查清楚，怎麼樣？」他竟然把知名學者稱作小弟。「委託徵信社調查。」

「那樣太誇張了，而且很花錢。」我難以贊同。相反的，西嶋已經躍躍欲試了。

「不，這種程度還算ＯＫ，一定可以嚇嚇他。」他連珠砲似地說道。

南勸阻說「徵信社的費用應該貴得嚇死人」，西嶋卻不以為意，「我要貢獻我的打工薪水。一萬嗎？還是兩萬、三萬？為了讓那傢伙跌破眼鏡，這點錢我不在乎。」

「還差一個零啦，我想。」南同情地指正。
「騙人，那麼貴？」「真的！」
「我可以幫忙喔。」這時候，古賀先生開口了。「咦？」我們全員的視線集中在他身上。牌局雖然還在進行，大家卻有點心不在焉。
「這種事我很擅長。」古賀先生說，「我可以調查，而且算你們便宜。」
「哦……」我一邊納悶，一邊嚥下差點脫口而出「你到底是什麼人」的質問。
「好，就這麼決定了。」西嶋強硬地表示。「古賀先生，就交給你囉。」他向對面的古賀先生伸手要求相握。「我們一起捍衛正義吧。」儘管他這麼說，但是這根本無關正義，說穿了只不過是低俗的惡作劇嘛！
「自摸。」南說，放倒牌子。「立直平和斷么三色寶牌一，跳滿嗎？」
甘拜下風——我在內心五體投地，心想乾脆邀麻生來打麻將，讓他見識南的厲害，搞不好會更有效果喔！

11

下午三點過後，我們唐突地拜訪，但是東堂還是歡迎我們。她當然沒有滿臉堆笑地說「歡迎光臨」，如陶瓷般的白皙臉蛋依舊面無表情，僅說了聲「請進」，不過我們還是判斷得出她在歡迎我們。東堂的母親來到玄關，熱情地說聲「歡迎、歡迎」。由於母女倆的外貌相像，彷彿母親體現了東堂的內在，兼具東堂的翻譯似的，感覺非常奇妙。

「怎麼突然來了？」東堂詢問走進客廳的我們。

「我們剛才還在麻將館。」我說明原委。「在回家的途中，南突然說想看看狼犬。」

「對不起。」南縮起脖子說。狗不可能聽得懂我們的對話，不過從庭院裡傳來了一聲狗吠。窗簾的另一端有一個坐著不動的黑影。南拉開窗簾，狼犬正望向這裡。

「這隻狗很聰明呢。」東堂的母親微笑道。那語調就像她為我們端的紅茶所飄散的陣陣芳香，優雅極了。她站了起來，打開玻璃門，風吹進室內，掀起了窗簾，狼犬搖著尾巴靠了過來，東堂的母親使勁撫摸牠的頭，動作之熟練，彷彿這隻狗已經在這個家待了好幾年似的。

「妳爸爸沒有反對嗎？」我問，東堂隨即回答「沒有」。「我媽說要養狗，我爸就說『很好，我正在想如果這樣就好了』。」

「那人老是只會這麼說。」東堂的母親愉快地說道，撫摸狼犬的脖子。狼犬朝著也算是恩人的西嶋低吼，教人發噱。

我們關上玻璃門，回到客廳，在沙發上坐下。客廳很寬敞，L型的沙發很大，供全員坐下還綽綽有餘。我們聊起剛才在麻將館遇到的山田、他那奇特的興趣，還有南與鳥井是同一所中學畢業等等無關緊要的事情。「山田還裝模作樣、神氣兮兮的，可是那種東西不就是合成照片嗎？」西嶋生氣地說道。

過了一會兒，東堂的母親問：「你們在麻將館打麻將，後來誰贏了？」我正奇怪她怎麼會對這種事感興趣，原來她是個超級麻將迷。「我以前也是很厲害的喔。」東堂的母親看起來很高興。我說「南可能比伯母想像中還要厲害」，沒想到她便下了戰帖「既然如此，我們來打一局吧」。才剛離開麻將館，現在又要開打嗎？我瞠目結舌，卻也想不到反對的理由。不知不覺間，我們已經坐在和室的暖爐矮桌旁，搓起年代久遠的麻將牌來了。

東堂沒有參加牌局，東堂的母親、我，還有西嶋和南四人玩半莊。麻將館的自動桌很方便也很舒適，但是像這樣用手洗牌的傳統方式更有一種玩遊戲的感覺，我比較喜歡。

東堂的母親或許也這麼想，「現在都是自動化吧！在我那個年代，都是用手洗牌的。」她開始說了起來。「你們不覺得麻將真的是一種神祕莫測的東西嗎？」

「神祕莫測？」

「不是有什麼牌運啊、局勢的嗎？打牌時要是表現得畏畏縮縮，牌運就會跟著退後；如果拿出幹勁，好運就會隨之而來。我也經常有這種經驗，想說贏太多不好意思，放過別人的放槍（註），結果下次開始，手牌就越來越差，整個局勢就會產生變化。」

「是啊，是有牌運這種東西喔。」西嶋大表贊同。「伯母，我的想法也跟妳一樣喔。麻將好像毒蟲，是一種很詭異的生物。」接下來他又要批評我了吧——我已有心理準備，於是，西嶋真的開始「這個北村啊」地說了起來。「說什麼沒有牌運這種東西，他說全部是機率問題，走不走運只是個人的解釋。怎麼可能嘛。」

「可是，麻將實際上就是選擇與可能性的問題，我實在無法相信局勢或牌運。」我說。

「我倒是認為有。」東堂的母親雖然語氣很爽快，卻有一股躍動般的力道。「我也覺得這些牌充滿了詭異的力量。」

「牌？妳是說這個物質裡面嗎？」西嶋問道。

「我覺得大家的期待、希望或祈禱，要不然就是咒罵、悔恨，隨著手指注入這些牌裡。所以洗牌的時候，牌會因為這些神祕的力量而走偏了。」

「這跟耍老千不同嗎？」南問。

註：麻將術語，某人丟出的牌使另一人胡了牌，稱為放槍。也稱「放炮」。

「當然囉，這是自然形成的偏頗。所以啊，最近流行的電腦麻將又不一樣了。當然，使用的張數相同，規則相同，機率也不可能改變。可是，麻將獨特的運氣和詭譎，如果不用牌就會消失。」

「喏，怎麼樣？」西嶋得意揚揚地衝著我說。「麻將裡的東西，是你那無色無味、枯燥的機率論所無法說明的。」

知道啦——我乖乖同意。當然，一方面是因為西嶋很囉嗦，更重要的是，我看到南那壓倒性的高強功力與西嶋莫名其妙慘敗的情況，不得不承認確實有一股神祕力量存在。我雖然不是舉雙手贊成，不過目前也沒有心理準備去否定它。

不愧是之前誇下海口，東堂的母親打得很好。與其說是強，說巧妙更為貼切。可能是配牌之後所下的決定很高明，她聽牌的速度快得超群。東場的二局和三局連續胡了滿貫。

只是，應該說是遺憾嗎？第一名還是南。一如往例，她就像見縫插針，一點一點地自摸胡牌，分數還是很高（自摸平和一氣通貫寶牌二，或自摸對對和東白寶牌三），穩居第一名寶座。

「唔……」東堂的母親露出略帶困惑的微笑，「強得不可思議呢。」她以惺惺相惜的語氣表示佩服。「是吧！」東堂應道。她一直默默地站在母親背後觀戰。

最後一局也進入終盤，西嶋開始胡言亂語。一直在老位置、成績吊車尾的他，原本默默地湊牌，卻突然一臉嚴肅地把牌扔到一旁，理直氣壯地宣佈「立直」。

而且他很興奮，是高分的牌型嗎？我警戒起來，他卻像在禱告般搓起雙手，唸唸有詞：「請助我一臂之力呀……」把我嚇了一跳。「阿富、阿鐵、德利、小紅、風連、紋別、佩斯、小黑。」他呢喃了一串像動物名般的文字，一臉認真地祈求：「請助我一臂之力呀……」接著又說了什麼貝克、傑克之類的。「請大家助我一臂之力吧……」

我們全都愣了一下，心想他又開始胡說八道了。只有東堂的母親一臉「好奇怪的經文」的表情，眨了好幾下眼睛，然後笑了。「到底在說些什麼呀？」

「沒什麼。」西嶋說，卻用嚴肅的眼神盯著大家的捨牌。「總之，只要我胡了這次，就大翻身了。」

「真可怕。」南發出害怕的聲音。

「我不覺得可怕耶。」

「北村，你再繼續說那種話，遲早會吃苦頭的。」西嶋說。

「那是……」就在這時候，靠在牆上觀戰的東堂低聲說話了。「你剛才說的那些，是被留在南極那幾隻狗的名字吧！」

「咦？」我望向她。「妳是說〈南極物語〉（註，見P.301）嗎？」

「對、對!太郎、次郎等等，剛才西嶋說的就是那些狗的名字吧?」

西嶋「哼」了一聲，卻面露不安。

「換句話說，你是在等南吧?」東堂直截了當地講明。「原來如此啊……」我和南用力點頭。

「妳幹嘛說出來啦!」西嶋泫然欲泣。我決定，自己絕不扔掉已經不需要的南。

12

東堂的母親說:「大家難得來，要不要吃過晚餐再回去?可以叫外送。」不過，我們也不好意思那麼厚臉皮，在堅決婉拒之後，便離開了東堂家。西嶋對狼犬說:「就算我回去了，你也別覺得寂寞喔。」狼犬一臉事不關己，彷彿在說「我為什麼會覺得寂寞」似地。

我們搭公車來到地鐵站，西嶋表示要去上班，便先離開了。

「北村，你接下來要做什麼?」南問我，我看看手錶，都七點了。「鳩麥可能下班了，會去哪裡吃飯吧!」

「哦，這樣啊。」

「妳呢？」
「我還在想要做什麼。」她盯著腳尖，含糊地說道。
「妳跟鳥井吵架了嗎？」我試探性地問，然而南大力揮揮手，語氣僵硬地回答：
「不是啦。」看起來像真的，也像是裝出來的。
「如果不嫌棄，要不要一起來？」我提議道。「鳩麥也會來，如果妳有心事……」
「咦？」
「呃，我只是想，或許妳想找人聊聊……」
「之前，我在車站前被搶。」
我聯絡到鳩麥之後，我們三人一起去「賢犬軒」，不料店門是關著。上面貼了一張「老闆住院，暫停營業」的告示，令人擔心。我們改去一家地點偏東的披薩店，挑了裡面的桌位坐下，點好菜之後，南開始描述遇搶的經過。
「強盜！」鳩麥杏眼圓睜。「要不要緊？」
「嗯，是沒怎樣啦。那是上個星期某個傍晚發生的，當時現場沒什麼人經過。」南為我們說明現場的情況，她用手指沾著水杯裡的水，在桌上描繪建築物和道路。「這裡

註：〈南極物語〉為一九八三年上映的日本電影，描述日本南極觀測隊被迫將十五隻樺太犬棄置於無人基地，一年後狗兒們奇蹟生還的真人真事。二〇〇六年由迪士尼改編為電影〈極地長征〉。

是車站，這裡就是格鬥技的搏擊館。」

「還蠻靠近大馬路的呢。強盜只有一個？」

「對，突然從巷子裡冒出來，還掏出一把小刀，要我拿錢出來。」南的語氣意外地平淡，這讓我挺介意的。「我就逃跑了。」

「妳有報警嗎？」

「總覺得警察很可怕……」南縮起肩膀，露出一種好像是自己犯罪的內疚態度說：「還是報警比較好吧。」

「妳跟鳥井說了嗎？」

「沒有。」南紅著臉，搖搖頭。

「這樣啊。」我和鳩麥異口同聲應道。我們了解她不想讓鳥井涉入危險的心情。

「可是，真的沒什麼大不了的。如果把它當作凶狠國中生勒索的話，也不是很稀奇。」

「不，很稀奇。」我說。

「不過，今天我想說的不是強盜本身怎樣，而是我不太想靠近那個地方。」

「不想靠近？」

「我不敢靠近車站前那一帶，因為我是在那裡遇到的。所以大家在一起的時候，我盡可能不要經過那裡。」

我點點頭，保證今後會避開那一帶。「妳就是特地要跟我說這件事？」

如果被強盜襲擊，不是應該更加驚慌失措嗎？一瞬間我覺得不太對勁，可是又說服了自己，覺得能夠彎湯匙的南，或許與我們不太相同。

「而且，我覺得北村你們最好也不要經過那一帶，那裡很危險。我剛才本來想告訴你們，可是如果讓西嶋知道了，他一定很感興趣吧？他一定會跑去現場，說要抓犯人。」

「很有可能。」我同意。「或許他會嚷著：是總統男！啊，那個強盜會不會是總統男啊？」

「應該不是吧？」南虛弱地笑。「我沒有被對方問是不是總統，而且總統男只攻擊男人吧？反正，我先告訴你，你就若無其事地轉告西嶋。」

「叫他不要靠近那一帶嗎？」我知道了——雖然這麼回答，可是我想，不管用什麼方式轉達，西嶋一定好奇萬分，所以我沒有把握。

送來的披薩很大，還奢侈地滴淌著大量起司，我們一時之間沉迷於啃披薩。我用手指揩掉起司，舔掉蕃茄醬，不斷地咀嚼著。餅皮很薄很香脆，讓人心滿意足。接著，我們的話題轉到校慶，開始討論能不能讓麻生跌破眼鏡。

「可是，那個姓麻生的男人為什麼會討厭超能力呢？」南納悶地問。

若是普通朋友或陌生人，我可以毫不在意地回答「因為超能力一點都不現實，而且很假啊」，但是，在我眼前的南擁有一股只能說是超能力的神奇力量，而且確實存在著，一點都不假，教人無從回答。

「或許他討厭有人利用那種力量妖言惑眾吧。」鳩麥這麼說。她還沒有親眼見過南彎湯匙。即使如此，她還是對南的能力表示理解。「越是冒牌貨，越會做這種事，不是嗎？」

「會被當成是一種可疑的新興宗教啊。」南半帶遺憾，卻也半帶同意地說道，感覺她好像會接著說「可是在練馬的時候都沒有那種事呀」。

「可疑的宗教啊。」我從盤子裡拿起披薩，放進口中。「我不懂，為什麼務實的成年人會沉迷於詭異的新興宗教呢。」

「是嗎？我可以理解喔。」鳩麥立刻接口。

「咦？怎麼說？」我完全沒想到鳩麥會自信滿滿地回答，有點驚訝。

鳩麥舔著手指上的起司，「我們每天拚命生活，還是不了解該怎麼做才是對的！」她平靜地說，「誰都不知道該做什麼才能得到幸福，對吧！」

「嗯，是啊。」南點點頭。

「打個奇怪的比方，這不就像是被扔進沙漠裡，然後對方要求『接下來請自由發揮』嗎？」

「自由發揮？」

「沒錯！沒有人告訴我們該怎麼生活，我覺得自由發揮，反而更痛苦。」

「什麼意思？」

「每個人都想知道正確答案，就算不是正確答案，至少能獲得些線索。因此，大家才會依賴一些指標——例如，買透天厝的注意事項、必勝的育兒法則之類的——只要遵守哪些準則就不會出問題。」

「是啊！」南同意說。

「或許。」我也點頭。

「實際上，人生並沒有這種指標吧，也沒有注意事項或守則，完全都是自由發揮。所以，若是有人告訴我們，『只要進行這樣的修行，就會得到幸福』，或『只要忍耐這些，就可以獲得幸福』，我想人生應該會很輕鬆。就算再怎麼痛苦、需要多大的忍耐，若是有『只要這麼做就能獲得幸福』的指標，人生還是會變得很輕鬆。像我們，從小時候起，該做的事情不是都已經決定好了嗎？出生後幾個月要健診、六歲上小學，還有參加考試之類的，就算不去思考，也會有指示。還有其他像是延續往年的做法之類的。我想，就算是不良少年，也會面臨退出江湖的階段。儘管如此，突然在人生的某個階段接到『請自由發揮』的指令，當然會陷入愕然。」

「所以出現了宗教？」我問。「我是說，也有這種宗教。」鳩麥說，喝了一口水。「可疑的宗教，不是經常會出現階級的制度嗎？藉由修行，地位越來越高之類的。我覺得那種制度真的很高明，只要照著做就可以上升一級。如果越往上爬越幸福的話，心情就會變得很輕鬆吧？」

「會嗎？」

「雖然辛苦，但是很輕鬆。知道該怎麼做，而且看得到結果。可是，我們終究無法依賴那種東西，只能抱頭苦思『就算讓我們自由發揮，到底該怎麼做才好呢』，然後一面煩惱一面生活。」

「鳩麥真是犀利。」南銘感五內地說道。沒錯，我女朋友很犀利——我沒有驕傲地說出來，不過我覺得或許真如她所講的。然後，我想起很久以前，西嶋否定我對麻將的看法，主張說：「結束之後懊惱萬分，才叫做麻將啊。分析機率或什麼的，根本就不是麻將，只是計算嘛。」的確，活下去這檔事或許並不是計算或確認進度，而是痛苦地抓著頭，一邊說「搞不懂，怎麼會這樣」，一邊前進。於是，我們又加點了披薩，吃到肚子很撐才離開。

「可是，如果南真有那個意思，她大可以把強盜往上扔，摔得落花流水呢。」剩下我們倆時，鳩麥這麼說道。

「說不定現實的超能力者是不做這種事的。」我回答。

13

聽說十月的第三個星期一，鷲尾會到仙台開會，我們決定去找他。由於必須比校慶執行委員提早見到他，所以我們在新幹線的車站出口埋伏，然後把他帶到附近的咖啡廳。

「咦，我被交代要去大學的教室……」鷲尾一開始很訝異。不是因為他的姓氏裡有個鷲字，不過他有一個很醒目的鷹勾鼻，然而本人卻沒有老鷹的風采，或許是個子小，更給人一種怯懦的印象。

他那斑白的頭髮有些稀疏，臉頰也很瘦削。仔細熨燙過的襯衫很整潔，我卻想像鷲尾在夜裡獨自把熨斗台從櫃子裡搬出來的寂寥身影，有點難過。我腦中的另一個我斥責「不要擅自認定鷲尾是單身，真失禮」。但是他手上沒戴婚戒，也只能這麼想了。

「而且，約定時間應該是兩點……」

「我們希望你能在事前聽我們說。」我迅速而仔細地說明。由於我已從莞爾那裡聽說鷲尾抵達的時間以及和執行委員會合的方法，所以搶先了一步。

「你們不是大學的執行委員嗎？」那兩道粗眉警戒地挑了一下。他不是瞪人，而是單純地害怕。根據莞爾告訴我的，鷲尾目前好像是不動產商的業務員。我想像這個鷲尾經手各式各樣的大樓或透天厝，一定三不五時被抱怨「日照不佳」或「天花板的實際落差跟你講的不一樣」；每當遇到這種狀況，他就不斷地辯解與讓步。換句話說，他的個性老實，老是吃虧。

「老實說，」西嶋省略寒暄和開場白，劈頭進入正題，「我們想找你一起去整整那個騙子。」

鷲尾原本正在用吸管吸柳橙汁，聽到西嶋的話，頓時愣住了，他望向我們。「騙子？」

「就是麻生啊，那個麻生。」西嶋滔滔不絕地述說「麻生晃一郎的真面目」。一如往例，雖說是真面目，也是西嶋主觀所杜撰的真面目，而且跟上次告訴南的版本相比，加油添醋得更嚴重。

「麻生其實並不想查明真相，他只是想貶低別人，藉此誇示自己很了不起。」或是「過不了多久，他會為了讓自己引起注意，不惜與所謂的超能力者勾結作假。」西嶋把自己單純的臆測當成傳聞或論斷來講述，實在惡劣極了。

「騙子這個字眼，經常被拿來形容我呢。」鷲尾苦笑。他一笑，眼角就擠出皺紋，臉頰抽搐。或許他已習慣露出討好的笑容。

「鷲尾先生會彎湯匙吧？」我這麼一問，鷲尾的黑眼珠便忙碌地轉動了起來，像是要逃離我的視線似地，上下左右轉動。我的問題應該還不至於出其不意，他卻明顯地面露懼色。「會啊！」

「你看起來好像沒什麼自信。」

「因為不是隨時都辦得到。」他的口氣煞有其事。

「你從什麼時候知道自己可以彎湯匙呢？」

「小學二年級。」可能是被問過很多次了，鷲尾不假思索地回答。「在學校的午餐時段，因為前一天的電視上播了彎湯匙的節目，所以大家都來試。結果，竟然只有我成功了。」

「大家嚇了一跳嗎？」

「是啊，嚇了一大跳呢。」鷲尾望向遠方。

「那裡不是練馬區呢。」我忍不住說，但鷲尾並沒有特別在意。

「同學們爭先恐後地拿著湯匙過來叫我表演。」他繼續說。「我觸摸湯匙，然後在內心默念，湯匙就彎了，每一支都彎了。比起毛骨悚然，我更覺得充滿快感。」

「然後呢？」

「級任導師被這場騷動嚇到，要我們說明原委。那個老師把自己的湯匙拿給我，叫我表演，我拿起湯匙默念，結果它也彎了。」

「老師當時說了什麼嗎？」

「他叫我藏起來。」

「藏起來？」

「那個老師很敏銳。他可能是判斷做出這種怪事，會被周圍人排擠，所以要我掩飾這種能力。」

「這個老師真沒見識。」我並沒有想太多。

「不，他很有先見之明。」鷲尾無力地露出討好的笑容。「我想你們也有類似的經驗，如果小時候有些地方跟其他朋友不一樣，不都會成為負面因素嗎？只要與眾不同，就會被人指指點點、遭人嘲笑。」

「你說得沒錯。」西嶋激動地說，整張臉猛地湊近鷲尾。「優秀的能力總是遭人嫉妒、受到驅逐。你說得沒錯。」他一定想起自己被欺負的高中時代，然後又在說：「就是義經和伽利略呀！」

「我應該在那時候停手的。」鷲尾聳聳肩，含住吸管。「如果不上什麼電視節目，或許還可以平安無事。」

不知是幸還是不幸，有名女學生和鷲尾同校，她父親似乎是電視台導播，她雖然比鷲尾大一屆，但鷲尾彎湯匙的超能力轟動整個校園，連她也知道這件事。平日總是想取悅父親的她，立刻把鷲尾的事告訴了父親。「老大，有好題材喔。」

「我很感興趣，我要表演的只有彎湯匙。這對於一個不起眼、沒有存在感的少年來說，是個絕無僅有的好機會。」

「你父母對於你的超能力有什麼看法？」

「他們可能覺得很詭異吧。」鷲尾苦笑，嘆了一口氣。「可是，他們最後還是同意讓我上節目。若問我為什麼，這不是我自誇，我家當時很窮。剛開始，我被稱為超能力者，受到英雄式待遇。現在想想，那真是我的黃金時代呢。」

「不久就進入騙子時代嗎？」我毫不客氣地問。不知鷲尾是習慣了這種不客氣，或者這種不客氣反而讓他自在，他一點也不退縮，「因為大家都喜歡吹捧別人，把對方捧上屋頂，等膩了再拿掉梯子嘛。」他以達觀的口氣說道，「媒體和看熱鬧的民眾最喜歡這樣了。他們笑著，看著對方困惑地從屋頂摔下，藉此取樂。」

鷲尾說起黃金時代以後的情況。在節目第一次播映之後，他開始偶爾上電視，報章雜誌也來採訪他，但是過不了多久，當話題呈現飽和狀態之後，世人便開始對他投以懷疑的眼光，也就是——那名少年真的是超能力者嗎？為什麼他弄彎了湯匙，卻動不了叉子？在現場表演時，流那麼多汗是怎麼回事？鷲尾少年的雙親都沒有正職，一家人是不是依賴少年表演的收入過活？種種疑慮與嫉妒，一開始零零星星，接著如烽火燎原般出現。

「我當然也能彎叉子，不過電視台只要我表演彎湯匙。而且，在錄影現場本來就會流汗啊，因為攝影棚內的燈光很熱呀。」鷲尾一臉糾結的表情跟我們解釋。「我父母沒工作，我也無能為力啊。」

「對了，你是不是也會看透記憶？」西嶋問。「我聽說過，這很厲害耶。」當我們一開始把鷲尾的事告訴他時，他還瞧不起人家，說「比起超能力，感覺更像是超勞動」，現在卻像與推心置腹的摯友說話似地。我和鷲尾先生，就像義經與伽利略——或許他是這種心態吧。

「哦！」鷲尾面露疲態。「是啊，算是做得到吧。」

「算是？」我反問。「是騙人的嗎？」

「不是、不是。」他否定的模樣並不著急。果然是習慣了。「不是騙人的。只是，彎湯匙也是這樣，做得到的時候就做得到，做不到的時候就做不到。什麼樣的情形才做得到，我也不了解其中的規則和道理。以前我拚命尋找，現在已經放棄了。所以，要是我保證做得到，然後被要求當場實驗，那真的很難受。」接著，他提到高中時期參加電視台特別節目的回憶。「那是現場直播。」

鷲尾表示，他無論如何都想避免參加現場直播節目，因為時間的制約會造成壓力。果然不出所料，那時候他既彎不動湯匙，也無法透視來賓的記憶。

「那你怎麼做呢？」

「我剛好在雜誌上看過那位來賓的近況。所以，我煞有介事地裝成透視的模樣說出來。一開始還進行得很順利，沒多久就露餡了。」從此以後，多數人都把鷲尾視為露出馬腳的詐欺犯，嘲笑他當時驚慌失措的模樣。

「即使如此，一旦有這種活動，我還是會參加，因為我需要收入。在推銷不動產的時候，『超能力者』這樣的頭銜，也……」鷲尾說，苦澀地表示：「蠻受客人歡迎的。」

「可是，這次的活動不會平靜地結束。」西嶋湊近他那張嚴肅的臉。「麻生為了戳破超能力的假象，會不斷地找你麻煩喔。」

「麻生這個人是學者，凡事講求現實，他一定很看不慣我這種人吧。只是，我從唸小學的時候起，就一直被那種人欺凌，不要緊的。」

「你不會不甘心嗎？」西嶋發出驚天動地的不平之鳴。他說：你還能忍氣吞聲嗎？「我們會準備好，你就利用它把麻生嚇到眼珠子蹦出來吧。」

「準備？」

「我們會僱一名偵探，事先調查麻生在當天以前的行動。人已經找好了，你不用擔心，也不必花錢。」西嶋帥氣地斬釘截鐵說，「之後，你只要裝作透視記憶的樣子，一個接一個說中就行了。一針見血地說中，把麻生嚇得面無血色就行了。」

「一針見血。」鷲尾這麼唸道，接著納悶地說：「會順利嗎？我不太想做到那種地步，總覺得不太公平。」

「不要緊、不要緊。」西嶋重複說道。坐在一旁的我很不安，心想，真的不要緊嗎？鷲尾用吸管把果汁吸得一乾二淨，沉默了一會兒。片刻之後，他軟弱地回答：「耍這種手段，對麻生太過意不去了。」

「麻生他就算耍詐，也要陷害你耶。」沒辦法，我決定告訴他。「我想，執行委員會若無其事地把麻生到仙台以後的預定行程告訴你，像是他好像去了青葉城之類的。這些全是為了讓你被假情報影響的謊言，他們想誘導你作假，請你不要上當了。」

鷲尾目不轉睛地盯著我。他是忍不住驚訝於「麻生竟然做到這種地步」，或是想說「這種事已經不是第一次了」？總之，他沉思良久，半晌之後開口：「如果是真的，真令人不舒服。」

「請聯絡我們。」我把自己的電話號碼告訴鷲尾，同時叮嚀這件事要對執行委員的學生們保密。當然了──鷲尾回答，卻依然有些戰戰兢兢的模樣。

14

我們和鷲尾道別之後，彼此對望說：「接下來該怎麼辦？」我不打算就這樣到學校參加執行委員的會議，卻也沒有其他事可以做。無奈之餘，我們在街上閒晃，不知不覺繞過了仙台車站前的公車總站，走進一條狹窄的單行道。這是一條南北向的陰暗道路，兩旁有幾家鐵門拉下的卡拉ＯＫ店和居酒屋。

「我說啊，」我先提出疑問。「西嶋你覺得東堂怎樣？」

「什……」西嶋吃驚極了。「什麼意思？」

「哪有什麼意思，就問你覺得怎樣啊？」

「你是說那個嗎？你覺得我暴殄天物嗎？」

「嗯。」我老實回答。「不過，我的意思不是說難得有美女主動向你告白，拒絕了太可惜。」我不想被誤會。「而是因為東堂是個好女孩。」

「這種事我知道。」我很少聽到西嶋稱讚別人，而且他會稱讚的，也都是喬伊・雷蒙或喬・史楚默之類的死人，所以我很意外。

「你也不是不想交女朋友吧？」所以他才會參加聯誼。那時候，他還為了搏得女生好感，特地買新衣。

這條狹窄的馬路幾乎沒有車輛通行，路口還有紅綠燈，而且現在亮著紅燈，我們守規矩地停下腳步。

「關於這方面，我是很彆扭的。」西嶋不情願地承認。「我也知道東堂是個大美女。所以，我們是兩極化，她跟我完全相反。就算她什麼都不做，也會成為矚目焦點，備受大家肯定；相較之下，我老是被大家否定。事到如今，像東堂那種渾身充滿正電的人竟然想親近我，一定是哪裡弄錯了。」

「我可以說幾句話嗎？」我先這麼聲明，然後說：「首先，美女經常被肯定，這一點我也同意，可是相對地也很辛苦。」

「總比我好多了吧。」

「就算是這樣，正與負不是剛剛好嗎？」

「北村，那是自我安慰。」

「不，負負得正的理論才是自我安慰呢，西嶋。」

「可是啊，」西嶋的臉頰微微抽搐。「東堂的話到底有幾分認真呢？」

當然是十足認真啦——我正要以說教的口吻脫口而出，卻改變主意，改口說：「西嶋，有這麼一句話。」

「什麼話？」

「人各有所好。」

「人各有所好？」

「是啊。」

此時，我發現我們不知不覺走到那家搏擊館附近，再繼續走下去，就會接近南說的強盜出沒地點了。「咦？」我望向前方。西嶋也迅速點點頭：「哦，不是那個人嗎？」眼前出現一名身穿黑色T恤、運動褲的寬肩男子。明明時序已經入秋了，男人卻穿得很輕薄，但他緊實的身體沒有一絲寒冷的感覺。是阿部薰。搏擊館就在前面，他是從那裡走過來的吧。

他現在是冠軍嗎？或者不是？我回溯記憶，卻搞不清楚。第一次見到阿部薰的時候，他位居王座；第二次在夏天看到他的時候，他因膀胱炎而吃了敗仗。現在怎麼樣呢？我正這麼想，阿部薰從旁邊經過了，還是一樣威脅感十足呢——正當我這麼想時，竟被他「喂」的一聲叫住了，我和西嶋吃驚地停下腳步。阿部薰交互看著我們。「有什麼事？」我們只能立正站好地回答。

「你們……」阿部薰發出低沉的嗓音。

「是。」

「要不要到我們搏擊館學搏擊？」

我和西嶋頓時不知道發生了什麼事，全身僵硬，無法立刻反應。

「你們兩個之前在我們搏擊館前面參觀過吧？」阿部薰咧嘴說道。

他在說什麼時候的事啊？我很驚訝，一方面也佩服他竟然記得我們。

「來吧。如果加入，你們可以變強的。」阿部薰的話強而有力，散發出一股深諳此道者特有的說服力。所以我們——至少我是這樣——儘管未曾體驗過格鬥技，卻能想像自己踢著沙包，不斷地練習，然後走上搏擊台，成為一名格鬥家的模樣。「好，我來試試看吧！」我下定決心，朝搏擊選手的道路踏出一步。

（開玩笑的。）

「不可能啦。」我和西嶋異口同聲，有些驚慌地回答。當然不是謙遜。絕對不可能的。「你是在開玩笑吧！」

「你們覺得我在開玩笑？」阿部薰那凶惡的眼神狠狠地射穿了我們。被射穿的我們連忙舉起雙手回答「沒有」，這姿勢很接近「請不要開槍」。

「下次再讓我碰到你們，絕對要你們加入搏擊館。」他挺胸說。我們搞不懂這是邀請還是威脅，陷入混亂。

目送阿部薰走進小巷之後，「折回去吧。」我們說。「不要再靠近這一帶了。」我和西嶋締結了協約。反正南也怕強盜，一石二鳥。

15

在大學校慶的三天前，我們到街上的Dining bar（餐廳兼酒吧的複合式餐飲店）會合，請古賀先生報告調查結果。包廂裡的餐桌為嵌地式的矮桌，古賀先生坐在最裡面，我和西嶋則坐在對面。「調查完成了嗎？」

正在觀察桌子底下、把坐墊翻來翻去的古賀先生倏地抬起頭來，「萬無一失喔。」他和顏悅色地說，「這是麻生大約一個星期的行動。」點好飲料和料理之後，他一邊說一邊打開信封，取出A4尺寸的紙張。

我和西嶋像在爭奪相親照似地望著那張紙，那上面排列著橫式文章，好像行程表，左邊有日期與時段，一眼即可看出這是用來記錄麻生這個星期的行程。一張紙是一天份，總共有六張。「這裡還有照片及錄音帶等東西。」古賀先生從信封裡取出整疊洗好的照片和其他紙張。

西嶋好像被這些東西嚇一跳，拿起來翻看，我也讀起手中的報告書。身為學生的我只能猜測，不過看得出麻生的每一天，過得比一般人更多采多姿而且忙碌——到大學授課、參加雜誌安排的對談、晚上與友人聚餐；到了星期六，就和家人一起去看兒童電影。

「靠這些情報，或許嚇得了他吧。」

確實如此。鷲尾只要根據這些，在正式表演時指出：「麻生先生，你上個星期是不是看了場電影呢？」或「你參加了雜誌對談吧？」麻生一定會嚇一大跳的。

「那樣是不行的。」古賀先生搖搖頭。

「不行……，嗎？」

「說得那麼具體，反而啟人疑竇。雜誌對談什麼的，想查就查得到，對方一定猜到是跟出版社打聽的。所以，例如這裡寫的，在公車站被老婦人詢問時間，或是在計程車上發現別人遺失的毛巾之類的——曖昧地指出這些細節，應該比較有效果。讓對方想起連自己都忘記的事，一定會覺得很不可思議，想說為什麼你會知道呢？特別是計程車裡只有自己一個人，也不可能被跟蹤。」

「這些事是怎麼查到的？」我問。

「這裡寫了啊，好像是竊聽到的。」西嶋翻開其他的報告書。

「有種侵犯隱私的罪惡感呢。」我搔搔太陽穴。「是啊。」古賀先生說。「對耶。」西嶋也應道。他們的語氣聽起來一點罪惡感也沒有。

「是古賀先生查的嗎？」我問。

「我拜託東京的朋友查的。」

你到底是什麼人？我又有一股想逼問他的衝動。「可是，這樣不會很貴嗎？」南之前也說過，我曾經聽說徵信社的調查費貴得嚇死人。

「不要緊、不要緊。我跟那傢伙很熟，他會通融的。」

「可是，真意外呢。」西嶋感慨地說道。

「意外什麼？」

「我以為麻生在外頭絕對有女人。結果猜錯了，什麼都沒有。」

「是啊。」古賀先生也說。「我也這麼認為呢，那種男人很吃香，我算準了他絕對有外遇。不過，這只是一個星期的調查，如果長期追蹤下去，或許會有不一樣的結果。」

「要是鷲尾小弟一針見血地揭穿他外遇的事實，一定很好玩喔！」西嶋這麼直呼鷲尾。

16

鷲尾在翌日——也就是大學校慶的前兩天——再度來到仙台。超能力表演安排在大學校慶的最後一天進行，亦即第三天，所以時間還沒到。「其實明天再來就可以了。」鷲尾打電話給我，「只是，如果要那樣做的話，或許需要一些準備。」他辯解似地囁嚅著。

於是，我們在上次的咖啡廳面對而坐。

「怎麼突然想合作了？」

「我上次和執行委員的同學開會時，他們說了。」鷲尾一臉落寞地蠕動著嘴。

「說什麼？」

「他們說在表演當天，麻生會在車站的牛舌屋吃午餐，然後順道去參觀青葉城。是吧？這是你們之前告訴我的。」

「要釣你上鉤呢。」我說。

我們把古賀先生提供的「麻生調查結果」內容物拿出來，鷲尾睜圓了眼睛。「花了不少時間和金錢呢。」你們甚至做到這種地步，想讓麻生大吃一驚嗎？他驚訝極了。

「那，我該怎麼辦才好？」

「當天的活動流程是怎樣的？」

根據鷲尾的說明，流程如下：紀念禮堂從下午兩點開放，兩點半開始表演。舞台上事先放好椅子，觀眾席看過去的右側坐著鷲尾，左側坐著麻生。

「一開始好像會介紹我的生平，也就是上次告訴過你們的，我會彎湯匙的緣由。然後由我現場表演一次。」

「讓他看，然後讓他揭穿嗎？」西嶋不高興地說。

「擔任司儀的學生會用小型攝影機拍我的手，然後在舞台上的大螢幕放映，讓觀眾也看得到。」

「然後你要做記憶透視嗎？」

「是啊，請麻生把他的手錶或平日戴在身上的飾品給我，然後由我觸摸再透視。」

鷲尾做出用雙手覆蓋咖啡杯的動作，這可能是透視時的動作。

「這樣做就看得到對方的記憶嗎？」西嶋無禮地伸出食指。

「做得到的時候。」鷲尾垂下視線。

接著，我們繼續討論當天的步驟——話雖如此，我們也只是坐在觀眾席欣賞麻生驚慌失措的模樣，無法直接協助；不過我們建議鷲尾照著前幾天古賀先生教的，避免提出

「你去看了電影」或「你參加了對談」之類的具體猜測，而是指出模糊但有特徵的細節，例如「有老婦人問你時間」、「你在計程車上發現失物」等等。

「原來如此。」

「順便問一下，你最近一次成功是什麼時候？」離開咖啡廳時，我問，「最後一次透視成功是什麼時候？」

鷲尾停步，盯著我沉默了，半晌之後，他說：「很久以前，很久以前了。」

目送鷲尾去飯店check in之後，我和西嶋並肩走在商店街，一路上默默無語。我不知道西嶋在想什麼，但我想著鷲尾的事。從路邊分發速食店廣告的女孩手中接過傳單後，我說：「西嶋，我在想，鷲尾或許不是超能力者。他以前可能是，現在或許不是了。」

雖然沒有明確的根據，但我隱約這麼感覺。鷲尾缺乏自信，也沒有真實感。

「或許是這樣吧。」西嶋的口氣也沒有怒意，可能他也隱約察覺了。「不過，他不是詐欺犯，他也很拚命的。」

「是啊。」我想像。或許社會裡充滿了苦難，是沙漠都沒踏進半步的我們所無法想像的吧，那裡一定蔓延著非得偽裝成超能力者才能存活的「艱苦」。

「可是不要緊的。」西嶋說。「就算不能使用超能力，只要有那些情報，就可以讓麻生跌破眼鏡了。」

「嗯，你說得沒錯。」我應聲。但是，就在那天晚上，我們發現鷲尾非但不是超能力者，還是個內奸。

「麻生和鷲尾認識嗎？」東堂在電話裡這麼問。時間已過了深夜十二點，我坐在住處的地板上，靠著牆，正在讀文庫本。

「怎麼突然問這種問題？」

「其實，我今天去打工。」

「那個穿迷你裙的工作？」說到這裡，我想像東堂在陰暗的店內展現修長的美腿，瀟灑地走過的模樣。

「沒錯！麻生和鷲尾來了。」

「咦？」

「他們是來消費的。我在電視上看過麻生，一開始還愣了一下。後來我去那桌陪坐，還探聽了一下。」

「這麼說來，妳在店裡會跟客人應酬嗎？」我忽然插嘴問了一個在意的問題，但她冷冷地回答「當然了」，又補了一句「跟平常一樣」。

跟平常一樣啊——我的心情很複雜。「那，另一個人是鷲尾？」

「他們彼此這麼稱呼，感覺好像認識很久了。我若無其事地問。」東堂說道，並描述鷲尾的容貌。那確實是不起眼、缺乏自信的業務員鷲尾。

「算是校慶的前哨戰，還是彼此打氣之類的？」

「與其這麼說，更像是彼此串通。」東堂發出掃興的聲音。

「彼此串通？」

「他們交換了所有情報。或許那個姓鷲尾的只是被麻生說動了，總之麻生知道北村你們所有的作戰計畫。」

「咦？什麼意思？」聽到這裡，我換成跪姿，挺直了背。「怎麼回事？」

「你們不是利用徵信社調查了麻生嗎？鷲尾把這些事全說了，還說學生取得什麼樣的情報，竟然笑著說：『他們打算在正式表演時讓你大吃一驚，現在的學生真是不辭辛勞呢。』這是在說你們吧？」

「應該。」沒錯。「鷲尾這樣說？」他為什麼要做這種事？

「我也稍微打探了一下……」麻生和鷲尾似乎完全沒料到東堂是國立大學的學生，口無遮攔地把自己的事說了出來。他們說校慶當天有一場超能力秀，其實是安排鷲尾以類似魔術的手法表演，再由麻生來揭穿他。「學生們看了這些表演，覺得高興就好。這是秀啊，秀。這年頭，不管是政治還是格鬥技，全都是秀。」

「他們覺得把這種事告訴妳沒關係喔？」姑且不論鷲尾，我實在不認為麻生會在那種地方輕率地說嘴。「不知道。」東堂說。或許是三杯酒下肚，變得飄飄然；或許是他想得太天真，認為告訴東堂這種年輕女孩也不會有什麼大問題；又或者是「我色誘他，發揮了效用。」她說，「我想，男人瞧不起靠皮相賺錢的女人。」

「一定是這樣的。」我輕率地認同。

「那，你們要怎麼做？」

「什麼也不做。」令人驚訝的是，我一下子就對這件事失去了熱情與興趣，原本想回答「無所謂了」，卻反問：「妳告訴西嶋了嗎？」

「怎麼可能？」東堂說，「你去告訴他吧。反正西嶋一定會生氣的。」

17

西嶋果然生氣了。「鷲尾小弟跟麻生是怎麼扯上關係的？」

第二天白天，也就是校慶前一天，我們在學生餐廳吃定食時，西嶋為此大表不滿，講到激動處還噴出好幾顆飯粒。

「這也不是不可能。」我委婉地說道。昨天在電話裡聽到事情經過的鳩麥也這麼說。「就算這樣也不奇怪呢。那個姓鷲尾的人一定很不安吧，他對自己的前途感到茫然。」她說道。

「因為生活方式沒有正確答案？」

「我想他的工作可能不太順利吧，在這時候聽到麻生的甜言蜜語……」

「『我們要不要來串通一下』嗎？」我低聲說道。

「沒錯、沒錯，說有錢可賺。」鳩麥理所當然地說道。

「那，西嶋，怎麼辦？要想替代方案嗎？」

「替代方案？」西嶋顯得自暴自棄，塞了滿嘴的煎魚，大口地咀嚼著。我為了等他回答，一直盯著他咀嚼的模樣。過了一會兒，他說：「不用了，不幹了。」

「不幹了？」

「這種已經套好招的比賽，參賽者才是傻瓜。這等於背叛了那些想欣賞超能力的觀眾。」

「可是，我們本來也想利用竊聽，表演假的超能力。那不也是背叛觀眾？」

「北村，你那種叫做詭辯呀。」

「西嶋，你那種才叫做詭辯。」

總之，我和西嶋頓時失去了幹勁，幸好接下來的語學課停課，我們決定坐在教室大樓旁的長椅上發呆。

「鱗狀雲這個名詞真貼切呢。」西嶋指著頭頂上的天空說道。彷彿一個勤奮的上班族，退休後失去了活力，心境突然變得如田園詩歌般安逸，展現出不自然的悠哉模樣。不過，水藍色的天空中那有如毛筆沾點的朵朵白雲，就像魚鱗片一樣，真的很美。

「啊，是東堂。」我將視線右移，發現東堂就坐在前方的長椅上。我們相隔的距離勉強能看清楚彼此的臉。她看著手裡的傳單，一雙修長的腿交疊著，耳裡塞著耳機。

「啊，是耶。」西嶋回答。

我看到一名陌生男子走近東堂身邊，或許是其他科系的學生，個子很高，穿著一件合身的紅外套。他對東堂說話，一開口，那白皙的牙齒特別引人注目。我忍不住呢喃：「好健康的牙齒。」

東堂面無表情，但取下了一邊的耳機，傾聽對方說話，並與之交談。過了一會兒，男子的表情霎時變得明朗，那口貝齒也更閃亮了。然後，他便踩著輕快的步伐離開了。東堂重新把耳機戴好。

「他們講了什麼？」我問，西嶋毫不掩飾不悅地說：「我怎麼會知道？」

「那，我們去問她。」我站起來。

「東堂？」我一出聲，東堂抬起她那標致的臉蛋，掀動嘴唇「哦」了一聲，並拿下耳機。與剛才不同，她取下了兩邊的耳機，我覺得這是親密的表現，頓時鬆了一口氣。

「妳在幹什麼？」我曖昧地探問。她打開手裡的傳單。「選美？」我納悶地看著上面的文案。「在校慶舉辦嗎？」

「好像是。」

「這種選美活動好像會被抨擊為歧視女性。」

「我還在想要不要參加。」東堂說。

「妳想參加？」西嶋吃驚地問道。

「還在想。」

「剛才好像有誰過來找妳……」我決定更深入探問。

「他好像是文學院的四年級生。」

「你們認識？」

「沒有。」東堂板著臉搖搖頭。「他問我要不要去美術館。」

「美術館。」這個陌生詞彙令我驚奇。「放著美麗藝術品的美術館？」我確認，這麼說來，在我們學校北側就有一間縣立美術館。東堂若無其事地說：「就是那間美術館。聽說館內的常設展很有意思。」

「難不成妳要去？」

「不行嗎？」

「不是不行。」我立刻回答。「完全沒有這個意思。」

「哦，這樣啊。」西嶋說，隨即哼了一聲。然後不曉得是想改變話題，還是純粹地感興趣，他指著耳機問東堂：「妳在聽什麼？」

東堂稍微笑了一下，難得露出難為情的樣子，「雷蒙合唱團的歌。」她回答。「是〈*Too Tough to Die*〉。」她唸出一串像是專輯名稱的英文。

「哦。」西嶋摸著鏡框說。「我也喜歡那張，在雷蒙合唱團的作品裡特別喜歡那張專輯。」

「我在聽疣豬。這首曲子很棒。」東堂開口。

「迪迪・雷蒙的曲子實在太棒了。」西嶋激動地回答。我在一旁望著他們倆對話，心想：「比起疣豬的話題，美術館似乎比較佔上風呢。」

片刻之後，東堂問：「北村和西嶋打算怎麼做？」西南方的陽光照著她的身體，在她背後形成長長的影子。不知為何，我覺得她的影子比我們成熟多了，充滿了人生領先我們好幾步的威嚴。

「什麼怎麼做，我們才不會去美術館呢。」西嶋說。

「不是，我是問校慶的事。你們不是要讓那個麻生跌破眼鏡嗎？」

「那件事已經無所謂了。」西嶋說，我也點頭表示同意。

18

第二天，校慶活動展開了。不過我和西嶋都不肯接近學校。就像……，不，完全就是被大人愚弄而鬧彆扭的年輕人。鷲尾在唯一打來的電話留言裡，留下這段訊息——「或許會被麻生識破，不過我會試試看」。鳩麥來到我的住處，聽了這段留言，她也知道內情，露出一臉像是吃到鹹得要命的東西似地，說：「真敢說。」

隔天——也就是校慶的第二天，鳥井打電話過來。「最後一天大家一起去吧。」他以開朗的口吻邀約。

我抱怨一點也不想去，鳥井似乎也知道事情的原委，他說：「可是啊，堂堂的大人要議論超能力、表演猴戲耶，這不是很好玩嗎？咱們去看熱鬧吧。而且還有那個啊，你們聽說東堂要參加選美嗎？」

「有啊，聽說了。」

「你不想看嗎?好像也有外校來參賽哦。雖然沒有泳裝表演，不過這種機會難得耶。」

「哪種機會?」

「盯著女生看也不會被厭惡的機會。」鳥井說，「嘎哈哈」地笑了；不過南可能在旁邊，電話彼端持續傳來鳥井小聲應答「噢，這樣啊、這樣啊，會被討厭啊」。

「可是，如果是東堂，不是很有可能奪冠嗎?」

「你跟南手牽手一起去不就得了?」

話筒彼端傳來雜訊。咦?鳥井怎麼了?我正這麼想，便傳來南的聲音「北村，好嘛，大家一起去嘛。這也算是大學生活的回憶啊」。她的聲音亢奮，讓人聯想到可愛的喇叭音色。

「喏，南也這麼說了，你就來吧。下午一點，約在學校餐廳。」鳥井說完，掛斷了電話。

我回望後方，把剛才的談話內容告訴正在看雜誌的鳩麥。結果鳩麥「走吧、走吧」地大表贊同，我也難以拒絕地回答「也是」。「不過，南有點不一樣了呢。」我說。個性一如往常一樣溫和悠哉，卻又增添了幾分快活的印象。

「那當然囉，南也是會改變。真令人期待!」鳩麥強而有力地斷定「這就是戀愛」。

隔天，我們來到學校，校門口多了拱門裝飾，向來冷清的校園內搭起了帳篷和看板。

「好熱鬧啊。」鳥井說，西嶋不悅地回答：「也沒有想像中那麼熱鬧。」舞台就架設在教室大樓的西側，那裡現在正在進行樂團演奏。鳥井說再過十分鐘，選美大賽就要開始了。「啊，選美大賽也有男生組呢，選美先生。北村，你去參加怎麼樣？」鳩麥看著手冊對我說。「怎麼可能？」我苦笑，轉嫁給西嶋：「西嶋去參加怎麼樣？」

「這樣嗎？我去試試看嗎？」西嶋一臉猶豫，我們齊聲笑了起來。「為什麼笑？」西嶋嘔氣地說。

「可是，東堂竟然會參加。」我提出了單純的疑問。

「是莞爾邀請她的吧？」鳥井說道。

「莞爾邀請的？」

「莞爾不是這次的執行委員嗎？之前我在街上看到東堂和莞爾走在一起。還是他們倆正在交往？」

鳥井不知道、也想像不到東堂單戀西嶋，所以他的發言一定沒別的意思。「喏，南也看到了吧！他們倆看起來很要好。」

「看起來也只是站著閒聊啊。」南含糊其詞。瞧她打馬虎眼的口氣，似乎已經知道東堂與西嶋之間的關係。

我和鳩麥當下不知該如何反應，舉止變得有些僵硬，轉向西嶋。他就跟平常一樣，一臉不高興，只「哦」了一聲。

人群逐漸圍攏，鳥井笑道「大家果然都想看女生」。此時，打扮華麗的主持人在舞台上現身了，那扮相就像模仿別人學貓王還要再低俗一點。主持人身穿滿是羽毛裝飾的白色褲裝，踩著高跟長靴。「讓大家久等了！」

「那不是莞爾嗎？」鳥井首先發現。被他這麼一說，仔細一看，主持人的臉孔雖然被毛線做的假鬢角和大眼鏡遮去了大半，不過那的確是莞爾。他抱著立架式麥克風，像是撐著一個倒下去的女人似地，說「我是幹事莞爾」，一個人得意揚揚。「那傢伙打算一直講到畢業嗎？」鳥井笑道。「就是啊。」我回答。忽地一看，鳥井背後有一對中年夫婦指著鳥井空蕩蕩的左袖，正在竊竊私語。可能是察覺我的視線，鳥井和南也往後瞄了一眼。於是中年夫婦尷尬地閉嘴，鳥井及南似乎馬上就知道是怎麼回事，但什麼也沒說，以一種「沒關係」的眼神看著我。

舞台前方，約有十名評審坐在鐵椅上。有教授、副教授、福利社的歐巴桑和美式足球隊的學生。首先介紹那些評審，接著逐一介紹參賽者，請她們上台。

說是選美比賽，也不過是學生自行企劃的活動，所以規模不算大，反倒是寒酸得很。不過，可能是執行委員們籌備的成果，登場時的音樂和參賽者出場的服裝別出心裁，沒有半點冷場，相當具有可看性。

特別是莞爾透過麥克風唸誦各參賽者的介紹，就像好萊塢電影的預告或摔角選手的誇張介紹，非常有趣。例如，「下一位參賽者是來自眼鏡美人國的眼鏡美女，今年剛滿二十歲，距離六十歲還有四十年，全心鑽研弓箭」的某小姐；或是「下一位參賽者是擔任本大學書籍部店員，眾所周知的收銀台氣質美女。若是被問到『妳喜歡的小說家是哪一位』，就會回答『我才不會隨隨便便喜歡別人』而聞名」的某小姐，諸如此類。

熱鬧的音樂響起，一臉羞澀的參賽者逐一出現，然後觀眾拍手。莞爾將麥克風湊近參賽者，向她們提問，開始進行與評審之間的問答。

氣氛雖然和緩悠閒，但是莞爾的主持工夫高明，當參賽者被要求「請自我推銷」時，往往會因為緊張而出現意外的舉動，帶來舞台效果，我們不知不覺看得入神了。西嶋沉著臉說：「還蠻有趣的嘛。」鳩麥也笑著說：「可是，這是依照什麼標準審查呢？」

「下一位參賽者，是面無表情的女神。」莞爾介紹東堂。「冷漠如風，美麗如林(註)。」他說著冷笑話，「自從她入學以來，不分校內校外，有無數男生向她告白，卻一個個被擊落了。校園內屍橫遍野，屍山之上又是一座座屍山。去吧，朝那座山去吧，然後為我報仇吧！男眾已經團結一致，以這位參賽者為目標。」莞爾採取比剛才熱烈五分的熱情介紹東堂。

伴隨著可說是神祕而不可思議的薩克斯風配樂，東堂慢慢地走上舞台。她穿著合身的黑色連身洋裝，雖然不花俏，但我知道觀眾們瞬間都倒吸了一口氣。「果然格外地美豔出眾呢。」鳩麥高興地湊近我耳邊說道。

東堂沒有半點討好評審的態度，跟我們所認識的她沒有什麼不同。但是看在其他人眼裡，她好像是被迫參加比賽而生氣。

莞爾向東堂問了幾個問題，東堂簡短地回答。「她可以再親切一點嘛。」鳥井愉快地說。「喏，西嶋，你不覺得嗎？」

西嶋漫不經心地回答：「嗯，是啊！」接著，他誇張地吐了一口氣，說：「我要離開一下，我大概知道結果了。」

「什麼嘛，不是才要開始嗎？繼續看下去嘛。」

「不用了。我剛才看到有個廣告看板上寫著『校園一周宇宙無敵大猜謎遊戲』，我要

註：原句為日本戰國武將武田信玄在軍旗中所使用的「疾如風、徐如林、侵略如火、不動如山」等句子。典故出自於《孫子》軍爭篇。

去參加那個。」西嶋這麼說，便撥開人群，消失在後方。

「喂，那你要來禮堂看那場超能力秀喔！」鳥井朝著他的背影喊道。

我和鳩麥彼此對望，無言地揚起眉毛，然後又重新轉回舞台。「西嶋有點怪怪的。」鳥井對我說。

「有嗎？」我回答。「話說回來，鳥井，你是不是長高了？」

鳥井睜大了眼，說「哪有人這樣轉移話題的」，然後望向自己的腳。「不過，最近腳上長了肌肉，是體格變好了吧。」他低聲回答，然後板起臉說：「但是手不會再長出來啦。」

之後，我們觀賞莞爾活潑的演出，以及選美比賽的後續發展。

全員介紹完畢之後，所有參賽者再度走上舞台，排成一列，然後回應評審臨時提出的要求——「請走十步」、「請背對觀眾席，回眸一笑」、「請大聲說出妳最喜歡的一句話」等等。東堂儘管態度冷漠，卻也聽從這些指示，相當滑稽。

一連串難以說是有意義的對答結束，再來是一段吊胃口的音樂演奏及莞爾的致詞，接著發表冠軍。與我們預測的相反，冠軍並不是東堂，但我也覺得「果然」。

「咦？為什麼？」南感到不滿，鳩麥也抗議說：「比賽作假！東堂到底哪裡不好？」

我和鳥井安撫她們。「連笑也不笑，冷漠是她落敗的主因呀。」

「蒙娜麗莎怎麼可以爆笑呢？」鳩麥依然氣呼呼的，不過，比賽還是結束了。接著輪到男生組進行選美，我們慌忙離開現場。

19

從大學的教室大樓往南步行幾分鐘，我們來到了紀念禮堂。門口擺了一塊立牌，上面寫著「麻生晃一郎VS.超能力者」「已經開始了。」我看著手錶說。下午兩點半開始，已經過了將近三十分鐘。「從中段開始也沒關係，去看看吧。」鳥井這麼堅持，所以我們上了樓梯。

在櫃檯買票時，西嶋從後面跑了過來，他氣喘如牛地爬上樓梯。「總算趕上了。」他一邊調整呼吸，一邊買票。

「猜謎大會怎麼樣？」

「我一路過關，一直到福利社的○×猜謎才出局。可是啊，星際大戰的達斯・維德（註）的造型是參考伊達政宗的盔甲，這種事誰知道啊？」西嶋噘著下唇。看樣子他是敗

註：達斯・維德（Darth Vader）是喬治・盧卡斯（George Lucas）的電影〈星際大戰〉中最重要的角色之一，原名安納金天行者，是天賦異稟的絕地武士，後因故淪為黑暗勢力的黑武士。

在這道題目。

約可容納五百人的小型展演廳，幾乎座無虛席。我在黑暗中睜大眼睛，卻遲遲找不到空位。往前一看，只有舞台打上照明，像一塊被切出來的長方形，上面比照法庭審判的被告人席和檢察官席，擺了幾張長桌。鷲尾從右側站起來，正要走到中央的位置坐下。

舞台的背景掛了一塊正方形螢幕，上面映出鷲尾的側臉。仔細一看，台上有個學生拿著小型攝影機。他所捕捉的影像直接在螢幕上播映。

鳥井在最後兩排的右角找到空位，並叫喚我們「這裡、這裡」。我們偷偷摸摸地半蹲著移動，在角落的座位坐下。鳥井與南、西嶋三人坐前面，我和鳩麥坐在後面。

「鷲尾先生，請等一下。」麻生的聲音響徹全場。

我探出身體，注視著舞台。麻生的音量雖大，卻沒有興奮的樣子，他從左邊的長桌席站起，走向中央的鷲尾。

「非常抱歉，能否請你使用我準備的湯匙呢?」

鷲尾正好即將要表演彎湯匙。

「這湯匙很普通，是我從學校餐廳借來的。」麻生說明。「我不是懷疑鷲尾先生，只是這次的活動是由我來驗證超能力，所以請讓我做到最好。當然，這支湯匙是為了說明而借的，事後會還給餐廳。」他微笑。於是，擔任司儀的學生；也就是那個雷鬼頭執行委員長，間不容髮地打趣說：「可是，萬一被鷲尾先生的超能力弄彎了，湯匙就還不回去了耶。」會場笑聲四起。鷲尾狀似悲傷地垂下眉毛，從麻生那裡接過湯匙，以雙手拿著，開始觸摸，螢幕上也映出他的動作。

「怎麼樣？從小南的角度來看。」鳥井問南。「像真的嗎？」

「就算你問我……」南輕笑。「我又不是專家。」

「什麼專家，妳是真貨吧。」鳥井小聲說道。

結果，鷲尾沒辦法把湯匙弄彎，螢幕上的那張臉汗水淋漓，這不盡然是照明的關係吧。鷲尾低著頭說「今天沒辦法」，看起來軟弱無力；如果事先不知這是和麻生串通的演技，就連鳥瞰型的我都要忍不住同情起他來了。可是，我現在已經知道這是「大人們暗中勾結」的，只是佩服他們倆的演技，覺得他們實在太會演了。這些對話全事先設定好了，這是秀。反倒是不知兩人串通的主持人，在這時候下流地追問：「鷲尾先生，為什麼？為什麼辦不到呢？」甚至顯得可悲。

「鷲尾先生，你說今天沒辦法，這樣一點都不科學。」麻生說著，在台上邁開腳步，然後開始批判彎湯匙等等所謂的超能力行為。

「那傢伙感覺很差。」鳥井回頭看我。我表示同意地點點頭。事先已從我這裡聽說原委的鳩麥，在現場聽到麻生自信滿滿的演說，似乎感到不快，她對南耳語：「唉，南，妳去把那傢伙的湯匙弄得歪七扭八吧。」鳥井也說：「對啊，小南，上吧。」

南驚訝地發出「咦」的一聲，頓時慌了手腳。

不久，鷲尾開始透視記憶了。會怎樣呢？我重新坐好。

鷲尾拿著向麻生借來的手錶，以雙手裹住，閉上眼睛，露出冥想的表情。他的表情清楚地映現在螢幕上。上了年紀的人，露出少年祈禱般天真無邪的模樣，看起來滑稽極了，那落差令全場忍俊不禁。

鷲尾睜開眼睛。然後說：「有點模糊，不過我已經看到你上個星期的活動。」

「哦？真令人期待。」麻生看起來真的很期待，令人火大。

「那從容不迫的樣子真教人討厭。」鳥井撇著嘴說道。

「真想鬧鬧他。」鳩麥點頭。

「星期三，你是不是跟誰聊過工作上的事？例如對談之類的。」鷲尾這麼開始說明。

「噢。」西嶋吃了一驚，輕叫出聲，回頭看我。我也聳聳肩。「那份資料還是有用啊。」

鷲尾接著又說：「你是不是和家人一起去看電影？」

原來是這麼回事啊——我心想。

總覺得場內的空氣緊張了起來。鷲尾所提出的內容，令在場觀眾也似乎開始警戒。

「超能力者反擊了。」委員長兼主持人的雷鬼同學也在舞台上不安地看著麻生，一臉「老師，沒問題嗎」的擔憂表情。

「鷲尾先生，那種事……」過了一會兒，麻生冷靜的聲音透過麥克風傳遍全場，那甚至是帶著笑意、遊刃有餘的聲音。「關於雜誌的對談，只要向我的事務所或出版社打聽，馬上就知道了；看電影這種事，恐怕也是向我鄰居打聽的吧？因為我出門時，曾拜託鄰居代收宅配。這些太具體了，這不叫超能力，叫做調查。」

全場哄堂大笑，同時也有鬆了一口氣的氣氛。太好了！太好了！只是單純的調查啊——大家就這麼放了心。為什麼呢？大家就這麼害怕世上真的有超能力存在嗎？

「不是啦，是古賀先生調查的啦。」西嶋在我前面嘟囔著。

麻生再度提起古今中外關於預言與透視力的詐騙手法。

「感覺是以那個姓鷲尾的為餌，來炒熱麻生這個人的演講會嘛。」鳩麥說道。

「他們倆打算聯手把這個世界的超能力消滅嗎？」我感到納悶。

「可是，那個姓鷲尾的傢伙是超能力者吧？」鳥井不解地呢喃。

「以前是。」我回答。或許他以前的確有那種能力，現在完全沒有了，只能做一些變魔術的表演。從少年時期就扭曲他人生的，正是超能力這玩意兒。就算他後悔，希望這世界沒有超能力存在，這也沒什麼不可思議的。所以呢——我問自己。為了洩恨，他甚至願意為麻生擔任丑角，向超能力本身復仇嗎？這樣太寂寞啦，鷲尾先生——我忍不住想這麼說。

「單方面的攻擊，感覺真差。」鳥井還是一臉不愉快。「小南，給他們點顏色瞧瞧。」

「瞧什麼？」

「乾脆把那個麻生扔到空中算了。如果車子可以移動，人也可以吧？」

「應該不行啦。」南說。不知是不是我多心，她拒絕的語氣還是像以前一樣委婉，不過有一種共同生活一段時間的為人妻者學會如何應付丈夫的強勢。「車子也弄很久還是動不了，太大的物體應該不行。」

「那小的呢？那張桌子呢？」鳥井追問。真是不死心。

「那個可能也太大了。」南回答。在否定超能力的活動會場裡，坐著一個自然地聊起超能力的女大學生，感覺真妙。

「等一下！臨時有人加入！」此時，新的聲音響起。

20

舞台上的人是莞爾，他的打扮和剛才一樣，以模仿別人學貓王再低俗一點的裝扮，從舞台後方現身。如果這是跟剛才一樣的戶外表演那就算了，不過莞爾在這個氣氛有如嚴肅研討會的禮堂裡，依然大力揮著手，格格不入地熱鬧登場。從麻生與主持人愣住的表情，可以看出這是劇本中沒有的意外橋段。

「突然闖進來真不好意思，我是幹事莞爾。」他又抬出慣用的台詞，拿著麥克風說：「這裡有一樣東西，請現場觀眾朋友務必一看。」

「他在幹嘛？」連西嶋也大吃一驚。

「那麼，請各位看看這個。」莞爾說，對舞台前的工作人員打信號：「請！」前方的螢幕立刻映現一張照片，一開始還看不出來，沒多久就可以看清楚全貌了。

「好像是一張照片呢。」南瞇起眼睛說。

「右邊的人是麻生嘛。」鳥井這麼發現。

「左邊的是鷲尾呢。」鳩麥開口說道。

「中間那個人不是東堂嗎？」我忍不住出聲。

「沒錯，那個人是我。」

背後傳來聲音，我們慌張地回頭，鳥井和南也起身轉頭。東堂就站在後面的通道，靠在我們後面的扶手上。

「怎麼回事？」我代眾人發問。場內一陣騷動，幾乎沒有人注意到角落的我們。我再度望向螢幕，那似乎是一張快照，穿著短裙的東堂坐在沙發正中央，兩旁坐著麻生與鷲尾。

「我從某個地方得到這張照片。」莞爾興高采烈地說，「這位超能力者，和抨擊他的帥哥學者，其實是一對交情不錯的好酒伴，一遇到美女陪酒，就變成這副豬哥德性。」莞爾高聲說完，繼續大聲宣言：「在質疑超能力之前，請先質疑這兩個人吧！」

怎麼回事？我再次望向東堂。「這是東堂打工地點的照片嗎？」

「那種照片是騙人的，是加工的！」舞台上的麻生叫嚷著，聲音聽起來好遙遠。這個突發狀況雖然令他有點動搖，不過他還是努力保持冷靜。「是合成的！」

「還不死心。」鳩麥小聲說道。結果，東堂竟然坦承：「事實上，那的確是合成的。」「咦？」我們又大吃一驚。「他們真的去了我打工的地方，可是並沒有拍照。」

「那個呢？」

「所以是假的，是用我和其他客人拍的照片合成的，不過幾可亂真。」

「是誰合成的？」我問，鳥井立刻說：「山田嗎？」

「山田？」我反問。

「那傢伙不是說自己擅長照片合成嗎？」

「之前你們來我家的時候，曾提過山田的事。」東堂說。所以她才聯絡山田，委託他這麼做。

「這是東堂……，企劃的嗎？」西嶋也陷入不安。

「算是企劃嗎？是啊，突然想到的。」東堂若無其事地——雖然她總是若無其事地——點點頭。「我聽說莞爾擔任校慶的執行委員，所以就拜託他囉。」

「莞爾也真敢。」鳥井露齒微笑，摸摸倒豎的頭髮。「我對他有些刮目相看了。」

「當作是參加選美大賽的交換條件，我請他幫忙。」東堂說。原來如此。在街上看到她和莞爾走在一起，或許就是在商量這件事吧。

場內已經吵得不可開交了。莞爾巧妙地煽動觀眾。

我再度將視線移回舞台上。麻生的表情糾結，四處尋找開關，想關掉螢幕上的畫面。鷲尾雖然一臉困惑，但是面對這突兀的發展，不知是不是看開了，他笑了，表情顯得神清氣爽。

「鷲尾先生，你笑什麼？」麻生粗聲說。

「麻生，我們輸了。」鷲尾笑道。

「哪有什麼輸贏？」

「以無法預期的現象來看，這不是可以稱為超能力嗎？」鷲尾這麼說著，依然笑容不絕，他的表情我看得一清二楚。坐在觀眾席最後面的我與他距離相當遙遠，但是那張皺紋遍佈、瞇起眼睛的臉孔，令人聯想起少年時期第一次表演彎湯匙，立刻在班上成為風雲人物，在尊敬與憧憬的目光包圍下，洋溢著幸福感、驕傲地抬頭挺胸的他。

會場的流程與節目後續已然脫序，雷鬼頭主持人和莞爾放下麥克風，開始爭論起來。

「唉，小南，」鳥井不死心地說。「如果是小東西，妳移動得了吧？像是麻生前面的白板筆。」

「白板筆？」南伸長脖子，仔細看著舞台。我和鳩麥、西嶋也做出同樣的動作。麻生手邊擺著一支白板筆。「那種小東西……」南低聲說，「稍微移動一點點的話……」

「那就讓麻生小弟見識見識吧。」鳥井說道。

南在椅子上坐正，面向舞台。我們屏氣凝神，鳥井壓低了聲音，說出物體的名稱「白板筆」。

或許現場沒有其他觀眾發現。不到三十秒，我們看見坐在椅子上的麻生嚇得身體往後仰。白板筆從桌上浮起，飛到他眼前，輕飄飄地，以突然醒悟「引力是什麼」的自然模樣飄浮了起來。我們看見麻生嚇得張大嘴巴，那支筆無聲無息地掉了下去，才掉下去不久，又彈了起來。我們確定麻生用力眨眼的模樣，捧腹大笑。

「這樣可能就是極限了。」南嘆氣。

「夠了、夠了。」鳥井摟住南的肩膀。鳩麥在我旁邊羨慕地呢喃：「大學生可以享受這種無聊事情，真好。」

「西嶋，你有什麼感想？」一直站在後面的東堂問。

西嶋一瞬間把嘴唇抿成一字型，但馬上張開。「這麼說來，」他說，「這麼說來，妳得了第一名嗎？」

「西嶋，你在意嗎？」鳩麥捉弄地問。

這是一場勞師動眾、耗時費工，成果卻不甚令人滿意的校慶。另外，在廣瀨川河畔與西嶋、鳩麥一起煮豬肉味噌蔬菜湯時，發現一條蛇而引起一場大騷動，以及西嶋在錄影帶店租A片，被店員唸出片名而暴跳如雷等等，總之，秋天的事就到此為止吧。

沙漠

08

冬 Winter

1

進入十二月份，仙台市的市容被紅、白、綠三色覆蓋，這是聖誕節的裝飾。在仙台市內，十二月上旬還有一場動員整條商店街的傳統祭典，由於街上會展示一輛紅色的巨大山車（註），因而產生一種和洋折衷、不夠傳統的印象。

「已經冬天了。」西嶋在我面前以一種沮喪的表情說，「大學生活也會像這樣，轉眼間就結束了。」

我們坐在市區商店街的露天咖啡座，雖然是平日，客人卻不少。

「大學一年一下子就過去了。」雖然無濟於事，我還是這麼說。「西嶋，你是不是瘦了點？」

「有嗎？我自己不覺得。」西嶋說，含住吸管，露出不可思議的納悶模樣，然後胡亂摸著臉頰說：「我的肉消失到哪裡去了？」

「你那個工作還在做吧？」最近我去學校的次數也減少了，很久沒見到西嶋了。我和鳩麥還在交往，我們討論今後的事、一起打電動、看電影、選購滑雪板等等，一天到晚見面。相形之下，與鳥井或南這些夥伴們見面的機會大幅減少了。

「還在做啊，我甚至想乾脆到那棟大樓的警衛室做正職好了。」

「聽起來不像開玩笑耶。古賀先生好嗎？」

「那個人打算老死在那裡呢。」

「他到底是什麼人？」我問出長久以來的疑問。

「不知道，不過他很神祕呢。」西嶋眼神閃爍，突然說「這麼說來」，然後從皮夾裡拿出一張像卡片的東西，好像是名片，上面除了古賀先生的名字之外，在頭銜那一欄寫著各種協會和工會的名稱。

「這是什麼？」

「好像是古賀先生以前的名片。」

「整體之友會、麻將館標準化與規定設立委員——真有這些機構嗎？」

「不曉得耶。」西嶋不在乎地說。

「如果是虛構的，不會有問題嗎？」

「說起來，那個古賀先生有很多傳聞，聽說他以前是職業麻將師，或企業的工會委員長之類的呢。」西嶋挑起一邊眉毛說。「這張名片也是他硬塞給我的，蠻詭異的，送

註：在日本的祭典活動中，以人力拖曳的一種點綴許多裝飾物的花車。

你吧。」他嫌麻煩地說完後，彷彿要遠離來歷不明的護身符似地，把名片挪向我這裡。

「你沒學過嗎？己所不欲，勿施於人。」

「沒學過耶。」西嶋板著臉這麼斷定，緊接著懦弱地說：「北村，我很孤單耶。」

他用吸管吸著看起來很甜的飲料。「每個人都抓著我，逼我去想未來的事。我的大學生活明明還沒過完，到底在急什麼呢？我實在不懂。」

「不，你最好也想想將來的事。一旦鬆懈下來，大學生活很快就結束了。」

「對我來說，黃金時代就是現在啊，只有當下啊，過去還是將來，怎麼樣都無所謂，我要做現在才做得到的事情。說起來，大家是怎樣？說畢業以後要在一流企業上班，或是去考公務員、準備司法考試，到底是為了什麼？明明這麼說，每個人看起來卻一副閒得發慌的樣子。」

「因為大家都寫完論文了。」

「我們學校為什麼論文一大堆？入學論文、畢業論文，沒多久就會出現週末論文，還有放學論文。像我，未來都還沒決定呢，是自由的，除了明年還要繼續唸大學以外，其他都還沒決定。」

我長長地嘆了一口氣，「你最近遇到過東堂嗎？」我姑且問道。

「東堂。」西嶋就像在英文會話教室裡練習單字發音似地重複這兩個字，「嗯，遇到過幾次啦。」他不情願地回答。「不過是那個啦，我是去看狼犬的，是為了狼犬。」

藉口那麼多。

「聽說東堂交男朋友了。」

「北村，你這人講話怎麼這麼惡毒？」

「沒那回事。」我說著，瞄了西嶋一眼，結果他生氣地說：「北村，你那是什麼惡毒眼神？」

「說起來，誰教你自己不甩東堂，有什麼辦法。」

「是啦，我就是甩掉東堂的西嶋啦。」

「意思不一樣。」我指正。「可是我從南那裡聽說，東堂好像跟很多人交往呢。」

我這次真的懷著惡毒的心情重複說道。

那場校慶的選美大賽之後，東堂和幾個男生開始交往，一如她在居酒屋向我宣佈她被西嶋甩掉之後或許「會跟很多男人交往」，但還是令人吃驚。這在校園裡也成了話題，男生們彷彿找到了被封印門扉的鑰匙般，洋溢著一種「門開了！光明了！我也有機會了！」的氣氛。

「好像是。」西嶋忿忿地點頭。

「你知道？」

「南她啊，會逐一跟我報告，逐、一。」西嶋裝出慢吞吞的語調，模仿南的口氣說：「聽說東堂要跟店裡的男店員交往耶。」「她好像跟那個男店員分手了，這次要跟一個會計師客人交往。」「那個會計師長得年輕又英俊，好像是對方主動追求東堂的。」「聽說東堂跟會計師分手了，這次要跟我們學校的美式足球隊隊長交往哦，西嶋。」

「真厲害。」

「很厲害啊，果然和我的世界完全不一樣嘛。這就和過氣的阿部薰一樣，以什麼膀胱炎、落枕為藉口，但只要一有復出的念頭，隨時都能重返冠軍寶座。東堂只要一有意願，馬上就能交到男朋友了。」

我覺得西嶋厲害的地方，竟然能把南告訴他的每句話記得一清二楚，只不過我覺得麻煩，所以沒有糾正。「阿部薰又得到日本冠軍囉？」

「對啊、對啊，鳥井之前說的。那個肌肉不良男，該拼的時候好像挺拼命的。」

我的腦中浮現阿部薰那看起來逍遙自在，卻有一種禁慾苦行僧氣質的外貌。我想起剛開學沒多久，與鳥井及西嶋他們看到的景象。也就是在夕陽下的搏擊館內，半裸的男人們汗水淋漓，晃動著身上肌肉的場面。不曉得是否受到記憶的助長，那情景美麗異常，而看得出神的我們也非常青澀。

「之前被他邀請加入搏擊館時，還真是嚇了一跳呢。」西嶋說道。

「那次真的被嚇到了呢。」

「要是被拉進去就糟了。」西嶋喝光杯中的果汁，換了一個話題。「話說回來，美國又開始伸出魔爪了，那個總統又當選了，美國人到底在想什麼啊？」

「是啊。」我也看過報紙，知道西嶋說的新聞。那位順利連任的總統，不曉得是得意忘形，還是找不到其他事情可做，竟決定再度出兵攻打中東。明明連之前攻打的國家的治安都無法保障，現在又想干涉鄰近的細長狀產油國。「你們藏有核武吧？」「現在立刻放棄核武，要不然我們要動用武力了。」「這與石油無關。只是中東偶然發生問題，我們才過來的。」「美國的一切作為，都是為了世界和平。」美國總統的宣言，完全暴露出他膽小而貪婪的孩子王性格。世界各國對於這個宣言紛紛表態，日本首相迫不及待地表明贊同之意。

「我覺得好無奈。很抱歉，我不希望全世界的人把那個馬屁首相的意見當成我的意見呢。」

「可是，如果對方藏有核武的話，確實是很危險。」

「北村，你不要被騙了。美國自己別說是偷藏，根本是光明正大地持有核武耶。」

「的確是這樣。」我笑了出來。「你老是在生氣呢。」

「我啊，是在準備。為了避免遇到緊急狀況時驚慌失措，我已經先把氣出完了，因為事後再抱怨也沒有意義呀。」

「我不懂。」

「像北村你這種人，平常對社會漠不關心，要是世界真的陷入混亂，你馬上會恐慌。怎麼辦？怎麼辦？就算翻遍全身，口袋裡挖得到的也只有驚慌失措。」

可能是特別中意「驚慌失措」的發音，西嶋一再重複。

「不管這些，」我切入正題。「等一下可不可以陪我去買東西？」我指著窗外的店鋪。「我想買聖誕禮物。」

「那種事找我做什麼？你自己去買就好啦。」西嶋好像很不滿。事實上，兩個大男人在聖誕節期間偷偷跑去逛人潮洶湧的禮品店，的確很丟臉。不過，反正閒著也是閒著，偶爾幹這種事也蠻有意思的。「一起去買聖誕禮物，也會成為一種回憶。」

西嶋露骨地擺出不情願的表情。「你太急躁啦。離大學生活的尾聲還遠得很呢。」

儘管嘴上抱怨，西嶋這時候並沒有那麼不情願，所以我催他：「那走吧。」我們從錢包裡取出硬幣，把飲料錢放在桌上。

2

我們逛了幾家禮品店，對於皮包價格之昂貴以及店員的傲慢態度感到愕然，於是放棄了皮包，在定食屋吃過晚餐，由於西嶋還要打工所以先走，我跟他分手之後竟然被襲擊了。當時，我在回家的路上順便逛了CD店，時間是晚上八點半過後，我離開CD店以後，走進一條巷子裡，這條路通往電車軌道底下的地下道，沒什麼路燈，相當陰暗。

一開始聽到腳步聲逼近時，我還以為是CD店的店員跑來找碴——「你在店裡晃那麼久，竟然什麼都沒買就走人，搞什麼鬼啊！」所以，當我右肩被抓住時，有一種「真對不起」的心情，然而耳邊卻響起了充滿焦躁與迫切的聲音，令我頓時一驚。

「你是總統吧？」

一股蠻力抓住我的肩膀，接著我就被架住了，正想大叫，嘴巴卻被對方用左手堵住，然後被拖向後方。

一時之間，我不知道發生了什麼事，只有心臟猛烈跳動，好吵。我想站穩，鞋子卻從地面上滑開。我的眼角瞥見一隻男人手臂，不知對方是不是捲起了袖子，明明是冬天卻露出整隻手肘，被仰面拖行的我，看到那隻手臂上的汗毛在路燈照射下閃閃發亮。

「你是總統吧？」對方又問了一遍。一開始我懷疑是西嶋或鳥井在惡作劇，但那聲音很陌生。是口臭嗎？有股腥臭味撲鼻而來，我扭動身體，卻不敵對方，就這樣被拖著走。

總統男——這三個字躍入我腦海裡。這個人是總統男嗎？另一方面，雖然真的很愚蠢，但我很介意「我長得像總統嗎」。並不是我處變不驚或蠻不在乎，只是很單純地冒出這個疑問。西嶋，這個人是總統男嗎？然後我想起很久以前西嶋說過「總統男都在星期四晚上出沒」。我很驚訝自己竟然還記得這種事，回想今天是星期幾，接著又一閃，星期四！

我被拖進巷子裡，不久，我知道自己被拖到一棟老舊公寓後面，這裡好像是棟廢棄大樓，原本是停車場，環境骯髒不堪，眼前一片黑暗。

「你是總統嗎？你是總統嗎？」對方的聲音不大，卻在我耳邊嚷嚷，讓我漸漸焦急了起來。

對方的個子比我高出一個頭。從兩隻手臂上強壯的肌肉來看，他的體格似乎不錯，胸膛也很厚實。我的嘴巴被堵住，導致呼吸困難，我甩動頭部。

靠近磚牆之後，男人一個轉身，抓著我的後腦杓，把我的臉按在牆上。我的側臉和牆壁緊貼在一起。不知不覺，我的右手被扭到背後，整個人從後方被用力推擠，臉頰緊壓在牆上。比起痛楚，我感覺更混亂。

對方再度從背後問我：「你是總統嗎？」他可能更加使力，我感到被扭住的右臂關節一陣疼痛。我想回答：「你看就知道了吧？」如果說我長得像那個猴臉總統，實在太侮辱人了。說起來，總統男至今為止的目標不都是中年男子嗎？我的臉頰感覺磚牆的冰冷與陰暗，還有似乎是昨天下雨留下來的霉味，我越來越不安了。

「你是總統嗎？你是總統嗎？」

我的臉在牆上被磨得好痛，怎麼辦？我動腦筋，回過神時，已經脫口回答：「沒錯，我就是總統。」

什麼跟什麼？我對自己的回答大吃一驚。

只是，對於對方而言，似乎也是一個意料之外的答案。「這樣啊。」他啞著聲音說，把我翻轉過來，將我的背按在磚牆上。對方把身體壓了上來，彎折的左手陷進我的胸口與脖子之間。

那男人的臉就在我的鼻尖。我為了調整呼吸，拚命吐氣，吐氣，吸氣。胸口劇烈起伏著。

「終於找到你了，總統。」男人說。當然，對方是一個未曾謀面的陌生人，鼻子很大、眼角下垂、嘴唇豐厚。下巴尖細，但是人並不瘦，體格壯碩，年約四十歲左右。他瞪著我，掀動著長了一圈稀疏鬍子的嘴巴：「你這個諸惡的根源。」

我窮於回答，但立刻露出「沒錯」的表情，點了點頭。「你找總統做什麼？」

「都是你害的。」男人說。他圓睜的眼睛充滿血絲，嚴肅的模樣異於常人。「不在現場的人，就不要囂張地妄下決定。如果想幹的話，自己去幹。看看世界吧，你是睜眼瞎子嗎？你已經把世界搞得一蹋糊塗了。」

面對唾罵上司般地咒罵起美國總統的他，我吃驚地嚥下口水。

「如果想打戰，你自己去！」

我避免被對方發現，小心翼翼地將右手移動到腰部。我並沒有明確的想法或戰術，只是想到幾個小時以前西嶋說的「口袋裡挖得到的只有驚慌失措四個字」，或許「驚慌」與「口袋」這兩個詞在腦海中毫無脈絡地連結在一起。我無意識地把手伸進口袋。

指尖碰到一張小小的紙，我連想它是什麼的餘裕都沒有，反倒是毫無根據地相信這肯定是拯救自己的武器，所以立刻抽出那張紙，朝眼前的男人一揮。我揮手，斬向他，似乎響起了「唰」地一聲。我胡亂揮舞的那張卡片，劃傷了總統男的左手。

「啊！」我和總統男瞬間都愣住了。

我望向右手的卡片。是名片，古賀先生的名片好像就這麼裝在口袋裡，可能是名片的素材很牢固，所以劃傷了總統男的左手。

總統男俯視傷口，更形憤怒地瞪視著我。不妙——我感覺有危機。然而，出乎意料的是，總統男竟然也慌了手腳。總不會只是被名片割到，就覺得總統難以對付，沒想到他咋舌之後，竟然轉身跑掉了。

我茫然佇立，好一會兒才垂下肩膀，喃喃自語：「得救了。」

3

「真是天降橫禍呢，北村。」鳥井同情地皺起眉頭。

「也不到橫禍的地步啦，只是臉在牆上磨了幾下而已。」和鳥井以前受的傷相比，這根本是小巫見大巫。

「可是竟然會在晚上被攻擊，好恐怖喔。」在鳥井一旁的南說道。

保齡球滾動，在一陣寂靜之後，響起球瓶被撞倒的聲音。抬頭一看球道，球瓶全倒。西嶋摸著右手走回來，鳥井朝他喊道：「西嶋，打得好！」雖然慢了一步，我們也拍手讚賞他的STRIKE。「我已經是行家了。」西嶋板著臉說。我們來到一家保齡球館，是我約大家出來的。這是一家位在國道旁剛開幕的新球館。

可能是因為平日的傍晚時段，館內空蕩蕩的，我們五個人佔據了兩個球道。分成鳥井與南、我和西嶋及東堂兩組，各自投球。一開始我們聊著論文內容和完成進度，這個話題告一段落時，我說出了那天的遭遇。

「只是，我怎麼樣都想不透，北村根本就不像美國總統嘛。」坐在椅子上的西嶋噘起嘴巴說道。

「就是啊。」鳥井點頭。「總統的長相比北村更狡猾、膽小，而且是猴臉。」

「聽你那種口氣，」南掩住嘴巴。「好像北村雖然長得不像總統，可是也很狡猾膽小似的。」

聽起來的確是這樣。

「可是，」東堂開口。「那個暴徒攻擊的目標是長得像總統的人，這只是西嶋的推理罷了。」

的確是這樣。

「不過攻擊北村的那傢伙一直問：你是總統嗎？你是總統嗎？」鳥井說。

「嗯，他是這麼說。」

「但是之前的受害者都是中年男子。」東堂提出和我一樣的疑問。

「應該是那個緣故吧，不是聽說那個總統最近去動了拉皮手術？因為那樣，對方才稍微改變標準吧。」西嶋煞有其事地說。

「對方是北村不認識的人吧？」南問。

「要是被熟人問：『你是總統嗎？』就算是我也會很沮喪。」

「可是，是古賀先生的名片救了北村，這還真妙呢。多虧我把名片交給你。」

那只是你不要才塞給我吧？我在內心吐槽，卻也忍不住猜疑，那張名片是不是裝了什麼能夠擊退敵人的機關或裝置？來歷不明的古賀先生真的很神祕，連他的名片都不容小覷。

鳥井起身，在球道前的供球台抓起一顆球，那是一顆十二磅重的藍色球。鳥井傾斜身體，維持平衡地舉起球，他已經習慣用單手擲球了。雖然只是第一局的序盤，卻明顯看得出鳥井精通單手擲球。「這是訓練的成果啊，北村。我的平均分數已經比我有左手的時候還高。」他驕傲地說，「在女生面前更高。」

他以單手舉起球，踏穩左腳，再把球擲往球道。球並沒有撞擊地板，而是順暢地在球道上滾動，在碰到球瓶之前稍微左傾，撞進一號與二號球瓶之間。球瓶四散，留下了兩支未倒，鳥井不甘心地「啊」了一聲，把右手按在後腦杓上。坐在我對面的南，像是守候著投球結束的鳥井似地，露出溫柔的表情。

「打得真好。」東堂也發出感嘆聲。

「我覺得他的體格也變好了。」我指向鳥井的右手。鳥井有些臉紅，靦腆地說：

「還好啦。」他做出大力水手的姿勢。「怎麼樣？西嶋，我也很厲害吧？」

「鳥井也是以自己的方式在努力的。」西嶋不可一世地說。

「總之，北村平安無事，真是太好了。」南說，「總統男不是會對受害者施暴嗎？」

「根據西嶋的說法，」鳥井笑道，「這是為了全世界。」

「其實上，我覺得那個嫌犯很氣美國總統呢。」

「喏，就像我預測的吧，總統男為了全世界才會挺身對抗總統。」

「最了不起的是，他能夠在這麼長的時間裡，一直維持對總統的憤怒。」東堂低聲說道。

事實上就像她說的。自從我們四人結識以後，總統男就一直很活躍——或者說暗中活動——又或者說犯案不斷，真的是不屈不撓。「或許他真的比一般的新聞媒體更為世界著想。」我打從心裡這麼說，結果鳥井立刻回嘴：「哪有人被攻擊了還講這種話？」接著，他「嘎哈哈」地笑了。

「不過，竟然在那種情況下回答『沒錯，我就是總統』，北村也真不簡單。」東堂佩服地說道。

「北村，我得告訴你一件很重要的事。」西嶋從鏡片後面瞪我。「你可不是總統。」

「我知道啦。」

「然後怎麼樣了？」鳥井探出身體問。接下來輪到我，不過我沒起身，坐著回答：

「我報警，警察很快就來了，然後問了我很多事。那是一個中年警官，態度很傲慢。」

「警察怎麼說？」

「他們好像也認為是總統男幹的。」當然，警方不可能稱呼嫌犯為總統男，在我面前是說連續強盜犯。

「幸好你平安無事。」南再說一遍。此時，我想起很久以前南在巷子裡遭男子襲擊的事。那次似乎是單純的劫財，對方也沒問「你是總統嗎」，所以應該與總統男無關。不過，我頓時猶豫要不要提出這個話題。

「後來怎麼樣了？」西嶋雙臂交抱，直盯著我看，一臉這件事不可能就此結束的表情。他說得沒錯，這件事還有下文，不如說接下來才要進入正題。「隔天早上，我被警察找去了。」

「他們馬上就約談喔。」

西嶋和我都因為獄內邸的事，對警察懷恨在心。鳥井被撞、我們明明是遭到攻擊的被害人，一開始卻被警方懷疑；在嫌疑洗清之後，還被警方當成便利的目擊證人，被找去問話好幾次，教人吃不消。刑警表示「這也是工作」，只會講些制式台詞，不管他們說了什麼，聽起來都像在生氣。

「明明就抓不到犯人。」

「可是，他們這次聯絡我，表示抓到一名嫌犯，要我去確定一下。」

「咦？」眾人全望向我。「抓到了？」鳥井睜圓了眼睛。「總統男嗎？」南張大嘴巴。「我的總統男……」西嶋說。

「那叫指認嗎？隔著雙面鏡確認偵訊室裡的嫌犯。」

「我在電影裡看過。」東堂低聲說。「有耶、有耶。」西嶋也興奮地說，叫一整列長相凶惡的人排排站吧？在最旁邊啦，最旁邊的就是犯人啦。」他甚至莫名其妙地如此斷定。

「不，不是。」我揮手否定。「不是從許多嫌犯裡面挑一個，那房間裡只有一個人。我被帶進另一個房間，牆上有一面玻璃。然後刑警問我：隔壁房間裡的人就是襲擊你的傢伙嗎？」

那種場面就跟電視劇演的一模一樣。我往那裡一看，一名坐在椅子上的年輕人瞬間映入眼簾，我忍不住想閃躲。「不要緊，他看不到你。」就算應對的刑警冷淡地這麼說，我還是會介意。

「偵訊室裡有個年輕人，好像是前天晚上在那附近蹓躂的傢伙。」

「只是蹓躂就有嫌疑喔？」

「警察盤問他的時候，他好像非常不合作，所以才被懷疑。」

「警方懷疑那個人就是總統男？」東堂依舊淡然處之。遠處傳來球瓶激烈碰撞聲，接著爆出「哇」地歡聲雷動。

「嗯，所以我被找去了。」

「結果呢？」

「不是他。襲擊我的人年紀更大，肩膀很結實，很明顯的不是他。」

「什麼嘛……」南雖然失望，卻也鬆了一口氣，就像發現鬼故事其實是唬人的一樣。「總統男才不可能那麼容易被抓到呢。」西嶋驕傲地說。

「所以我告訴刑警：『不是那個人。』」刑警好像本來就不認為那個年輕人是連續強盜犯，只因為對方的態度太囂張，所以期待「如果這個囂張傢伙是強盜犯，就可以教他吃不完兜著走了」而已。果然不是啊——刑警失望地抱怨。

「然後呢？」鳥井納悶。「還有後續嗎？」南確認。

「北村把我們都找來了，當然有後續囉。」鳥井說。

「有後續。」我點點頭。「我隔著雙面鏡看到的人，不是襲擊我的總統男。」

「可是？」東堂敏銳地猜到了。

「可是，我認得那張臉。」

「哦？」西嶋把鼻樑上的眼鏡戴好。「誰啊？我認識的人嗎？」
「嗯。」我點點頭，心想再繼續賣關子也太缺德了，便很快地說：「是牛郎純。」
我看看其他人。「令人懷念的牛郎純。」

4

「是巧合嗎？」鳥井表情僵硬。這是當然的吧。儘管和嶽內邸的闖空門事件沒有直接關聯，不過純是牛郎禮一的同夥，與那件可怕的事件有間接關係。鳥井望向自己的左肩，南則擔心地看著他。
「我想是碰巧。」我回答。因為我被襲擊的那天晚上，他正好在附近閒晃，態度囂張又不合作，所以才會被警察盤查說：「你就是連續強盜犯吧？」
「所以呢？」西嶋雙手交抱，以嚴肅的眼神看著我。「那又怎樣？你是想用牛郎純做為線索，找出禮一嗎？」
「你說得沒錯，西嶋。」我站了起來，走到供球台，在送風口吹乾右手，拿起十三磅的球。
「怎麼做？」我聽著鳥井在背後這麼問，開始擲球。我左手划過空中，揮動右手，踏穩左腳，把球往前送出。球輕巧地離開我的手，震動球道，朝球瓶滾去。滾動的球畫出漂亮的曲線，撞上球瓶。我默默地注視球瓶彼此撞擊並倒下。

「可惜。」我聽見鳥井與南的聲音。事實上真的很可惜，最左邊的球瓶留了下來。

我回到座位上。

「怎麼辦？」東堂說。

「不要緊，我很擅長打那邊的瓶子。」

「我不是說那個，我是說牛郎。你打算像西嶋說的，從這個線索再找出另一個牛郎嗎？」

「其實，警察署前面正好有一家咖啡廳，那裡有很寬敞的露天咖啡座。我在那裡消磨了好一陣子。雖然不太確定，不過我想純可能會被釋放，離開警察署。」

「他不是犯人，也沒做壞事，一定會被釋放的。」鳥井說。

「你說得沒錯。果然不出我所料，牛郎純出現了。」

穿著合身西裝的牛郎純，帶著一臉煩躁的表情出現在正門玄關處。他走出警察署了，我立刻起身，將事先準備好的零錢交給店員，衝出店裡。我跑過十字路口，計算與牛郎純之間的距離，保持一定的間隔，跟在他後面。

「然後呢？」東堂用那雙烏溜溜的大眼睛直盯著我。

「沒多久，牛郎純就用手機聯絡某人。」

「是那傢伙嗎？」鳥井說的當然是牛郎禮一吧。

「我想不是。大概過了十分鐘，有個年輕女子開著轎車來接他，我想應該是純打電話叫那女人過來的。」

「你就追上去了？」西嶋那炯炯發亮的眼神射向我。

「當然了。」

「了不起，北村。」西嶋說。

幸好在大馬路附近，那裡排了一長列等待載客的計程車。「計程車司機是個很上道的大叔，我請他跟蹤前面那輛車，他眼神發亮地說：『我早就知道會有這一天。』然後加速跟上。」

牛郎純的座車當然沒有警戒，要跟蹤是很容易的。如果硬要說的話，我錢包裡的錢有限，要是追得太遠，可能無力支付車錢。總不能跟司機說錢不夠，司機還高興地回答「我就在等這一天」，所以眼下我只擔心這件事。

「車子開了大約十五分鐘，便停了下來，停在郊區的一棟時髦大樓前——與仙台市北邊鄰近的住宅區，那棟樓有九層樓高。」

我在稍遠處下車，走到大樓入口處附近。牛郎純和女人在大樓用地內停好車，正要走進大樓。

「大門是自動鎖嗎？」西嶋問我。

「是自動鎖。」我點點頭。牛郎純按下對講機，和某人對話，請對方開門。

「那是牛郎純的住處嗎？」

「不曉得。房間裡有人，他請對方開門，或許只是單純拜訪，又或者是他和幾個人合住。」

「那是壞人的基地呢。」西嶋以幼稚的形容如此斷定，而且非常嚴肅。

此時，我從椅子上起身，進行第二投。我拿著球，面對球道，瞄準左側的球瓶擲出，讓球以對角線方向滾過球道。可能是不夠專心，球滾到一半就掉進左側的球溝裡。

「那，你打算怎麼做？」我折回去，東堂便問我，然後也不等我回答，逕自起身投球。穿著黑色洋裝的她，背脊挺直，動作帥氣，步幅雖小，卻以行雲流水的姿勢投出紅球。她手臂揮動的弧度不大，是很女孩子氣的投法。球筆直前進，撞倒了八支球瓶。

「要做嗎？」

東堂投出第二球，卻沒能SPARE。她回來以後，鳥井開口：「也只能做了。」

「等一下，要做什麼？」南看起來很不安。

「那些傢伙或許在那棟大樓裡啊。」

「那些傢伙？」

「那些犯人呀。」鳥井說。他既不興奮也不激動，而是以一貫的戲謔口吻笑著說，「輾斷我左手的那些傢伙呀。」

南的表情變得悲傷，然後以一種嚴厲的視線望向我。都是因為北村多嘴——她是在責備我吧。也不是因為她的視線讓我內疚，我辯解說：「不，犯人不一定在那棟大樓裡吧，牛郎純只是走進去而已。」

「那你幹嘛把我們找出來？」鳥井說。

說到痛處了，我的確有「行動」的意思吧。

「我們一起調查吧。」西嶋摘下眼鏡，開始用布擦拭。「監視那棟樓，確定狀況。」

「確定以後又要怎樣？」南的聲音已半帶怒意了。

「報警啊，小南。」鳥井一臉「這還用說嗎」地笑道，「還能怎麼樣？」

「你們不是想要親手逮捕犯人嗎？」

「不交給警方處理，靠自己抓犯人，這樣太輕率了啦。我們不可能做那種事，不會做得太超過啦。」

感覺不是那樣——南不安地呢喃。

5

「意外地適配呢。」鳩麥指著我戴的平光眼鏡說。在保齡球場討論過後，又過了兩天，下午兩點，我們一行人來到大樓前的一座小公園。與其稱之為公園，還不如說是擺滿遊樂器材的小小休憩空間，就位在我目擊牛郎純走進那棟樓的用地內。

鳩麥開車載著我們及東堂還有那隻狼犬一起過來。鳩麥最近新買了一輛車體較高的大車，狼犬一上車也可以輕鬆坐下，牠在車上乖得不得了，我和鳩麥打心底佩服不已。

「這隻狗很聰明。」東堂低聲說。

「為什麼我不能去？」兩天前，西嶋不滿地抗議。

「萬一那個禮一出現，或許會認出你啊。」南說明。一開始對監視行動表現消極的她，執著於若要做就要採取盡可能安全的方法，因而想要主導整個行動。

「那為什麼北村可以去？東堂也在保齡球場見過那個牛郎啊，他們要是被認出來就慘了。」

「沒辦法，只有北村知道那棟大樓在哪呀。」南含蓄地說，「而且，要是一個人在大樓附近閒晃，一定會遭人懷疑，帶隻狗比較安心。」言外之意，她提議帶著狼犬一起去。「最重要的是，西嶋給人的印象太強烈，一定被記住了。」

「為什麼我給人家的印象很強烈？」

「咦，北村，你怎麼了？」可能是因為我一直盯著南，所以她問。

「沒有，只是覺得南也變了。」我率直地表示驚奇。「變得乾脆多了。剛認識的時候，更……，怎麼說……」

現在的南，比起當初聯誼時在居酒屋被一旁的關西腔女生說「這個女生很沉默寡言」，有很大的改變了。

「更扭捏？」南紅著臉，有些客氣地說，「我也稍微成長了嗎？」

我覺得有——我點點頭。

「變得囂張了。」鳥井打岔說。然後他把視線移向我，臉頰微微抽動著說：「我沒辦法協助你們，所以北村，拜託你了。」

「協助？」

「我不能跟你們一起去。」

「當然了。」我絲毫沒有要讓鳥井與那些犯人打照面。

「為什麼我不能參加？北村還不是馬上就會被認出來。」

「我會戴個眼鏡什麼的，盡量避免曝光。」即使這麼安撫，西嶋還是不肯接受：我沒辦法，只好這麼說服他：「好吧。那麼這次我跟東堂去監視，下次再讓你參加好了。」若不這麼說，他的不滿不會平息，而且雖然毫無根據，我卻認為不會再有「下一次」了。

「可以在平常的大白天像這樣把時間浪費在無意義的事情上，大學生真好。」鳩麥坐在遊樂器材旁邊的長椅上這麼說。「這不是在諷刺喔，我是真的很羨慕。」

「鳩麥自己還不是，在平常這種時間陪我們一起監視。」

「可是我今天休假啊，我可是把寶貴的假日奉獻給北村你們的偵查行動呢。」

「明明就是妳自己要跟來的嘛。」是鳩麥自己聽了我們的計畫，便說：「好像很有趣，我也要去。」

東堂坐在稍遠處，撫摸著狼犬。大白天，公園裡有幾個小朋友在沙地玩耍，其中一個戰戰兢兢地靠近狼犬，表情很緊張，隨時準備笑或哭。

「我說啊，」過了一會兒，東堂走近。正在被小孩撫摸肚子的狼犬依然坐在原地。

「要是知道犯人的藏匿地點，你打算怎麼做？」

「當然是報警囉。」我的答案與鳥井在保齡球館說的一樣。

「只有這樣？」

只有這樣？我的腦中也有相同的疑問。「什麼只有這樣，除此之外還能怎樣？」

「我以為你會報仇，或是以牙還牙之類的。」東堂面無表情地做出危險的發言。

「怎麼可能？」我登時回答。「我們只是來確定牛郎禮一是不是在這裡，只要查明這一點，我們就立刻報警。之前鳥井也說過了，不報警才是自作自受。」

結果，那天我們在那裡待到下午五點，毫無進展。既沒有看到疑似牛郎禮一或其他犯人，牛郎純也沒有出現。或許我們讓小朋友有了接觸真正狼犬的機會，但也只有這樣。

我們仰望大樓，偷窺裡面，思忖有沒有辦法進入大門，最後還是死心。我們開車繞到「賢犬軒」，三人吃過定食之後，與東堂道別。

「撲了空呢。」鳩麥說。

「怎麼辦？」我搔了搔額頭說，「我開始覺得做這種事沒有意義了。」

「再稍微調查一下比較好吧？」

「換句話說，還有下一次是吧。」輪到西嶋出場了。「眼鏡差不多該拿下來了吧？」在鳩麥提醒我之前，我完全忘了臉上的眼鏡。

下一次的監視是兩天以後。這一天我沒課，從下午開始有空，在學校餐廳被西嶋搖晃著肩膀說：「北村走吧，果然沒有我出馬是不行的。」

「知道啦，知道啦。」我嘴上承諾，卻判斷最好也把東堂找來，還是帶著狗比較不會遭人懷疑，而且那隻狼犬似乎也被那一帶居民接納了。我打電話給東堂，她正好在家，說：「那我開車去接你們。」

「咦，東堂，妳有車啊？」之前聽說她考上駕照，但我記得她沒有車子。

「人家買給我的。」東堂爽快地說。

「誰買給妳的？」

「店裡的客人。」

我只能發出分不清是「咦」還是「嘿」的聲音，然後呆呆地接了一句「這樣啊」。

「這樣啊，好厲害。真有這種客人啊。」

「不曉得錢怎麼花的男人好像很多。」東堂說得一副事不關己。

「真的嗎？」真的是客人送的嗎？

「我很少說謊。」

「到底要做什麼，人家才會送車呢？」

「沒什麼。坐在旁邊聽聽對方說話就行了。」

「親切地？」

「以我的方式。」

「下次我也想坐在那人旁邊聽他說話呢。」

下午三點，我們抵達大樓前。東堂把車子停在和上次一樣的地方，我們三人帶著狼犬，在小公園的長椅坐下。

「是這裡嗎？」西嶋像是觀察壞人的大本營似地，仰望大樓外觀。東堂靠在鞦韆旁的欄杆上，狼犬則挨在她腳邊，那景象有如惡魔服侍冰山美人。

「今天好像沒有小朋友呢。」東堂掃視周圍，聳了聳肩。

「在那邊呀。」西嶋指著大樓前的馬路。我坐在長椅上凝目細看，一群幼稚園生排著隊，正從左邊走向右邊。

小朋友們東倒西歪地晃著小小身體，避免脫隊地走著，看起來很可愛。我目送隊伍前進片刻，然後仰頭望著天空的浮雲被風吹散，暗想這場監視行動或許沒有意義。

「我發現一件很厲害的事。」西嶋開口。

「很厲害的事？」他的靈機一閃多半都很無聊，我不打算認真奉陪，不過還是禮貌性地問一下。

「我剛才想到了，跟計算不合耶。」

「什麼計算？」我和東堂不由得異口同聲。

「我看到剛才的小朋友，突然想到的。我發現一件很不可思議的事。聽好囉。例如說，我有父母吧，北村也是。」

「是啊。」

「每個人在生物學上，不是都有父親與母親兩個人嗎？然後父親本身也有父親與母親。」

「當然啦。」

「如果這麼想，以圖形來表現，越往前回溯，父母的數量就越多，而且逐漸分歧，不是嗎？」

「嗯，是啊。」我也在腦海中描繪父親的父母、他們的父母、還有他們父母的父母，呈扇狀逐漸擴散的圖形。

「儘管如此，」西嶋湊近我，說：「以前的人口卻比較少耶，這不是很不可思議嗎？東堂，妳覺得怎麼樣？像江戶時代（註），人口一定比現在少呀。」他滔滔不絕地說。

註：從德川家康一六〇〇年在關原之戰獲勝，到一八六七年大政奉還之間的約二百六十年。當時日本實行鎖國政策，工商業發展，町人文化繁榮。

「當然比較少了。」東堂也攤開雙手。

「就是啊，不奇怪嗎？」

「奇怪嗎？」東堂看看我。

「當然奇怪啦。父母的父母的父母，越往回算就越多，為什麼人口會減少？」

聽到這裡，我也開始思考。的確，以單純的計算來看，有一種奇妙的感覺。「北村，太奇怪了，我們被騙了。」西嶋從旁邊戳戳我。

「被騙？被誰騙？」東堂說道。

「我想，」我說出自己的推測。「這會不會和過去習慣生很多小孩有關？」

「什麼意思？」

「例如說……」我撿起腳邊的樹枝，準備在地上畫圖。我說：「例如這裡有一個人……」然而，此時前方傳來婦人的聲音：「這是你們的狗嗎？」結果這件事便不了了。

東堂回頭，答道：「是的。」

不知不覺間，狼犬旁邊蹲了一名婦人。她撫摸著狼犬，那身毛皮就像剛修剪過的草坪般。狼犬瞇起眼睛，好像很舒服的樣子。「這種狗最近很少見呢。」婦人說道。這名中年婦女體型嬌小，天氣明明入冬了，卻穿著一件鮮紅色的短袖T恤和黑色綿褲。她有一張圓臉，頭髮染成時髦的褐色，但一點都不適合她。我差點問：「妳穿那麼少不冷嗎？」不過又覺得不適合當做初次見面的第一句話，便打消了念頭。

「這隻狗叫狼犬雷蒙喔，是我救的狗。」西嶋從長椅上站起來，走到婦人身邊。狼犬瞥了西嶋一眼。牠的眼神像是在說：「那是多久以前的事了，不要一直拿來賣人情。」

「雷蒙？」婦人以疑惑的眼神看著我們。

我揮揮手。「是那隻狗的名字。」

結果婦人說：「雷蒙指的是雷蒙合唱團的雷蒙嗎？」我好像受到冷不防的打擊。

「阿姨知道雷蒙合唱團嗎？」西嶋問。

「我最喜歡雷蒙合唱團了！」婦人以開朗的口氣笑道，「那可是我的青春時代呢！我十幾歲去美國時，聽的就是雷蒙合唱團呢。Gabba Gabba Hey！Gabba Gabba Hey！」

「嘎巴嘎巴？」我反問。

「北村，你不知道嗎？這是一首叫〈*Pinhead*〉的歌，裡面的吆喝聲呀。這可是雷蒙合唱團的代名詞呢。Gabba Gabba Hey！Gabba Gabba Hey！」西嶋一臉嚴肅地重複。

「Gabba Gabba Hey。」出人意表地，東堂也附和。

「不管怎麼說，我還是最喜歡第一張專輯。」婦人開始說，和西嶋聊起喜歡的歌曲。「喬伊・雷蒙和喬・史楚默都死了，真是令人不敢相信。」兩人意氣相投，聊著艾迪和什麼的樂團（註），還有理查什麼的，說出一連串專有名詞，越聊越起勁。「你也是雷蒙合唱團的一員呢。」過了一會兒，婦人摸著狼犬，這麼對牠說，「你們不是這棟大樓的住戶吧？」

「嗯，不是。」我回答。「這座公園只有住戶才能進來嗎？」這裡明明就是大樓內的公有用地，我卻佯裝不知情地問。

「原則上是住戶專用的，不過要是這麼說的話，狗也不能進來了。」

「這樣嗎？」東堂板著一張臉反問，不管她說什麼聽起來都像在抗議。

「可是，也不會有人去挑這種小毛病啦。」

此時，我看到一輛車在大樓前的單行道猛然煞車，車門開啟的那一瞬間，充塞車內的吵鬧音樂轟然湧出。兩名男子從那輛黑色轎車下來，關上車門，溢出的樂聲消失，車子緊急發動，揚長而去。下車的男人們慵懶地往大樓入口處走去。

我望向東堂，接著看看西嶋。兩人都對我回以銳利的視線。

「傷腦筋呢。」婦人在我們面前埋怨。

「傷腦筋？」

「現在走過去的年輕人，有一大堆人在我們大樓出入。」她低語似地說。

「他們惹出什麼麻煩？」

「也不是那樣。只是房間裡聚集很多年輕人，住戶都很不安。」她老實地說，就像指著陌生的昆蟲般，不過很快又笑逐顏開地表示：「話說回來，我年輕時也老是泡在朋友家，把雷蒙合唱團啊、衝擊樂團的音樂放得震天價響，讓周圍的長者疑神疑鬼的。以這個角度來看，我也沒資格對那些年輕人說三道四的。不過，還是有點不安。」

「因為年輕人短視淺慮、放蕩不羈？」東堂問。

沒錯、沒錯——婦人眼角的笑紋變深了。

我以目光追隨著那兩個男人，直到他們消失在大門後。沒錯，那是牛郎純。頭髮理得很短，媲美運動選手的體格，就是我前幾天搭計程車一路跟蹤的人。

「他都沒變嘛，跟保齡球對決時一樣。」西嶋望著大門低聲說，「一點都沒有長進嘛。」

「沒錯，他跟那時候一樣。」東堂好像也認出牛郎純了。

「是你們的朋友嗎？」

「我們跟那群放蕩不羈的人才不是同一夥的呢。」西嶋情非得已地說明。「剛好相反呢，我們是循規蹈矩的好學生。」

註：這裡指的是Eddie & The Hot Rods。

連明年以後的生涯規劃都不明確的西嶋，竟然還有臉說這種大話——我心想。

「那些人住在幾號室？」東堂問婦人。

「你們要去找那些人吵架嗎？」婦人迸出令人膽顫心驚的話語，我瞬間語塞。

「沒那回事。」半晌之後，我總算說道。

「其實，」東堂說。「我們在找的人，跟剛才那個人認識。」

嗯——我心想。嗯，這不是騙人的。禮一是純的朋友，而我們在找牛郎禮一。

「這樣啊……」不知婦人是同情還是感嘆，拉長了語尾。「你們為什麼要找那個人？」

我一時不知該如何說明。如果說他是闖空門的嫌犯，婦人可能會擔心，又不能說他撞斷我朋友的左手。話說回來，如果說只是單純認識，可能會被追問為什麼不直接去找他。

我乾脆說我們是尋找離家出走的朋友。但是在我開口之前，婦人主動說「六〇三號室」。

「咦？」

「那一戶本來住著一個懦弱的老人家，現在好像是租給他們，後來就有很多年輕人出入。」婦人仰望大樓，還指給我們看：「喏，旁邊數過來第三間。」

「六〇三號室嗎？」西嶋也仰望建築物。

「你們該不會闖進屋裡打架吧？你們看起來不像會做出那種事。」

「嗯，是啊。」我揮揮手說，「我們不是那種人。」

「去六〇三號室看看吧。」西嶋意氣風發，充滿使命感地說。

「喂，西嶋。」

「只是去確定那些傢伙在不在啦。」「那些傢伙」指的是那天晚上溜進嶽內邸行竊的犯案者吧。

「去看看怎麼樣？」婦人說。「大門是自動鎖，不過只要跟我一起進去就行了，然後你們再去六〇三號室看看吧。」

「可以嗎？」

「我願意相信喜歡雷蒙合唱團的年輕人呀。」婦人高興地露齒微笑。以我們的角度來看，她的想法令人非常感激，但是以一般人的標準來說，她的原則太過輕率了。

接著她又一笑：「雷蒙合唱團的歌詞裡不是也有這麼一句嗎？We accept you, we accept you。我們接受你，我們接受你。」我忍不住想問：阿姨，要是雷蒙合唱團唱「把錢扔掉吧」，妳就會丟嗎？

「你們只是去那裡看看而已吧？」

6

婦人搭電梯在四樓離開了。「我家在四〇一號室，有事可以過來。」她留下這句話。「只是，ＣＤ全被我老公丟掉了，沒得聽了。」她笑道。

我們向她道謝，電梯門關上，在抵達六樓之前的短暫時間，我有點為時已晚地問：「到了六〇三號室以後，該怎麼辦？」狼犬被拴在樓下大門的欄杆處，但我們事先能做的也只有這件事，絕不能說準備萬全。

「前進啊，只能前進了。」

「可是，要是突然遇到牛郎純，不就不妙了？」

「或許蠻不妙的。」東堂以淡泊的語氣回答。幾乎在同時，電梯響了一聲，門打開了。我頓時把手伸向關門鍵，但西嶋阻止了我。「幹嘛關門啊？」他打開電梯門。

「不管在計畫或心理方面，我們都還沒做好準備呀。」

「以北村來說，缺乏深思熟慮呢。」東堂說。

「只要去了那裡，總會有辦法啦。」西嶋說。

「到了那裡，你打算怎麼做？」

量。

「例如，假裝送披薩的按電鈴就行了啊。」因為電梯門一直開著，西嶋也壓低了音量。

「我們又沒有披薩。」我小聲地以斥責的語氣指出。不知為什麼，東堂難得輕聲笑了。「的確，沒帶披薩。」

由於四〇一號室的婦人熱情相助，我們得以進入大樓，但是我發現待在建築物外似乎比較聰明。「要不要先下去？先討論一下吧。」

「我們直接闖進去，叫那個牛郎招出另一個人在哪裡就好了嘛，叫狼犬咬他也行。」

「狼犬也沒帶上來。」東堂聳聳肩。

此時，我們還在電梯裡，在看不見通道的右邊傳來一陣開門聲。我們閉上嘴巴，嚥下口水，屏氣凝神，豎起傾聽。於是，說話聲傳了過來：「一郎，等一下啊，我現在出來了。喔，房間裡吵得要死，大家都在，吵死了。」

一郎這個名字讓我們三人面面相覷。「佐藤一郎＝牛郎禮一」這個圖示浮現在我腦海裡。無庸置疑地，說話的人就是牛郎純吧。他正對著手機講話，由於屋內很吵，所以他才出來講電話，總不會跑來搭電梯吧？我開始祈禱，可能是祈禱奏效了，腳步聲逐漸遠離。

通道角落的沉重門扉開啟，接著「碰」的一聲重重關上。我吁了一口氣。

「他從緊急逃生門出去了。」東堂發現得最早。

「好，我們也去。」西嶋說。

「不要從這裡下去，我們下一層樓再走逃生梯吧。」我提議。「從樓下偷偷走出去，或許還可以聽到談話內容。」

「這個主意好。」西嶋總算放開開門鍵，我按下五樓的按鈕。「這下子不是來對了嗎？」他更加逞威風地說道。

到了五樓，電梯門開啟，我們小跑步往通道右邊前進。

來到標示著緊急逃生口的大門。我把食指按在嘴唇上指示「安靜」，這個動作主要是做給西嶋看的，然後我輕輕抓住門把旋轉，小心翼翼地避免發出聲音。這時候，我才想到要是牛郎純正在外面就糟了，但是門已經開了。隨著交疊的腳步聲，上面傳來牛郎純接電話的聲音。

7

下一個週末，坐在我和東堂對面的長谷川，在聽完我們的描述之後說：「不，我不知道這件事。」她表示這是初次耳聞。

以前，我和東堂及長谷川也在這家簡餐店約過一次。不知不覺間，店名換了，裝潢也變得比當時更時尚。

「那真的是禮一嗎？」她問。

「我們沒有親眼見到禮一，只有聽到牛郎純在講電話。雖然沒有證據，但我們認為和純通話的應該是禮一。」

「他在仙台嗎？」

「應該是。」我旁邊的東堂回答。

我一直在觀察長谷川的反應。我們原本不想再見到她，會約她純粹是認為她或許知道牛郎禮一的下落。

「我們想知道他在哪裡。」

我想起在逃生梯屏氣凝神地偷聽牛郎純講電話的內容。「怎麼樣啊？睽違已久的仙台。」牛郎純對著電話說，「你不是要等到風頭過了再回來嗎？」他挖苦似地這麼說。

「你們來找我是以為我還有跟禮一聯絡？」長谷川忍不住面露不快。

「是啊。」我老實回答，「我們想說牛郎禮一如果在仙台，妳可能會知道。」

「萬一真是那樣，你們打算怎麼做？」

「請妳把他的下落告訴我們，我們要報警，說犯人就在仙台。」

「可是你們又不知道我會不會講真話。」

「再加上又有前車之鑑。」東堂的聲音冰冷，說法毫不留情。她重提獄內邸事件。

「那時候，妳明明說妳已經跟那個牛郎斷絕關係了，其實你們還有來往。」

「由於妳的關係，我們碰上了闖空門的竊賊，吃足了苦頭。」還導致鳥井截肢的憾事。

店員拿著熱咖啡壺，傾著頭問：「請問要不要續杯？」我說「麻煩你」，店員便在我們三人的杯子裡倒入咖啡。

「可是，我真的不知道禮一在哪裡。」長谷川看起來比最後一次見到時更胖了點，以前是太瘦了，現在連臉頰也豐腴了些。

「我也沒有跟純見面，老實說，他的事我一點都不清楚。」她這麼說，微微俯首，加了這麼一句：「你們或許不肯相信。」不是卑躬屈膝，而是流露出一種斷念的明快。

「我相信妳。」我這麼說。

「我相信妳。」東堂也說。

「咦？」長谷川愣住了，露出混合著警戒與困惑的表情。「為什麼？」

「都已經過了那麼久。」我裝出懶得解釋的模樣。

「妳看起來也不像是那麼壞的人。」東堂說，「而且我覺得一直對妳懷恨在心，也有點過意不去。」

老實說，我到現在還是懷恨在心，雖然欠缺法律上的因果關係，但是我覺得鳥井是因為長谷川才失去一隻手的。不過，受害者本人說不在意，我也無可奈何。

「我一直沒告訴北村你們，其實長谷川一直都有送花給我。」前幾天，我們在保齡球館討論監視行動之後，鳥井在回程的車上這麼對我說。車上除了開車的南，就只有鳥井和我。

「花？」

「她說她騙了鳥井，後來得知自己害鳥井身受重傷，便深深地反省。」南握著方向盤說道，語氣帶刺。

「不管她再怎麼反省，鳥井的手都不會回來啦。」我說。

「她也覺得很內疚吧。」只有鳥井的聲音是輕快的。「我之前也說過了，那是我的責任，是我不對，不該聽信她說什麼發現總統男的家這種假情報，還找北村你們一起去。你記得我那時候說了什麼嗎？」

「忘了。」

「我記得說：不是很好玩嗎？」鳥井「嘎哈哈」地笑了。「我沒想太多，只是天真地覺得或許可以打發時間，結果卻丟了一隻手，是我自作自受。」

唉……。南嘆了一口氣。

「鳥井真了不起。」我純粹地佩服不已。

「還好啦。」他又放聲大笑。「只是，我雖然這麼想，卻還不能完全看開。一看到夕陽，常常忍不住想哭。」

「為什麼是夕陽？」

「不曉得，可是看到美麗的夕陽什麼的，就會深切地感覺我的手已經不在了啊……」

「我不太明白夕陽跟你的感慨是怎麼連結在一起的，不過你還是很了不起。」

「那，根據這個了不起的我的意見，」鳥井回到原來的話題。「我覺得長谷川也很苦惱。她幾乎每個月送花給我，已經送了很多次了。」

「她以為只要送花就能得到原諒嗎？」以南的發言來說，這句話相當具有攻擊性。

「小南是在警戒吧。」鳥井在副駕駛座逗弄似地說，「因為我太受歡迎，小南擔心長谷川會來倒追我吧？」然後又像平常那樣大笑，以右手撫摸放射狀的髮梢，「放心吧，我的眼裡只有小南妳一個。」他甜言蜜語地說。

我從後車座偷偷瞄了一眼，南整張臉紅透了，默默地害臊著。

「反正啊，你要是見到長谷川，也別太苛責她了。」

「我沒有責怪她的意思。」我回答。這是我的真心話。「不過我還是會提防她，同時也不打算原諒她。」

「我的心情跟你一樣。可是，每個月又是送花又是寫信，一定很辛苦，而且我本來就不覺得她有責任。」

「鳥井人太好了。」南說。

「放心吧，我最喜歡小南了。」

「人家不是在說那個，人家是真的在擔心你啦。」

鳥井愉快地看著害羞的南，最後還替職棒選手擔心，「話說回來，長谷川選手明年可能就要引退了吧。」他果然很了不起。

或許壓根兒就沒想到我們會說出「我相信妳」這樣的話，長谷川全身一震，縮回了手。她縮手時，弄倒了桌上的水杯，水溢了出來。「啊！」她慌忙地擺正。溢出來的水凝聚成無處可去的大水滴晃顫著，沾濕了我和長谷川面前的紙墊。「付諸流水吧。」在思考之前，我已經這麼喃喃自語。

「總之，」東堂繼續說，「妳不知道那個人在哪裡吧？」既然如此，那妳就沒有利用價值了——她的話裡充滿了如同上司拋棄下屬的冷漠，令人心驚。

「純和禮一用電話交談……」我說明詳情，「聽他們的內容，二十八日似乎會有什麼事。」

「二十八日？」

「十二月二十八日，在syouji邸。」

「syouji?」

「寫做東海林（註）。」東堂說，喝乾了杯中的水。

我們在逃生梯屏住呼吸，豎耳傾聽，結果聽到樓上的牛郎純發出「東海林」三個音。「是那個吧？寫做『東海林』，卻唸成『syouji』。這是常識啦，常、識。那傢伙怎樣？一樣是有錢人嗎？」純說。「二十八日要出國是吧？知道了，我會調查。在藤間町的哪裡啊？」然後他聆聽了一會兒，應道：「老實說，我不太想扯進這件事，一郎你最好也趕快抽身，那些傢伙很危險的。總之，我會盡量幫你調查啦。」

「意思是……」長谷川的臉色一陣蒼白，儘管並不太明顯。「禮一還在幹闖空門？」

「妳在意嗎？」東堂筆直地盯著長谷川。

「我……」數秒之間，長谷川正在思索該怎麼說。顯而易見地，她正在猶豫二選一該走哪一條路。「不在意。」

「我很在意。」我說。

「我也在意。」東堂說。

長谷川聽到我和東堂這麼說，可能是下意識地，以手指撫摸剛才水濺出來的地方。她緩緩抬頭，歉疚地更正：「其實我還是會在意。」

「這是我們的直覺，或者說是推測。他們一定是計畫性的竊盜集團。之前他們闖入嶽內邸時，嶽內還在國外旅遊。這次，東海林家也是二十八日出國。他們一定是調查這一類情報，專挑豪宅下手。也就是說，他們這次打算到東海林邸行竊，就在二十八日。」

「甘冒回到仙台的危險？」長谷川感到納悶。「他們會冒這種險嗎？」

「會的，我想。」東堂冷冷地說。「不管躲在哪裡，都需要錢。若要撈筆大錢，我想他們又會闖空門。遇到困難的時候，人總是會尋求最簡便的方法。」

此時，我對長谷川說：「可是，妳又不知道牛郎禮一在哪裡，所以也沒辦法。」

「你們打算怎麼做？」

註：「東海林」這個姓氏的發音特殊，字面上應該唸成「tohkairin」，實際上唸成「syouji」，故有此段對話。

「我們先查一下藤間町是不是有一戶東海林邸，如果真的有，就聯絡警方，請他們當天派人監視。」

長谷川很吃驚，不過她說：「如果我一有什麼消息，會通知你們。——雖然你們可能不會相信我。」

我再次說「我相信妳」，並把我的手機號碼告訴她。雖然遲了一些，不過我最近也辦了手機。

臨別之際，我對長谷川說：「不過牛郎禮一的本名竟然叫佐藤一郎，這真是個爆炸性的事實。」結果她首次展露笑容，「噗哧」地笑了。

8

「一定是這裡。」「就是這裡啦，絕對。」

我和西嶋站在那棟房子前，彼此說道。在見過長谷川幾天以後，我們查遍了電話簿上的每一個東海林，一查到藤間町只有一戶，便立刻前往那個地址查看。我原本悲觀地認為應該有許多住戶沒有把號碼登記在電話簿上，所以可能沒辦法立刻判斷它是否就是被竊盜集團盯上的目標，然而一看到那棟房子，我們當場確定「就是這裡」了。

這裡是距離市區步行約二十分鐘的老舊住宅區。從大馬路走進柏油路以後，那棟房子位在盡頭處的T字路旁。

這是一棟可以和嶽內邸匹敵——搞不好更凌駕其上的豪宅。一開始我還以為是診療所或公司，完全看不出是私人住宅。高聳的圍牆不斷地向前延伸，雖然有疑似車庫的寬幅鐵門及出入口的門扉，卻無法窺見裡面，想必有一座綠意盎然的庭園，而堅固宏偉的主屋則在最深處吧。即使看不見，我也能想像如此。

「超雄偉的。」我說，西嶋指著門上的門牌「東海林」，又說起無聊的話。「以這種雄偉度來看，就算門牌寫的不是東海林而是風林火山，一點也不奇怪呢。」

感覺上若是在房子前面徘徊，就會有危險人物立刻從圍牆另一邊冒出來盤問：「來者何人？有何貴幹？」威嚇感十足，所以我們並沒有在大門前逗留，只能不自然地東張西望，從旁邊經過。

「有監視器呢。」我們在路上轉彎時，西嶋說道。

「嗯，有。」我也看到了。「大門有，鐵門也有。」

「那些傢伙又打算用車子當墊腳石，直接翻過圍牆嗎？」

聽到西嶋這麼說，我的腦海中瞬間浮現在嶽內邸目擊的情景。牛郎禮一開著休旅車在圍牆邊緩緩停下，有三人下車，分別踩上車子輪胎，一個翻身便消失在圍牆內。

「十二月二十八日，那些傢伙會出現在剛才那棟房子嗎？」

「我可要事先聲明，我們只是把這個情報告訴警方而已。」

「警方會相信我們嗎？」

我想起中村刑警一板一眼的臉孔。我這麼想像：從那一絲不苟的七三分髮型來看，那位刑警對於不合情理的事一定很敏感。

那個竊盜集團又要重施故計了，地點在藤間町的東海林邸，日期是十二月二十八日，詳細時間不清楚，不過一定是晚上——我不認為把這些情報告訴警方，他們會很感激說「謝謝你們提供這麼棒的情報」，反而會被追究「你們怎麼會知道」、「你們在哪聽到的」。最後，再拿出理應排除的「共犯嫌疑」，逼問我們「你們也是同夥的吧」。

「可是，又不能知情不報，靠我們自己解決。」

「北村，不能太相信警察，當天我們最好還是自己監視。」

我心想，真要這麼說，西嶋你千萬不能太相信自己的力量。即使過了這麼久，只要稍一放鬆，我就會想起那個夏夜，在嶽內邸前被犯人衝撞，倒在路上的恐怖與焦急，還有地面上的堅硬感以及小石塊陷進手掌的疼痛。我回想起來，感覺背脊寒毛直豎、膽戰心驚。難道西嶋不會這樣嗎？

也算不上是打鐵要趁熱，我和西嶋就這樣直接前往警察署。我們穿過大門走進玄關時，竟然莫名其妙有一種前來自首的心情。

「這麼說來，北村你記得那個刑警姓什麼嗎？」

「你是說七三刑警嗎？」

「那個偵訊我們、說話很惡毒的傢伙。」

「死心眼的中村先生。搜查三課的。」

「沒錯、沒錯。不知道那個警察還在嗎？」西嶋拍著手，哼著「死心眼、死心眼」。

警察署入口旁有個類似服務處的窗口，裡面的女警與我們四目相接，於是我們說：「有事想找中村刑警。」

「後來怎麼樣了？」鳩麥一邊開車一邊問。天色昏暗，夕陽西沉，副駕駛座的我和後座的西嶋都累得渾身無力。「刑警相信你們說的嗎？」

「勉強。」一如所料，中村刑警遲遲不肯相信我們的話。雖然許久不見，但他似乎還記得我們，他以慣有的古板而拘謹的口氣詢問：「怎麼了?發生什麼事？」我們便開始說明，他在記事本上寫下「藤田町」、「東海林」、「十二月二十八日」，接著追問：

「你們怎麼會得到這種情報？」

我們不敢老實招出是跑進人家大樓裡偷聽到的，所以我和西嶋串好口供：「我們在偶然光顧的速食店裡發現牛郎純，在那裡偷聽到他講電話。」中村刑警一直到最後一刻，那狐疑的表情始終沒變。不想相信就不要相信嘛——西嶋撇下這麼一句話。

「總之，他相信你們了？」

「不知道。他只說『我們會參考』。我想他也只能這麼說了，不過中村刑警的個性一板一眼，或許當天會去現場巡邏吧。」

「可是，要是警車就那樣毫無防備地開過去，犯人會逃走的，結果會演變成與我們上次對決的情況一樣。」西嶋不滿地說道。

「那麼，二十八日那天北村你們打算怎麼做？」車子進入等待號誌的車陣，鳩麥踩下煞車，看著副駕駛座的我。她的肌膚白皙，因此黑色的瞳孔顯得格外醒目。不曉得她在期待什麼，一雙眼睛饒富興味地眨動。

「什麼都不做，在家裡悠哉地待著。」

「當然要到現場監視囉。」

我和西嶋同時說出完全相反的回答，鳩麥愉快地笑了。她確定前方車輛還沒前進，於是看向我，又看看西嶋。「你們達成共識吧。」她瞇起眼睛說。

「一般來說，我們去現場也沒有意義，我不知道警方會怎麼行動，可是接下來應該交給他們處理。」

坐在後座的西嶋抓住副駕駛座的椅背，探出身體。「北村，要是又讓他們逃了，那該怎麼辦？」

我聽到他這麼說，交抱著雙臂，沉思了起來，腦中浮現的是倒在路上的鳥井。我還想起那輛輾過他的手、揚長而去的休旅車。我用力握緊拳頭。「我不想讓他們逃了。」

「喏，就是吧！」西嶋加重語氣。「可以親手抓到他們，卻把機會交給警察，如果讓他們跑了，那就糟糕透了。我的憤怒會到達高峰的。」或許是「高峰」這個詞讓他想起了高峰會議，他又嚷著：「憤怒的高峰會議、憤怒高峰會議！」

「憤怒高峰會議啊。」鳩麥笑道。

「可是，我們不能懲處犯罪者，我們沒有權利，也沒有方式。」

可能是號誌燈轉綠了，前方的車陣動了起來。鳩麥也放下手煞車，讓車子前進。過了一會兒，西嶋自傲地說：「聽我說啊，我昨天在電視上看到一部片子，是史蒂芬・席格（註）演的。」

「那是誰？」鳩麥問，我告訴她：「是一個美國演員，經常演動作片，武功高強，

註：史帝芬・席格（Steven Seagal，一九五一～），美國演員，主演的角色多為不死形象的英雄。代表作有〈魔鬼戰將〉系列、〈絕地戰將〉等等。

而且絕對不會輸。」

「那個史蒂芬・席格啊，在教堂的告解室裡說了一些話。」

「說什麼？」

「他反省說：『我覺得比起審判，自己去戰鬥更省事多了。』」

鳩麥爆笑了出來，說：「這算哪門子理由啊？」

「不是省不省事的問題吧！」我也目瞪口呆。「雖然很像史蒂芬・席格的風格啦。」

「那樣不是很厲害嗎？我很感動耶。就像他說的，自己去戰鬥要省事多了。」

「這不是省不省事的問題。」我婉轉地再度指正，但西嶋聽不進去。

總之，我和西嶋在想法上有所歧異，其中的鴻溝難以弭平，於是我提議：「好，明白了！十二月二十八日的事，我們以後再討論吧。」

「哼。」西嶋好像很不滿，但接受了。

「那今天接下來要幹什麼？」鳩麥說，「已經傍晚了，要不要一起去吃晚飯？」

「西嶋今天不是要打工嗎？」

「今天不用。」西嶋回答。但是他的口氣異於往常，感覺很不乾脆，我試探地問：

「發生了什麼事？」

我本來以為西嶋會敷衍地應一句「沒什麼事啊」，或是大力邀約我們「一起為世界打麻將吧」，沒想到他沒有立刻回話，而是用一種分不清是肯定的「嗯」或否定的「唔」含糊帶過。

「如果有什麼事要辦，直說就好啦，這真不像你的反應。」

「沒錯，不像我。」

「怎麼了？」鳩麥一邊開車一邊問道。

結果，西嶋下定決心似地說：「其實，我想買些成熟一點的衣服。」

什麼意思？我和鳩麥一時之間會不了意。「這跟竊盜集團有關係嗎？」我發問。

「怎麼可能有關？」

「那，」不知鳩麥究竟有什麼根據，她這麼說：「跟東堂有關囉？」

西嶋大為吃驚：「妳怎麼知道？」

9

在服飾店挑選衣服是鳩麥的專長。她不但熟練，而且看起來神采奕奕。

我們把車子停在停車場，便前往商店街地下樓的一家男性服飾店。店面規模不大，不過吊掛在白牆上一字排開的西裝，看起來充滿時尚感，不僅時尚，而且高級。

「您的預算大約是多少？」在車上，鳩麥換了一種店員的語氣詢問，西嶋便沉默了，靜靜地凝視著自己的雙手，然後低聲說：「十萬怎麼樣？」

「哇塞。」我吃驚，鳩麥則喊了一聲「好」，士氣大振，似乎在那一瞬間就已判斷該去哪一家了。

「那十萬圓是上個月的打工薪水？」我問。

「不是，是我輸給古賀先生的麻將錢。」

「輸？不是贏的？」

「與其付給古賀先生，倒不如花在自己身上，不是嗎？」所以，我要拿這筆錢去買衣服——他說。我雖然覺得不合理，但決定不管了。

「要去哪裡約會呢？」西嶋進入試衣間，窸窸窣窣地換衣服，我從布簾的另一端問他。我很好奇要特地穿上西裝赴約的地點是哪裡。「要去聽歌劇嗎？」這個問題有一半是認真的。「西嶋，你是怎麼約到東堂的？」我朝著看不見身影的西嶋繼續發問。

然而，站在我面前的鳩麥露出一種「發現重大狀況」的表情——也就是睜大了眼，朝著我不出聲地做出嘴型說：「東堂、有、男朋友吧！」

沒錯——雖然晚了一步，但我也想起來了。東堂最近雖然男友一個換一個，身邊總是圍繞著男人的身影——當然不止身影，也有實體，而且還有一個願意花大錢買車送她的大恩客。

布簾「唰」地掀開了。西嶋現身說：「我沒約她啊。」

噢、噢——我和鳩麥忍不住吸了一口氣。「很不賴嘛。」

西嶋的西裝打扮很帥氣。他雖然矮胖，不過這套深灰色單排三釦西裝讓他看起來修長多了。「很讚、很讚。」鳩麥高興地說道。

「嗯，不壞。」

「看起來不會老氣嗎？」西嶋左右扭動身體，一次又一次地望向設置在試衣間裡面的全身鏡。

「一點都不老氣。」鳩麥這麼說，悄悄地加了一句：「令人眼睛一亮喔。」

「真的，令人眼睛一亮。」我也老實說，朝西嶋用力點頭：「非常適合哦。」

「這樣嗎？這套好嗎？」西嶋又望向鏡子。「領帶也很高雅呢。」

「我覺得很高雅，很棒。」鳩麥拍胸脯保證。這顏色是她提議「乾脆連襯衫和領帶都統一成灰色系的或許也不錯」才挑選的。

「不會太樸素嗎？」

「你的行為和想法都太特立獨行了，外表樸素一點剛剛好。」我說。

西嶋目光銳利地問「那是什麼意思」，但很快就表示同意「或許吧」。即使挑了一雙皮鞋，也還在西嶋的預算之內。而且，服飾店的女店員好像是鳩麥朋友的朋友，所以打了一點折扣，以朋友的朋友這種關係來說，算是非常大方的優惠。

「好懷念，讓我想起第一次遇見妳的時候。」在等待西嶋去櫃檯結帳時，我對一旁的鳩麥說道。

「是啊！」她好像也明白我想說什麼。「那時候，西嶋把展示模特兒身上的整套衣服都買走了呢。」

「印象深刻？」

「當時我也說過，把模特兒身上的衣服通通買走並不奇怪，也不少見。只是，我頭一次遇到有人問店員『買模特兒身上的衣服很丟臉嗎』，所以覺得很新鮮。像他那樣膽大又理直氣壯的人，真的很稀奇。」

「西嶋不膽小。」我認為這正是西嶋的根基。勇於表現自己，大膽行動。

「結果，那次買的衣服他穿了嗎？」

「聯誼的時候穿過，不過後來可能就沒穿了。」說完之後，我猛然想起那時候發生的事——牛郎禮一與長谷川、保齡球大對決、西嶋受到東堂的激勵並投出SPARE等等，我深感懷念，又驚訝於我們到現在竟然還在跟那個牛郎禮一糾纏不清。

「久等啦。」西嶋莫名神氣地走了過來，我們離開那家店，三個人走過商店街，在途中轉進一條窄巷。過了一會兒，我問：「這麼說來，如果不是約會，你買那身西裝做什麼？」總不會是為了求職面試吧？

「我想去。」西嶋抱著紙袋說。

「去哪裡？」

西嶋在瞬間猶豫了一下，「嘶」的深吸一口氣，說：「去東堂打工的店。那叫俱樂部嗎？還是酒廊？我想去那裡。」

我當場停下腳步，西嶋也停了下來。「去東堂打工的地方？」

「很久以前，北村你跟我說過那家店，還在老地方吧？」

「應該。」我僵硬地點點頭，搞不清楚狀況。「她應該一直在同一家店工作。可是，你去那裡幹什麼？」

「當然是去搶回來啊。」鳩麥好像福至心靈似地，得意揚揚地說道。

搶回來？我一臉不解，轉向西嶋。「我說啊，」西嶋支吾半天，一點也不像他自己地表示：「我對東堂有意思啦！」

我一開始愣住了，還不明白這段話的意思，但沒多久就放鬆了自己的眼睛和臉頰，感覺胸口充滿了溫暖的空氣。「噢、噢！」我發出分不清是歡呼聲還是吶喊聲，轉向鳩麥。鳩麥也笑逐顏開。

「是吧！事到如今，你才在後悔當時甩了東堂吧？」

「我老早就後悔了，不是事後懊悔，而是以前就很懊悔了，這是前悔，前、悔。」

或許是因為害臊，西嶋說出莫名奇妙的話。

「可是啊，別怪我這麼說，實在是太遲了。」

「來不及了嗎？」

「太遲了。」

你以為到底過了多久？我和鳩麥責備了他好一會兒。

「為時已晚了嗎？」西嶋說。

「我想確定一下，」鳩麥突然板起臉問：「你是因為看到東堂跟許多男人交往，覺得很可惜嗎？」

「不是這樣的。」西嶋睜大眼睛，以他一貫的口氣高聲宣佈：「我不喜歡東堂在笑的時候，她身邊的人不是我。」

我和鳩麥聽著這段像宣告也像任性的發言，至少我大受感動，而一旁的鳩麥眼眶也濕了。

「只是，」我姑且把該指正的事糾正一下。「東堂很少笑喔。」

「可是，為什麼要買西裝？」鳩麥問。

「我沒去過那種店，不過，那種店一般都是大人去的吧？」

「不管那意味著好或不好，都是大人吧。」鳩麥笑道。

「我不想因為自己是學生，去那裡被當成傻瓜。哦，沒見過世面的大學生來了——我不想被看扁，就算虛有其表，也要弄得體面一點。」

我想像西嶋獨自走進酒廊，面帶慍色坐下的場面。「你要點東堂嗎？」雖然我也不清楚，不過那種店應該可以指定小姐作陪吧。

「店家會酌收點名費這種神祕的費用。」西嶋好像事先調查過了。

「可是，就算不用特地跑去那種店，平常也可以見到東堂呀。」鳩麥說的也沒錯。

「是平安夜啦。」西嶋明顯地露出不得已的表情，別開視線說道。原本的他，應該會輕蔑、嘲笑平安夜的。

「東堂在平安夜那天也要上班嗎？」

「之前聊天時聽她提過。」

「她不去找現任男友嗎？」難得的聖誕節——我一邊說著一邊暗忖，說起來，她的現任男友到底是誰呀？

「所以才要去她打工的店啊。」西嶋強調，「我也不打算介入東堂和她男友之間，因為那樣太自私了，而且東堂也會感到厭煩、為難。不過如果我是客人，那就另當別論了，不是嗎？那樣就不會有問題了吧！」

總之，西嶋似乎不打算追求東堂或要求她與自己交往，只是單純地想在平安夜以客人的身分去找她。

「怎麼，不是去把她搶回來喔？」我說，西嶋回答：「我可沒說過那種話。」的確，使用「搶回來」這種形容的只有鳩麥。

「這樣啊，只是去當她的客人啊。」鳩麥慢吞吞地說道。

我想，就算這樣，也很令人期待啊。

「這是製造回憶。」西嶋自暴自棄地撇下這句話。

「回憶不是製造出來的，是自然而然形成的，在不知不覺中變成的。」鳩麥說。

「西嶋，可是啊，你這時候不該甘於做一個客人，而是要發動攻勢才對吧？」

「攻勢是指什麼？」

「要跟東堂傾訴呀——我已痛改前非了，我忘不了妳，請妳和現任男友分手，跟我交往吧！」

「是啊，那樣或許比較省事。」鳩麥也笑了。「那個叫什麼席格的一定也會這麼做。」

「史蒂芬・席格才不會去什麼酒廊呢。」西嶋忿忿不平地回答。

10

不可以告訴任何人喔——西嶋這麼囑咐我們。他還說，特地買西裝打算在平安夜去酒廊找東堂，這種事太丟臉了，千萬不可以洩露出去。我回答「知道了、知道了」，卻還是告訴了鳥井他們。

「西嶋會生氣吧。」南對我笑道。

「北村真是個大嘴巴。」在一旁的鳥井指著我說。

「基本上我是個守信的人，」這不是藉口，實際上我自認為嘴巴很緊。「只是我覺得這個祕密最好還是跟大家一起分享。」

一旁的鳩麥露出一臉「說得沒錯」的表情。

「因為這對我們來說，是一件很重要的事。」南伸出小小的拳頭說道。

「西嶋和東堂的問題，就是我們大家的問題。」鳥井用力點頭，伸手拿杯子，他啜飲了一口咖啡，說道：「可是啊，東堂以前對西嶋有意思，這是真的嗎？我前不久才從南那裡聽到，還很驚訝呢。喂，北村也早就知道囉？」

「我從很早的時候就知道了。」我表示開學沒多久就得知這件事了。

「那麼早就知道囉？」鳥井一臉驚愕，看起來也像在緬懷他出生以前就存在的搖滾巨星。接著，應該也不是得意忘形，他說：「我也曾經想追東堂……」結果，被南從背後捶了一記。

「鳥井能遇到南，真是太好了。」鳩麥的口氣很像催眠師。

「沒錯，我能遇到小南，真的太好了。」鳥井也像唸咒似地複誦。

「可是，難得今天是平安夜，鳥井你們無所謂嗎？」到了這個時候，我還是忍不住問了。

我們來到仙台鬧區的一家咖啡廳，這家店位在縱貫南北向的馬路附近、混雜著特種行業店與酒吧的小型建築物二樓。或許沒什麼知名度，也不是一個適合過平安夜的場所，店裡幾乎沒有客人，我們佔據了窗邊的四人座。

從窗戶俯視這條狹窄的馬路，另一端有一棟建築物，裝飾著華麗炫目的招牌，東堂打工的酒廊就在裡面。

「無所謂啦。」鳥井回答。「我和小南都不重視這類習俗或節慶。別說我們，北村你們也無所謂嗎？把聖誕節浪費在這種事情上。」

「我們最喜歡把時間浪費在這種事情上。」我說。

「沒錯，這正是我們期待的活動。」鳩麥說。

「你們倆都是好事之徒呢。」鳥井即使目瞪口呆，還是很愉快地說。他「嘎哈哈」地笑了。「而且從這裡也看不見酒廊裡面。」

「可是，我們陪著正在裡面奮戰的西嶋。」我說完之後，強烈地感受到，沒錯，西嶋應該正在奮戰。

看看手錶，已經過了晚上十點了。我們傍晚六點會合，在附近的簡餐店吃過晚餐後，從一個半小時以前就好整以暇地坐在這家咖啡廳裡。我們希望至少能目擊西嶋進入那棟樓的瞬間。但由於人太多，可能連這一幕都錯過了。

「西嶋等一下才會出現嗎？還是已經在店裡？」鳩麥問道。

「我覺得他已經到了。」我說，但沒有特別根據。只是，西嶋那種一想到便馬上行動的個性，不可能太晚到。

「那家店裡面是什麼樣子？」南笑道，又說：「大家來想像一下吧。」

「西嶋應該不會很緊張吧。他會不會一走進店裡，就說『我是來找東堂的』？」

「在那種店工作，不會用本名吧？」鳩麥指著外面那棟大樓說。

「他事先調查過東堂的花名嗎？」我很擔心。

「可是，大家不覺得東堂在店裡應該很受歡迎嗎？她是個大美人，行事又很神祕。」

聽到鳩麥的話，我和鳥井「唔唔」地煩惱著。「我懷疑那種店的客人會喜歡她的冷漠呢。」

「東堂會不會嚇一跳？」又過了二十分鐘，鳩麥愉快地呢喃，「對於西嶋以客人身分去找她這件事。」

「她應該萬萬沒料到，所以不管是好是壞都會嚇一跳吧！」我望著那棟大樓說道。

「壞是指哪一方面？」南問。

「也就是說：『明明把我甩了，事到如今還跑來幹什麼？覺得溜掉的魚很可惜嗎？』」鳥井替我回答。

「可是如果是東堂，一定會面不改色吧。面無表情地坐在一旁，調製攙水酒。」

「然後西嶋會用他一貫的語氣說：『我來找妳囉。』」我說。

「真是戲劇性的一刻呢。」鳥井嗤笑道。

我們無所事事，各自攪動著吸管，或舔著咖啡杯裡見底的殘渣。窗外觸目可及的燈飾醞釀出超乎聖誕節氣氛的俗豔，近乎刺眼。

「不知東堂實際上怎麼想？」我提出疑問。

「什麼意思？」

「她跟很多男人交往，覺得幸福嗎？快樂嗎？」

「她不太跟我說這方面的事，只會偶爾告訴我目前在跟誰交往。」南說。

「要是東堂現在很幸福，」我感到在意，「那麼西嶋今天去那邊找她，對她來說一定是個大麻煩。」

「或許吧。」鳩麥說。

「不，應該沒問題啦。」鳥井自信滿滿地豎起手指。「我不知道東堂現在跟誰交往，不過她不可能滿足的。」

「你怎麼能夠斷定？」南看他。

「因為東堂以前不是受西嶋吸引嗎？雖然讓我很驚訝，不過是那樣沒錯吧？」

「從很早以前。」我點點頭。

「是吧！能夠滿足東堂那種特殊喜好的男人，應該不好找吧。」鳥井笑了開來。

「比西嶋更具震撼力的男人，稀世罕見啦。」

「原來如此……」我們三人對鳥井的意見深表同意，確實一如他所說的。

「那，你們覺得他們現在怎麼樣了？」南又眼神發亮地望向大樓。穿著暴露的女人和一身黑的男人們正在樓下招攬客人。

「西嶋不但笨拙，又只會直線思考，待在那裡會不會很突兀啊？」我擔心。

「如果在那裡不是成為笑柄，就是大受歡迎。不過，要是別桌客人也衝著東堂來，那就好玩了。」鳥井不負責任地說。不止是他，大家也都不負責任地想像、談論著酒廊內發生的事，根本是一丘之貉。

「衝著東堂來的客人？」

「我想一定是了不起的社會人士，頂著大肚腩的年輕實業家。」鳩麥甚至開始編造西嶋情敵的經歷。

「那個實業家看著東堂和西嶋在聊天，一定氣得牙癢癢。」我也順勢接下去說，「然後他或許會火冒三丈，走到西嶋這一桌，不服輸地開始找碴。他愚弄西嶋，以輕蔑的言詞奚落他。」

「越來越有趣了。」在憑空想像的店內發生憑空捏造事件，讓鳥井登時興致勃勃。「要是那樣，西嶋會生氣吧，然後開始說起他擅長的歪理，反駁對方：『社會人士有什麼了不起？你為這個世界貢獻了什麼？』」

「現場鴉雀無聲。」南接著說。

「夠了，我要回去了——西嶋說，從座位上起身。」鳥井晃著頭說，「他付錢，向東堂道別：『那，東堂，我走了。』便離開了。」

「好寂寞的結局。」鳩麥一臉喪氣貌。

「要是東堂在這時候生氣就好玩了。」鳥井又開始妄想。「她斥喝著實業家：『不要瞧不起西嶋！』然後追上走出去的西嶋。」

「要是那樣的話，東堂會被炒魷魚的。」我冷靜地回答。

「可是，很有戲劇張力呢。」南笑道。

約莫五分鐘之後，西嶋出現了。「啊。」鳩麥第一個注意到，叩叩叩地敲著窗子，我們湊近窗戶窺看。他可能剛從電梯裡走出來，從一樓深處慢吞吞地走出人行道。

「那套西裝。」我指著。是前幾天我們一起去買的那套單排三釦灰色西裝。

「很適合他。」南說。「很不錯嘛。」鳥井也立刻稱讚。

接著，一名身穿黑色迷你裙、性感撩人的女子從後面跟了上來。我瞪大眼睛一看，竟然是東堂。我們紛紛張口結舌，說不出半句話。

東堂挪動修長的雙腿，追著西嶋，她或許叫了西嶋。原本打算在人行道右轉的西嶋停下腳步，回過頭去。人行道上往來的行人眾多，但在我的眼裡，卻只有東堂和西嶋的身影清晰地浮現。

「還有一個人。」鳥井出聲。

確實，在東堂後面，還有一名身穿雙排釦西裝、體型魁梧的男子，臉色大變地小跑步過來。一頭卷翹的髮型與微凸的腹部引人注目。

這次，看來是那名男子叫住了東堂。東堂迅速回頭，她看到微胖男子，表情有點僵硬。

「啊，東堂生氣了。」南說。

「真的。」我也回答。總是面無表情的東堂幾乎不曾表現出感情起伏，但是我們看得出來。

「現在是什麼狀況？」鳥井一臉訝異，但很明顯是在看好戲。

東堂轉身，走近那微胖的雙排釦男。她大步走著，踩著響亮的腳步聲，然後不疾不徐地抓起人行道旁某家俱樂部招牌上的馴鹿布偶，毫不猶豫地，以過肩摔的動作朝男人身上砸去。

在咖啡廳俯視這一幕的我們，全都嚇了一大跳。

男人被布偶砸中臉，踉蹌了一下。

東堂在這麼做的同時，再度折回右邊，跑向愣在原地的西嶋，抓起他的手然後狂奔，兩人從我們的視野中消失。

「喂，小南，那個。」鳥井眼尖地指著下方。往那裡一看，那個雙排釦男的臉色大變，他氣得甩掉肩上的布偶，就要往東堂他們逃離的方向奔去。他還想追。

「喂，小南，那個布偶。」鳥井在窗戶上指著。

「嗯。」就在南點頭的同時，原本掉落地面的馴鹿布偶倏地一跳，再次撲上那男人的臉。男人嚇了一跳，踩了個空，當場跌坐在地上。

「不愧是小南，反應真快。」鳥井朝南豎起大拇指。

「剛才是南弄的？」鳩麥大吃一驚。

「嗯。那麼輕的東西……」

「東堂和西嶋到底發生了什麼事？」我聳聳肩，再次俯視人行道。難道真的發生了我們剛才瞎掰的情形嗎？我這麼想，不過也覺得「怎麼可能」。

過了一會兒，我們不約而同地靜靜拍起手來，雖然分不清是祝福還是打氣，但這掌聲很悅耳。

「真不賴的聖誕節呢，北村。」鳥井高聲說，「嘎哈哈」地笑了。

「花了好長一段時間呢。」南滿懷感慨地望向西嶋他們離去的方向。「他們總算是有情人終成眷屬了。」

「嗯。」我也打從心底同意。「真的花了好長一段時間呢。」

11

聖誕節以後，十二月二十七日，我們在東堂家附近的河岸集合，為了討論第二天東海林邸的事。西嶋以前在那個堤防上講過自己在高中時順手牽羊的往事。今天只有我和西嶋，還有東堂及南，鳥井缺席。

「既然已經報警了，這件事跟我們無關吧？」南以強硬的口氣說道。

「沒錯！已經通知警方了，我想他們應該會認真看待。」

我想起中村刑警聆聽我們說話時一板一眼的表情，我希望他至少去巡邏一下。

「所以我們只是以防萬一啊。」西嶋主張。

「什麼叫以防萬一？」南不甚起勁。

「萬一警方不相信我們說的，那些嫌犯真的又出現了，那豈不糟了？」西嶋說道。

「如果發現犯人的話，你們打算怎麼做？」

「馬上打電話報警。」我明確地表示。

「北村也很感興趣嗎？」

我可以理解南的態度為何如此消極。鳥井的手會受傷，說起來都是因為我們好奇跑去監視；然而我們現在又計畫要做相同的事，或許南覺得這是難以置信的背叛行為。有一就有二、恥上加恥、不知反省的人不需要同情等等，這些想法一定在她內心交錯著。

「我只是……」我說，「我只是想看到結果。」

「什麼意思？」東堂問。

「上次的事件不但讓我們大受打擊，也非常後悔；可是那些犯人一直沒落網，這讓我耿耿於懷。這起事件——難道就這樣放著不管嗎？我一想到這裡，就覺得很不甘心。偶然間，我在警署看到牛郎純，結果有了現在的發展。我覺得我……，我們還需要做一個了結。」

「北村果然變得不顧邏輯了。」

「沒錯。」我聳聳肩。「可是，我們當然不會貿然行事，只是在那裡看著。」

「不會被誤認成犯人嗎？」南更加操心。我也覺得有這種可能。

在堤防上稍遠的右方，有三個小男孩正在嘻鬧著。他們躺在草地上，盡情伸展身體，一邊旋轉一邊從堤防上滾下去，完全沒想到衣服會弄髒，或是身體被草葉擦傷，大膽地滾下去。好恐怖喔、好恐怖喔！他們這麼叫鬧著，然後再度爬上堤防，玩得相當開心。

「東堂也要去嗎？」南問。

「嗯。」東堂立刻回答。「我會盯著，不讓北村做出危險的事。」

「要是有人做出危險的事，那不是我，是西嶋。」

「也是吧。」連西嶋自己都這麼說，沒救了。

「鳥井果然還是反對？」我煩惱著該不該問，結果還是問了。

「他覺得很遺憾。」

「這樣啊。」我有一種歉疚的心情，我以為鳥井是因為我們不受教而感到失望。

「不是那樣，而是他也想參加。真不敢相信，都遇到那種事了，還……」

一邊旋轉一邊滾落堤防的三個小孩，還在玩那個遊戲。在享受頭暈目眩的快感嗎？他們在堤防上搖搖晃晃地走著。「那，我們來打分數，看誰轉得最漂亮。」其中一人這麼說。「分成指定動作和創作動作吧。」明明還是小孩，卻有人說出這種話。那孩子約十歲左右，說話語氣卻頗為成熟，我心想「真跩呢」。

「這麼說來，我有沒有說過，我把工作辭掉了？」過了一陣子，東堂唐突地呢喃著。

「因為聖誕節那件事？」我忍不住回應。

「聖誕節那件事？」東堂重複，和一旁的西嶋目不轉睛地對望，一臉「他怎麼知道」的表情。

「啊，沒什麼。」我含糊其辭。「可是究竟發生了什麼事？」我接著問。

於是，西嶋臉紅了，雖然不好意思，卻又有點驕傲地挺起胸膛說：「其實啊，我跟東堂開始交往了。託大家的福，我現在正沉醉在幸福中。」他笑道，「現在的我什麼都看不見了，不管是河川流水，還是水面上反射的燦爛陽光。若問我為什麼，因為我眼裡只有東堂一個人。」他告白，東堂也點頭同意，並若無其事地說出這句簡短而嬌媚的台詞，「我終於等到這一刻了。」

（開玩笑的。）

兩人一起裝瘋賣傻。西嶋嫌麻煩地說了句「唉，發生很多事啦」，瞥了東堂一眼；東堂也面不改色，接著說「後來也發生很多事」，只有這樣而已。

我們確認第二天的待命時間和地點之後，便站了起來，拍掉沾在牛仔褲上的草屑。

走過堤防時，西嶋看著在堤防上翻滾的那群孩子們，大聲地說出無聊的話：「人說滾石不生苔，可是滾動的小孩會沾上草屑喔。」我和南望著理當並肩行走的西嶋和東堂的背影，輕輕地笑了。

12

十二月二十八日的夜晚很快地降臨了，沒有慎重其事的開場白，也沒有「今天是個重要的大日子喔」之類的明確徵兆，也沒有人確認「就是今天」。總之，這一天來臨了。仔細想想，鳥井在嶽內邸慘遭橫禍的日子，還有我第一次邂逅鳩麥的日子，也都是如此。

最後，我們決定把車子停在路邊，觀察東海林邸。對一下時鐘，時間是晚上九點過後。

東海林邸位在數十公尺遠的地方，沿著左側的圍牆。「跟那時候一樣呢。」西嶋說。「那時候？」坐在駕駛座上的東堂問。

「跟嶽內邸的情況一樣。」我回答。「那時候，我們也像這樣坐在車上監視那棟房子。」

「不同的是，當時是夏天，簡直熱死人了。」西嶋說。

「因為你把冷氣關掉。」我坐在後座。一旁堆疊著三人脫下來的大衣，相當擁擠。

我偶爾觀察前座的兩人。東堂和西嶋好像對彼此漠不關心，只是看著擋風玻璃。要是他們彼此相視而笑，或更顯而易見地在手煞車上十指交纏，我可以判定他們在交往；然而他們卻沒有做出類似的動作，反倒像是感情不睦的樂團成員般，彼此形同陌路。看起來也不像在顧慮或提防我。

西嶋拿著一部攝影機，那是輕量級的小型機種。他幹勁十足地表示，如果犯人出現了，就要全程拍下來。

「你從哪裡弄到那部攝影機啊？」

「古賀先生啊。我跟古賀先生說，他馬上就借我了，還說這部機器改良過，晚上也拍得到。他很自豪地說是什麼夜視裝置咧。」

「古賀先生拿那東西究竟要幹嘛呀？」我一陣愕然。

「真可怕。」東堂以冰冷的視線望向那部攝影機。我也同意「的確很可怕」。

「他是好人啦。」西嶋說著，摸弄攝影機。

這時，有人敲打車窗，駕駛座的窗外站了一個人，正在敲打窗子。可能是從後面走過來的，我們完全沒發現。東堂板著一張臉，啟動開窗鍵，車窗緩緩降下。

「果然是你們啊。」從車窗探進來的是一個七三分髮型的男子。緊皺的眉宇隆起，引人注目，眉毛蠕動著。

是中村刑警。身穿薄料長大衣的他迅速掃視車內。我雖覺得麻煩，但還是把右邊車窗降了下來，隨著慢吞吞的啟動聲，窗外寂靜的冷空氣竄了進來。

「你們在做什麼？」中村刑警湊近我的窗戶。

「以防萬一，我們正在監視。」我老實回答，「就像我們告訴中村先生的，那些犯人或許今晚會去那棟房子。所以……」

「所以怎麼樣？這是警察的工作。」

「雖說是警察的工作，來的也只有中村先生你一個人不是嗎？」我朝著周邊的馬路指了一圈。

「同事在其他地方待命。」中村刑警不愉快地挑眉說道。反正只是單純的巡邏罷了——我推測。

中村刑警退了一步，稍微抬高視線。他可能在尋找有沒有禁止停車的標誌，好威脅我們「違規」，但是我們早就設想到了。這裡剛好位於一家小型整骨院的旁邊，沒有任何號誌，也不會妨礙交通。

「會擋到其他車子，開走。」

「要是擋到別人，我會開走。」東堂冷冷地說。

「你站在那裡，反而會讓人起疑。」西嶋把頭伸向駕駛座，想趕走中村刑警。

「你們啊……」中村刑警一面護著自己的七三分髮型，一面四處張望。「別礙事啊。」他留下這句話，最後還是離開了。

「警方也是有動作呢。」東堂意外地說。

「我本來還以為警方完全不當一回事，要不然就是進行大規模監視。」

「他們是有當成一回事，可是只派那個七三頭刑警過來看看而已。」西嶋說。

「可能還有其他大案子要辦吧，人手不足，要不然就是中村先生沒辦法說服其他人。」

我再次確認時間，探身詢問前座的兩個人：「我們要撐到幾點？」

西嶋和東堂彼此對望，然後彷彿默默地達成共識，幾乎是異口同聲說：「直到嫌犯出現。」「等到嫌犯現身。」

三十分鐘過去了，車上開始出現一種「或許是白跑一趟」的氣氛。離天亮還有很長一段時間，也不覺得累，只是眼前的景色絲毫沒變，路上也沒有車子經過，望著一片寂靜，令人忍不住想說：小偷才不會跑來這種鬼地方呢。

「好。」過了一陣子，西嶋解開安全帶。「我去按那一戶的門鈴，確定東海林是不是真的不在家。」

「萬一東海林來應門怎麼辦？」

「隨便掰個理由再回來。大前提是那戶人家今晚沒人在，要是有人，那根本就搞錯了，整個推翻了，那就撤退吧。」

我回想起來，上次的嶽內邸事件也是這種發展，西嶋按下門鈴，在門外大喊大叫，結果小偷逃出來，接著鳥井就發生悲劇了。

「我啊，是言出必行的喔。」西嶋把攝影機放到座位上，打開車門。

「喂！」

「沒關係啦，我只是按門鈴，確定他們不在家而已，你們在這裡等我。」

在我阻止之前——就算阻止，他也不會聽勸——西嶋已經下了車，關上車門，大步穿越馬路了。

我嘆了一口氣，靠在椅背上，東堂從後視鏡望著我。

「西嶋總是顧前不顧後。」我說，東堂便回答：「他只想著前面的事，很前面的事，換個說法，就是未來的事。」

「我說啊，」我趁這個難得的機會詢問。「平安夜那天……」

「哦，嗯。」東堂沒什麼勁地應道。

「西嶋去妳打工的店吧？」

「哦，嗯。」她又應了一聲，鏡子裡倒映著她的眼睛，她看著我說：「我嚇了一大跳。」

「西嶋在店裡感覺怎樣？」

「格格不入。」她的語氣一如往常，不帶感情。「他指名我。」

「他很緊張嗎？」

「西嶋不緊張啦。」

是啊——我也點點頭。西嶋不會畏縮。

「然後，他聊了很多。」

「很多？」

「大學生活中愉快的事，還有後悔的事。」

「西嶋也會做後悔的事啊？」

東堂沒有回答這個問題。我察覺這可能跟她有關。

「西嶋喝醉以後，說了好幾次。」

「說什麼？」

「問說他穿這套西裝帥不帥？適不適合他？」

實在太滑稽了，我忍不住笑出聲來。「那是我們陪他一起去買的。」

「嗯，西嶋也說了。他一直說，是北村和他女友幫他挑的。他很自豪地說：『這是朋友替我挑的！』。」

我一時答不出話。

「西嶋一直說，我已經習慣不受眷顧了，可是進入大學以後，得到了許多好朋友。」

我無法想像西嶋是以什麼樣的心情不斷地重複這些話，我也知道喝醉的人說話並沒有太深的含意。即使如此，我仍覺得有一點感激。「這樣啊。」我慢了一拍說道。

然後，我以難得的感激做為不錯的開頭，打算提出「妳和西嶋交往了嗎」這個問題；另外，我也想以命運般的語氣，而非毫無顧忌地問她：「你們結合了嗎？」

然而，東堂在那之前開口了，「北村，刑警來了。」

13

我撐起身體，探進前座之間，盯著擋風玻璃的彼端。路燈的光線恰好在我們前方，在前面約三十公尺處，正是東海林邸的大門。西嶋站在大門前，他正在按門鈴。中村刑警從他身後走近。

中村指著回過頭來的西嶋，張動著嘴巴，可能正在質問：「你在做什麼？」只不過按按住戶的門鈴，應該不算違法，但是在中村刑警的立場，西嶋的行動或許觸怒了他。

西嶋轉向中村刑警，以一如往常的嚴肅表情回嘴。

「如果在那種地方爭吵，就算闖空門的來了，也會在半路掉頭的。」東堂說。

不久，西嶋朝我們這裡走過來，中村刑警趕狗似地揮甩手掌，意思是「給我乖乖回去」。折返的西嶋，臉上露出一種施展不了拳腳的徒勞與不滿。路燈下，西嶋的影子在柏油路上晃動著，就連他的影子看起來也很不高興。

「啊，還有一個人。」東堂開口了。

「會是其他警察嗎？」我也發現了。

在東海林邸前，瞪著西嶋離去的中村刑警旁邊，還有另一個人。個子很高、肩膀很寬、胸膛很結實，乍看之下像個運動選手。

「原來如此，真的還有其他刑警啊。」東堂說。

「是啊！」我本來也想這麼回答，不過，那男人的臉孔在東海林邸旁的路燈下映現，我隱約看到那尖削的下巴和高挺的鼻梁，忍不住「啊」的叫出聲來。我反射性地開啟右側車門鎖。

「怎麼了？」

「是總統男。」在思考之前，我打開了車門，衝了出去。

我一下車，西嶋剛好站在那裡。「北村，那個刑警太不通情理了。」他用一副受不了的語氣跟我抱怨，我卻沒有閒工夫理他。「現在不是講那個的時候。」我跑了出去，用力指著前方，發出沙啞的叫聲：「西嶋，那個！」

「那個？」

「總統男！」我跑了出去。「發生什麼事？」西嶋在後面問道，我不顧一切地往前跑。此時，在前方數十公尺處，總統男已經從後面架住了中村刑警。我發不出聲音，不知是因為奔跑，還是恐怖與興奮壓迫到舌頭，我只能拼命喘息。

我知道西嶋從後面追了過來。「真的嗎？」他高聲叫道，然後跟了上來。

中村刑警轉身，和總統男扭打在一起。該說不愧是警察嗎？中村的反應與束手無策被拖著走的我大不相同，他英勇地奮戰。

然而，總統男的臂力似乎也很強，甚至凌駕於中村刑警之上。中村想抓住他，卻被他狠狠地揮開，接著出右拳，毆打中村的臉頰。一聲鈍重而單純的撞擊聲，使得黑夜的氣氛倏地一緊。總統男目光炯炯，彷彿眼裡只有中村刑警，對於靠近的我們，連看都不看一眼。

「你是總統嗎？」此時，男人出聲了，不是怒吼，而是像大人責備小孩那種沒耐性的聲音。

我和西嶋已經來到離他們五公尺遠的地方，停下了腳步。西嶋站在我身邊。「就是這個人嗎？」他低語，「就是這個人嗎？」

長久以來，備受西嶋矚目與尊敬、有事沒事被當成話題的總統男就近在眼前，西嶋的內心一定感慨萬千。

「不許動！」聲音響起。我赫然抬頭一看，中村刑警下腰，舉起了手槍。

槍口筆直地對準總統男，中村的站姿呈現O型腿，雖然頗為可笑，卻有一種威嚇感。中村刑警的七三分髮型凌亂，被揍的臉頰一片紅腫，他再度開口：「不許動，我是警察！」

總統男在離中村刑警數步遠的地方停下動作，他的眼神依然閃爍著妖異的光芒，臉上同時浮現詫異的表情，「警察？」我不要警察，總統在哪裡？──他說。

中村刑警舉著槍，慢慢把手伸向腰際的無線電通訊器，打開開關，向同事說明狀況。他是在請求支援吧。

我左右掃視，擔心會不會有人從T字型馬路的哪一個方向衝過來。我們今晚特地來這裡，並不是為了總統男，而是為了逮捕竊賊。總統男會在這時候襲擊中村刑警，恐怕是偶然的，我不認為他與竊賊有關。所以，我擔心萬一竊賊在這時候跑過來，看到東海林邸前的我們，又發現其中一人拿著槍，毫無疑問地一定會離開。

「喂，你們，這是怎麼回事？」中村刑警的視線緊盯著總統男，揚聲問道。「這傢伙就是你們說的竊賊嗎？」

儘管中村被突然出現的男人從背後架住並遭到毆打，卻沒有驚慌失措。他可能很混亂，卻竭力保持冷靜，甚至用左手按住頭髮，整理翹起來的髮絲。

「我想應該不是。」我回答。「這個人不是竊賊。」

「那他是誰？是你們同伴嗎？」

「他是總統男啦。」西嶋煩躁地說。一副「你怎會不知道」的口氣。

「總統？」中村刑警當然陷入困惑。

「就是很久以前在市區內為非作歹的路煞。」我匆匆說明，「連續強盜犯，喏，會四處問人『你是總統嗎？』的那個傢伙。」我自以為冷靜，舌頭卻打結。

中村刑警沒有回答，不過表情變得很凌厲，用比剛才更確實的語氣對總統男說：「把手舉起來。」

中村刑警當然也知道連續強盜犯，他的表情變得毅然決然，「你們離遠一點。」他說。總統男慢慢地往後退，中村刑警又下令：「不許動！」

「總統男會怎麼做？」西嶋在我身旁低語。

警笛響起，尖銳的鳴叫攪亂了住宅區寂靜的空氣。我東張西望，不知道警笛聲從哪裡傳來的，旋轉的紅色警示燈詭譎地照著建築物和夜空。不久，警車便從右邊出現了。

總統男咋舌，咬著嘴唇，臉上露出明顯掙扎的表情。他低垂的眼神看起來很悲傷，接著突然踏穩腳步，向前揮拳，以低沉的聲音朝著舉槍的中村刑警說：「反對戰爭！」

「啥？」中村刑警一臉錯愕，還以為他要說什麼，沒想到竟然冒出一句「反對戰爭」，這使得中村刑警相當不安吧。

「反對戰爭！」總統男再次重複。

我不禁渾身一顫。果然──我望向西嶋。果然就像西嶋所推測的，總統男對於不義的戰爭感到憂心，他為了阻止戰爭而尋找總統。我望著以絕望的聲音高喊「反對戰爭」的總統男，不得不這麼承認了。

「果然是這樣啊。」西嶋伸出拳頭，感慨良多地說道。

警車伴隨著刺耳的警笛聲靠近，接著，那聲音像是回過神似地靜止，警車停了下來，紅色警示燈看起來就像熱鬧警匪片的照明裝置。

「我可以理解。」總統男被其他刑警制服，西嶋篤定地說道。總統男被壓在地上，雙手從背後被拷上手銬。西嶋對著地上的總統男清楚地說：「我很敬佩你，也了解你的心情。」我擔心他隨便說話，會被警方視為共犯，不過我沒有阻止他。

「人類這種生物……」西嶋繼續說，「人類這種生物」這句話有些格格不入地迴響在夜晚的住宅區。中村刑警彷彿被那種突兀吸引似地，皺眉看著我們。「人類這種生物，就是會煩憂與自己無關的不幸！」西嶋無視於中村刑警，如此斷定。那是西嶋喜歡引用的一段話。

此時，倒在地上的總統男抬起頭來，望向西嶋，或許他也很在意這個向他傾訴的人。

「聽好了。」西嶋又繼續說，「看到人們在遠方遇難，無法袖手旁觀！我現在就去救你了！──就是這種精神。」他彷彿在要求總統男同意似地，又說：「我也認同這種想法，我痛切地了解你努力說服總統的心情。」

西嶋真是胡來，他的話千萬不能囫圇吞棗。

趴在地上的總統男睜大了眼，呆然張口，半晌之後，他點了點頭。

「不過遺憾的是，」西嶋像在教導小孩子般，對他說：「總統並不在日本，不在仙台。」

總統男聽到這段話，悲傷地低垂眉毛，低下了頭。

停在一旁的警車、不停旋轉的警示燈；我抬頭一看，那是一片分不清是黑還是灰的平坦天空。趴在地上被拷上手銬的怪異男子，以及那些正在用無線電聯絡的刑警們，多麼奇怪的情景啊——我啞然失聲。

「中村，這些年輕人到底是……」拉起總統男的刑警望向我們。

「只是路過的。」中村刑警正以雙手打理頭髮，慵懶地說道。他是顧慮我們，不想讓我們惹上麻煩，還是為了強調自己的功勞而撒謊？我不知道，總之，中村刑警沒有暴露我們的身分。

「喂，西嶋，這下子不管怎樣，竊賊都不會來了吧。」我靠近西嶋，壓低聲音說，「警車這麼大搖大擺地停著。」

「今天應該不會來了吧。」

結果，就在這時候，我的眼角瞥見一輛車疾駛而去。發出輕微而急促的發動聲，繞過轉角離去的巨大車體，就在一百公尺外。

會不會是竊賊？我瞬間想道，卻無能為力。西嶋可能也在想同一件事，他看了我一眼，長長地嘆了一口氣。

趁著還沒捲入麻煩事之前離開吧——我慢慢地遠離現場，那一瞬間卻與站起來的總統男四目相接。

總統男「啊」的一聲。中村刑警等人往這裡看過來，我的心臟怦怦跳。他究竟會說出什麼話？當我正在戒備時，總統男低聲說了一句「是總統」。很榮幸你還記得我——

我差點這麼回答，卻裝傻說：「說什麼呀？」

14

我回到車上，請東堂開車。「已經好了嗎？」「暫時。」「要去哪裡？」「今天可能行不通了。計畫變更。」「計畫變更？我們的？」

「我想竊賊們的計畫不得不變更，我們也只能回去了。」我說完後，再簡單地說明剛才發生的一連串事件。

東堂輕快地駕駛車子，偶爾望向副駕駛座或透過後視鏡看我。十字路口的紅燈好像剛才警車上的警示燈。

「可是，北村之前曾經被總統男襲擊過吧？」東堂說。

「怎麼了？」

「那樣的話，你不以目擊者或證人的身分去警察局嗎？」

「哦，這麼說來，」我想起來。「中村刑警不知道我被總統男攻擊過。」那時候負責調查的單位不同。

「要是他事後知道這件事，一定會把你訓一頓，或許還會懷疑你為什麼不告訴他。」

「有可能。」我同意。但事到如今也束手無策了。「萬一被警察盤問，就隨便編個理由，說我驚嚇過度好了。」

「哦，這樣。」東堂冷漠地回話，沉默了一陣了。我把臉湊近後座的車窗，不經意地望向路旁的住宅和大樓。

「西嶋，你還好吧？」過了一會兒，東堂轉向副駕駛座。

「咦，西嶋怎麼了？」從我坐的位置看不見西嶋的表情，我慌忙撐起身體。

「沒怎樣啊。」他的回答聽起來有點無力。

「總統男被抓，你就消沉了嗎？」東堂的質問相當銳利。西嶋親眼看到宛如英雄或患難同志的總統男，又目睹對方被捕的一幕，或許覺得幻滅了，也有可能深感失望。

「我沒有消沉。」

「不要緊，就算總統男被抓，也不表示西嶋的精神消滅。」東堂板著臉孔說，然後打開音響，按下播放鍵，一陣輕快的旋律流洩，我很快就聽出那是雷蒙合唱團的歌曲。

「哦，這不是〈*Howling at the Moon*〉嗎？」西嶋呢喃。對雷蒙合唱團來說，這首歌很時髦呢——我這麼指出，西嶋便笑說：「他們再怎麼努力迎合潮流，也只有這種程度了。」

「月亮出來了。」東堂說，我往前一看，在我們前進的馬路前方，真有一輪明月高掛在漆黑的夜空中。

「西嶋，你還好嗎？」我問。「我又沒怎樣。」西嶋回答，然後也不配合曲名地學起狗叫。

我得回到自己的住處，於是在仙台車站的西北方；柏青哥店林立的小巷裡下車。關上車門時，我說「大家辛苦了」，東堂和西嶋便異口同聲地說「明天見」。他們倆接下來要去哪裡？我很好奇，但又覺得問出口很失禮，而且他們八成不會回答。

我看看手錶，超過十點半了。剛才發生了一些事，時間就這麼過了。我一邊從狹窄的人行道往北走，一邊撥打手機找鳩麥。

「怎麼樣？」她立刻問道，「竊賊抓到了嗎？」

「事情發展得出乎意料之外。」

「竊賊沒出現嗎？」

「沒有，但是來了不速之客。」「不速之客？」「總統男。」「怎麼回事？」因為剛才已經向東堂說明過一次，所以這次的說明順暢多了。鳩麥聽完我的敘述，低吟：「真的是出乎意料之外。」更具有臨場感的報告，等一下到妳那邊再說喔——我這麼說，正要掛斷，然而她說：「剛才鳥井打電話給我。」

「為什麼會打給妳？」

「你還沒把手機號碼告訴鳥井他們吧？」

這麼說來，確實是這樣。我雖然買了手機，但本來就不習慣用，也不好意思到處宣傳。「他有什麼事啊？」

「感覺像是有重大發表。」

「像是結婚之類的嗎？」我笑著說，卻也覺得這不是不可能。

掛斷電話之後，我正煩惱著要不要聯絡鳥井他們，電話卻立刻響了。我以為是鳩麥打來的，然而不是，是知道這個號碼的少數人之一。

「你現在在哪裡？」長谷川的聲音充滿了緊張。

「什麼哪裡，在街上啊，我正要回家。」我的語氣因為警戒而顯得刻薄。

「今晚那個……，禮一他們呢？」

「是喔，妳在意這件事啊。」我嘆了一口氣。什麼嘛，果然是這樣啊——也不是厭煩，反倒有種近似同情的心情。「發生很多意想不到的事，我想闖空門計畫應該取消了。」然後我又在煩惱該不該說，結果還是說了幾句話譏諷：「妳擔心的是牛郎禮一吧？放心吧，他今晚沒犯罪，也沒被抓。」

長谷川肯定被我的冷嘲熱諷擊退，雖然沒有出聲，但是宛如痛苦悲鳴的情感依然透過話筒傳了過來。「不是，我要說的不是那個。」她掙扎著說：「我剛才在純那裡。」

「純？」

「聽你提到今天的事，連我也坐立難安，你之前不是把純的住處告訴我嗎？所以我今天去找他。」

「為什麼？」

「我想，或許可以從他那邊得到一些情報，對大家有所幫助。」

我知道她說的「大家」，應該是指我、東堂、鳥井、西嶋及南，不過我沒辦法照單全收。「妳去找他，沒問題嗎？」

「我騙他說我被趕出家門，拜託他偶爾讓我待一下，他完全沒起疑。純這個人也很輕浮，還跟我說『好久不見』。」

「這樣很危險耶？」

「沒關係啦，我也想幫大家。」

又是「大家」。我忍不住想找話反駁。對我來說，「大家」不包括長谷川。

「純完全不知道他們今天要行竊的計畫，或許純並沒有涉及這個計畫。只是，我剛才聽到純在講電話。」

「跟牛郎禮一？」

「我想一定是的。我只聽得到純說的，可是我聽得出來，他們今天看中的地點突然不能去了。」

「就像我剛才說的，計畫突然中止。」因為總統男跑來湊熱鬧。我把手機按在耳邊，走向自己的公寓。「所以我也正要回家。」我開玩笑地說道，心想真麻煩，乾脆掛斷電話好了。但是，長谷川緊接著喘著氣說：「可是，我知道禮一他們現在在哪裡。」我停下了腳步。

「在哪裡？」

「一開始，禮一跟那個集團的人好像打算去純那裡，因為他們在仙台沒有地方過夜，可是純不願意。不管怎麼說，他好像不想變成竊盜集團的同夥。所以，他提議其他地方。」

「哪裡？」

「市區內的一家診所。本來是私人診所，不過很久以前就歇業了。純告訴他們，那裡沒有人，又有停車場，還有睡床，可以在那裡休息。」

我甚至無法回話，只是不斷地自問：我該相信她嗎？那次聯誼的保齡球賽，還有嶽內邸發生的事件，都是因為聽信她的話，我們才會陷入險境。被撞的鳥井身影又浮現在我腦海裡，我使勁地握緊手機。俗話說，人的忍耐是有限度的，但也不是衝破那個限度就能得道成仙。

「或許你不肯相信，不過他們很可能在那裡。我只是想告訴你這件事。」

「就算他們在那裡，那又怎樣？」

「也只能報警了。」

「那妳去報啊。」

可能是我的口氣太冷漠，她的語氣變了調，「嗯，我現在也要過去了。等我確定以後，再打電話報警。」她說，「只是我一直攔不到計程車，可能會花上一點時間。」

我不確定這番話的可信度有多少。只是，我還是問了那家診所的名稱和地址。

她說「我剛剛才查到的」，並向我說明位置。

「知道了。」我掛斷電話。該說是幸或不幸？那個地址就在我回家的路上。「我現在過去看看。」我這麼回答。只是確認現場有沒有可疑的休旅車、有沒有侵入跡象，應該不會有危險。

15

我很快就找到掛著「葛切診所」招牌的建築物，它就位在我返家的公車路線北邊兩條街的住宅區。仔細想想，這裡也是嶽內邸所在的高級住宅區附近，我心中掠過一個疑問，牛郎禮一那夥人會待在離犯罪現場這麼近的地方嗎？

葛切診所就夾在老舊的透天厝和出售公寓大廈之間，佔地很廣闊，也有寬敞的停車場。開業時或許生意不錯，不過那一定是我搬到仙台以前的事。不知道是業主不打算拆除，還是在等人接手，這棟建築物在路燈下看起來像一座陰森的廢墟。

首先，我經過前面的馬路，斜眼望向停車場和裡面的建築物。在那宛如蓊鬱森林般靜悄悄的院地裡，停著一輛黑色大車。此外，我也看到診所門口透出微弱的燈光，有人在裡面。

我經過之後，明知折返動作很不自然，卻還是回頭了，我再次經過診所前。

這次，我把腳步放得更慢，仔細觀察裡面的情況。那輛車是休旅車，不過車種不同於撞傷鳥井的那一輛。不知是否受到我此刻強烈不安的影響，這輛車感覺比那時候的車還大，模樣也更凶猛。院內依然亮著燈光，診所歇業之後，依然還有供電嗎？總之，那道光散發出一種不安與謎樣感。

我的心臟開始劇烈跳動，呼吸粗重急促，不知是出於興奮還是恐懼，我決定走回原來的單行道，我討厭那股壓迫感，好像被夜晚的漆黑空氣壓垮般，我想走回大馬路上。電線桿旁邊停著一輛白色大車，雨刷已折斷，後視鏡也破損不堪，那種殘缺更讓我不安。

快打電話——我對自己下達指示。那裡面確實有人，應該報警，就算不能當場證明他們的犯行，也可以檢舉他們擅闖私人用地，只要他們被捕，或許犯行就會一一曝光。

沒想到竟然會在這時候遇到鳥井他們。

「咦，這不是北村嗎？」前方傳來鳥井的聲音。

我走的那條小巷子，在前面十公尺處連接著大馬路，而鳥井和南就站在那個轉角。他們迅速走向我。「我們正想去你家。」穿著皮革短外套的鳥井優雅地甩動左袖，穿著可愛粉紅色大衣的南說：「沒想到正巧遇到你。」

「我剛才打電話給鳩麥，她說你買了手機。」鳥井說，指著我握在手裡的手機，「可是你不告訴我們號碼，有手機也沒用嘛。」他說，「嘎哈哈」的笑聲迴盪在漆黑的街上。

「今天怎麼樣了？」南轉動著一雙骨碌碌的大眼問道。

「竊賊沒現身。」我說，正想再度說明出現的是總統男時，忽然看到幾道人影從鳥井和南後面的大馬路彎了進來，我瞬間背過身，對鳥井他們說「過來這裡」，然後走進一旁的老舊公寓用地。

「怎麼了？」鳥井及南跟了上來。我們躲進有著成排信箱、佈滿塵埃的公寓大門內，這裡離馬路有數公尺遠。
「喂，怎麼啦？」
「走過來了。」我轉向道路。
「走過來……，誰啊？」鳥井可能發現我壓低聲音，所以也降低音量。
「發生了什麼事？」南這麼悄聲問道，或許已經有不好的預感。
得說明狀況才行——我張嘴，才剛說完「竊賊」二字，馬路上便傳來說話聲。我噤聲，側耳傾聽。
「你啊，」凶惡的聲音說，「給一點確實的情報好不好？真是沒用。」
「我不知道怎麼會變成那樣啊。」另一個男人回答，那個聲音我聽過。「也不知道怎麼會有警車在那裡，可是那一戶應該沒人啊。我負責下手的啊。」
我望向鳥井，然後看看南，兩人都愣住了，一臉「不可置信」的表情。我正在煩惱該說什麼。
是那傢伙嗎？
鳥井動著嘴唇，這麼問我。南顯得相當沮喪。
有三個男人的腳步聲從我們旁邊經過，還有塑膠袋的磨擦聲。他們可能去買糧食，打算在葛切診所過夜吧。

是那些傢伙吧——鳥井指著路過的男人們，再次張嘴不出聲。這次是斷定。

「仙台真是個討厭的地方，做什麼都不順。一郎，都是你太笨啦。」我聽見男人的聲音。毫無疑問，一郎就是牛郎禮一。

「這種事沒那麼順利啦。」牛郎禮一軟弱地回答。

「你啊，欠了一屁股債，做牛郎也還不了，還能靠什麼賺錢？不好意思，你都這麼大把年紀了，也只能做個三流的牛郎。」

「沒有其他更簡單、可以大撈一筆的方法嗎？」另一個男人的聲音響起。「闖空門比想像中還難賺耶。」

眼前的鳥井眼神變得凌厲，南在一旁緊拉著他的左袖，一次又一次地重複說：「鳥井，冷靜下來。」冷靜，冷靜啊鳥井——她說。儘管如此，鳥井的激動似乎久久無法平息。

他大大地做了兩、三次深呼吸，惡狠狠地說：「這是怎麼回事？北村！」

「那些傢伙沒去闖空門。」我被鳥井的氣勢懾住了。「他們好像躲在附近一家荒廢的診所，我剛才收到長谷川的通知，過來看看。」這麼說來，長谷川還沒到嗎？

「那個人太可惡了！」南壓低了聲音，卻還是氣餒地咒罵長谷川。

「總之打電話報警吧。」我伸手擋著鳥井，我很不安，若不這麼做，鳥井可能會衝出公寓，攻擊他們。「所以先在這裡等著吧。」

但是，鳥井的動作敏捷又帶勁，彷彿在等待這一瞬間，他沒有半點猶豫，身體一晃，從我身旁竄出去，跑到馬路上，朝著剛離開的男人們大喊：「你們給我站住！」

啊、啊──南雙手掩面，該怎麼辦？──我也陷入兩難。

16

我走到馬路上，那三個男人已經轉身，我站在鳥井的左側，與他們對峙。

站在最右邊的是牛郎禮一，他的頭髮比以前短，臉上的大鼻子與細眉還是沒變，只是看起來有些疲倦，和以前那種自信滿滿的流氣模樣相去甚遠。在他旁邊；也就是正中間，是一個體型高大的男子，左邊則是一個光頭男。那兩人約莫三十五歲左右，長得一副不知人間疾苦、懶散不求上進的模樣，渾身散發出一股幼稚的氣息。

「這傢伙是誰啊？」中間那個高個子咧嘴笑道。

「你們是那個吧，小偷吧。」鳥井朝著他們斬釘截鐵地說道。情緒激動令他的聲音顫抖。

喂，鳥井——我拉扯他的外套衣襬，希望他冷靜下來。

「鳥井，不要啦。」南也站在他後面拉扯他的外套。

「北村，這下正好，總要來個了結。」鳥井以只有我聽得見的音量說道。

「了結。」我呢喃著，這是前幾天我說過的詞彙，還被東堂嫌說不合邏輯。但是鳥井所說的「了結」還要沉重好幾倍，不知為何，在那一瞬間，我的腦海中浮現一大片赤紅色沙漠的情景，因為鳥井的聲音強而有力，彷彿站在舒適城鎮的出口，已做好心理準備，正要踏進眼前的一大片沙漠。「不需要理由或解釋，想要走進沙漠，必須先來個了結。」在我聽起來就像這樣。彷彿在說：如果不先做個了結，我將無法前進。

「這些傢伙在幹嘛？」光頭瞥了一眼高個子，又望向牛郎禮一。那雙細長的蜥蜴眼，我也有一點印象，他是在嶽內邸打群架時，毆打西嶋的那個人。

牛郎禮一茫然地望著我們，似乎連許久以前曾經和我們比過保齡球賽的事都忘了。

「這些人……」他搖搖頭。「我不認識。」

「什麼不認識？」鳥井勉強擠出笑容。「你們別以為靠小偷這一行可以逍遙過活啊。」他說。我覺得靠父母援助的我們這些學生也沒有資格批評別人，不過這種話總是先說先贏。

頭頂上的路燈突然「啪」的一聲快要熄滅，這讓我益發不安了。仰頭往天空一看，月亮也被雲霧遮蓋了。這一切看起來都像凶兆。

「一郎，這個你拿著。」高個子把手裡的塑膠袋交給牛郎禮一，然後大步走近。

「你們到底想幹嘛？」

我反射性地跨步向前，別說是南了，也不能讓獨臂的鳥井首當其衝。我瞬間判斷第一個和敵人槓上的人是我，同時也覺得太好了，要是我這時候退縮，恐怕會因為自我嫌惡而消沉好一陣子，然後鬱悶地度過每一天。

「開什麼玩笑，混帳！」高個子立刻揪住我的衣領。我因為被拉住，無法呼吸，腳跟離開了地面，那光景很不像樣，但我還是胡亂地揮舞雙手。

「住手！」鳥井說，當我發現的時候，那個光頭已經擋在鳥井前面了。我的眼角餘光瞥見他，渾身長滿了肌肉，感覺沉甸甸的。

糟糕！我沒有退路，陷入一片混亂，心臟猛烈跳動近乎發痛，我不停地眨眼，雙腳抖個不停。

「我……，我們已經報警了。」我聽見南在後面說，「警察馬上就來了。」她勉強擠出聲音說。

在那之前，附近的住戶會不會聽見騷動，前來搭救？或者長谷川會不會出現？

「囉嗦，誰管什麼條子啊。」扭著我脖子的高個子一說完，迅速揮出右拳。頓時，我感覺眼前一片黑暗。被揍了——當我發現時，視線已經恢復了。比起臉上的痛楚，我眼冒金星，焦急了起來。

「你幹什麼？」鳥井怒吼著。我轉頭說「鳥井住手」，然而光頭已經抓住鳥井身上的外套，接著突然發出尖銳的怪叫，他興奮地笑道：「喂，這傢伙只有一隻手耶！」他抓住鳥井那空無一物的左袖，大笑道：「有夠好玩的！」

血液直衝腦門，猛烈地沸騰。在怒火攻心的同時，不知為何，西嶋經常吟唱的衝擊樂團的歌詞在耳邊復甦。「你們受人支配嗎？還是發號施令？你們在前進嗎？還是在後退？」

受到這段話的鼓動，我狠狠地揮出右拳。

不可原諒！——我在內心怒吼，驚訝自己竟然變得如此情緒化。

我扭動身體，但無法掙脫。我認為如果死命掙扎，或許可以擺脫，所以瞄準了高個子的肚子揮拳，卻被對方輕易地擋開了。

取而代之地，我的左臉又被揍了。高個子好像放開了我的衣領，我倒在地上。得趕快爬起來——我雙手撐地，抬起頭來，此時卻傳來「嗯」的一聲呻吟。

鳥井被揍了——我心想，緊緊閉上眼，戰戰兢兢地望向前方。

雖然視線模糊，不過我發現呻吟的人是光頭，我大吃一驚。發生了什麼事？光頭踉蹌著從鳥井身邊退開一步。

我望向鳥井。他左腳在前，身體微微傾斜，擺出與光頭對峙的姿勢。他的姿勢很穩，重心也很安定，雖然一派輕鬆，卻是非常出色的戰鬥姿勢。

我伸直膝蓋，勉力爬起來。

我看見鳥井的身體晃動，他的右腳迅速地劃過空中，筆直踢向前方。

「咦？」這次我真的發出疑惑的輕叫。

鳥井的腳尖踢中光頭的左大腿，響起鈍重聲。我看見光頭被踹的大腿凹了進去。我無法掌握狀況，但是光頭的臉確實痛苦地扭曲成一團，他用雙手按住大腿，身體向前屈。

緊接著，鳥井的右腳又動了，他的腳抬至難以置信的高處，以無法掌握的高速踢中光頭的臉，光頭當場跪倒在地，我只能茫茫然地看著。

「混帳！」我前面的高個子想撲上鳥井。

鳥井的反應很敏銳。不知道他是何時準備就緒的，只見他身體一扭，右腳又是一踢。

我看到鳥井的鞋子踢中高個子的小腿骨。那種踢法就像斧頭從斜上方直劈下來似的。鳥井立刻把腳縮回，又屈身戒備。高個子氣得漲紅了臉，踏出一步，卻立刻痛得皺眉，抱住小腿。

鳥井冷靜地瞪視著直摸小腿的高個子男，採取戒備姿勢。他彎曲右手，擋在臉部前方做出防禦姿勢，晃動著肩膀與身體，配合著地面和夜晚的大氣來調整呼吸，動作輕巧無比。

「北村，嚇到了嗎？」鳥井與高個子男對峙，盯著前方說。他「嘎哈哈」地笑了。

「我一頭霧水。」

「一年半。」

「咦？」

「我去搏擊館練了一年半。」

「搏擊館？」我感到納悶。

「不是有一家阿部先生的——阿部薰的搏擊館嗎？」

我搞不清楚狀況，只是聽到阿部薰的名字，便想起四月份在搏擊館讓我們看得入迷的練習情景。

「我失去了一隻手，復健了半年，然後去搏擊館報名搏擊班。阿部先生說，只要練三年就會變得很厲害，原來一年半也行得通啊。」鳥井匆促地說道。

他一說完，「哼」的一聲噴出一口氣，筆直地抬起腿，朝高個子的頭部踢了出去，低著頭的高個子吃了那一記，跪了下去。

「而且鳥井練得非常認真。」我身後的南說。我嚇了一跳，回頭看她。天色昏暗，我沒辦法看得很清楚，但是南的雙眼流出來的淚水在路燈反射下微微發光。

到底是怎麼回事？我一頭霧水，忽然間，南曾經說過「我被強盜襲擊」的記憶在腦海中復甦。當時我覺得很奇怪，南明明遭人襲擊，看起來卻毫不在乎，她真的不要緊嗎？而且那件事後來就沒有下文了。

那會不會是謊言？我突然領悟了。

換句話說，南是不是單純地不想讓我們靠近那家搏擊館？或許是鳥井要求的，總之，他不希望我們看到他在搏擊館努力練習的模樣。南的謊言會不會是防線之一？

那兩名男子倒在地上痛苦掙扎。我不了解鳥井的飛踢威力究竟有多大，但是對方的小腿骨可能被踢裂了。鳥井的飛踢看起來就是如此猛烈。

「北村，那傢伙逃到哪裡去了？那個牛郎。」鳥井轉頭問我。

比起以前，鳥井的體格看起來的確結實多了。話說回來，這個鳥井竟然踢倒了兩名男子——如同字面描述，踢飛了兩個人，令人難以置信。「騙人。」我忍不住說。

「這可不是騙人的，那傢伙去哪了？」

「噢。」我回過神來，搖搖頭，指向前方。我說他大概逃進前方的診所了。好——

鳥井往前走，我彷彿受到吸引似地跟了上去，南也過來了。

「鳥井，這是怎麼回事？」

「我剩下一隻手以後，很煩惱，只有一隻手還是很不方便吧，我不知道該怎麼保護自己。」接著，他瞥了南一眼。「而且我還得保護我的寶貝女友啊。」

「可是，為什麼會是搏擊？更重要的是，你為什麼不告訴我們？」

鳥井揚起嘴角，說出我以前說過的話：「因為我覺得就算說了，你們也不會高興。」

「你覺得不說我們會比較高興嗎？」我聳聳肩。

「其實我打算今天要告訴你的。」鳥井說。

我們走了一段路，右邊出現了那家診所的招牌和停車場。「他可能躲在那棟建築物裡面。」我說，「可是剛才那些人，就讓他們倒在那裡不管了嗎？」我指指後方那兩個人。他們現在雖然倒在地上，沒多久應該就站得起來了。

「是啊。」鳥井輕快地點點頭，望向南。「打電話報警好了，說有人打架倒地不起，警察就會來了吧。」

嗯，是啊——南拿出手機，在馬路正中央停了下來。

這時候，車子的擋風玻璃正面反射著光芒。

一輛休旅車從診所的停車場衝出來，我立刻知道那是牛郎禮一及他的同夥。

他們打算逃走。轟隆作響的引擎發出自以為是的吼叫，響徹四周。我和鳥井登時面面相覷。瞬間掠過腦海的，是那場可恨的夏夜衝撞事故情景。鳥井應該也有同感，他看著我，雙眼閃現著詭異的光芒。車子從停車場開出來，衝向我們置身的馬路。

會被撞！我們朝馬路兩旁避開。我回頭，鳥井大叫：「小南危險！快躲開！」南愣住了，正要拿起手機通話的她，一臉驚訝，就這麼愣住了。「閃開！」我也拚命揮手。

休旅車從我們之間衝過去，不知道車上的人有沒有看見南站在那裡，不僅沒有放慢速度，反而加速了，輪胎發出刺耳的磨擦聲。南踉蹌著，勉強往路邊一跳，撲在圍牆上，總算避開了車子。我鬆了一口氣。

我盯著遠去的休旅車，心想難道就這樣讓他們逃了嗎？

不知為什麼，進大學以後的記憶突然一下子在腦海中湧現，可能是太焦急了，不小心打翻記憶的箱子，各式各樣的場景接二連三地跳了出來。

像是牛郎禮一和純現身保齡球館的記憶；大一的春天，他們挑釁鳥井，東堂宣佈「加倍」，西嶋投出了SPARE。還有嶽內邸前的記憶；大二的夏天，鳥井被撞，斷了一隻手，西嶋為了替意志消沉的他打氣，利用對面大樓的窗燈排列出「中」字。

另外，大學校慶的回憶；在大三的秋天，我們熱中於嚇唬那個不可一世、令人討厭的麻生，儘管事先擬妥計畫，結果卻事與願違。除此之外，還有許多我在大四那一年所經驗的無聊事，好像從墊布底下滲出來的水，一口氣湧了出來。

等我回過神時，發現自己正在屈指計算。我望著鳥井，望著在後面靠著圍牆的南，接著又望向即將逃跑的休旅車車尾。

不想讓他們逃走。我深深這麼覺得。豈能讓你們逃了。

休旅車開到巷子的T字路口，打算粗魯地右轉。我張大眼睛，仔細觀察四周狀況，我發現一輛白色轎車停在牆邊。

我再次看看鳥井，他睜大了眼、鼓動鼻翼，也同樣看著我。我們想的一樣。「南！」我叫道。南望向這裡。鳥井和我就像說好了似地，同時指向停在前方的白色轎車。我腦海中浮現剛開學的那年春天，大家才剛認識，東堂在「賢犬軒」所說過的話——「搞不好四年才能出現一次」。當時，我們正在討論南的超能力，聊著她能不能移動車子的話題。

我望著自己彎曲的手指。四年。不是已經四年了嗎——我發現，然後努力思考，那是什麼車？那是什麼車種？

以時間上來說，只有一瞬間。我伸出食指，和鳥井同時叫喊。

「Cedric－！」

白色的Cedric飛了起來。在夜晚的幽暗中，我目睹那白色車體無聲無息地飄浮了起來。

17

過完新年，一月份也過了一半，我們聚集在西嶋打工的警衛室，進行一場麻將大賽。

說是大賽，也沒有什麼異於平常的特色，只不過人數比以往多，而且麻將桌只有一張，所以打起牌來，感覺四周比平常還要熱鬧。東堂帶來的狼犬就拴在外面。

「差不多可以告訴我吧，究竟是怎麼回事？」西嶋注視著自己的手牌說。我坐在他左邊的上家，我和對面的鳥井對望一眼。

「你說的是哪件事啊？」鳥井說，丟掉。

「就是那個啊、那個。那些闖空門的傢伙不是被抓了嗎？發生車禍，報上也登了。」

那時候，牛郎禮一等人的休旅車與白色Cedric相撞，駕駛失控，撞上了圍牆。趕赴現場的警察，調查車內乘客與倒在附近的兩名男子，覺得他們行跡可疑，經過仔細盤問，他們終於暴露了竊賊身分。

「你是說總統男嗎？」我明知西嶋指的不是這件事，卻故意這麼說。

同一天，在東海林邸前襲擊中村刑警的總統男被媒體大肆報導。當地的報紙和電視節目紛紛播報「連續強盜犯終於落網」。而且，被捕的總統男對於警方的偵訊，皆一貫回以「反對戰爭」、「總統應該親自上前線」，或「如果只對美國唯命是從，那就不需要日本了」等等奇妙的發言，這件事一經揭露，全國性報紙和週刊雜誌皆大表興趣。其中，也有的雜誌替他取了一個「美國總統男」的綽號，西嶋不滿地說：「那是學我的。」

「我說的不是總統男，是竊盜犯。」西嶋說完，叫了一聲「碰」，鳴牌[一萬]。他從手牌裡丟出一張字牌，把三張[一萬]移到右側。坐在後面的東堂面無表情地看著他的手牌。

「可是啊，我真的覺得很不爽。總統男充滿使命感，想要向美國總統投訴的行為，卻受到毫無行動的社會大眾指責、嘲笑，我無法接受。」

「沒辦法，誰教他是路煞嘛。」鳥井笑道。

「而且，日本是法治國家，不管你有什麼理由，只要犯法就有罪。」我也幫腔說道。

「法律不一定能拯救世人或世界啊。」西嶋怒道。

「可是我們在三月份以前，還算是法學院的學生。」在鳥井旁邊的南一插嘴，東堂接著就說：「附帶一提，只有西嶋一個人明年還是法學院的學生。」這段話把大家逗笑了。

「我啊，是故意留級的啦。」西嶋突然加重語氣說。的確，這件事從很久以前——從我們升上四年級的時候，他就這麼宣稱，他說還有事想做，所以留級了。

到了四月，我會回到盛岡市，成為公務員；南留在仙台，同樣成為市公所職員；至於東堂，儘管她已經獲得一家總部設在東京的知名企業內定，卻突然開始進修，想要成為蛋糕師傅。我問她，難道父母沒有反對嗎？她說：「我媽覺得很有趣。」

「然後妳爸說：『我覺得這樣還不錯呢。』對吧？」我搶先一步說道。

「沒錯。」

「言歸正傳，那些竊賊為什麼會被抓？」西嶋一臉無法釋然，又追問起我們。

「什麼意思？」鳥井反問。

「我在新聞上看到，說他們因為打架什麼的，不是有人受傷嗎？還說他們的車子跟別的車子相撞。」

「是Cedric。」我反射性地說。

我應該這輩子都不會忘記當時在昏暗的路燈下，那輛輕巧地浮起的白色Cedric吧。或許約有兩公尺高，它確實浮起來了。

「我看了週刊，那些嫌犯好像說有輛車突然飛過來。這是怎麼回事？一定是誰做了什麼。」西嶋把玩著眼鏡，審問似地看著南。

南紅著臉，躲到鳥井背後。

「車子怎麼可能會飛嘛，西嶋。」鳥井悠哉地說道。

「就是啊，怎麼可能會飛嘛。」我也說。結果西嶋不知為何突然說：「那輛Cedric當然是新型的吧？」他拘泥於這一點。我想八成跟他喜歡的音樂或小說有關吧。

然後，他又以責備的口吻說：「呃，雖然清楚來龍去脈，可是這個國家是法治國家耶，怎麼可以私下報復呢？」

「逮捕他們的是警察啊。」我立刻回答。

「法律不見得能夠拯救人類或世界啊，西嶋。」鳥井說。

「明明就是法學院的……」西嶋深深地嘆了一口氣。

才過完年，我就被警方找去問話。當時好像同時發生了許多事，我正在納悶警方這次到底是為了哪樁，結果，我是以「總統男的被害人」身分接受問訊。警方問我：「確定是那個人嗎？」我點點頭，還被要求簽了幾個名，如此而已。我和中村刑警後來又見了一次面。他沒有追問什麼，也沒有讚賞我們。當然，更沒有向我們道謝說：「託你們的福，總算把總統男和竊賊逮捕歸案了。」

「話說回來，小西你們這群學生真的很不可思議呢。」古賀先生坐在我的上家，他深有所感地說道。

我目不轉睛地望著他，覺得他和第一次見面時相比，白髮似乎增加了。

「神祕莫測的集團。」古賀先生接著說。

「古賀先生才沒資格說我們。」我與南、西嶋異口同聲說道。古賀先生聽了，露出吃驚的表情，丟掉了。

「啊，西嶋。」東堂立刻說。

「哦！中了、中了！榮了、榮了！」西嶋大聲說，放倒自己的牌。「清老頭耶！我第一次榮到這個耶。」他自豪地對著背後的東堂說。

「成功了嘛。」東堂簡短地應答。

什麼嘛！小西——古賀先生沮喪地低下頭。

「西嶋，你不用平和胡牌嗎？」鳥井捉狹地指出。「你不是要為世界創造『平和』嗎？」

「平和是什麼呀？」西嶋故意裝傻。

「耍白痴啊！」

沙漠

08

春

Spring

在禮堂舉行的畢業典禮轉眼間就結束了。一開始我還在擔心會不會聽到一段又臭又長的校長致詞，結果意外地一下子就結束了。

領取畢業證書的，是各學院推派的學生代表；他們各自做出不同的裝扮，或倒退著走上講台，或表演默劇，盡情發揮創意。而校長只是冷眼看著我們這群不知是驕縱還是幼稚的學生。

「校長的反應好冷淡，難得學生這麼努力想點子，至少也該笑一下嘛。」鳥井在我右邊低語。

「不，這是正確的反應。」我一面點頭一面回答。「因為這種玩笑也只能運用在踏進沙漠之前。」

「沙漠？」

我沒有回答鳥井，直視著台上，然後想起從岩手來到這裡的四年，感覺時間真是一眨眼就過去了。坐在鳥井旁邊的南不知為什麼，已經泣不成聲，引起周遭的竊笑。確實，我也覺得沒什麼好哭的。

「西嶋呢？」我問左邊的東堂。

「在外面等。」一如往常，她以不帶感情的聲音回答。

「真好，西嶋明年也是學生啊。」鳥井打從心底羨慕地說道。

鳥井從四月起，將在仙台市內一家小型廣告代理店工作。「我無意間看到徵人廣告，就跑去面試，我問他們：『我只有右手，沒關係嗎？』結果那位社長說：『今後你就成為我的左右手吧！』真是意義不明的冷笑話呀。」這是半年前的事，不過鳥井看起來好像很高興。

「前往超級上班族之路？」我問。「不曉得耶。」鳥井難得發出軟弱的聲音，笑道：「我以超級專業主夫為目標。」

「大一時，你曾經說過如果成為超級上班族，就沒辦法跟許多女人交往，也不能打麻將、隨意看書了。」

「超級專業主夫也沒辦法呢。」鳥井遺憾地聳聳肩。

「可是，可以玩搏擊啊。」

我和西嶋上個月去參觀了那家搏擊館。

我們看到了眼神嚴肅的鳥井，面對沙包，發出淩厲叫聲，練習踢腿，我們驚訝地睜大了眼。他以單手擺出防禦姿勢，微微晃動身體。「砰」、「砰」的踢腿動作非常優美，令人屏息。

「你們打算加入嗎？」當阿部薰從搏擊館現身時，我和西嶋都嚇了一大跳。「沒有。」我們搖搖頭。已經不曉得第幾次奪回冠軍寶座的阿部薰，體格似乎變得比第一次見到他時更結實強壯了。他咧開大嘴笑著，指著館內說：「鳥井練得很認真喔。」

「鳥井已經練了一年半了？」我說。「只練了一年半。」阿部薰板著臉回答，接著聳聳肩說：「不過那傢伙練了一年半以上的份量。」然後又加了一句：「但是沒有我練得多啦。」

「他很厲害嗎？」我問，阿部薰露出一種算是野蠻的笑容：「姑且不論比賽，是不會輸給街上的小混混啦。」

「可以跟街上的小混混打架嗎？」

「我們嚴禁學員打架，嚴格禁止喔，這是當然的嘛！」

「也對。」我迴避更深入的對話。

「鳥井拜託我，他不想被你們看到他練習的模樣。」後來阿部薰向我們坦承。「他說練習的樣子很遜，不想被別人看到。」

「前年秋天，你曾經邀過我們吧？」

「因為我剛好看到你們，想說只要威脅一下，你們就會嚇得不敢接近這裡。」阿部薰瞇起眼睛，得意地笑了。儘管在笑，卻一臉凶惡狀。原來是這樣啊——我和西嶋嚇得頻頻後退，光是回應他就很吃力了。

畢業典禮真的很平淡，我一樣冷眼旁觀進行中的典禮。

只是，校長最後所說的話，讓我留下很深刻的印象。或許是奉行廢話不多說主義，校長先簡單說了幾句「恭喜畢業」的客套話，接著厲聲宣告：「你們回憶學生時代、緬懷學生時代是無所謂，但絕不能以逃避的心態懷念學生時代，就像渴求沙漠中的綠洲一樣。你們絕不能過著那樣的人生。」接著，他又說：「人生中最大的奢侈，則是緊密的人際關係。」

典禮結束，學生們離開禮堂，校園內被眾多參加者淹沒了，到處都有停下來聊天的小團體，我們四個人在人群中穿梭，一下子就找到了西嶋和鳩麥。他們高舉著手大力揮動，還牽著一隻狼犬。

「怎麼樣？」鳩麥挨近我。她稱讚說「你穿西裝蠻帥的」，讓我有些難為情。

「校長最後說的話很不錯。」鳥井說，南和東堂也點點頭。

「他說了什麼？」西嶋可能是因為不在場而感到寂寞，他一臉不悅。

我把校長最後說的話告訴他們，鳩麥和西嶋同時笑了。

「咦，你們知道喔？」

「是那個啦，我喜歡的聖艾修伯里，他的書裡提到的話。」西嶋豎起手指說。

什麼啊，原來是抄來的喔——鳥井說，「嘎哈哈」地笑了，我為校長辯護：「不是抄，是引用。」「可是，那番話真的很不錯呢。」南還是一樣，以開朗的語氣說，東堂則是以無動於衷的口吻說：「令人大受感動。」

在前方的稍遠處，有幾名男子聚集在草坪上，還有幾名打扮花俏、濃妝豔抹、與學生明顯不同的女性。站在中央的是莞爾，他一面吵鬧一面舉手，或許他在說：「謝師宴的幹事，當然是由幹事的莞爾來擔任。」

也要跟莞爾離別了呢——我不經意地望著那裡，結果視線和莞爾對上了。莞爾「喲」的一聲，展露開朗的表情，朝這裡跑來。到底有什麼事呢？我正納悶著，他已經跑到我和鳥井等人旁邊，說：「大學生活一眨眼就過去了呢。」

「莞爾要去哪裡工作？」鳥井問，莞爾說出一家知名的貿易公司，苦笑道：「靠關係的。」

「如果還有機會，再碰面吧。」明知不會再有機會了，我卻這麼說。

莞爾輕笑，支吾地說：「我啊……」害臊地低頭的他，跟平時一點都不像。片刻之後，他抬起頭來，撇著嘴角說：「其實我一直很想加入你們。」

我和鳥井面面相覷，困惑著不知該如何回答，只能應了一句「這樣啊」。

「唉，就是這樣。」莞爾說完，便轉身離開，走回他的同伴身邊。

我走上人行道，鳩麥跟在一旁。她依然在仙台市的服飾店工作。四月份之後，我就要回盛岡去了，不過我已經悄悄下定決心，等到我熟悉工作之後，就要向鳩麥求婚。

我偷看鳩麥，她也注意到我，問：「怎麼了？」我為了掩飾害羞，回頭望著後面的朋友。

接著，我有一個預感，是關於畢業之後的我們。

四月，開始工作的我們，將會在「社會」這個沙漠的嚴苛環境下，遇到超乎想像的難題。沙漠乾涸無比，充滿了抱怨、諷刺、屈從與嘆息；在那裡，我們每天拚命掙扎、克服，不久，一定會融入其中。

剛開始，我還會和鳥井他們定期聯絡，不過，大家光是處理自己的工作及生活就喘不過氣來，於是彼此漸漸地疏遠了。

或許我會對遠距離戀愛感到疲倦，不到半年就和鳩麥分手。然後再過幾年，我開始像回憶過去看過的電影那樣，「真懷念哪」、「曾經有過這種事呢」，想起和鳥井、西嶋等人度過的大學時代。最後，我們就這麼各奔東西了。

（開玩笑的。應該。）

〈參考・引用文獻〉

《人類的土地》（中譯本譯名為《風沙星辰》）安東尼・聖艾修伯里著　堀口大學譯　新潮社

《瞬間力　請教「20年間不敗」的麻將王93個問題》文・構成　南波　捲　竹書房

《科學的麻將》TOTSUGEKI東北著　講談社

《查拉圖斯特拉如是說（下）》尼采著　冰上英廣譯　岩波文庫

此外，承蒙治政搏擊館接受作者的採訪，謹向館長長江國政先生、武田幸三先生，以及當天接受採訪的諸位致謝。另外，也由衷感謝引介治政搏擊館，並陪同採訪的攝影家藤里一郎先生。

解說

讓沙漠下雪

顏九笙

伊坂幸太郎寫了一本很神奇的小說——明明從頭到尾只是在描述幾個大學生在仙台的生活，卻能夠從中傳達出拯救世界的理想。

這本書我在一個月前就看完了，然而這篇文章的開頭我寫了五次，每次都在半路結構崩壞，寫不下去。（上面那一段話是唯一留下來的。）最近這一個月以來，我只要打開檔案準備好好寫一篇文章，結果都是這樣。執筆的現在是農曆七月，所以我想這是名副其實的「好兄弟」打牆囉。

如今截稿日期已過。我唯一擅長的事情似乎也變得非常不順手了。天哪。我重寫到絕望了，終於關掉電腦，躺下來盯著天花板，心裡想：說不定寫文章的能力跟彎湯匙之類的超能力差不多，用處不大，卻又極其耗費精力，最後還會莫名其妙地噗一聲完全消失。（說不定連噗一聲都沒有。）然後，我又照常開始有一點點怨恨我的正職，那個充滿「理想性」的工作讓我總是緊張兮兮。一定是太緊張才會變得什麼都不會做了。（好吧，我明顯是在遷怒。）

這時候，我想起了誰？

我想起了西嶋。體型豐滿猶如漫畫中的熊或豬，卻「不可愛」的西嶋。乍看很可笑，卻在不知不覺中吸引眾人目光的西嶋。他拚命想要湊出「平和」牌型、卻老是被旁人阻撓的時候，他抓起麥克風呼籲大家別再獨善其身、卻被所有人奚落諷刺的時候，他在想什麼？

東堂說，西嶋不會緊張的。北村也說，西嶋不會畏縮。西嶋自己說，他已經習慣不受眷顧了。眾人面前的西嶋，永遠都是勇往直前、大聲疾呼也不怕丟臉的戰士。但是，他會不會自我懷疑？他如何能夠「屢敗屢戰」下去呢？

而且，除了直截了當的打擊訕笑以外，世界上還有那麼多腦筋好的善心人士。他們會好意地分析是非曲直給你聽，勸你省省力氣吧，別當什麼青年鬥士了。

比方說，麻生教授認為學生分兩種。一種只求及時行樂——這樣反而沒什麼好擔心的，他們「很得要領」，絕對能融入社會。另一種則「很危險」，「他們因為獲得了資訊，自認為比其他人聰明，因而對社會上的矛盾與異常感到擔憂。他們認為只有自己聰明，周遭的人全都是蠢蛋，所以會產生一種使命感，自認為必須改變眾人的觀念。」但是這樣做是沒有意義的，「學生獲得的資訊和經驗都很匱乏。這麼說或許有些語病，不過這樣的年輕人不管發什麼牢騷，世界都不會改變，反倒令人想問：你們自以為是誰？」

「你自以為是誰？」你幹嘛那樣人聲疾呼？你怎麼知道你是對的？你錯了怎麼辦？孩子你閉嘴，你不知道你在幹什麼，回去坐好。

麻生跟西嶋的爭執，乍看只跟「超能力」有關——話說回來，雖然我喜歡文學與藝術想像中的超能力，但是對於現實世界中的超能力者，我的懷疑態度說不定跟麻生比較像——然而，就算麻生說得頭頭是道，西嶋的道理卻總是亂七八糟，我還是寧願跟西嶋站在一邊。這並不是因為在伊坂的安排下，麻生後來「果然」變成一個歹角——我絕對相信，有一些人抱持著麻生的觀點，但是沒有他的心術不正，也不會做出蓄意欺騙的勾當；有一些人是真心覺得年輕人涉世未深，妄想改變世界的結果多半只會造成災難……。有多少充滿理想抱負的青年，有一天忽然發現自己變成了冷血的恐怖份子？我們都聽說過這類的故事。

那麼，麻生的主張到底有什麼不對？

我其實說不上來。勸人謹言慎行、避免熱血沸騰的類似道理還有很多，像是這一句：「個人的力量畢竟有限，顧好自己就不錯了，管別人那麼多幹什麼？」或者更為和緩的版本：「如果連『自己／自己的工作／自己的家庭／自己的○○』都顧不好，哪有辦法顧及公領域的事？」如果扯到家庭價值，那事情的確是變得更複雜了。而「自我實現」不重要嗎？嗯，好像也很重要……。越多價值彼此衝突，就讓人越遲疑，到底怎麼選擇才對？

什麼都不做，永遠是最方便的選擇。就好像舞城王太郎在《阿修羅女孩》裡，藉主角愛子之口所說的簡單道理：同情心跟怕麻煩的心態永遠在拔河較勁——除此之外，還有「原則問題」。

比方說，北村跟鳩麥發現動物收容中心的走失犬隻有收容期限，過了期限可能就會被「處分」掉。兩個人都為此覺得難過，可是就算現在拯救一隻，明天以後到期的其他小狗該怎麼辦？難道每一隻都救嗎？顯然不可能，那為什麼要獨厚今天看到的這一隻？所以，還是一隻都別救了吧。這個想法很合理，很有原則，也很黯淡。可是西嶋的作法不同。他毫不猶豫地收養了他碰巧看見的那一隻，同時決定以後再也不去看有哪些狗即將「到期」。救一個算一個，其他的全部不管，這樣的作法似乎太衝動又缺乏條理，然而西嶋說得好：「有法律規定不可以矛盾嗎？」而且，從另一個角度看，他還是貫徹了他的信念：「人類這種生物，會為了與自己無關的不幸而煩憂！看到人們在遠方遇難，就無法袖手旁觀！」

雖然我自己行動力低又膽小（而且其實不怎麼愛聖艾修伯里的書……），西嶋熱烈擁抱的信念還是打動了我——雖然，他的信念有時候可能顯得「荒唐可笑」。

這說不定是現在的熱血青年才會碰到的悲劇（？）他們不會釀成災難，只會讓人覺得可笑（麻生的評論，或許就有這個意思）。西嶋抨擊美軍進駐中東的行為如同流氓、一直大聲疾呼說要創造和平；然而他「創造和平」的方式，就是非常非常有誠意地……，想在打麻將時湊出「平和」的牌型。光是打個麻將，哪有可能改變世界？如果光注意這個單一事件，西嶋的確只是個笑柄。但是，就因為他對如此「可笑」的事情都信念堅定，他才能毫不猶豫地做出小小的英雄之舉——拯救一隻馬上就要被處理掉的狗。

從結果來看，一切如此微不足道：不過是用保齡球打敗一群不懷好意的牛郎。不過是用很白痴的冷笑話逗笑了身受重創的朋友。不過是救了一條狗。不過是讓一個自以為是的教授嚇得臉色大變。不過是合力抓到竊盜集團的人，報了一箭之仇——呃，這個聽起來似乎比較偉大喔？不過，跟「世界和平」相比，都還差得遠。

然而在這些小事背後，有著「讓沙漠下雪」的意念。這種信念跟「促進世界和平」的驅力，應該是同樣的來源。

這股力量珍貴而脆弱。就像北村想的一樣，名為「社會」的沙漠乾涸無比，每個人在其中掙扎、抱怨、最後融入其中；原本親密的朋友可能也會漸漸彼此疏遠，因為光是自己的生活跟工作就快要忙不過來了。讓沙漠下雪的信念，究竟能維持多久？原本屬於「鳥瞰型」、習慣冷眼旁觀的北村，將來想成為超級上班族、現在只求盡情玩樂的鳥井，冰山美人東堂，內向的超能力女孩小南，無人理睬的西嶋，在相遇之後改變了彼此。但是，當他們離開校園以後，會不會慢慢恢復原狀，甚至往歪曲的方向發展？（比方說，如果西嶋變成跟「總統男」一樣呢？）

沒有人知道。（而且，這個故事已經結束了唷。去揣測故事結束以後，角色們還會怎麼樣發展，似乎有那麼一點傻氣？）但是，在全書結尾處，在北村發表一大篇不樂觀的預言之後，卻又補上那一句口頭禪：「——開玩笑的。應該。」每回北村這麼說的時候，事情發展總是跟他原先的預測相反；所以，也許那股青春熱血會意外地持久。也許他們會繼續相信，只要有心，就可以「讓沙漠下雪」。

我也想這麼相信。

最後，祝福我在工作時會遇到的那些NGO工作者，他們一定很清楚「讓沙漠下雪」的力量何在。

作者簡介

顏九笙　原本賭咒發誓不再上班的「前」SOHO族，現為某NGO團體全職員工，每天都有誇大不實的妄想，擔心自己因為講錯話做錯事而破壞世界和平，憂懼之餘，唯獨小說能解憂。

伊坂幸太郎創作年表

二〇〇〇年　《奧杜邦的祈禱》／二〇〇〇年第五屆新潮Mystery俱樂部獎

二〇〇二年　《Lush Life》

二〇〇三年　《天才搶匪盜轉地球》／二〇〇四年「這本推理小說了不起！」BEST10

《重力小丑》／第一二九屆直木獎入圍

日本《本の雜誌》評選「書店大賞」BEST10

二〇〇三年《達文西》雜誌「Book of the Year」BEST30

「Mystery & Entertainment」BEST30

二〇〇三年週刊文春傑作推理小說BEST10

二〇〇三年「推理頻道」BEST10

二〇〇四年「這本推理小說了不起！」BEST10

二〇〇四年「本格推理」BEST30

《鴨與鴨的投幣式置物櫃》／二〇〇四年第二十五回吉川英治文學新人獎
二〇〇四年週刊文春傑作推理小說BEST10
二〇〇五年《這本推理小說了不起！》BEST10

二〇〇四年 《孩子們》／二〇〇四年週刊文春傑作推理小說BEST10
第一三一回直木獎入圍
第十八回山本周五郎獎入圍
二〇〇六年五月二十一日播出電視劇，由坂口憲二、大森南朋、小西眞奈美主演，在WOWOW台演出
《蚱蜢》／第一三二回直木獎入圍

二〇〇五年 《死神的精準度》／第五十七回日本推理作家協會獎
第一三四回直木獎入圍
二〇〇五年週刊文春傑作推理小說BEST10
《魔王》／二〇〇五年週刊文春傑作推理小說BEST10
《沙漠》／第一三五回直木獎入圍

二〇〇六年 《世界末日的愚者》／第十九回山本周五郎獎入圍
《天才搶匪的日常與襲擊》

Originally published in Japan in 2005 by JITSUGYO NO NIHON SHA.
Chinese translation rights arranged through TOHAN CORPORATION, TOKYO.

伊坂幸太郎作品集 08

沙漠

さばく

作　　者	伊坂幸太郎
翻　　譯	王華懋
原出版社	株式會社實業之日本社
責任編輯	王曉瑩
行銷業務部	陳玫潾　徐慧芬
版 權 部	吳玲緯
總 經 理	陳逸瑛
發 行 人	涂玉雲
出　　版	獨步文化 城邦文化事業股份有限公司 100 台北市中山區民生東路二段 141 號 5 樓 電話：(02) 2500-7696　傳眞：(02) 2500-1967
發　　行	英屬蓋曼群島商家庭傳媒股份有限公司城邦分公司 104 台北市中山區民生東路二段 141 號 2 樓 讀者服務專線：(02)2500-7718 ； 2500-7719 24 小時傳眞服務：(02)2500-1990 ； 2500-1991 服務時間：週一至週五　上午 09:00 ～ 12:00　下午 13:00 ～ 17:00 讀者服務信箱 E-mail ： service@readingclub.com.tw 劃撥帳號： 19863813　戶名：書虫股份有限公司
香港發行所	城邦（香港）出版集團有限公司 新址：香港灣仔駱克道 193 號東超商業中心 1 樓 電話：(852) 25086231　傳眞：(852) 25789337 E-mail ： hkcite@biznetvigator.com
馬新發行所	城邦（馬新）出版集團 Cite(M)Sdn.Bhd.(458372U) 11, Jalan 30D/146, Desa Tasik, Sungai Besi,57000 Kuala Lumpur, Malaysia 電話：(603) 90563833　傳眞：(603) 90562833
美術設計	木子花
排　　版	浩瀚電腦排版股份有限公司
印　　刷	成陽印刷股份有限公司

初　　版　2007 年（民 96）11 月初版
初版五刷　2016 年（民 105）5 月 27 日
定價　380 元
ISBN 978-986-6954-80-1

國家圖書館出版品預行編目資料

沙漠／伊坂幸太郎著，王華懋譯. 初版. -- 台北市：獨步文
化：家庭傳媒城邦分公司發行，2007〔民96〕
面；　公分. --（伊坂幸太郎作品集：08）
譯自：砂漠
ISBN 978-986-6954-80-1（平裝）

861.57　　96017463

獨步文化
APEX PRESS

廣　告　回	
北區郵政管理登記	
台北廣字第000791	
郵資已付，免貼郵	

104台北市民生東路二段 141 號 2 樓

英屬蓋曼群島商家庭傳媒股份有限公司　城邦分公

請沿虛線對摺，謝謝！

獨步文化
APEX PRESS

書號：1UF006	書名：沙漠	編碼：

請於此處用膠水黏貼

獨步文化 APEX PRESS

讀者回函卡

謝謝您購買我們出版的書籍！請費心填寫此回函卡，我們將不定期寄上城邦集團最新的出版訊息。

姓名：＿＿＿＿＿＿＿＿＿＿＿＿ 性別：☐男 ☐女

生日：西元＿＿＿＿＿＿年＿＿＿＿＿＿月＿＿＿＿＿＿日

地址：＿＿＿＿＿＿＿＿＿＿＿＿＿＿＿＿＿＿

聯絡電話：＿＿＿＿＿＿＿＿＿＿傳真：＿＿＿＿＿＿＿＿＿＿

E-mail：＿＿＿＿＿＿＿＿＿＿＿＿＿＿＿＿＿＿

學歷：☐1.小學 ☐2.國中 ☐3.高中 ☐4.大專 ☐5.研究所以上

職業：☐1.學生 ☐2.軍公教 ☐3.服務 ☐4.金融 ☐5.製造 ☐6.資訊

☐7.傳播 ☐8.自由業 ☐9.農漁牧 ☐10.家管 ☐11.退休

☐12.其他＿＿＿＿＿＿＿＿＿＿＿＿

您從何種方式得知本書消息？

☐1.書店 ☐2.網路 ☐3.報紙 ☐4.雜誌 ☐5.廣播 ☐6.電視

☐7.親友推薦 ☐8.其他＿＿＿＿＿＿＿＿＿＿

您通常以何種方式購書？

☐1.書店 ☐2.網路 ☐3.傳真訂購 ☐4.郵局劃撥 ☐5.其他＿＿＿＿

您喜歡閱讀哪些類別的書籍？

☐1.財經商業 ☐2.自然科學 ☐3.歷史 ☐4.法律 ☐5.文學

☐6.休閒旅遊 ☐7.小說 ☐8.人物傳記 ☐9.生活、勵志 ☐10.其他

對我們的建議：＿＿＿＿＿＿＿＿＿＿＿＿＿＿＿＿＿＿

＿＿＿＿＿＿＿＿＿＿＿＿＿＿＿＿＿＿

＿＿＿＿＿＿＿＿＿＿＿＿＿＿＿＿＿＿

＿＿＿＿＿＿＿＿＿＿＿＿＿＿＿＿＿＿

請於此處用膠水黏貼